NADIN MAARI

Eine Teestube zum Verlieben

ROMAN

Erstausgabe November 2018

© 2018 dp DIGITAL PUBLISHERS GmbH

Made in Stuttgart with ♥
Alle Rechte vorbehalten

Eine Teestube zum Verlieben

ISBN 978-3-96087-580-2
E-Book-ISBN 978-3-96087-536-9

Umschlaggestaltung: Annadel Hogen
Unter Verwendung von Abbildungen von
© rvika, © JZhuk, © PinkPueblo, © leremy,
© impresja und © numismarty/depositphotos.com sowie
© Melkor3D, © Claudia Paulussen und
© Vjom/shutterstock.com
Lektorat: Stefanie Lasthaus
Satz: dp DIGITAL PUBLISHERS

Die Autorin

Nadin Maari ist das Pseudonym der Autorin Nadin Hardwiger. Sie wurde in Deutschland geboren, wuchs allerdings in Österreich auf und lebt heute mit ihrer eigenen Familie wieder in Deutschland. Sie arbeitet als Beraterin für ein IT-Unternehmen, doch die Sprache der Programmierung genügt ihr nicht. Begeistert stöbert sie nach Worten, ersinnt Figuren und webt Geschichten – am liebsten mit einem Glitzerkörnchen Magie und Glücks-Ende.

If you are cold, tea will warm you.
If you are too heated, it will cool you.
If you are depressed, it will cheer you.
If you are excited, it will calm you.

— William Ewart Gladstone
   19th-century British prime minister

Kapitel 1
W wie Weihnachten

Walnuss-Macarons

Verführerisch duftet es nach einer Ganache aus vanilliger Weihnachtsschokolade mit gehackten und gerösteten Esterhazy-Walnüssen zwischen zimtigen Macaron-hälften.

Es mag sein, dass der Teufel Prada trägt. Aber die Teufelin trägt definitiv ein Dirndl – vermutlich nicht von *Prada*, so doch bestimmt von *Edelweiß*.

Dirndl – ja mei, wird so manch einer sagen, des is doch nix bsonders. Nein, nicht in Bayern und Umgebung, vermutlich nicht einmal in der unteren Hälfte Deutschlands, wenn man es horizontal halbiert, aber hier, in Berlin, auf jeden Fall. Des glaub i ned, wäre vermutlich die nächste Erwiderung. Doch, es ist so. Regelmäßig quetsche ich mich in den Berliner Nahverkehr in Form von Bussen und Bahnen – dreiundfünfzig Minuten hin zu meiner Arbeit und neunundsiebzig Minuten zurück nach Hause. Dabei begegne ich mehr Leuten samt ihren individuellen Geruchsnoten, als mir lieb ist.

Alles, aber keine Dirndl!

Nur hier, bei mir, in der Redaktion, sehe ich Tag für Tag ein Dirndl. Mal in Limettengrün, mal in Himmelblau, hin und wieder in Altrosa, selten in Weiß, doch immer adrett mit gebügelter Bluse und Schürze. Und darin steckt meine Chefin Constanze. Constanze Mol, ihres Zeichens Chefredakteurin des Lifestylemagazins *WeSelf*, bei dem ich als Leiterin des Backressorts arbeite.

Und in dieser Funktion schlage ich gerade das neunte Eiweiß zu einem weißen Fluff für meinen Angel Food Cake auf. Eigentlich haben wir für die betreffende Ausgabe geplant, klassisch herbstlichen Kuchen einen überraschenden Touch voller Genuss zu verpassen und damit unsere Leser zu einem zweiten und dritten Stück zu verführen. Aber nein, zu laaangweilig – O-Ton Constanze Mol. *Wir* wollen modern sein, frisch, anders – Pflaumenkuchen, Traubentörtchen – *wir* doch nicht. Nur leider waren der Pflaumenkuchen und die Traubentörtchen vor sechs Wochen in unserer Monatskonferenz noch völlig in Ordnung. Dazu, das möchte ich ausdrücklich betonen, backe ich nicht nur schnöden Pflaumenkuchen. In meinen Probeversionen habe ich saftige Pflaumen in Riesling-Traubensaft sanft gegart, auf ein Polster aus Maronencreme gebettet und dieses mit buttrigem Blätterteig umhüllt. Dazu zwei, drei Esterhazy-Walnussstreusel für den perfekten Crunch.

Mit der richtigen Dosis aus Kraft und Gefühl schlage ich weiter die Eiweiße auf. Die Masse glänzt wie frisch gefallener Schnee im Vollmondlicht.

Nur noch 121 Tage bis Weihnachten! Gibt es etwas Schöneres als die Wochen und Monate davor? Als die Vorfreude, gepaart mit der dunkler werdenden Jahreszeit, die sich wie ein Vorhang senkt, um an Weihnachten mit Schwung emporgezogen zu werden? All die goldenen Lichter und Weihnachtsdüfte nach gebrannten Mandeln und Zimt und – all die Geheimnisse.

Ich kann mir ein Grinsen nicht verkneifen und lasse den Eischnee für einen Moment in Ruhe. Aus dem Backofen duftet es nach dunklem Tannenhonig mit einem Hauch Ceylon-Zimt. Meine ersten Honigkuchen der Saison! Golden wölben sich die breiten Stangen in der Wärme nach oben, noch ein, zwei Minuten und sie sind perfekt. Ich spüre schon den zarten Schmelz auf meiner Zunge, die Melange aus Honig und Zimt.

»Sag nicht, es ist schon wieder so weit.«

Vor Schreck beiße ich mir auf die Zunge und wirbele herum. »Sarah!«

»Habe ich dich erschreckt? Sorry. Aber wie du so vor deinem Backofen meditierst und wartest, herzallerliebst. Das kann nur heißen, Tusch und Trommelwirbel, die Lebkuchensaison ist eröffnet.«

Vorsichtig reibe ich meine Zunge am Gaumen. Alles heil. »Das müsstest du aber schon draußen auf dem Gang erschnuppert haben.«

»Ich habe Schnupfen.« Unbekümmert steckt Sarah einen Finger in den Eischnee und schleckt ihn ab.

»Im August?«

»Na und, du bäckst Lebkuchen im August.«

Wir lachen beide. »Wohl wahr. Aber immerhin haben wir schon die letzte Augustwoche.« Ich gebe Sarah einen Klaps auf die Finger, die sie schon wieder in die Schüssel tauchen will. »Was kann ich für dich tun, außer ein wenig Meringue?«

»Die Mol hat unsere Monatskonferenz vorgezogen. Vermutlich hast du hier unten in deiner Backenklave nichts mitbekommen.«

»Davon war nicht einmal heute früh die Rede, als sie mich noch vor dem Backofenanwärmen nach oben zitiert hat. Sie teilte mir nur mit: *Kleine Planänderung für die nächste Ausgabe, wir wollen kein wurmstichiges Zwetschgenzeugs, wir wollen eine moderne Interpretation des Angel Food Cakes*«, äffe ich meine Chefin nach. Noch immer genervt von dieser Ansage, klemme ich mir nachdrücklich eine verrutschte Locke hinters Ohr.

»Oh, wie entzückend, die liebe Constanze sorgt bereits für die ersten weißen Haare in deinen Herbstlocken. Ich wusste gar nicht, dass du schon so weit jenseits der Dreißig zu finden bist.« Sarah deutet auf die Haarsträhne, die ich mir gerade mit Eiweißmasse verkleistert habe. Mit einem Küchenhandtuch rubbele ich an dem klebrigen Zeug und verdrehe die Augen. Ich kann es gar nicht leiden, wenn sich jemand über mein Alter lustig macht, schon gar nicht, seit ich vor Kurzem die dritte Null kassiert habe.

»Wann muss ich hoch?«

Sarah hüpft von der Arbeitsplatte, auf der sie es sich bequem gemacht hat. Eigentlich erstaunlich, wie sie in ihren ultraengen Jeans überhaupt die Beine anwinkeln kann. Auf einem unserer Shopping-Ausflüge habe ich auch einmal solch eine Zweite-Haut-Hose anprobiert und, was soll ich sagen, als ich darin steckte, ging nichts anderes mehr. Und gehen meine ich wörtlich. Millimeter für Millimeter musste ich dieses gemeine Ding nach unten abrollen. Dann lieber meine geliebten Fünfzigerjahre-Kleider, da passt alles von mir rein.

Sarah linst auf ihre Armbanduhr. »Abzüglich unseres Gespräches, in genau viereinhalb Minuten.«

»Das ist nicht dein Ernst!« Meine Stimme schrillt durch den Raum.

»Mein Ernst nicht, aber Madame Hulks.« Sarah sprintet aus der Backstube, um schnellstens jeglicher Erwiderung zu entgehen. Was nicht schwer ist, denn mit ihren Anderthalb-Meter-Beinen – pro Seite! – macht sie zwei Schritte, wo ich sechs brauche.

Na toll, ich habe in der vergangenen Dreiviertelstunde neun Eiweiße in liebevoller Handarbeit zu einem perfekten Schnee aufgeschlagen, um diesen mit sieben Mal gesiebtem Mehl zu vereinen, und nun das!

Ein bitterer Geruch trifft meine Nase. Die Honigkuchen! Ich fahre in meine Cupcake-Ofenhandschuhe, reiße die Backofentür auf, schnappe mir das Blech und versenke es in der Spüle. Gratulation! Die ersten Lebkuchen der Saison, dunkelbraun und brüchig. Aber für die Meute da oben in den Büros gerade noch essbar, allen voran die IT-Jungs. Ich glaube, die haben immer nur leere Kühlschränke zu Hause. Vielleicht haben sie auch gar keine Kühlschränke, sondern nur Computer?

Mit spitzen Fingern klaube ich die heißen Honigkuchen vom Blech auf ein Tablett, lege großzügig ein paar Walnuss-Macarons dazu und will eben die Küche verlassen, als Taylor Swift in Gestalt meines Mobiltelefons losshaked. Diesen Klingelton habe ich auf Geheiß meiner Großmutter Elionore auf meinem Telefon installiert. Damit ich immer sofort Bescheid weiß, wenn meine quirlige Gramsie mich erreichen möchte.

Ich habe noch siebenunddreißig Sekunden, um aus meiner Küche hinaus, in die dritte Etage nach oben und in den Konferenzraum neben Constanzes Büro zu gelangen. Ignoriere ich jetzt dieses Klingeln, was das Vernünftigste im jobmäßigen Sinn wäre, wird Gramsie jedes Telefon in diesem Häuserkomplex anklingeln, bis sie mich erwischt. Meine Großmutter kennt Leute, von denen ich nicht einmal weiß, dass sie existieren. Zielsicher würde sie eine von Constanzes Mobilfunknummern herausfinden. Keine verlockende Idee.

Ich sehe es vor mir: Constanzes Telefon, exakt ausgerichtet fünfzehn Zentimeter neben ihrem Laptop liegend, der sich im rechten Winkel vor ihr befindet, blitzt auf. Sie greift danach – selbstverständlich mit perfekt manikürten, farblich zu ihrem Dirndl passenden Nägeln – und im Display steht: *Bitte verbinden Sie mich sofort mit meiner Enkeltochter Miela, ich möchte sie sprechen. Hochachtungsvoll Elionore Ladur, Mielas Großmutter.*

Mit nach wie vor klebrigen Fingern nehme ich das Gespräch an und wie immer werde ich mein Telefon am Ende des Tages polieren dürfen.

»Hi, Gramsie! Es tut mir leid, aber es ist gerade total ungünstig. Kann ich dich nachher zurückrufen?«

»Nein, kannst du nicht, meine liebe Miela!«

Mist, falsche Frage. Ich hätte einfach sagen sollen, dass ich sie zurückrufe.

»Im Übrigen ist dies eine sehr unhöfliche Art, an das Telefon zu gehen!«, schimpft sie mit mir, aber in sehr gesetztem Ton. Ich vermute, weil sie noch etwas möchte. Jetzt aber schnell.

»Gramsie, was kann ich für dich tun?«

»Bei dir, in der Nähe deiner Arbeit, gibt es diesen fabelhaften Künstlerbedarfladen, das *Lunis*. Bitte sei so lieb und bringe mir ihre spezielle Anfertigung des Mittellichtblaus heute noch vorbei. Ich arbeite gerade an dieser wundervollen Abendstimmung des schwedischen Sommers und dieses Blau ist es, mit dem ich mein Meisterwerk vollkommen machen werde.«

Blau? Meine Großmutter braucht noch heute ein Blau von mir? »Kannst du nicht ein anderes Blau nehmen?«

Gramsie atmet so entrüstet ein, dass mir die Luft knapp wird.

»Miela! Bäckst du etwa Macarons mit Mandeln aus dem Supermarkt anstelle von Marcona-Mandeln?«

»Selbstverständlich nicht!« Ups! Jetzt hat sie mich. Aber ganz ehrlich, wer würde schon Supermarktmandeln für Macarons nehmen!

»Da siehst du es. Und wenn du es pünktlich bis neunzehn Uhr schaffst, kannst du gern das Abendessen mit uns einnehmen. Adele wickelt schon den ganzen Tag Rouladen auf, mehr muss ich doch nicht sagen, meine Liebe?«

In der Tat, für eine von Adeles Rouladen würde ich sogar zwei Mal durch die Stadt nach Lichtenrade fahren.

»Okay. Aber ich muss jetzt wirklich los.«

»Bis nachher, mein Schatz, und denk an das Mittellichtblau.«

Mit einem Supersprint, der mich vom Fleck weg in jeden olympischen Kader dieser Welt katapultieren würde, treffe ich im Konferenzraum ein. Offensichtlich hat das Constanze-Ritual bereits begonnen und wird nun leider für mich durch eine Madame-Hulk-Einlage unterbrochen. Meine Chefin und dreizehn Augenpaare mustern mich.

»Das Fräulein Ladur! Wie schön, dass es sich auch zu uns gesellt. Etwas derangiert, aber immerhin nun anwesend.« Constanzes Blick scannt mich von oben bis unten und wieder zurück. Verlegen balanciere ich mit der einen Hand das beladene Tablett, während ich mit der anderen meine Schürze glatt streiche. Moment, hier brauche ich sie doch gar nicht. Egal, mit so viel Würde wie möglich stelle ich das Gebäck auf den Tisch und nehme raschelnd Constanze gegenüber am Konferenztisch Platz. Der zweilagige Petticoat unter meinem Tellerrockkleid war heute Morgen, akustisch gesehen, nicht die beste Entscheidung.

Ich habe noch nicht einmal die Beine übereinandergeschlagen, da ist schon ein Drittel der semiverbrannten Honigkuchen in den Mündern diverser Männerkollegen verschwunden, während die Frauen seufzend die beigefarbenen Walnuss-Macarons bewundern und dann sanft auf ihren Zungen schmelzen lassen.

»Wenn wir dann bittschön wieder zur Ruhe kommen könnten.« Constanze rollt das R so, wie nur echte Bayern das R rollen können, richtig voll und lang und mit vibrierender Zunge. Schade nur, denn diese Kunst wird bei uns hier oben im Norden nicht als solche erkannt. Aber ich muss zugeben, ihr Bayrisch ist ansonsten ziemlich deutsch. Leider hat sie zusammen mit ihrem Dialekt auch die berühmte bayrische Herzlichkeit in ihrer Heimat zurückgelassen. Und ich kann ja echt, absolut und total verstehen, dass ausgerechnet Constanze vor einem Jahr von unserem Mutterverlag in München ausgewählt wurde, unser müdes Berliner Blatt wieder wehen zu lassen. Denn arbeitstechnisch veredelt sie alles, was sie anpackt, und dass dabei der eine oder andere Mitarbeiter auf der Strecke bleibt, verbucht sie halt unter Nebenkosten. Im Rechnen ist sie richtig gut. Trotz allem, hätten sie sie nicht einfach behalten können? Schließlich ist sie eine von ihnen.

»Da ich nicht viel Zeit habe, möchte ich mit euch nur ganz kurz die Weihnachtsausgabe besprechen.«

»Warum trommelt sie uns dann an so einem hektischen Vormittag zusammen, wenn sie so wenig Zeit hat?«, grummelt Harry neben mir und pickt einen Honigkuchenkrümel von seinem weißen T-Shirt. Sarah, die neben ihm sitzt, knufft ihm ins Bein. Harry lässt sich von Constanze nicht gern herumscheuchen und sagen wir so, sie weiß das. Doch mehr als einen Blick unter ihren Frida-Kahlo-Augenbrauen hat sie heute nicht für ihn übrig.

»Unsere aktuellen Marktanalysen ergeben einen ganz klaren Trend für den Ausklang heurigen Jahres. Und wir werden dabei natürlich mitmachen. Selbstverständlich in eigener Form, modern, frisch, anders.«

Constanze hält inne. Ich persönlich finde Trends ziemlich überbewertet. Was ist falsch an Altbewährtem, noch dazu, wenn das Altbewährte so lecker schmeckt wie Marzipanstollen oder Spekulatius oder Zimtsterne? Nun gut, die verkleinerten Formen von allerlei Kuchenkreationen, wie sie gerade modern sind, bringen auch viele appetitliche Varianten mit sich und erst die federleichten Macarons. Was auch immer, es wird schon passen. Schließlich lassen sich aus frischen Eiern, guter Butter und Honig allemal Köstlichkeiten zaubern. Bei meinen Ressort-Zutaten geht das gar nicht anders.

Gespannt verfolge ich, wie sich Constanze erhebt und neben die Leinwand stellt. Respekt, ihr tannengrünes Dirndl mit der weihnachtssternroten Schürze passt perfekt zum Thema.

Der Beamer surrt los und ein Bild mit dem Logo von *WeSelf* leuchtet auf. Vom Cover prangen uns Weihnachtskekse entgegen, appetitlich angerichtet auf einem goldenen Teller vor einem lodernden Kamin. Und eine Überschrift.

Constanze vollführt eine gekonnte Werbegeste. Die Kollegen diverser Shoppingsender könnten das nicht besser. »Voilà! Das vorläufige Cover unserer Weihnachtsausgabe: Vegan for Christmas.«

Wie jetzt vegan? Vegan als Abkürzung für:

Vanillekipferl

Esskastaniengelee

Granatapfel-Macarons
Anisplätzchen
Nugattürmchen?

Das Tuscheln meiner Kollegen übertönt den Beamer, der tapfer dagegen anbrummt, je länger er zum Betrieb gezwungen wird.

Gesundheit und *Bücher* ereifern sich bereits in Details und ihrer Begeisterung nach, begehren die beiden Ressorts in der Weihnachtsausgabe doppelt so viele Seiten. *Kosmetik* und *Reisen* kürzen wohl gerade ihre Beiträge auf eine halbe Spalte, gemeinsam. *Essen und Trinken* schwankt noch.

Nach einem Kopfnicken von Constanze erhebt sich ihr Schatten, ich meine natürlich Assistent Gorden, und verteilt hellgraue Mappen an uns. Igitt, wenn er sich noch einmal den Zeigefinger ableckt, bevor er sich eine Mappe vom Stapel nimmt, sehe ich mich gezwungen, die Damentoilette aufzusuchen. Es könnte aber auch sein, dass der Papiereimer herhalten muss, falls ich den Weg nicht mehr schaffe.

Beim Austeilen meine ich fast, so etwas wie ein Lächeln auf Gordens Strichlippen zu entdecken. Vermutlich resultiert dieses Weihnachtsdesaster nicht nur aus den Statistiken der IT-Jungs. Gorden ist allseits dafür bekannt und manchmal auch hinter vorgehaltener Hand bewundert, dass er in den Jahren bei *We-Self* noch nie dabei beobachtet wurde, sich auch nur ein Zuckerkörnchen genehmigt zu haben. Und kein Weißmehl und kein Fleisch und keine Butter und überhaupt. Vermutlich ernährt sich Gorden von klingonischen Superpillen.

»In den Mappen findet ihr alle Details meiner Planung. Bittschön schaut euch alles genau an, nächste Woche in den Einzelmeetings der Ressorts gehe ich dann auf die Details ein. Und wenn ich Ressorts sage, meine ich ALLE Ressorts!« Schon schreitet Constanze zur Tür und beendet ihre Audienz. Zurück bleibt ein Raum voller aufgekratzter Untergebener.

»Tja, Jungs und Mädels«, Harry erhebt sich und grinst in die Runde, »vermutlich bin ich der Einzige hier, dem dieses Thema nicht die Weihnachtsausgabe verhagelt.« Er schnappt sich seine Lederjacke von der Stuhllehne und klemmt sich die unsägliche Mappe unter den Arm. Dann drückt er Sarah einen Kuss auf deren blonden Scheitel und verabschiedet sich von ihr. »Wir sehen uns später, Babe. Ich muss noch die Rezension von dem Indie-Musikfestival im Mauerpark fertig schreiben.«

»Ich bin ja echt ein aufgeschlossener und neugieriger Mensch, Miela«, wendet sich Sarah an mich, ohne dabei Harrys Kehrseite aus den Augen zu lassen. »Aber muss es vegane Mode sein? Ausgerechnet zu Weihnachten?«

Seufzend streiche ich ihr über den Arm und sehe dabei zu, wie die Gedankenblase über ihrem kreativen Modeköpfchen platzt: hier eine elegante Seidenbluse zum Fest, dort eine sexy Lederhose für danach.

Gemeinsam stehen wir auf und schlappen hinaus auf den Flur.

»Und, was habt ihr vor?« Vera aus dem Kulturressort gesellt sich zu mir und Sarah und legt jeder von uns einen ihrer massigen Arme auf die Schulter. »Für euch beide wird es wohl mit am schwierigsten.«

»Ach, wisst ihr, ich habe mir sagen lassen, dass sich aus Kichererbsenwasser ganz hervorragender Eischnee zaubern lässt.« Damit ducke ich mich unter meinen Kolleginnen weg und lasse sie mit offenen Mündern zurück.

»Oh, tu uns das bitte nicht an!«, ruft mir Vera hinterher und sie klingt echt verzweifelt.

Kapitel 2
E wie Erdbeerverführung

Erdbeer-Macarons

Eine Creme aus frischen Walderdbeeren, Alpensahne und weißer Vanilleschokolade vereint sich zwischen zartrosa Macaronschalen mit einer Puderschicht aus getrockneten Honeoye-Erdbeeren zu einem kulinarischen Gedicht.

Bevor ich in die Backstube zurückkehre, schlendere ich die Treppe hinauf in den vierten Stock. Hier befindet sich neben Sarahs Klamottenparadies das Fotostudio von *WeSelf*. Und wie es manchmal so passiert am Arbeitsplatz, ist der Fotograf unseres Magazins mein Lebensgefährte. Ach, was sage ich, Lebensgefährte, das klingt so langweilig, nein, wir sind nicht langweilig. Nils Krampert ist mein Freund und Mitbewohner – und eben mein Lebensgefährte.

Die Tür zum großen Fotostudio ist nur angelehnt und ich verstehe dies als Aufforderung einzutreten. Leise versteht sich. Nils lässt sich nicht gern bei der Arbeit stören, er hat sich da immer etwas, es hemme seine künstlerische Entfaltung oder so. Deshalb schwänzt er auch ab und zu Constanzes Termine, was ihn bei ihr nicht unbedingt beliebt macht.

Vorsichtig linse ich um eine mannshohe Studioleuchte. Nils kniet mit dem Rücken zu mir auf dem Boden und knipst im Nanosekundentakt das Fräuleinchen vor sich. Dieses wird wahrscheinlich erst volljährig, wenn ich jenseits der Fünfzig meine grauen Haare zu einem Dutt aufdrehe.

»So ist's gut Baby! Ja, so will ich's. Zeig's mir.«

Jetzt mal ehrlich, ist das wirklich Kunst? Oder kann das weg?

Das jungfräuliche Mägdelein auf dem Hocker über meinem Freund spitzt mittlerweile seinen Kussmund so sehr, dass ich um die Lippen fürchte. Nicht auszudenken, wenn diese einfach abfallen. Das weiße Seidentuch, mit dem die Schülterchen halb bedeckt sind, rutscht bei der Luftkussnummer immer tiefer. Wenn ich nicht wüsste, dass dies hier ein Fotoshooting für einen neuen Hightech-Lippenstift ist, würde ich es glatt für die Busenwerbung eines Schönheitschirurgen halten.

Bei Nils' schräger Lage machen offensichtlich seine nicht vorhandenen Bauchmuskeln schlapp, denn er kippt wenig elegant zur Seite. »Großartig Baby, diesen Schuss wollte ich noch haben!« Er rappelt sich auf und ich höre es leise in seinen Knien knacken. Mit einer Hand steckt er sich sein verrutschtes Hawaiihemd zurück in den Jeansbund, während er mit der anderen die Kamera an eine Assistentin weiterreicht.

Das ist meine Gelegenheit und ich räuspere mich dezent. Nils dreht sich zu mir herum. »Ach, du.«

Ja, ich. »Magst du mal kurz Pause machen?«

»Du kannst lockerlassen, entspann deinen sexy Mund«, wendet er sich an die Lippenstiftprinzessin, die ihm prompt gehorcht und die Lippen in ihre natürliche Position zurückschnappen lässt. Das dazugehörige Ploppgeräusch ist laut und deutlich zu hören.

Nils nimmt mich am Arm und läuft mit mir in Richtung Tür. »Hier dauert es noch eine Weile, Süße. Ich komme heute später heim.«

»Das trifft sich gut. Constanze hat mein Backprojekt quasi vom Blech gefegt und Gramsie mich gebeten, ihr noch etwas vorbeizubringen.«

»Bleibst du über Nacht dort?« Nils lässt meinen Arm los und streicht sich über seine kurzen braunen Haare. Er ist einen Zentimeter kleiner als ich, was er immer durch extremes Geradestehen auszugleichen versucht.

»Wollte ich eigentlich nicht, aber ...«

»Bleib ruhig da«, unterbricht er mich. »Ich hole mir unterwegs eine Pizza und ein paar Bier und hau mich ins Bett.«

Ist es nicht schön, so vermisst zu werden? Allerdings gebe ich zu, dass es nicht die schlechteste Idee ist, bei meiner Großmutter zu nächtigen. So würde ich mir einige Wege sparen.

Nils fixiert mich mit seinen sandfarbenen Augen. »Denk nur an den weiten Weg. Lass dich lieber von den alten Leutchen dort verwöhnen und komm dann morgen frisch und ausgeruht zur Arbeit. Ich schaffe es schon mal eine Nacht ohne dich.« Nils drückt mir einen Kuss ins Gesicht, der irgendwo zwischen meiner Nase und meinem Mundwinkel landet. »Natürlich vermisse ich dich.«

Mit einem Grinsen verwuschelt er meine Haare, winkt mir kurz zu und verschwindet in einem Wäldchen aus Softboxen.

Nun gut, dann zurück in die Backstube. Vermutlich ist mein Eischnee mittlerweile zusammengefallen wie ein Soufflé im Wind. Aber ich bin guter Dinge, dass unser Chefkoch Christian daraus noch etwas Leckeres zaubern wird.

Mit wehendem Rock hüpfe ich die Treppen hinab in die Backstube. Gerade in meinem Beruf als Zuckerbäckerin nutze ich jede Gelegenheit, mich mehr als nötig zu bewegen. Wer will schon *Nein* sagen zu einem Stück Sachertorte oder einem Aachener Printen. Da versuche ich das *Ja* doch lieber mit Bewegung auszugleichen. Gut, ich gebe zu, dass das Verhältnis zwischen Naschen und Sport nicht ideal ausgewogen ist, aber immerhin bemühe ich mich, meinen inneren Schweinehund hin und wieder mit einer kleinen Joggingeinheit auf Diät zu setzen. Nils hat mir auch schon mal Appetitzügler von irgend so einer Werbekampagne mit nach Hause gebracht, denn er findet mich grenzwertig genusssüchtig. Zweifellos ist seine Perspektive durch den täglichen Blick durch die Kamera sehr verschoben, denn mehr als Striche bekommt er meist nicht zu sehen.

Genuss hin oder her, jetzt heißt es erst wieder neun Eier sauber trennen und das Eiweiß steif schlagen. Hierbei bin ich genauso altmodisch wie bei meinen Fünfzigerjahre-Kleidern, denn ich zerreiße das Eiweiß nicht brutal mit einem heulenden Mixer, sondern benutze meinen Schneebesen aus bestem V4A Edelstahl.

Da in vier Monaten bereits Weihnachten ist, wir also quasi schon in der Adventszeit sind, lege ich meine Evergreen Christmas CD in den CD-Spieler über der Arbeitsplatte. Bing Crosby beginnt, von weißer Weihnacht zu träumen, und ich mit ihm.

Das Eiweiß gehorcht meinem Willen und nach einem Drittel der CD halte ich inne. Perfekt.

Mehrere Locken aus meinem geflochtenen Zopf schwingen um meine Augen herum und mir ist heiß. Nach einem Glas Wasser verlasse ich die Küche und sprinte hinauf in den dritten Stock. Das Bad dort ähnelt eher einem Boudoir, im Gegensatz zu dem WCchen neben meiner Backstube, wo es nicht einmal einen Spiegel gibt.

An einem der Waschbecken erfrische ich mir das Gesicht und setze mich anschließend auf den Hocker vor dem bodentiefen Spiegel gegenüber der Tür. Ich löse den Zopf, bürste meine Haare und flechte sie wieder zusammen.

»Na, des werden wir net!« Die Eingangstür fliegt auf und Constanze stürmt samt Handy am Ohr herein. Ihre Lippen sind fest aufeinandergepresst und zwischen ihren Brauen hockt eine Zornesfalte, tief wie der Grand Canyon. Als sie meiner gewahr wird, bleibt sie mitten in der Bewegung stehen. Aber nur für einen

Moment. »Ich rufe zurück«, schnappt sie, während ich mich erschrocken zu ihr umdrehe.

»Miela, wie schön. Ich wollte eben zu dir kommen.« Pling, schwebt ein strahlendes Lächeln in Constanzes Gesicht. Es ist immer wieder ein faszinierendes Schauspiel. Leider geht es auch ganz schnell andersherum.

»Ich habe soeben erfahren, dass die *Sweetie* in ihrer aktuellen Ausgabe ein Special zu Ehren des Angel Food Cakes als Aufmacher bringt. Es war falsch, dass du dich von deinem ursprünglichen Plan hast abbringen lassen, moderne Herbsttörtchen zu kreieren.«

Ich habe mich abbringen lassen? Sie hat es mir befohlen! »Ich hatte die ersten Varianten bereits fertig«, verteidige ich mich.

»Und wo, bittschön, sind diese jetzt? Ich möchte sie probieren.«

»Ähm, weg.«

»Wie weg?« Constanze klopft mit dem Handy auf ihre Hand und funkelt mich an. War da nicht eben noch ein Lächeln?

»Ich habe sie in der Redaktion verteilt. So wie immer, wenn wir die Proben nicht mehr brauchen.«

»Na super! Erst willst du moderne Herbstklassiker backen, dann plötzlich einen altmodischen Schwammkuchen und nun verfütterst du auch noch Redaktionseigentum an alle und jeden!«

»Du hast mich doch zu dir zitiert und mir befohlen, alles wegzuschmeißen und unverzüglich mit dem Angel Food Cake anzufangen.«

»Und du bist die Ressortleiterin unserer Backabteilung und musst wissen, was die Konkurrenz veranstaltet. Da muss erst ich wieder kommen!«

Nein, ich lasse mich nicht weiter provozieren. Nein, nein, nein! Aber gefallen lassen ist auch nicht richtig. Wie ich diese Reibereien hasse! Ich will doch nur backen! »Morgen Nachmittag bringe ich dir eine Auswahl nach oben.«

»Morgen Mittag«, sagt's und rauscht zur Tür hinaus.

Ich mag meinen Job bei *WeSelf*, ehrlich. Meine Kollegen sind toll und ich darf in einer Küche backen, in der mir alles zur Verfügung steht, was es im Backuniversum gibt. Aber diese Machtspielchen mit Constanze laugen mich aus. Egal, wohin ich mich wende, sie ist vor mir da. Egal, was ich anfasse, ich fasse es falsch an. Egal, was ich denke, sie denkt das Gegenteil.

Ich spritze mir erneut kaltes Wasser ins Gesicht. Vielleicht sollte ich noch einen kleinen Abstecher zu Nils machen. Auf ihn kann ich mich verlassen. Er verdreht mir nicht meine Welt, bis sie verkehrt herum läuft. Nils ist geradeheraus und eindimensional. Morgens ein Marmeladenbrötchen, mittags ein Schnitzel mit Kartoffelsalat und abends eine Stulle mit Emmentaler Käse. Constanze hingegen verlangt es in der einen Minute nach Lebkuchenbrot und im nächsten Moment nach Crème Brûlée aus Ziegensahne, dazwischen will sie Orangen-Süßkartoffeln mit mariniertem Fenchel.

Die Tür zum großen Fotostudio ist verschlossen und das *Nicht-stören*-Schild prangt mir entgegen. Für einen Moment schwebt meine rechte Hand, bereit zum Klopfen, vor der Tür.

Ach was soll's. Ich drehe mich weg und erspähe Sarah in ihrem Modetempel, die mich zu sich hereinwinkt.

»Hey, du siehst aus, als hättest du mit der Mol eine Zitrone geteilt.« Während Sarah mich angrinst, wurschtelt sie sich mit einem Haargummi die blonde Mähne zu einem hohen Pferdeschwanz und öffnet dann einen Kleidersack, der vor ihr auf einer Stange hängt.

»Eine Zitrone garniert mit unreifen Granatapfelkernen und ich hatte den größeren Anteil.«

Aus Sarahs Kleidersack ergießt sich ein bordeauxrotes Seidenkleid. Solch ein Kleid habe ich das letzte Mal an Barbie in der Weihnachtsgeschichte gesehen. »Das Kleid ist unglaublich! Ist das für die Weihnachtsausgabe?«

Sarah streicht sanft über den schimmernden Stoff. Doch ihr Lächeln verwandelt sich in eine Grimasse, als würde sie sich jetzt selbst einen Zitronencocktail genehmigen. »Das sollte in der Tat mein Weihnachtsprunkstück werden. Aber die Cuiteseide wird nun mal von süßen Räupchen gespendet, die sind selten vegan.«

»Das habe ich bei diesem ganzen Herbstthema-Hin-und-Her total vergessen. Kannst du nicht so tun als ob?«

Vorsichtig nimmt Sarah den Kleidertraum aus der Hülle und hält ihn mir an.

»Das Kleid sieht aus, als wäre es für dich gemacht. Sieh mal im Spiegel, wie dieser Rotton mit deinen goldbraunen Haaren harmoniert, und das Bernstein in deinen Augen leuchtet geradezu.« Sie schiebt mich vor den Zweimeterspiegel in der Mitte des Raumes und ich muss zugeben, dass mir gefällt, was ich sehe.

»Eigentlich wollte ich ein schwarzhaariges Model für das Kleid haben, aber wenn ich dich damit so sehe ...« Sarah läuft um mich herum und zuppelt mal an meinen Haaren und mal an dem Kleid, dann zieht sie einen Flunsch. »Aber es ist egal. Ich muss jetzt versuchen, einen veganen Modetraum aufzutreiben. Vermutlich wird es ein sandfarbener Bambuskaftan mit einer schlammbraunen Leinenhose.«

»Du machst das schon.« Tröstend streiche ich Sarah über den Arm. »Ich muss wieder runter und das dritte Mal heute Teig ansetzen, vielleicht schafft es der ja bis in den Ofen.«

An der Tür drehe ich mich zu Sarah um, die sich gerade im Schneidersitz vor das Weihnachtskleid auf den Boden setzt. »Hast du zufällig Nils gesehen, bevor er sich ins Studio zurückgezogen hat?«

Sarah schüttelt den Kopf und ihr Zopf schwingt dabei munter hin und her. »Nö. Ich dachte eigentlich, er wäre schon gegangen. Das hat sich vorhin zumindest so angehört.«

Ich zucke mit den Schultern. »Wer weiß, was du gehört hast. Er will heute länger arbeiten und das Schild hängt ja auch draußen.«

»Dann klopf doch und geh rein.«

»Das mag er gar nicht.«

Sarah legt ihre Stirn in tausend Falten. »Miela! Ganz ehrlich, Nils mag vieles nicht. Ihr zwei lebt miteinander! Also bitte!«

»Ich muss runter. Bis dann.«

»Du lässt dir zu viel gefallen!«, ruft sie mir hinterher, doch da bin ich schon die Hälfte der Treppe hinuntergehüpft.

So ein klitzekleines bisschen hat Sarah ja recht. Und das wurmt mich.

Mit mehr Schwung als nötig öffne ich die Tür zur Backstube und knalle ein paar saubere Schüsseln auf die Arbeitsfläche. Ich suche mir Eier, Butter, Zucker, Mehl, Hefe und Gewürze zusammen und rühre drei verschiedene Grundteige an, die ich über Nacht im Kühlschrank ruhen lassen will. Morgen werde ich daraus herbstliche Köstlichkeiten backen, die Constanzes um den Kopf gewickelte Bauernzöpfe vor Freude aufrichten werden.

Kurz vor sechs binde ich mir die Schürze ab und nach einem letzten Blick auf die blitzblanke Küche sprinte ich hoch in den vierten Stock. Es hängt weiterhin das *Nicht-stören*-Schild an der Studiotür. Doch dieses Mal überwinde ich mich, klopfe leise und, da mich niemand anpflaumt, öffne vorsichtig die Tür. Die großen Studioleuchten sind aus, doch im hinteren Teil des Raumes höre ich Stimmen. Um nicht zu stören, schleiche ich hin.

Leider finde ich nicht Nils im Gespräch vertieft vor, sondern nur ein Radio, das offensichtlich vergessen wurde auszumachen.

Da war er wohl schneller fertig als geplant. Nun gut, dann hole ich jetzt das kostbare Dingsbums-Blau für meine Großmutter und fahre zu ihr.

Froh, mich heute Morgen gegen Bus und Bahn und für meinen tornadoroten Käfer entschieden zu haben, fädele ich mich kurz darauf in den Berliner Stau ein. Bis nach Lichtenrade mit Bus und Bahn ist kein Vergnügen, dann lieber mit dem Auto durch die gestaute Berliner Innenstadt. Begleitet von Sarah Connor ergattere ich eine Miniparkplatzlücke fast vor dem Künstlerbedarfladen. Wenn das weiter so gut läuft, könnte ich in einer Stunde vor dampfenden Rouladen sitzen. Doch mit dem Parkplatz endet meine Glückssträhne auch schon wieder. Im Laden stapeln sich die Kunden und jeder einzelne wird bedient, als wäre er der einzige.

Nach einer Dreiviertelstunde halte ich ein Fünf-Milliliter-Tübchen kostbares Mittellichtblau in den Händen und bin nun voll informiert über Azurit und Ultramarin und Smalte oder Smolto oder so.

Genau in dem Moment, in dem ich den Laden verlasse, blitzt es aus steingrauen Wolken und Tropfen groß wie Cake-Pops klatschen auf den Gehweg. Mein Auto steht siebzehn Meter von mir entfernt, aber es reicht, um mein Kleid, meine Lieblingsunterwäsche und auch mich zu durchnässen.

Igitt, ich hasse nasse Sachen am Leib! Mit einem Sprint rette ich mich ins Auto und zerre an dem feuchten Stoff auf meiner Brust herum, dabei fingere ich einen sommerlichen Paschminaschal aus der Handtasche. Ich habe immer einen dabei, man kann ja nie wissen. Wie jetzt zum Beispiel, als ich damit versuche, meine Haare zu trocknen.

Der Verkehr ist leider nicht weniger geworden und ich quetsche mich zwischen einen BMW, der dreimal so groß ist wie mein Käfer, und einen antiken Toyota in die verstopfte Fahrspur.

Nach einer weiteren halben Stunde habe ich mich so weit aus dem Blechstau herausgearbeitet, dass ich auch mein Gaspedal benutzen kann.

Wieder shaked Taylor Swift auf dem Handy und dank der neuen Freisprechanlage muss ich meinen Fahrschwung nicht unterbrechen. »Hallo Gramsie. Ich bin bald da.«

»Hallo, meine liebe Miela. Ich rufe nur an, weil es für dich nicht mehr notwendig ist herzukommen.«

»Das ist nicht dein Ernst!«, schreie ich mehr mir selbst als meiner Großmutter zu.

Pikiert spricht meine Großmutter daraufhin extra leise und ich muss scharf hinhören, um sie zu verstehen. »Meine liebe Enkeltochter! In dieser Lautstärke spricht man nicht mit anderen Leuten, schon gar nicht mit seiner eigenen Großmutter. Ingbert war so galant, für mich in die Stadt zu fahren und mir mein Mittellichtblau zu besorgen. So konnte ich schneller wieder meiner Inspiration folgen. Das verstehst du doch sicherlich. Denk nur an die Nacht, als du mich um drei Uhr morgens aus dem Bett geklingelt hast, weil du unbedingt meine Butterblumenbackform für eine deiner Kreationen gebraucht hast.«

»Das hat doch jetzt gar nichts damit zu tun.« Mit einem halben Schulterblick fahre ich an den Straßenrand und stelle den Motor aus.

»Wie auch immer. Vielen Dank für deine Hilfe. Wenn du dennoch herkommen möchtest, bist du natürlich herzlich eingeladen, allerdings sind die Rouladen verbrannt. Leider lief *Fantasy Island* im Fernsehen und Adele war wohl abgelenkt.«

»Gramsie, deine Rentner-WG macht mir manchmal echt Angst.«

»Wir sind keine Rentner! Wenn schon, sind wir Pensionäre. Und wir sind auch keine WG, wir sind eine wohlsituierte Wohngemeinschaft. Nun entschuldige mich bitte, meine Farben verlieren ihre Geschmeidigkeit. Sehen wir uns dann heute noch?«

Ich schweige einen Augenblick. Nils hat mich vorhin fast gedrängt, bei meiner Großmutter zu nächtigen. Dort bin ich auch wirklich gern, ich habe ein riesiges Zimmer für mich allein, mit einem altmodischen Himmelbett, in dem ich schlafe, als wäre ich in Watte gewickelt. Aber da Nils anscheinend doch früher Schluss gemacht hat, könnte ich ihn überraschen. Es ist sowieso mal wieder Zeit für ein bisschen mehr Pfeffer in unserer Beziehung. Wann haben wir uns eigentlich das letzte Mal mit Leidenschaft geliebt? Der Routine-Beischlaf nach Nils' Tatort-Auszeit sonntags hat mit Leidenschaft ungefähr so viel zu tun wie staubsaugen unter dem Sofa.

»Ich fahre nach Hause, Gramsie. Wir sehen uns nächste Woche zum Kartenspielen.«

Beladen mit Bio-Erdbeeren, Sahne und einer Flasche sortenreinem Chardonnay-Traubensaft stehe ich vor unserer Wohnungstür und taste nach dem Schlüssel in meiner Handtasche. Ursprünglich hatte ich Champagner statt Traubensaft in der Hand, aber ganz ehrlich, das Zeug schmeckt wie etwas, das schon jemand anderes im Magen gehabt und dann – sagen wir mal – wieder ausgespuckt hat.

Durch die Tür dringt klassische Musik. Der Bolero? Ich wusste nicht einmal, dass wir dieses Stück irgendwo haben.

Unsere Wohnung liegt im obersten Stockwerk einer umgebauten Stofffabrik. Eigentlich besteht sie nur aus einem einzigen Raum, lediglich das Bad liegt ein wenig versteckt direkt neben dem Eingang hinter einer Backsteinmauer. Ansonsten läuft man offen in unsere Koch/Ess/Wohn/Schlafhalle hinein, die zu beiden Seiten von bodentiefen Fenstern flankiert wird.

Unser Domizil gehört Nils. Als wir vor drei Jahren beschlossen, zusammenzuwohnen, bin ich bei ihm eingezogen, da er – wie er mir glaubhaft versicherte – niemals wieder in einer spießigen Drei-Raum-Wohnung leben würde. Egal, dachte ich damals, schließlich fühlt man sich dort daheim, wo man wohnt. Mittlerweile muss ich zugeben, dass dem nicht so ist. Ich würde sehr gern in einer spießigen Drei-Raum-Altbau-Wohnung leben.

Als ich die Tür endlich aufgesperrt habe, überfällt mich die nervige Musik in voller Lautstärke.

Im Wohnzimmerteil unserer Bleibe liegen Klamotten auf dem Boden verstreut, darunter ein Spitzen-BH ungefähr in der Größe meiner Pobacken.

Ein Stück weiter rekelt sich auf unserem riesigen Bett eine Frau – nackt. Ihrer Bestückung nach zu urteilen, ist sie die Besitzerin des Megabusenhalters.

»Komm schon, Kleiner«, gurrt sie und stützt sich nach hinten auf ihren Unterarmen ab. Dabei spreizt sie ihre Beine und gewährt mir damit Einblicke, wie ich sie nie haben wollte. In dem Moment nimmt ein brunftiger Nils mit aufgereckter Lanze Anlauf und springt zu der paarungsbereiten Nymphe aufs Bett. Er ruckelt ein wenig mit seinem nackten weißen Hintern und – ich würde sagen, Treffer versenkt.

Kapitel 3
I wie Intuition

Ingwer-Macarons

Man rühre unter die glänzende Macaronmasse ein, zwei Messerspitzen frisch geriebenen Ingwer. Für die Ganache empfiehlt sich mitternachtsdunkle Schokolade aufgelöst in heißer Sahne mit kandierten Ingwerstückchen.

Die Saftflasche knallt auf den Boden mit den schiefergrauen Riesenfliesen, Erdbeeren und Sahne folgen. Doch die Geräusche gehen in dem Stakkatogekreische von Herrn Ravel unter.

Ich würge und schaffe es gerade noch ins Bad neben der Tür. Was das rammelnde Knäuel auf dem Bett nicht stört, die sind beide nicht bei Sinnen.

Nachdem ich mein Mittagessen und den Kuchen vom Nachmittag von mir gegeben habe, erfrische ich mich am Waschbecken. Meine Hände zittern, meine Knie wabbeln und dabei rumpelt mein Herz.

Was passiert hier?

Das alles bilde ich mir doch nur ein, oder?

Wie soll ich jetzt die Sauerei aus Traubensaft und ausgelaufener Sahne aufwischen? Die Erdbeeren sind auch hin oder kann ich sie noch aus dem Scherbenhaufen pulen? Doch wer will die jetzt noch?

Wo ist mein Koffer? Wann bin ich eigentlich das letzte Mal verreist? Nils fährt öfter mal für ein Wochenende weg – mit den Fußballjungs! Ein ekliges Lachen entsteigt meiner Kehle.

Ich muss hier weg. Mein Wohnungsschlüssel steckt noch, meine Handtasche mit Autoschlüssel, Geld und Papieren liegt in der offenen Eingangstür. Mehr brauche ich erst einmal nicht.

Okay, Miela. Du gehst jetzt ganz locker zurück in diesen Saustall, du schaust nicht hin und ignorierst alles um dich herum. Kümmere dich um nichts.

Wieder muss ich würgen, doch ich kämpfe es nieder.

Wie auf Glatteis laufe ich aus dem Badbereich heraus. Mittlerweile kniet sie vor ihm. Ihre Brüste klatschen hin und her und er grunzt Worte, wie sie vermutlich nur Eingeweihten der Pornoindustrie geläufig sind.

Mit fünf großen Schritten stürme ich zum Bett hin. »Wieso tust du das?«, schreie ich Nils von hinten an. Was für eine blöde Frage. So viel zu meiner Coolness.

Als wäre meine Wut, die sich auf die beiden entlädt, mit hunderttausend Volt geladen, fahren sie auseinander. Nils dreht sich mit einem Bocksprung zu mir herum. »Das ist nicht das, wonach es aussieht!«

»Wenn du meinst, es sieht nicht nach Pizza essen und Bier trinken aus, dann hast du recht!« Meine Stimme jagt mir selbst Gänsehaut den Rücken herab, so kalt habe ich noch nie geklungen. Ihm geht es anscheinend ähnlich, denn sein männliches Teilchen schrumpelt auf Dattelgröße zusammen.

»Was soll der Scheiß?«, blafft das Busenwunder Nils an. »Du hast geschrieben, wir wären ungestört. Wenn mir heute nach Zuschauern gewesen wäre, hätte ich auch in irgendeinen Club gehen können.«

»Geschrieben?« Ich habe Mühe, den Blick auf ihr Gesicht mit dem verschmierten, blutroten Lippenstift zu konzentrieren.

»Tinder. Schon mal gehört, Püppchen?«

Mein Verstand nimmt die sechs Buchstaben auf, doch es gelingt ihm nicht, diese zu prozessieren.

Ohne Nils anzusehen wende ich mich ab, hebe meine Tasche auf, ziehe den Schlüssel aus dem Schloss und verlasse die Wohnung.

»Wo ist meine Hose! Verflucht, stell dieses Gejaule aus!«, höre ich Nils seiner Gespielin zuschreien, nur um mir kurz darauf im Treppenhaus Entschuldigungen hinterher zu wimmern.

Doch am Auto angelangt, hat er sich schon wieder gefangen und beschimpft mich als unkooperativ und kindisch. Schließlich gelingt es mir nach zwei vergeblichen Versuchen, den Motor zu starten und loszufahren. Im Rückspiegel wird Nils immer kleiner und der Schmerz in mir umso größer.

Durch meinen Tränenschleier kann ich gerade noch auf die grünen und roten Farben der diversen Ampeln reagieren, die meinen Weg kreuzen. Vielleicht nicht immer auf die richtige Art und Weise, aber immerhin ignoriere ich sie nicht völlig.

Was nun? Wohin?

Eine Straßenbahn klingelt kreischend neben mir. Vor Schreck reiße ich am Lenkrad, zum Glück in die entgegengesetzte Richtung. Mein Herz klopft einen wilden Techno Beat, während ich mir eine Parklücke am Straßenrand suche und schräg darin stehen bleibe. Die Scheibenwischer bleiben auf halbem Weg stehen, während ich den Motor abwürge.

Mit zitternden Fingern reibe ich mir die Augen, doch die Tränen hören nicht auf zu fließen.

Warum? Warum passiert mir so etwas? Gibt es das nicht nur in Filmen?

Hinter meiner Stirn beginnen Kopfschmerzen und mein geschundener Magen revoltiert noch immer. Doch zumindest muss ich mich nicht wieder übergeben.

Na wenigstens etwas.

Ich atme tief in meinen Bauch und nachdem ich für einen Moment die Luft angehalten habe, atme ich tief wieder aus. Und ein. Und aus. Immer wieder. Meine Schultern entspannen sich, mein Kiefer lockert und meine Fäuste öffnen sich.

Damals, in dem Yogakurs, in den mich meine Freundin Caro geschleppt hat, habe ich die Atmerei bestenfalls belustigend gefunden. Schließlich atmen wir Menschen von ganz allein, da muss ich nicht zusätzlich Luft und Liebe einsaugen, *ommm* summen und zusammen mit dem CO_2 hinderliche Gedanken auspusten. Doch hier, allein in meinem Auto, mit einem Herzen schwer wie die Zugspitze und einem Gedankenkarussell, das sich der Lichtgeschwindigkeit nähert, beruhigt es mich.

»Danke Caro«, flüstere ich.

Ich schließe die Augen und konzentriere mich auf das Piksen hinter meiner Stirn. Mit jedem Ausatmen versuche ich den Schmerz loszuwerden. Doch er bleibt hartnäckig. Ich aber auch.

Schließlich gebe ich auf. Anscheinend bin ich doch kein Naturtalent-Yogi. Wenigstens sind meine Augen wieder trocken. Ich wühle in der Handtasche nach einem Taschentuch und putze mir die Nase.

Am einfachsten wäre es, zu Gramsie zu fahren, dort würde man mich sicherlich betüddeln und umsorgen. Aber genau das brauche ich gerade gar nicht. Vermutlich würde sich die ganze Rentner-WG – ich meine natürlich Pensionärs-Wohngemeinschaft – auf mich stürzen und mir Kräutertee, Kräuterschnäpse und mit Kräutersud getränkte Spitzentaschentücher reichen. Wenn die vier Damen zusammen mit ihrem Herrn auf Kurs sind, kann sie kein Verbotsschild stoppen, und wäre es so groß wie ein Wolkenkratzer. Nein, das ist eindeutig zu viel Aufmerksamkeit.

Ich ziehe mein Handy aus der Tasche und suche Caros Nummer. Es ist blöd, das ist mir klar, aber vielleicht ist sie ja schon aus Wien zurück.

Draußen ist es bereits dunkel. Wie spät ist es eigentlich? Kurz nach zehn. Da Caro einer der Menschen ist, die pro Nacht nur eine halbe Stunde Schlaf benötigen, kann ich sie locker noch anrufen. Und selbst wenn, meine beste Freundin wäre auch um drei Uhr nachts für mich da. Genauso wie ich für sie.

Caro, meine kluge, rationale, Ich-hab-so-viel-Schwung-Caroline.

»Hey, Miela! Du glaubst nicht, was gerade vor mir steht!« Caros rauchige Stimme vibriert vor Freude.

»Mmh, ein gut gebauter Wiener mit ordentlich Schmäh?«

»Miela, was ist passiert?« Ich höre Caro wispern, dann raschelt es kurz. »So, jetzt sind wir ungestört. Was ist los?«

»Warum glaubst du, dass etwas los ist? Ich habe doch gar nichts gesagt.«

»Nicht mit Worten, meine Liebe. Aber du klingst total nasal, und es hört sich nicht nach Schnupfen an. Außerdem war gerade so überhaupt gar kein witziger Ton in deiner Stimme, obwohl du ja wahrscheinlich mit dem schmähigen Wiener einen bescheidenen Lacher landen wolltest.«

Caros Trefferquote liegt bei einhundertzwanzig Prozent, was sie soeben einmal mehr bewiesen hat.

»Nils betrügt mich«, flüstere ich und jedes Wort ätzt sich wie Salzsäure meine Stimmbänder entlang.

»Bist du dir sicher oder vermutest du es nur?«

»Ich war dabei.«

»Oh.« Caro schweigt für einen Augenblick. »Ich nehme an, das war kein Anblick, der einen Lieblingsplatz in deinem geistigen Erinnerungsalbum belegt?«

Ein winziges Lächeln stiehlt sich auf meinen Mund. »Ich war noch nie scharf darauf, andere Menschen dabei zu beobachten. Manchmal stammen nicht nur meine Kleider aus den Fünfzigern.«

»Miela ...«

»Ja?«

»Vermutlich ist dies der blödeste Zeitpunkt, dir das zu sagen und wahrscheinlich willst du es auch gar nicht hören, aber Nils ist ein eingebildeter Idiot. Nicht nur, weil er dich so schrecklich verletzt, sondern er ist es schon immer.«

Ich muss bei Caros Worten schlucken. Aber ich weiß auch, dass sie von Anfang an mit meiner Wahl nicht einverstanden war.

»Miela, sag etwas«, bittet sie.

»Es ist okay.« Und irgendwie ist es das auch wirklich.

»Wir kriegen das wieder hin. Und weißt du was, ich nehme morgen den ersten Flieger nach Berlin. Der Filmdreh ist so gut wie fertig und die restlichen Einstellungen schaffen die anderen Make-up Artists, wenn ich ihnen meine Vorlagen dalasse. Dann bekommst du das ganze Programm von mir. Angefangen bei Gigatonnen von Schokoladeneis über Tequila in eimergroßen Gläsern bis hin zu einem Ausflug in eine Karaokebar auf dem Land.«

Jetzt muss ich wirklich lachen. Denn wenn es etwas gibt, was Caro nicht trinkt, dann ist es Alkohol und wenn sie etwas nicht isst, dann ist es Eis, und über Karaoke hatte sie bisher eine extrem dezidierte Meinung. »Du und Eis mit Alkohol und deutschem Schlagergut?«

»Nicht ich, meine Liebe, nicht ich. Du bist diejenige mit Liebeskummer, ich werde nur deine Kummerkastentante und dein Taschentuch sein.«

»Und ich dachte schon, du stellst für mich deine Prinzipien auf den Kopf.«

»So schlimm steht es nun auch wieder nicht um dich.« Ich sehe Caro vor mir, mit ihrem fein geschwungenen Mund, der sich zu einem Caro-Lächeln formt, bei dem mir ganz warm ums Herz wird. »Es ist doch so, Miela, oder?«

Die zwei nackten Leiber von vorhin schieben sich wieder in meine Erinnerung und schnüren mir kurz die Kehle zu. »Ich fange mit dem Schokoeis an, dann sehen wir weiter.«

»Das ist mein Mädchen. Jetzt fährst du zu mir nach Hause, gönnst dir ein Bad mit meinem Vanilleschaum aus Tahiti und kuschelst dich in das Gästebett. Ruh dich aus.«

»Das hört sich gut an. Nur leider hängt dein Schlüssel in der Wohnung, die ich soeben fluchtartig verlassen habe und sie ist der letzte Ort, wo ich hinwill.«

»Unschön. Dann klingele bei Armin und Umberto, die beiden sind garantiert da, sie haben einen Ersatzschlüssel.«

»Meinst du, ich kann sie um diese Zeit noch stören?«

»Sie werden es lieben, sich von dir stören zu lassen.«

»Danke, Caro.«

»Jederzeit. Und beim nächsten Mal hoffentlich unter besseren Umständen. Bis morgen und versuche, ein wenig zu schlafen.«

»Caro!«, rufe ich noch, ehe sie die Verbindung beenden kann. »Was steht denn nun so Tolles vor dir?«

»Ein originales Stück Sachertorte! Ich war eben im Begriff, ein Foto davon zu machen und dir zu schicken, als du angerufen hast. Ein wenig Neid unter Freundinnen sollte hin und wieder schon erlaubt sein, finde ich. Aber unter diesen Umständen sehe ich davon ab und bringe es dir morgen als Trösterli mit.«

»Du bist die Größte.«

»Ich weiß. Schlaf gut.«

Caros Nachbarjungs sind mir mehr als wohlgesinnt. Offensichtlich wurden sie bereits von ihr über meine missliche Lage unterrichtet, denn als ich an dem Haus ankomme, in dem sie wohnen, steht bereits Armin in der Haustür.

»Meine bezaubernde Miela, ich grüße dich.« Ehe ich auch nur Pieps sagen kann, reißt er mich in seine Arme und drückt mich an sein gut genährtes Wohlstandsbäuchlein, mein Kopf landet knapp unter seinem Kinn. »Folge mir, mein Schatz, folge mir. Umberto und mir ist es ein Vergnügen, dir zu Diensten zu sein.«

Armin greift nach meiner Hand und tätschelt sie den ganzen Weg durch die marmorne Eingangshalle hindurch. Wir stiefeln gefühlte 127 knarzende Stufen hinauf in die oberste Etage des vornehmen Altbaus in Berlin Mitte. Bei jedem Besuch hier rätsele ich erneut darüber, warum bei der Sanierung vor ein paar Jahren ein netter, kleiner Fahrstuhl ausgespart wurde. Caros Kommentar dazu besteht stets nur aus einem eleganten Heben ihrer perfekt geschwungenen schwarzen Augenbrauen, während Armin bei dieser Frage jedes Mal seine Hände zusammenschlägt und gen Himmel reckt. Von Umberto gibt es nur: »Madonna, ich dich bitte.«

In der Wohnungstür steht Umberto und übernimmt mich von Armin. Dieses Mannsbild ist eine Mischung aus Brad Pitt (ohne Bart und in jüngeren Jahren) und David Beckham (die aktuelle Version) mit einem Schuss der Hemsworth-Brüder, garniert mit Hugh

Jackman und Chris Pine. Eigentlich möchte ich den ganzen Tag nur dastehen und ihn anstarren. Doch daraus wird nichts. Die beiden scheuchen mich zu einer opulent gedeckten Tafel in ihrem Speisezimmer. Auf einer weißen Damast-Tischdecke umrahmt schweres Silberbesteck edles, fast durchsichtig scheinendes Porzellan. In der Mitte des Tisches thront eine Schüssel, in der dem Duft nach zu urteilen sich nur eines befinden kann: handgemachte Spaghetti von Umberto. Diese Köstlichkeit durfte ich schon mehrmals genießen und zu diesem Gedicht benötigt man weder Soße noch geriebenen Käse, nicht einmal Hunger. Diese feine, zartgelbe Pasta geht immer.

Wir widmen uns schweigend dem Essen, im Hintergrund erklingt dezente Klaviermusik von Mozart. Nur Caruso, der Jack Russell Terrier von Armin und Umberto, kommt ab und an durch das Speisezimmer gefegt, gefolgt von Mamsellchen, Caros Siamkatze.

»Sollte es nicht eher andersherum sein?« Grinsend sehe ich den beiden Fellknäueln hinterher.

»Sie sind Hähne des Streites, aber im Herzengrund lieben sie sich.« Umbertos italienischer Blick erhitzt die Spaghetti in meinem Bauch fast bis zum Siedepunkt. »Wo wir wären ohne Amore?« Er wendet sich an Armin und drückt dessen Hand. Bei ihrem Anblick steigt die Wärme aus meinem Bauch auf und wärmt mein frierendes Herz. Solange die beiden sich haben, ist die Welt für alle anderen in Ordnung.

Nach einem Espresso, der mich vermutlich die nächsten hundert Jahre wach halten wird, beenden wir unser Mahl. Die altmodische Standuhr schlägt bereits die zwölfte Stunde und trotz des Koffeins, welches in meinem Blut zirkuliert, fühle ich mich von Müdigkeit niedergedrückt. Ich erhebe mich träge und Armin und Umberto folgen mir zur Wohnungstür.

»Du bist sicher, Schatz, dass du nicht in unserem Gästezimmer nächtigen möchtest?« Armin sieht mich mit gerunzelter Stirn an. »Wir hätten dich sehr gern bei uns.«

»Ihr seid so großzügig zu mir und ich danke euch vielmals. Aber ich denke, ich wäre jetzt gern ein wenig allein.«

»Du möchtest etwas Mamsellchen mitnehme, zu dir?« Schnurrend kuschelt die schneeweiße Katze in Umbertos Armen, lässt sich jedoch ohne größeres Protestmiauen von mir entgegennehmen.

»Gute Nacht, Jungs.« Ich drücke beiden einen Kuss auf die Wange und schließe Caros Wohnungstür auf. Mit einem dumpfen Laut fällt sie hinter mir ins Schloss. Mamsellchen windet sich aus meinen Armen und entfernt sich Richtung Wohnzimmer.

Nach der doch sehr männlichen Wohnung der Jungs, die hauptsächlich von schwarzem Leder und Palisanderholz dominiert wird, befinde ich mich in Caros Wohnung auf der anderen Seite der Farbskala. Honigfarbene Holzdielen glänzen unter meinen Füßen, weiße Möbel schmiegen sich an cremefarbene Wände und in Dutzenden von Kristallvasen in allen Größen setzen Blumensträuße bunte Akzente.

Nach einem Umweg übers Bad lasse ich mich auf Caros Gästebett fallen. Wie immer ist alles tipptopp und mit einem i-Tüpfelchen in Form eines schokoladigen Gute-Nacht-Grußes auf dem Kopfkissen vorbereitet.

Ich hole mein Handy aus der Handtasche und atme bis zu meinen Zehenspitzen durch. Hoffentlich hat sich Nils nicht gemeldet, ich weiß nicht, wie ich damit umgehen sollte.

Bis auf zwei Nachrichten von Caro hat mir mein Telefon nichts Neues zu vermelden.

Unglaublich! Nils hat nicht einmal versucht, mich anzurufen! Wie abgebrüht ist dieser Kerl eigentlich! Vermutlich muss er erst noch mit seiner Nacktbekanntschaft neue Tinder-Anbiederer nach links oder nach rechts schieben! Oder in welche Richtung auch immer.

Und da sind sie wieder. Literweise heiße Tränen, die ich fließen lasse, damit sie den Schmerz kühlen, der mein Herz perforiert. Ich rolle mich auf dem Bett zusammen, wie einst als Kind, wenn draußen ein Gewitter tobte und mich mit seinem Donner vom Schlafen abhielt.

Irgendwann, als mein Schluchzen abebbt, legt sich Mamsellchen zu mir. Sie schiebt mir ihr Köpfchen an den Hals und beginnt zu schnurren. Langsam entgleiten mir die quälenden Gedanken und ich lasse mich von dem gleichmäßigen Brummen einlullen.

Es scheint mir nur ein paar Augenblicke später, als Mamsellchen mit ihren Vorderpfoten auf meiner Brust auf und ab drückt. Ich öffne mühsam die Augen, die sich dick und verquollen anfühlen. Doch es ist später, als es sich anfühlt, denn die Sonne geht bereits auf.

»Ist gut, du kleine Frühaufsteherin.« Ich streichele dem weißen Fellknäuel sanft über das Köpfchen. »Ich habe vergessen, dass dein Frauchen mit den Singdrosseln aufsteht.«

Es ist still im Haus und durch das geöffnete Fenster höre ich nur gelegentlich ein Auto unten die Straße entlangfahren.

»Na komm, wir schauen mal, was Caro Gutes für dich zum Fressen hat.« Etwas wackelig erhebe ich mich aus dem Bett, dabei schmerzen meine Glieder mit meinem Kopf um die Wette.

Ich will es nicht und dennoch sehe ich auf mein Handy.

Nichts.

Nachdem ich die Katze bezüglich ihres Morgenmahls zufrieden gestellt habe, gönne ich mir eine kalte Dusche. Es ist ein kläglicher Versuch, meinen Kummer wegzuspülen. Ich rubbele mich mit einem Flauschhandtuch wieder warm und schlüpfe in das Kleid von gestern. Unglaublich, war es wirklich erst gestern, dass ich in diesem Kleid die Schmach meines bisherigen Lebens kassiert habe?

»Du kannst nichts dafür!« Trotzig streiche ich den purpurfarbenen Stoff über dem dazu passenden Petticoat glatt. Sicherlich könnte ich mir allerhand Nettes aus Caros Kleiderschrank ausborgen, nur liegen zwischen ihrer Sportfigur von einem Meter fünfundsiebzig und meiner rund zehn Zentimeter kleineren, eher weiblichen Figurvariante modisch mindestens drei Welten.

Da es gerade mal sieben Uhr morgens ist, beschließe ich, zu Fuß zu den Räumen der *WeSelf* zu laufen. So wäre ich vermutlich noch immer eine der Ersten dort,

mit Sicherheit nicht die Erste, denn dieser Titel gebührt immer Constanze. Immer.

Nils trifft meist im Lauf des Vormittages in der Redaktion ein. Ob er sich wohl zu mir in die Backstube
verirrt? Was soll ich bloß tun, wenn wir uns über den
Weg laufen? Will ich ihm überhaupt über den Weg
laufen?

Mit jedem Schritt in Richtung der *WeSelf* erhöhen
meine Gedanken ihr Schusstempo. Trotz der bereits
warmen Sonne kriecht mir Gänsehaut an den Armen
empor.

An den Hackeschen Höfen regt sich das Berliner Leben. Fahrradkuriere mit strammen Waden fädeln sich
durch den langsamer werdenden Verkehr. Erste An-
zugmenschen hasten mit Kaffee-zum-Gehen-Bechern
auf den Gehwegen in alle Richtungen. Was noch fehlt,
sind die waschechten Mitte-Mütter mit ihren *Bugaboo*
Kinderwagen und die Touristen, gut zu erkennen an *I-
Love-Berlin*-Shirts.

Eine Gruppe kreischender Teenager mit an den
Händen angewachsenen Telefonen drängt mich ab
und ich halte kurz in einem Torbogen inne, um den
Pulk vorbeizulassen. In diesem Moment erreichen
Sonnenstrahlen die winzigen Mosaikfliesen, mit de-
nen der Torbogen geschmückt ist. Azurblau leuchten
sie auf und lenken meinen Blick auf das Kunstwerk.
Wie funkelnde Saphire umspannen sie den ganzen
Bogen, dazwischen schimmern goldene Steinchen.
Der Anblick erinnert mich an die Abende, wenn der
Schnee meterhoch liegt, die Luft frostig knistert und
die Weihnachtstage Ruhe in unsere Seelen bringen.

Wenn es früh dunkel wird und der Sternenhimmel sich so unendlich über uns wölbt.

Mein Kummer löst sich für einen Moment auf und ich atme zum ersten Mal seit gestern Abend ohne schmerzhaften Gegendruck ein. Selbst mein Kopfweh hält inne.

Neugierig gehe ich durch den Torbogen und bleibe mit pochendem Herzen stehen. Vor mir erstreckt sich ein Garten, den ich bisher nur aus meinen Träumen kannte.

Kapitel 4
H wie Herz

Haselnuss-Macarons

Wie wäre es mit knusprigen Macaronschalen aus aroma-
tischen Lambert-Haselnüssen? Dazu eine schmelzende
Ganache aus frischer Sahne und dunkler Haselnussscho-
kolade.

Der Hofgarten wird auf drei Seiten von zweistöckigen
Backsteinbauten umrahmt, an dessen Wänden sich
weinrote Rosen emporranken. In der Mitte des Platzes
thront ein Kirschbaum, um den sich eine Holzbank
windet. Gepflasterte Wege aus silbrigen Granitsteinen
führen zu je einem Eingang der drei Gebäude. Die
sattgrüne Wiese zwischen den Wegen ist mit Gänse-
blümchen übersät.

Zu meiner Linken hängt ein altmodisches Zunftzei-
chen der Schreiner über dem Tor. Rechts befindet sich

augenscheinlich ein Nähatelier, zumindest vermute ich es, denn es stehen diverse Schneiderpuppen auf dem Platz vor dem Eingang.

Direkt gegenüber liegt das Prunkstück des Gartens. Es ist ein Café mit zwei großen Fenstern, die eine gläserne Eingangstür flankieren. Durch das rechte Fenster erspähe ich Tische mit bunten Sesseln und durch die linke Scheibe einen Tresen mit einem deckenhohen Regal dahinter. Eine Frau schlendert vor dem Regal entlang und als sie mich sieht, winkt sie mich heran. Ihr strahlendes Lächeln fliegt mir quer über den Hof zu und zieht mich geradewegs zu dem Café, über dessen Tür ein Schild prangt, auf dem in geschwungenen Buchstaben das Wort *Teetässchen* aufgemalt steht. Welch entzückender Name!

Die Frau nimmt mich bunt und fröhlich an der Eingangstür in Empfang. Dabei flattert ihre wadenlange, orange-gelb gemusterte Tunika in den Ausmaßen eines Dreimannzeltes beschwingt um sie herum. Von den Ohrläppchen baumeln meterlange Goldanhänger und ihre granatapfelroten Haare türmen sich auf dem Kopf zu einem lockigen Etwas.

»Herzlich willkommen im *Teetässchen*. Kommen Sie nur herein, meine Liebe. Mein Name ist Assa und wie ich sehe, können Sie eine gute Tasse vom richtigen Tee gebrauchen.« Ihre tiefe Stimme überzeugt mich, hier genau richtig zu sein, und ich folge ihrer netten Einladung. Ich glaube ja, dass es gegen fast jeden Kummer das richtige Törtchen gibt, aber ein Tässchen Tee zur rechten Zeit kann auch nicht verkehrt sein.

Assa führt mich zu einem niedrigen Tisch am Fenster und ich mache es mir in einem burgunderroten Samtsessel bequem.

Für einen Moment blickt sie mir mit ihren grünen Katzenaugen direkt in die Augen. Doch mir ist es nicht im Ansatz unangenehm.

»Ich weiß, welcher Tee der Ihre ist. Sie mögen Brombeeren?« Mit einer Eleganz, die ich bei ihrer Leibesfülle nicht vermutet hätte, bewegt sich Assa durch den Raum und hinter die Teebar. Dort holt sie aus dem Regal, das vom Boden bis zur Decke mit glänzenden goldenen Dosen gefüllt ist, fünf davon heraus. Sie stellt sie vor sich hin, öffnet sie und schnuppert kurz an jeder. Dann nimmt sie einen Löffel und schaufelt aus jeder Dose den jeweiligen Tee in ein Teesieb. Bevor sie die Dosen wieder verschließt, nimmt sie aus der kleinsten nach. Aus einem der drei Samoware neben dem Regal lässt sie dampfendes Wasser durch das Sieb in eine Glastasse rinnen. Es läuft nur wenig Wasser heraus, sodass es eine ganze Weile dauert, bis das Teeglas gefüllt ist. Dann serviert sie mir das Getränk.

»Ringelblume kittet das Herz, Weißdorn lässt es wieder heilen. Dazu etwas Rose gegen das Misstrauen und Kamille für das Selbst.«

»Und die fünfte Zutat?«, hauche ich und kann es nicht fassen, was sie da gerade aufgezählt hat. Vermutlich verraten mich meine verquollenen Augen und die dunklen Schatten darunter. Selbst Caros Hightech-Concealer musste heute Morgen die weiße Flagge schwenken angesichts der Dunkelheit unter meinen Augen.

»Brombeeren, weil Sie die mögen.«

Da ich nicht weiß, was ich sagen soll, drehe ich das Teesieb in der Tasse hin und her und konzentriere meinen Blick darauf.

»Schwenken Sie das Sieb nicht zu sehr.«

Ich sehe sie fragend an und halte inne.

»Ich kann sonst Ihren Tee nicht lesen.«

Unwillkürlich lege ich meine Stirn in mehr Falten, als ihr guttut. Ich lese keine Horoskope, ich interessiere mich nicht für Freitage, die auf einen 13ten fallen und ganz bestimmt sehe ich meine Zukunft nicht in einem Haufen ausgelaugter Teeblätter geschrieben.

»Nun schauen Sie nicht so verschreckt. Ich bin, nennen wir es, eine Art Teepsychologin.«

Mit einem Schmunzeln bügele ich meine Stirn wieder glatt. Meiner Neugier konnte ich noch nie widerstehen. Wer weiß, vielleicht verbirgt sich zwischen den Kräuterblättchen zur Abwechslung mal eine gute Nachricht. Wie wäre es für den Anfang mit: Und Nils' bestes Teilchen blieb in dem fremden Schlund bis in alle Tage stecken, nun lebt er auf immer und ewig ohne.

»Was muss ich tun?«

»Zuerst sollten Sie den Tee abkühlen lassen, ehe Sie ihn trinken. Wie wäre es in der Zwischenzeit mit einem guten Stück Erdbeerkuchen?«

Kuchen ist mein Stichwort, Kuchen geht immer. Aber Erdbeerkuchen – Ende August? Alarmiert drehe ich mich zur Kuchenvitrine um, denn zu dieser Jahreszeit gibt es Erdbeerkuchen in der Regel nur mit akademischer Hilfe oder erdbeerähnlichen Gewächsen aus China, die in Einweckgläser gequetscht werden. Dazu noch eine Handvoll Allurarot-Farbstoffe und vier, fünf Esslöffel Piperonal-Aroma.

Noch ehe ich dankend ablehnen kann, ist Assa bereits aufgesprungen und ratscht an der Bar mit einem Kuchenmesser durch eine undefinierbar rötlichbraune Masse. Schon kippt das Gebilde auf einen Teller und wird von vollaromatisierter Sprühsahne getoppt.

»Wohl bekomm's.« Strahlend wie die Morgensonne draußen im Hof stellt Assa den überladenen Teller auf den Tisch und lässt sich auf den Stuhl neben mir fallen, der mit royalblauem Samt bezogen ist. Dabei ächzen sie und der Stuhl gleichermaßen.

»Ui, Erdbeerkuchen. Zum Sommerende, ähm, fein.« Vorsichtig pikse ich mit der Kuchengabel, die ein wenig stumpf wirkt, in die quietschgelbe Masse unter den Pseudoerdbeeren.

»Genau! Ich kenne niemanden, der Erdbeeren nicht liebt und zusammen mit einem guten Sahnepudding passt das doch immer, nicht wahr.«

Ich nicke und erinnere mich daran, ein Lächeln in meine Mundwinkel zu schicken.

»Und ganz unter uns«, Assa beugt sich über ihrem Riesenbusen vertraulich in meine Richtung, »ist backen nicht gerade meine Lieblingsarbeit hier in der Teestube. Immer dieses penible Abwiegen und alles muss irgendwie im richtigen Verhältnis zueinander stehen, sonst wird es nix. Da ist dieser Erdbeerkuchen perfekt für mich. Den guten Boden gibt es praktisch abgepackt, ebenso den Pudding und die Erdbeeren. Das Schichten mache ich dann ganz gern.«

Habe ich es nicht gesagt!

Was mache ich denn jetzt mit dem nett gemeinten Stück? Als wäre ich an der Einrichtung interessiert, lasse ich meinen Blick durch die Teestube schweifen. Doch ich kann nicht das winzigkleinste Pflänzchen entdecken, das ich großzügig mit dem Kuchen düngen könnte.

»Ich würde mir gern erst einmal die Hände waschen.« Entschuldigend nicke ich Assa zu und erhebe mich. Rechts neben der Teebar führt mich ein Schild in die richtige Richtung.

An der Kuchenablage bleibe ich stehen. Ich kann einfach nicht wegschauen, es ist zu grauenvoll. Der Erdbeerkuchen ist nicht das einzige Opfer dort. Daneben schrumpelt noch ein halbes Dutzend gräulicher Muffins vor sich hin, ein angeschnittener Gugelhupf, trocken wie die Wüste Gobi, wartet auf Meißel und Hammer und über allem thront ein windschiefer Turm aus … ja, aus was eigentlich? Soll das eine Pfannkuchentorte sein?

Selbst wenn man die Scheibe der Vitrine auf Hochglanz polieren würde, wäre der Anblick nicht appetitlicher. Was für eine Verschwendung von Lebensmitteln! Es tut mir leid um jedes Ei und jeden Zuckerkrümel, der in diesen Backwerken steckt. Dabei sind es garantiert Herden von Zuckerkrümeln.

Bei genauerem Hinsehen entschwindet auch der Charme der alten Teebar und des antiken Regals dahinter. Was ich für Shabby Chic gehalten habe, entpuppt sich als ziemlich eingestaubt. Es ist schon fast eine Meisterleistung, so akkurat runde Ecken gewischt zu bekommen. Einzig die Teedosen, die drei

Samoware und das Teegeschirr funkeln und glänzen in der Morgensonne.

Merkwürdig. Kopfschüttelnd gehe ich in das Bad, um mir die Hände zu waschen. Auch hier müsste mal dringend sauber gemacht werden. Es ist nicht schmutzig-schmutzig, die Teestube und auch das Bad sind durchaus gepflegt. Aber irgendwie liegt alles unter einer Schicht Staub, als würde es schon seit einer Weile ruhen.

Dabei wirkt Assa so tatkräftig und auch so absolut richtig in ihrem *Teetässchen*. Ich kann mir nicht vorstellen, dass ihr dieser eingerostete Zustand egal ist. Mit einem Mopp, ordentlich Spülmittel und ein wenig neuer Farbe ließe sich hier so viel verschönern. Die gemütliche Lage der Teestube ist einzigartig, dazu dieser lichtdurchflutete Gastraum mit Blick in den herrlichen Garten. Wenn dort im Winter Schnee liegt, könnten wir in den Zweigen des Kirschbaumes Lichterketten aufhängen, dazu ein knisterndes Feuer in dem Kamin in der Ecke des Cafés, eine dampfende Tasse herrlichen Kräutertees, zusammen mit Honigprinten und Butterstollen ...

Langsam schlendere ich wieder zurück zu meinem Platz. Assa begrüßt derweil einen älteren Herrn und geleitet ihn zu einem Tisch am anderen Ende des Fensters. Er scheint ein Stammgast zu sein, denn in dem Moment, in dem er sich setzt, stellt Assa auch schon ein dampfendes Teeglas vor ihn hin. Zusammen mit einem Schrumpelmuffin. Der Arme.

»Ein reizender Herr«, flüstert mir Assa zu, als sie zu mir zurückkommt. »Ein wenig schüchtern für meinen

Geschmack, aber es kann ja nicht jeder so ein Draufgänger sein wie mein zweiter Mann.«

Ich muss über Assa schmunzeln, in ihrer Gegenwart fühle ich mich ganz leicht.

Sie weist mit einer Hand auf meinen Stuhl, doch ich schüttele den Kopf. »Es tut mir leid, aber ich muss los. Meine Arbeit wartet.« Just in diesem Augenblick schiebt sich Nils wieder in meine Gedanken. Wenn ich gleich auf der Arbeit eintreffe, liegt die Konfrontation mit ihm direkt vor mir. Übelkeit quetscht meine Kehle zusammen und meine Knie zittern. Tief durch die Nase atmend, setze ich mich doch hin. Mit dem Ellenbogen schiebe ich den aufdringlich riechenden Erdbeerkuchen zur Seite.

»Mir ist gerade etwas unwohl«, entschuldige ich mich bei Assa.

»Das sehe ich, mein Kind.« Mit flinken Bewegungen räumt sie den Kuchen ab und stellt mir ein Glas mit frischem Wasser hin. »Ich denke, Sie sollten Ihren Tee trinken. Der ist gerade richtig.«

Auch das noch. Um das Kuchenexperiment bin ich glücklicherweise herumgekommen, aber jetzt gruselt es mir doch vor dem Tee und wie ich diesen dankend ablehnen kann, ohne Assa zu verletzen, ist mir ein Rätsel. Was soll's, Augen zu und runter damit. Schlimmer als Pudding aus industrieller Massenhaltung mit ultrahocherhitzten Gen-Erdbeeren kann er nicht schmecken.

Mit Schwung hebe ich das Teesieb aus dem Glas und leere mit einem Schluck die Hälfte des Tees. Ich hole Luft für den zweiten Zug und halte inne. Auf meiner Zunge umtanzen sich Aromen in einer Fülle und

Harmonie, wie ich sie noch nie bei einem Tee wahrge-
nommen habe. Ich schmecke die Süße von reifen
Wildbrombeeren, ich kann regelrecht den Saft an
meinem Gaumen spüren. Ein vanilliges Honigaroma
und blumig herbe Noten flirten in meinem Mund
miteinander.

Ich merke selbst, wie ich die Augen aufreiße. Un-
gläubig starre ich Assa an, die mich ruhig angrinst.

»Ich sage doch, mit dem Backen habe ich es nicht so.
Aber bei Tee weiß ich Bescheid.«

Assas Kommentar könnte arrogant klingen, tut er
aber nicht, denn was ich hier trinke ist großartig. Und
damit meine ich nicht nur den Geschmack, sondern
auch mein Herz wird leichter, so als würde jemand
über die Schrammen pusten und eine heilende Salbe
auftragen. Was hat sie vorhin gesagt? Irgendeine Blu-
me für das Herz und Rose, ja Rose und Kamille für
mich selbst. Bisher habe ich Kamillentee immer für
das quälende i-Tüpfelchen bei einem Magen-Darm-
Infekt gehalten.

Voller Genuss trinke ich Schluck für Schluck die
warme Flüssigkeit aus und genieße sie bis zum letzten
Tropfen. Dann halte ich Assa das leere Glas unter die
Nase. »Mehr.« Und dieses Mal ist mein Lächeln absolut
echt.

Assa wackelt mit dem Zeigefinger. »Den guten Tee
wollen wir doch erst einmal in Ruhe wirken lassen.
Wie wäre es stattdessen mit einem Blick in Ihre Teekräuter?«

Begeistert nicke ich. Was so lecker schmeckt, kann
nur gut und richtig sein, oder?

Assa schnappt sich das Teesieb aus meiner Hand. Sie beugt sich damit weit zur Fensterscheibe hin, um, wie es aussieht, auch das geringfügigste Quäntchen Licht in das Teesieb zu leiten. Dabei kneift sie die Augen fest zusammen und ihr Gesicht nimmt einen eher ungesund aussehenden, roten Farbton an.

Mein Herz rast, dazu bohre ich die Fingernägel in die Handflächen und beuge mich mittlerweile selbst bedenklich schräg über den Tisch.

»Ist es so schlimm?«, hauche ich. Assas Augen sind so weit zusammengekniffen, dass sie die Welt eigentlich nur noch als Strich wahrnehmen dürfte.

»Schlimm?« Assa blickt auf, behält aber ihren verkniffenen Gesichtsausdruck bei. »Schlimm ist hier gar nichts. Ich lese nur.«

Okay, ich habe zwar noch nie jemanden so angespannt lesen gesehen, aber das heißt ja nicht, dass es so etwas nicht gibt. Beruhigt hat mich ihr Hinweis freilich nicht.

»So, so«, murmelt sie vor sich hin und »Aha«, begleitet von »Ah, ja.« Dann sieht sie mich wieder an. »Welche Frage möchten Sie eigentlich beantwortet haben?«

Völlig davon überrumpelt plappere ich aus, was mir als Erstes durch den Kopf geht. »Werde ich mich jemals wieder verlieben?«

So ein Blödsinn! Habe ich keine anderen Sorgen? War es nicht erst gestern, dass ich meinem Freund – sorry, Exfreund – beim Sex zugesehen habe – mit einer ANDEREN?

»Ich, ich …«, stammele ich hinterher, aber Assa winkt nur ab und konzentriert sich wieder auf ihre Lektüre.

Schließlich stellt sie das Teesieb zurück auf eine Untertasse und lächelt mich an.

»Sie werden sich schon bald wieder verlieben und das Beste daran ist, auch er wird Sie lieben.«

Ich atme hörbar Luft aus, von der ich gar nicht wusste, dass ich sie angehalten habe. Das ist eine nette Nachricht. Erwartungsvoll sehe ich Assa an, doch sie schweigt.

»Und?«, helfe ich ihr ein wenig nach.

»Was und?«

»Wie sieht er aus, zum Beispiel?« Steht das nicht auch in den Teeblättern? Also nicht, dass mir das Aussehen so wichtig wäre, schließlich geht es um sein Herz. Aber gepflegt sollte er schon sein und gut angezogen und ich mag Männer mit schokobraunen Augen und dunklem Haar.

»Wie er aussieht?« Assa stutzt, blickt dann kurz in das Teesieb und nickt. »Halten Sie Ausschau nach einem mittelgroßen, mittelschweren Mann.«

»Mit braunen Augen?«

»So in der Art.«

»Und dunklen Haaren?«

»Braune Haare sind immer gut.«

Assa legt ihre Hand quer über den Tisch auf meine. »Das Wichtigste aber wird sein, dass er Sie liebt und Sie ihn. Er wird Ihr Herz heilen, auch wenn es gar nicht so kaputt ist, wie Sie gerade glauben.« Assas Stimme sinkt zu einem Flüstern herab. »Häufig ist ein Weg, den wir gerade gar nicht entlanglaufen wollen, der richtige. Wir sollten uns nicht von den herumliegenden Steinen und den Schlaglöchern abhalten lassen und auch nicht davon, dass wir manchmal ungeschützt im strömenden Regen wandern. Stattdessen sollten wir einen Schritt nach dem anderen gehen, ohne zu vergessen, dass am Wegesrand so manch hübscher Regenbogen in einem Regentropfen aufleuchtet, wenn wir nur sorgfältiger hinsehen.«

Die Glocke über der Tür schnippst mich von einem einsamen Waldweg zurück ins *Teetässchen*. Der Postbote, der die Teestube betritt, tippt sich mit einer Handvoll Briefen an die Schiebermütze, legt seine Gaben auf die Teebar und verschwindet wieder.

Hastig stehe ich auf. Wie peinlich, dass ich während Assas esoterischer Rede so an ihren Lippen gehangen habe. Fast hätte ich mir ein paar Wanderschuhe besorgt, diese geschnürt und mich aufgemacht in die tiefsten unberührten Wälder meines Herzens.

Assa erhebt sich mit mir und schüttelt ihre Zelttunika zurecht.

»Ich muss jetzt wirklich los. Was bekommen Sie?« Meine Wangen brennen, während ich in meiner Tasche nach der Geldbörse krame. Hoffnung und Schmerz duellieren sich gerade in mir und die Ahnung darüber, was heute noch vor mir liegt, legt sich wie Stacheldraht auf mein Gemüt.

»Eins fünfzig, bitte.«

Ich halte mit dem Kramen inne und blinzele Assa an. »Aber selbst der Tee allein ...«

Mit beiden Armen winkt Assa ab. »Vom Kuchen hatten Sie ja leider nichts.«

Mit schlechtem Gewissen drücke ich ihr einen Fünf-Euro-Schein in die Hand. »Stimmt so«, murmele ich.

Assa begleitet mich zur Tür, öffnet diese und hakt sie ein. »Wenn Ihnen mal wieder der Sinn nach einer guten Tasse Tee steht, dann kommen Sie gern zu mir ins *Teetässchen*. Ich bin immer hier.«

»Das werde ich, der Tee hat mir gutgetan.«

»Ich wünsche Ihnen alles Gute.« Assa strahlt mich an und ich bin mir in diesem Moment sicher, dass wirklich alles gut werden wird. Vielleicht nicht unbedingt heute, aber bestimmt irgendwann.

Kapitel 5
N wie Nils

Nugat-Macarons

Zartschmelzendes, cremig gerührtes Gianduia geht eine Liaison ein mit goldbraunem Haselnussbaiser aus gerösteten Lambert-Haselnüssen, garniert mit knackigem Haselnusskrokant.

Langsam schlendere ich über den Hof, an dem Kirschbaum vorbei, dessen Früchte tiefrot an den Zweigen hängen. Am liebsten würde ich meine Schuhe abstreifen, auf einen der Äste klettern und mich an den saftigen Kirschen satt essen. Dabei würde ich meine Beine und meine Seele in der Sonne baumeln lassen.

Zu meiner Linken bekleidet gerade eine junge Frau eine der Schneiderpuppen mit einem hauchzarten Sommerpullover aus silbrig schimmerndem Kuschelgarn.

Magisch von diesem herrlichen Teil angezogen gehe ich zu ihr. »Dieser Pullover ist unglaublich schön. Haben Sie den selbst gemacht?«

Eine helle Röte breitet sich auf ihren Wangen und ihrer Stirn unter dem hellbraunen Pony aus. Verlegen lässt sie das Pulloverkunstwerk los und richtet sich den Zopf im Nacken.

»Ich dachte, jetzt, wo sich der Sommer seinem Ende zuneigt, wird es wieder Zeit für etwas Kuscheliges, das jedoch nicht so schwer und fest wirkt.« Nun färben sich auch ihre Ohrspitzen rötlich ein, sie scheint nicht gerade die geborene Verkäuferin zu sein.

»Wie fein die Fäden miteinander verknüpft sind.« Zart streiche ich über einen Ärmel, der sich wie Flaum anfühlt.

»Ich habe den Pullover in der Lace-Technik gestrickt. Viel Luft und viel Liebe für jede Masche.«

»Wie beim Backen. Da geht es auch um Luft und Liebe.«

»Oh, sind Sie Bäckerin?«

»So in der Art, ja. Ich bin Konditorin.« Auf Abwegen.

Aus der Werkstatt gegenüber rumpelt es kurz so laut, dass ich nicht einmal mehr die Vögel in dem Kirschbaum zwitschern höre. Anschließend ist es still, bis ein »So ein Mist!« folgt, welches aus tiefster Seele zu entsteigen scheint.

Ein Lächeln umspielt den Mund der Frau und sie blickt mit Sehnsucht über den Hof. »Das war Leon Carpenter, ihm gehört die Schreinerwerkstatt drüben.«

»Und wie es aussieht, rumpelt es dort öfter mal?«

»Definitiv.« Lachend wendet sie sich wieder der Schneiderpuppe zu und zieht den Pullover gerade. Ihre feinen Finger berühren dabei kaum das zarte Garn. Irgendwie ist alles an ihr sehr fein, wie ihr handgestrickter Pullover. »Bei uns im Hof ist es leider viel zu still. Da kommt mir ein wenig Gerumpel hin und wieder ganz recht.«

»Haben Sie noch mehr Sachen?« Ich blicke an dem Backsteingebäude empor, kann aber kein Schild entdecken, das Aufschluss über die Art des Ateliers geben würde. Nur neben der Tür steht eine kunstvoll bemalte Kreidetafel, auf der ein Sommerkleid und eine Hose aufgemalt sind.

»Drinnen habe ich noch mehr meiner Kleiderkollektionen. Ich liebe es, Kleidung zu designen. Meistens arbeite ich aber als Änderungsschneiderin.«

Die Frau geht mir voran in den Laden und ich folge ihr.

In dem vorderen Teil des sonnendurchfluteten Raumes stehen Schneiderpuppen in Grüppchen beieinander. Die einen tragen luftige Sommerkleider aus schimmernden Seiden- und Jersey-Stoffen und die anderen fließende Baumwollhosen sowie herrliche Strickpullover ähnlich dem, den ich bereits bewundern konnte.

»Unglaublich! Was für schöne Sachen.« Ich spaziere von Puppe zu Puppe und kann mich gar nicht sattsehen an den Eiscremefarben und zarten Stoffen. Jedes einzelne dieser Kleidungsstücke würde ich sofort anund nie wieder ausziehen. Und das will etwas heißen, wenn ich meinem Fünfzigerjahre-Chic untreu werden möchte. »Die Leute müssten hier eigentlich Schlange stehen, um eines Ihrer Teile zu ergattern.«

Die junge Frau neigt ihren Kopf zur Seite und lächelt schüchtern. »Schlangen haben wir in unserem versteckten Hinterhof-Biotop noch keine gesehen – leider.«

Da liegt hier dieses Juwel, nur durch einen Torbogen getrennt, in einem der hipsten Stadtviertel Berlins und wird nicht gefunden. Warum eigentlich nicht?

»Ich komme gerade aus dem *Teetässchen* ...« Durch die große Frontscheibe sehe ich zur Teestube hinüber. Assa sitzt bei dem älteren Herrn und lacht gerade so herzhaft, dass der rote Haarknödel auf ihrem Kopf hin und her schwankt. »Ist es dort auch immer so ruhig?«

Die junge Frau stellt sich neben mich und blickt hinüber. »Es gibt zwei, drei Stammgäste. Aber das war es dann meistens auch schon. Wenn sich Leute hierher verirren, brechen sie in der Regel beim Anblick unseres Hofgartens in Entzückensrufe aus und gehen dann bald wieder. Manchmal denke ich, wir sind einfach zu altmodisch, zu grau, irgendwie unsichtbar – farblos.«

»An Ihrer Mode und Assas Teekompositionen kann es nicht liegen ... indes der Kuchen ...«

»Oh ja, Assas Kuchenspezialitäten. Aber der Tee reißt es definitiv wieder raus.«

Ich nicke langsam. In der Tat, der Tee reißt es wieder raus.

»Ich bin übrigens Miela«, stelle ich mich der Frau vor und reiche ihr meine Hand.

»Dana Sastra«. Dana nimmt meine Hand und drückt sie unerwartet fest. In diesem zarten Persönchen stecken mehr Kraft und Willen, als es auf den ersten Blick den Anschein hat.

Es fällt mir schwer, mich zu verabschieden. Ob ich will oder nicht, ich bin mittlerweile ziemlich spät dran für die Arbeit und heute warten haufenweise Teige auf mich.

Und Nils.

Ich taste nach dem Handy in meiner Rocktasche. Es hat während der ganzen Zeit nicht ein einziges Mal vibriert. Dennoch hole ich es heraus und sehe nach. Nichts.

»Vielen Dank für den Rundgang. Ich werde mit Sicherheit mit meiner Freundin wiederkommen und danach bleiben dir nur noch nackte Puppen übrig.« Mein Ton soll leicht klingen, doch die Tränen, die sich schon wieder auf den Weg machen, verwässern meine Stimme.

»Alles okay?« Dana sieht mich warm mit ihren haselnussbraunen Augen an.

»Geht schon«, flüstere ich und eile zum Ausgang. Im Hof atme ich tief durch und straffe die Schultern. Gramsie bläut mir immer wieder ein, dass es einem durchaus mal schlecht gehen darf – es muss nur nicht jeder sofort sehen. Genau, und vor allem Nils wird gleich absolut gar nichts zu sehen bekommen.

Ich will eben durch den Torbogen zurück in die Wirklichkeit tauchen, als die Tür der Schreinerwerkstatt aufgerissen wird und ein Mann mit weißem T-Shirt und grüner Latzhose herausstürmt. »Moin«, knurrt er mich an und stürmt weiter in Richtung *Teetässchen.*

Das ist also der rumpelnde Schreinermeister, der es Dana angetan hat. Respekt für dieses Ziel, wenn es auch nicht gerade das einfachste ist, aber ein durchaus lohnenswertes so auf den ersten Blick.

Durch die geöffnete Werkstatttür erspähe ich einen Esstisch aus honigfarbenem Holz. Die Oberfläche schimmert glatt wie Seide und die dazugehörigen Stühle sehen so bequem aus, dass ich mich am liebsten mit einem Haufen Freunde an den Tisch setzen und bei einem köstlichen Essen – am liebsten einem Weihnachtsessen mit sahnigem Kartoffelauflauf und Bratäpfeln – fröhlich sein würde.

Ich trete ein paar Schritte näher. Gegenüber der Tür steht ein Regal, in dem ein Dutzend Lichterbogen auf ihren Einsatz warten. Diese sind so fein gearbeitet, dass ich die Glocken der handgeschnitzten Kirchen darin höre und die Schneeflocken, die darum herum flirren, kühl auf meiner Wange fühle.

»Kann ich etwas für Sie tun?«

Die Brummbärstimme reißt mich aus meinem Winterwonderland und ich wirbele herum, direkt vor die grüne Brust des Schreiners, die, so aus der Nähe betrachtet, sehr imposant wirkt. Er sieht mit ernstem Gesicht zu mir herunter, ohne Verkaufslächeln. Eine Hand hat er in der Hosentasche vergraben und in der anderen hält er eines von Assas Teegläsern mit einem sehr dunklen Tee darin. Malziger Schwarzteeduft erfüllt die Luft ... und noch ein Aroma. Gern würde ich ihm den Tee abnehmen und das würzige Getränk kosten. Könnte es Zitronenthymian sein?

»Die Werkstatttür stand offen und da habe ich diesen herrlichen Esstisch gesehen und dahinter diese grandiosen Lichterbogen.«

»Dann haben Sie ja alles gesehen«, sagt's und verschwindet in der Werkstatt. Immerhin donnert er mir nicht die Tür vor der Nase zu.

Kurz überlege ich, zurück ins *Teetässchen* zu gehen und Assa nach der Zutat des schwarzen Tees zu fragen. Vielleicht Verbene? Oder Zitronenmyrte? Doch ein Blick auf meine Uhr macht mir Beine. Das gibt Ärger!

»Das Fräulein Ladur! Ich hoffe, du hast wohlgeruht und bist nun endlich in Laune für deine Teiglinge.« Die Rs rollen von hinten über mich hinweg. Durch das Foyer hatte ich es meiner Meinung nach ungesehen geschafft, doch die Tür zur Backstube ist noch sieben Zentimeter von meiner Hand entfernt.

Ich drehe mich um. »Guten Morgen, Constanze. Es tut mir wirklich leid, dass ich zu spät bin, aber ...«

»Die Verkostung der Herbsttörtchen wird vorgezogen. Franklin, der begnadetste aller Food-Fotografen, kann heute für ein erstes Briefing nur zwischen elf und zwölf. Sieh zu, dass wir ihm etwas Vernünftiges zeigen können. Ich will, dass dieser Bursche unseren Auftrag annimmt! Du weißt hoffentlich, wer Franklin McDorman ist?«

Ich nicke automatisch.

»Aber eigentlich fotografiert doch ...«, ich muss mich kräftig räuspern, denn ich bekomme den Namen nicht aus meinem Mund. »Warum fotografiert nicht ... Nils?«

»Franklin ist die Chance, unser Magazin in die nächsthöhere Liga zu katapultieren. Gegen Franklin ist Nils ein Schnappschussfotograf.«

Constanze sieht auf ihre Armbanduhr, die sich in Form goldener Edelweißblüten um ihr Handgelenk schmiegt. Passend zu dem Miederoberteil ihres Dirndls, welches ebenfalls mit Edelweißblüten bestickt ist.

»Geh mia«, scheucht sie mich in die Backstube. Doch anstatt wie üblich im hehren Dienste ihrer *WeSelf* davonzurauschen, bleibt sie an den Türrahmen gelehnt stehen.

Was soll das nun? Ausführlich wasche ich mir die Hände und binde mir eine Schürze um. Nach einem Blick auf meine Notizen hole ich aus dem Kühlschrank den Hefeteig, den ich gestern Abend angesetzt habe. Dick und seidig weich hat er sich in der Schüssel verdreifacht. Zufrieden fahre ich mit den Fingerspitzen über die feinen Poren. Das wird einen Fluff von einem Kuchen geben. Fast vergesse ich über die Bewunderung für meinen Teig Constanze, die sich ihre tannengrüne Dirndlschürze glatt streicht – obwohl diese wahrscheinlich noch nie eine Falte gesehen hat.

»Wie es ausschaut, bist du wach genug, um zu backen. Ich wollte nur sichergehen, dass du dich nicht mit einem Kaffee in die Ecke hinter den Ofen setzt und wegdöst. Du siehst maßlos müde aus.«

Empört richte ich mich auf und klatsche den Hefeteig auf die Arbeitsfläche. Ich habe mich noch nie mit einem Kaffee in irgendeine Ecke gesetzt, um zu dösen! »Ich bringe dir gleich etwas Leckeres hoch«, knurre ich meine Chefin an.

»Wie gesagt, ich will heute das Beste vom Besten für Franklin. Gib dir mal Mühe.« Nach dieser Ansage dreht sie sich endlich um und verlässt die Backstube.

Kräftig walke ich den Teig durch und stelle mir vor, es wäre Constanze.

»Ach, Miela!«, kommt sie kurz darauf zurück.

Langsam wende ich mich mit einem schweren Backblech in den Händen zu ihr. Was denn nun noch? Soll ich sie jetzt auch noch mit Sahne dekorieren für den tollen Herrn Food-Fotografen? Die Idee gefällt mir und ich grinse breit.

»Wie du sicherlich schon weißt, hat Nils heute Morgen gekündigt, fristlos. Er ist bereits auf dem Weg nach Irgendwo.«

Mit allergrößter Mühe stelle ich das Backblech auf die Arbeitsplatte. Zumindest dachte ich, dass die Arbeitsplatte da wäre. Leider ist dort nur eine Kante und das Blech knallt samt Pflaumentörtchen zu Boden.

Den Rest des Tages sehe ich mir selbst zu. Ich sehe Miela, wie sie einen Vanille-Gugelhupf mit einer saftigen Quitten-Mousse bäckt, dazu karamellige Cupcakes mit Birnenherzen, einen Süßrahmbutterkuchen gekrönt mit Pflaumenstreuseln und als Highlight eine vierstöckige Maronentorte mit einer dunklen Trauben-Schoko-Ganache.

Ich koste nicht ein einziges Mal. Nicht die süße Eiervanillecreme, nicht die zimtigen Birnenstückchen und schon gar nicht die bittersüße Schokolade.

Franklin wirft sich vor meinen Törtchen auf den Boden und fotografiert, als hätte er den Zucker meiner gesamten Kreationen auf einmal inhaliert. Immer wieder versichert er mir, wie *great* und *fantastic* und *gorgeous* meine Backwerke – und ich gleich mit – doch seien. Constanze wird von ihm für Botendienste zweckentfremdet. Sie darf ihm Mineralwasser holen, medium, sulfatfrei, mit hohem Magnesiumgehalt, sowie brasilianischen Kaffee, frischgemahlen und koffeinfrei, mit Sojamilch, aber die fettreduziert.

Wie es aussieht, haben wir Franklin als Fotografen für unsere Herbstausgabe gewonnen. Constanze lässt am Nachmittag die Korken knallen und der Glanz in ihren Augen verrät mir, wie glücklich sie ist. Ein Prösterchen in meine Richtung ersetzt dabei das Danke.

Der Tag tropft an mir vorbei und sooft ich auch auf mein Handy starre, es bleibt still. Bis auf eine SMS von Caro, die auf dem Weg zu mir in die Redaktion ist.

Keine Nachricht von Nils, schon gar kein Anruf. Einmal bin ich kurz davor, seine Nummer zu wählen. Doch ausnahmsweise kommt Constanze mal im richtigen Moment zu mir, um mich herumzukommandieren.

Nils, wo bist du bloß? Warum tust du mir das an, du Mistkerl?

Die ganze Redaktion ergeht sich in Mutmaßungen, überall wird hinter meinem Rücken gewispert und getuschelt. Wenn ich mich umdrehe, gibt es stattdessen mitleidige Blicke. Am späten Nachmittag wagen die ersten Neugierigen, mich direkt anzusprechen. Doch meine Antworten bestehen lediglich aus Schulterzucken.

Eine heiße Träne läuft an meiner Wange entlang, schlapp kauere ich auf einem Hocker in der Backstube. Bis zu den Haarspitzen mit Frust angefüllt überkreuze ich die Arme auf der Arbeitsfläche und lege den Kopf darauf.

Ein leises Klopfen an der Tür stört mein Elend. Ich blinzle mit einem Auge und da fliegt mir auch schon Caro entgegen. Fest nimmt sie mich in die Arme und wiegt mich hin und her, warm umhüllt mich ihr Vanilleduft und geborgen schmiege ich mich an sie.

Nach einer Weile hebt sie mein Kinn mit ihrem Zeigefinger an und mustert mich aus Schokoaugen, die einen Kakaoanteil von mindestens 92 Prozent haben.

»Sooo schlecht siehst du ja gar nicht aus.« In ihrer rauchigen Stimme, die immer eine Spur heiser klingt, schwingt Erleichterung mit. »Ich glaube, es besteht noch Hoffnung für dich. Lass es uns hinter uns bringen. Wir holen deine Sachen aus der Wohnung und fahren dann zu mir und dort bekommst du das ganze Freundinnenprogramm geboten.«

Caro zieht mich vom Hocker und ich schlüpfe in meine Ballerinas. »Ich bestehe aber auf meinem Karaokeausflug. Wenn ich schon im Dreck krauche, dann will ich mich darin auch so voll und ganz wälzen.«

»Kriegst du, mein Mädchen. Aber zuerst der unangenehme Teil.«

»Welchen meinst du? Nils' Wohnung oder den Karaokeausflug?«

»Das ist meine Miela.« Caroline umarmt mich noch einmal kurz und drückt mir einen Schmatzer auf die Wange. »Bist du hier fertig?«

Ich nicke und ziehe die Kuchenform zu mir heran, die ich zum Auskühlen auf die Arbeitsplatte gestellt habe. »Der Gute hier muss nur noch in den Kühlschrank.« Mit Schwung hebe ich die Form an. Doch

wie es aussieht, habe ich vergessen, sie fest zu schließen, denn der Ring löst sich und das Unterteil bleibt
stehen. Leider ist der Käsekuchen beim Backen alles
andere als fest geworden und läuft mit einem *Platsch*
in alle Richtungen davon.

Caro tippt mit dem Zeigefinger in die cremige Masse
und schleckt sie ab. »Läuft doch bei dir. Zwar rückwärts und bergab, aber es läuft.«

»So, das war der letzte Karton.« Caro schüttelt ihren
kinnlagen schwarzen Bob in Form, wobei es da nicht
viel zu schütteln gibt. Die Haarpracht meiner Freundin sitzt auch dann wie frisch vom Friseur, wenn sie
gerade vom Sport kommt.

In Caros Flur stehen fünf Umzugskartons. Erschre-
ckend, mein Leben passt in fünf Kartons! Und drei
davon sind mit meinen Kleidern und Petticoats gefüllt
und einer mit Backbüchern. Ich lasse mich auf einen
Karton sinken und fühle mich erbärmlich. Nicht einfach nur verlassen und weggetreten, betrogen und
hintergangen, sondern so richtig und durch und
durch erbärmlich.

Caro zieht aus ihrer rechten Hosentasche eine Tafel
Vollmilchschokolade und aus ihrer linken zwei Zitro-
nenbonbons und setzt sich mit überkreuzten Beinen
vor mich auf den Boden. Sie wickelt die Schokoladen-
tafel aus und reicht sie mir zusammen mit den Bon-
bons.

»Statt Brot und Salz. Herzlich willkommen in deinem neuen Zuhause.«

Mein Appetit macht gerade Urlaub in Timbuktu, dennoch nehme ich Caros Trösterli mit Tränen in den Wimpern an. »Meinst du, er hat mich öfter betrogen?«

»Spielt das denn eine Rolle?«

Ich zucke mit den Achseln. Spielt es eine Rolle? Aber zu sehen, wie sich Nils' Wohnung so gar nicht verändert hat, nachdem ich meine Sachen herausgeräumt habe, stimmt mich noch trauriger. Ich bin absolut austauschbar. Dabei wünsche ich mir so sehr, die Eine für meinen Einen zu sein.

»Für mich bist du die Beste.« Caro sieht mich so intensiv an, dass ein Teil meines Kummers schmilzt.

»Danke.«

»Und weißt du was, solange du in Phase eins deines Liebeskummers feststeckst, wird es im Gefrierfach dieser Wohnung stets das beste Eis jenseits von Italien geben. Das habe ich höchstpersönlich mit Sunny geklärt.«

»Und in Phase zwei?«

»Kannst du deine Wut mit Tiefkühlerbsen runterkühlen und wieder selbst ins *Schneeflöckchen* gehen.«

Kapitel 6
A wie Aufwachen

Apfel-Macarons

Ein saftiger Alkmene-Apfel verschmilzt mit dem Mark einer Vanilleschote zu einem cremigen Kompott – und verbindet sich mit Macaronhälften, denen getrocknete Granny-Smith-Schalen beigefügt werden, zu einem unwiderstehlichen Ganzen.

Seit gestern Abend spürte ich es bereits, allerdings wollte mir niemand glauben. Doch ich habe recht. Wirbelnde weiße Flocken, groß wie Wattebäusche, tanzen vom Himmel herab und hüllen all die kahlen Äste und grauen Gehwege in ein schimmerndes Winterkleid.

Die Tür zu meinem Zimmer wird aufgerissen und Caro steckt ihren Schopf herein. »Es schneit! Wie gelingt dir das bloß jedes Mal? Der Wetterbericht hatte nicht eine einzige Schneeflocke auf dem Radar!« Mit großen Augen hockt sich Caro zu mir auf die Sitz-Fensterbank und sieht dem weißen Treiben draußen zu. »Das gibt ein schönes Chaos auf den Straßen! Gut, dass heute Samstag ist.«

Ich zucke mit den Schultern, was mir gleich einen Stoß in die Rippen beschert. »Den Tick kannst du dir übrigens gern mal abgewöhnen. Langsam ist es genug mit deiner Ist-mir-egal-Laune.«

Erschrocken drehe ich mich zu Caro um. Ihre Worte sind ungewohnt heftig und selbst Mamsellchen auf meinem Schoß faucht kurz auf und springt von dannen. Caro zieht einen Flunsch. »Ist doch wahr«, murrt sie.

Voller Weltschmerz seufze ich ausgiebig – auch ein neuer Dauerton von mir. Ich bin so vollkommen müde, lustlos, bitter. Haare waschen, ach was, verschieben wir es auf morgen; an meinen freien Tagen mal die verbeulte Jogginghose im Schrank lassen, och nö, mich sieht doch keiner; eine Mahlzeit zubereiten, die länger gekocht werden muss als dreißig Sekunden in der Mikrowelle, nee, lieber nicht, dauert zu lange.

In meinem Bauch kribbelt es und die Härchen an meinen Armen richten sich auf.

Ich bin faul. Eigentlich, und uneigentlich auch, bin ich schlicht und ergreifend faul geworden.

»Was hast du?« Caro zieht die Augenbrauen in die Höhe.

Ich entspanne meine Gesichtsmuskeln, die sich angesichts meines Selbstgeständnisses angespannt haben. »Caro, ich will so nicht weitermachen«, wispere ich.

»Halleluja!« Meine Freundin sinkt vor mir auf die Knie und streckt die Arme nach oben. »Sie hat Phase drei erreicht.«

»Und die wäre?«

»Die Rückkehr in ein geordnetes Leben, mit frischgewaschenen Haaren, gut sitzenden Hosen und Essen, das nicht aus dem Tiefkühler kommt.« Caro umarmt kurz meine Knie. »Und was noch viel schöner ist, die Rückkehr meiner fröhlichen, neugierigen, romantischen Freundin Miela.«

Es knackst in meinem Rücken, als ich mich von der Fensterbank erhebe und von den Zehen bis zu den Ohrspitzen durchstrecke.

Die vergangenen Wochen haben mich bequem werden lassen, schließlich war ich das Opfer und durfte ausgiebig meine Seelenwunden lecken. Jeder hatte Verständnis – oder hat zumindest so getan – und ist auf Zehenspitzen um mich herumgeschlichen. Bis auf Constanze, versteht sich. Die hat mir nur gesagt, ich solle aufhören zu heulen, denn etwas Besseres als Nils würde ich allemal finden. Das Kuriose war, dass ich ihr geglaubt habe, obwohl ich es gar nicht wollte. Doch in Constanzes Gegenwart konnte ich mich nicht in meinem Weltschmerz suhlen, weil er gar nicht da war. Nun gut, vielleicht ist das Backen ein wenig mein Pflaster gewesen, aber definitiv auch Constanze. Nicht, dass ich ihr das je sagen würde!

Ich gehe zum Schreibtisch und öffne die oberste Schublade. Heraus nehme ich drei Postkarten. Eine aus Barcelona, eine aus London und eine von Mallorca. Alle drei Karten hat Nils an mich geschrieben. Auf allen erzählt er von seinen Fotografenjobs und den

spanischen Gebäckstücken sowie englischen Teeku-
chen, die er in irgendwelchen Bäckereien entdeckte,
dabei konnte er bisher einen Gugelhupf nicht von
einem Streuselkuchen unterscheiden. Und doch enden alle drei mit einer Entschuldigung.

»Es sind jetzt fast drei Monate, Caro. Kann man sich
wirklich in drei Monaten entlieben, nachdem man
drei Jahre miteinander gelebt hat?«

Caro zögert kurz. »Vermutlich ist es nicht mehr als
das gewesen, Miela. Ihr habt miteinander gelebt.
Punkt.«

»Manchmal vermisse ich ihn und dann wieder glaube ich, dass ich nur vermisse, jemanden in den Arm zu
nehmen und zu lieben, die Gewohnheit irgendwie.«

»Mamsellchen bekommst du nicht.« Caro lächelt
mich an.

»Ich will das ganz große Kino. Mit Myriaden von
Schmetterlingen im Bauch und im Herzen. Ich will im
Regen tanzen und ich will begehrt werden. Nur ich.«

Caro steht auf und legt einen Arm um meine Taille.
»Und das sollst du auch bekommen.«

»Und wenn nicht? Ich bin schon dreißig und damit
näher an meinem Verfalls- als an meinem Herstel-
lungsdatum.«

Empört boxt mich Caro in die Seite. »Na hör mal! Ich
bin genauso alt und fühle mich besser denn je. So
einen gerührten Quark möchte ich nicht mehr von dir
hören!«

»Du hast gut reden. Sobald ein Mann deiner ansich-
tig wird, vergisst er sein Woher und Wohin und
schmeißt sich dir zu Füßen. Und dann musst du nur
noch wie im Eisladen wählen: eine Kugel von dem

braunhaarigen Wuschelkopf da hinten, zwei Kugeln von dem Blondschopf hier vorn und oben drauf einen Klecks Sahne.«

»Neidisch?« Caro grinst mich an.

»Nicht wirklich.«

»Komm schon, Mielachen. Es kommt, wie es kommt, und du kommst jetzt erst einmal zurück in den Alltag einer ganz normalen jungen Frau, die sich ihres Lebens freut.«

Ich salutiere mit durchgedrücktem Rücken vor Caro. »Was hältst du davon, wenn wir gleich damit anfangen? Heute gibt es in der Villa Rinder-Schmorbraten mit honigglasierten Möhren und einer Partie Scrabble.«

»Bei dem Wetter?« Caro zeigt zum Fenster, vor dem noch immer Riesenflocken zu Boden schweben.

»Ach, das hört gleich auf. Wirst sehen, in einer Stunde sind die Straßen nur noch ein wenig nass und diese Stunde kann ich gut gebrauchen, um die Staubschicht von mir herunterzuschrubben.«

»Eines deiner Gene muss mal einem Wetterfrosch gehört haben, denn im Moment sieht nichts danach aus, dass es jemals wieder aufhört zu schneien.«

»Es ist ja auch kein Wetterfrosch-Gen, sondern ein Eisbär-Gen. Meine Vorhersagen funktionieren nämlich nur im Winter, meine Liebe.« Damit schiebe ich Caro aus dem Zimmer und verabschiede sie mit einem Winken.

Langsam schlendere ich zurück zum Schreibtisch und lege Nils' Postkarten zurück in die Schublade, zusammengebunden mit dem Schmerz und der Wut über seinen Verrat.

Und wieder habe ich recht. Caro und ich biegen gerade mit meinem Käfer in die Auffahrt zur Villa von Gramsie ein, da lugen schon ein paar Sonnenstrahlen durch eine Wolkenlücke. Vom Schnee von heute Vormittag sind nur hier und dort ein paar weiße Inseln übrig.

Schwungvoll lasse ich den Kies aufspritzen, während ich großzügig auf dem Stellplatz neben dem Haus parke. Auwei, wenn das Herr Ingbert sieht. Schnell steige ich aus und verwische mit dem Fuß meine verräterische Spur. Doch ich bin nicht schnell genug: Herr Ingbert, Gramsies einziger männlicher WG-Genosse, steht bereits als Empfangskomitee in der Eingangstür.

»Fräulein Miela!«, begrüßt er mich mit seiner konzertsaalfüllenden Bassstimme. Dabei deutet er eine Verbeugung an. »Wenn ich Ihnen erläutern dürfte, welch Schlechtigkeit Sie Ihren Reifen und dem Lack Ihres Gefährtes zumuten. Ganz zu schweigen von meiner Akkuratesse bezüglich der Pflege unserer Auffahrt.«

Ich nicke diensteifrig und ziehe Caro vor mich, die sicherlich amüsiert grinst. »Herr Ingbert, wie nett, dass Sie uns begrüßen. Sehen Sie mal, wen ich heute mitgebracht habe.«

»Das geschätzte Fräulein Caroline. Enchanté, madame!« Und tatsächlich verbeugt er sich vor meiner Freundin, nimmt deren Hand und küsst leicht ihren Handrücken.

»Ach, Sie Charmeur. Es ist mir eine außerordentlich große Freude, heute mit Ihnen speisen zu dürfen.«

»Und vergessen Sie nicht unsere Partie Scrabble hernach. Ganz unter uns, ich mag diese Englischisierung unserer feinen deutschen Sprache nicht, aber auch ich komme nicht umhin, dieses Spiel zu nennen, wie es nun mal genannt werden will. Wenn ich Ihnen erläutern dürfte, wie es zu diesem bemerkenswerten Spiel kam?«

Ich lasse ein wenig Abstand zu Caro und Herrn Ingbert und schlendere den beiden gemächlich hinterher. Caro hat an dem ehemaligen Oberstudienrat einen Narren gefressen, seitdem er vor zehn Jahren zusammen mit den anderen bei meiner Großmutter eingezogen ist. Ich glaube, er ist so etwas wie ihr Opa-Ersatz. Die beiden können stundenlang über dieses und jenes und alles diskutieren.

Von der großen Eingangshalle mit der geschwungenen Freitreppe aus Kirschholz schlendere ich nach links in die Küche. Die Tür steht offen und ich höre wie Adele eine Arie aus *Madama Butterfly* mitschmettert. Es duftet herrlich nach würzigem Braten und fruchtigen Möhren. Ich kann nur hoffen, dass wir bald essen.

»Hallo Adele.« Von hinten beuge ich mich zu der kugeligen Frau hinunter und umarme sie fest. In der einen Hand hält sie einen Schneebesen und in der anderen einen Rührlöffel. Beides kommt auch gerade gleichzeitig zum Einsatz. »Du wirbelst hier ja wieder Köstlichkeiten zusammen.« Ich linse über ihren Kopf hinweg in die Töpfe, die auf dem Herd blubbern.

»Mielachen, du kommst genau richtig.« Ohne ihr Kreuz-und quer-Rühren zu unterbrechen, schenkt sie mir ein Luftküsschen.

»Kann ich helfen? Vielleicht den Tisch decken?«

»Nicht nötig, mein Schatz. Ingbert hat schon alles vorbereitet. Geh du nur zu Elionore, sie ist hinten im Atelier.«

Wenn Herr Ingbert den Tisch gedeckt hat, kann ich wirklich nichts mehr helfen. Dann ist der Tisch so perfekt, dass er sich nach dem Essen quasi von selbst abdeckt.

Auf dem Weg zum Atelier komme ich am Wohnzimmer vorbei, wo Yvett auf einem Sofa sitzt, welches Platz für mindestens 27 Personen bietet. Sie telefoniert und zwirbelt dabei an einer ihrer goldblond gefärbten Bobsträhnen. Ich winke ihr zu und gehe weiter.

Im Atelier steht Gramsie vor einer Leinwand, die so groß ist wie sie selbst. Was nicht besonders groß ist, denn meine Großmutter ist ein zierliches Persönchen.

Gramsie dreht sich zu mir um, als ich das Atelier betrete. Hier scheint immer die Sonne, selbst wenn draußen schwarze Gewitterwolken alles Licht löschen. Das Gesicht und die Hände meiner Großmutter zieren bereits Flecken in diversen Farben, obwohl die Leinwand vor ihr noch leer ist. Selbst ihre silbernen, kurzen Haare werden von dunkelroten Flecken dekoriert.

»Miela, meine Liebe. Schön, dass du es trotz des Wetters geschafft hast. Ist Caroline mitgekommen?«

Ich küsse Gramsie auf die Wange und wir drücken uns für einen Moment. »Sie hat sich schon mit Herrn Ingbert ins Studierzimmer verzogen.«

»Er freut sich schon seit deinem Anruf auf Caroline. Hast du gesehen? Seine Samstagskrawatte hat er sich extra mit einem ganz besonderen Knoten um den Hals gewürgt.«

»Gramsie!«

»Na ist doch so. Welches Kleidungsstück, sofern wir bei einer Krawatte überhaupt von einem Kleidungsstück sprechen können, hat weniger Sinn als dieser schmale Stoffstreifen?«

»Die Männer wollen eben auch gut aussehen.«

»Deswegen müssen sie sich aber nicht gleich strangulieren, meine Liebe. Ein Mann, der auf sich achtet und sich pflegt, ist von allein ein wunderbarer Anblick. Ganz ohne Strick.«

Ich nicke ergeben, denn wenn Gramsie Ansichten hat, dann hat sie sie.

»Du siehst wieder besser aus.« Unvermittelt blickt mich meine Großmutter ernst an. »Ich habe mir in den vergangenen Wochen wirklich Sorgen um dich gemacht, meine liebe Miela.«

Gramsie zieht ein farbbesprenkeltes Tuch aus ihrer Kitteltasche und wischt sich damit über die Finger. Es ist nicht ganz klar, ob das Tuch die Farbe von den Fingern wischt oder die Finger die Farbe vom Tuch abbekommen. Mit für ihre Verhältnisse gesäuberten Händen greift Gramsie nach meinen. »Nils hat sich schändlich verhalten und er ist mit Sicherheit nicht der Einzige, der so gestrickt ist. Aber du bist einzigartig und ich bin immer für dich da. Bleib du selbst, meine liebe Enkeltochter, lass dich nicht von einem Mann verbiegen. Geh hinaus in die Welt und erobere sie.«

Ich schlucke schwer an meiner Rührung. »Ich gebe mir Mühe.«

»Manchmal reicht Mühe geben nicht, Miela. Manchmal musst du noch mehr tun.«

Ich bin mir nicht sicher, was sie meint, aber ihre Worte kribbeln in mir wie Brausepulver.

»Ich sehe, ich bringe in dir eine Saite zum Klingen. Das ist gut und gut ist auch, dass du endlich mal wieder ein Kleid trägst und dann noch in Farbe.«

Voller Freude über das Kompliment ziehe ich meine Hände aus denen meiner Großmutter und streiche mir über den engen Rock meines Vintage-Dior-Kleides. Sogleich ziert ein himmelblauer Streifen das Türkis des Kaschmirstoffes.

»Hast Glück, ist nur Wasserfarbe.« Beruhigend zwinkert mir Gramsie aus ihren bernsteinfarbenen Augen zu, die sie mir und meiner Mutter vererbt hat. »So, und nun entschuldige mich, ich möchte die Zeit bis zum Essen noch für Farbstudien nutzen.« Sie klopft mir wie einem alten Kumpel auf die Schulter und dreht sich zur Leinwand, um in ihre Malmeditation zurückzukehren.

So beschließe ich, schon mal ins Esszimmer zu gehen. Dort gibt es bestimmt das eine oder andere Leckerli zu stibitzen.

Hinter den bodentiefen Fenstern liegt der Garten im Halbdunkel vor mir. Schiefergraue Wolken bedecken mittlerweile den Himmel und spätestens zum Essen wird es erneut schneien. Und nicht so schnell wieder aufhören, aber das macht nichts. Es ist genau das richtige Wochenende, um mal wieder hier zu übernachten. Caro wird es auch freuen.

Im Schneidersitz setze ich mich auf meinen Platz an dem runden Esstisch, der nur in der Mitte durch einen kunstvoll geschnitzten Birkenholz-Standfuß gehalten wird.

In Schälchen angerichtet warten verschiedene Köstlichkeiten auf ihren Einsatz. Großzügig schnappe ich mir in Walnussöl eingelegte Oliven, mit Frischkäse gefüllte Honigtomaten und ein paar knackige Artischockenherzen.

Draußen beginnen die ersten schüchternen Schneeflocken vom Himmel zu schweben. Nicht zu fassen, nächste Woche ist bereits der erste Advent. In den Jahren zuvor war ich um diese Zeit längst im Weihnachtsrausch. Alles inklusive, angefangen bei duftenden Tannengestecken über honigtropfende Printen bis hin zu gemütlichem Kerzenlicht.

Und dieses Jahr?

Das Beschenken gehört mit zu meinen größten Weihnachtsfreuden, aber ich habe noch nichts. Normalerweise fällt es mir leicht, passende Geschenke für meine Lieben – und selbst für Fremde – zu finden. Doch ich fühle mich leer.

Langsam kaue ich eine Kalamata-Olive. Soll ich so tun als ob? Einfach mit den Weihnachtsvorbereitungen anfangen? Bei dem Gedanken füllt sich meine Weihnachtsleere leider kein bisschen. Dann soll es wohl so sein, wie es ist. Gefühle lassen sich nicht zwingen. Wie Mamsellchen: Wenn sie nicht schmusen will, hebt sie ihr Köpfchen und schreitet mit elegant gebogenem Schwanz davon.

Ich, Miela Ladur, bekennende Weihnachtssüchtige, werde in diesem Jahr Weihnachten Weihnachten sein lassen.

Mmh, fühlt sich auch nicht gut an.

Caro und Herr Ingbert, die eben in das Esszimmer kommen, beenden meine Grübelei. Caro setzt sich zu meiner Linken auf den Stuhl, Herr Ingbert selbstverständlich neben sie. Wie durch eine unhörbare Glocke gerufen, stromern nacheinander Yvett, Gramsie und Adele herein. Adele schiebt einen Servierwagen vor sich her, auf dem sich Schüsseln in allen Größen türmen. Herr Ingbert springt auf und serviert mit Adele zusammen das Essen.

»Wir sind vollzählig, meine Lieben.« Adele hebt ihr Wasserglas zu einem Prost. »Nur Tessa schippert lieber in der Karibik umher, als hier mit uns das Novemberwetter zu genießen.«

»Recht so.« Auch Herr Ingbert hebt sein Glas. »Dafür dürfen wir zwei nette Gäste bei uns begrüßen.«

»Und wie es aussieht, sogar für die Nacht«, ergänzt Gramsie fröhlich.

Den ersten Teil des Essens genießen wir schweigend. Jeder ist versunken in seinen butterzarten Braten mit den süßen Möhren. In dem Maße, in dem sich die Bäuche füllen, belebt sich unser Tischgespräch. Es beginnt mit einer Erläuterung über die Herkunft von Möhren von Herrn Ingbert, geht über den Nutzen von Wurzelgemüse für die Zähne von Yvett bis hin zu einer detaillierten Farbanalyse des Gemüses seitens meiner Großmutter.

»Apropos Farbe«, beendet sie ihre Exkursion, »wir sollten überlegen, ob wir nicht auch gleich ein paar der unteren Räume streichen lassen sollten, während der Dachboden ausgebaut wird.«

»Der Dachboden wird ausgebaut?« Mit einem unbeabsichtigt harten *Rums* stelle ich mein Glas zurück auf den Esstisch.

Herr Ingbert, Adele und Yvett seufzen schwer und in einer Tonlage.

»Das Dach ist leider fällig zur Rundumerneuerung und da dachte ich mir, wir nutzen gleich die Gelegenheit, den ollen, staubigen Dachboden wohnlicher zu machen.«

»Aber Elionore, so bedenke doch die wochen-, wenn nicht gar monatelange Belästigung durch Baulärm, Schmutz und fremde Bauarbeitermänner.« Herr Ingbert spricht das Wort *Bauarbeitermänner* aus, als wäre es eine ihm unbekannte Käferart, von deren Ungiftigkeit er noch nicht so recht überzeugt ist.

»Ich habe bereits mit einem Architekturbüro Kontakt aufgenommen, welches mir wärmstens aus meinem Bekanntenkreis empfohlen wurde. Die Damen und Herren dort werden sich vortrefflich um uns kümmern.« Gramsie betupft sich mit einer Serviette den Mund und erhebt sich. »So, und wen darf ich nun beim Scrabble vom Brett fegen?«

Kapitel 7
C wie Chili

Ceylon-Macarons

Fein gemahlener Ceylontee aromatisiert schokobraune Macaronschalen, die sich mit einer Creme aus Mascarpone, glatt gerührt mit frischem Ceylontee, zu einem schmelzenden Knuspererlebnis vereinen.

Ich habe mit meiner Einschätzung bezüglich des Schneewetters wieder mal einen Volltreffer gelandet. Es ist Montagfrüh und seit dem Festmahl am Samstagnachmittag bei Gramsie flockt es ohne Unterlass aus dicken Wolken, denen es nicht an Nachschub mangelt.

Folgende Wahl liegt jetzt vor mir: Ich steige in mein bescheidenes Auto und fahre tapfer im Schritttempo mitten durch die Schneemassen, bis ich irgendwann stecken bleibe, aber dank meines Tornadorots von

Lawinenhunden gefunden und von starken THW-Helden wieder ausgeschaufelt werde. Das alles wird mich geschätzte zwei bis drei Stunden kosten und dann werde ich noch immer nicht auf der Arbeit angekommen sein. Constanze wird toben.

Oder ich schneewandere bis zum nächsten S-Bahnhof und hoffe, dass es ein Zug in den Bahnhof schafft und dann auch wieder hinaus. Leider gibt es vier Komponenten, die dem öffentlichen Nahverkehr sehr zu schaffen machen: 1. der Frühling, 2. der Sommer, 3. der Herbst und 4. unsere aktuelle Jahreszeit – der Winter. Geschätzte Wegzeit: zwei bis drei Stunden. Constanze wird toben.

Oder ich ziehe mir einfach wieder die Decke über den Kopf und melde mich schneekrank. Constanze wird toben.

Ich bin gerade dabei, mich für Variante drei zu entscheiden, da stürmt Caro in mein Zimmer, nötigt mich aufzustehen und mich anzuziehen. Eine Viertelstunde später sitzen wir in Armins Allrad-Antrieb-Offroad-Gefährt, Marke Ich-fahre-über-Stock-und-Stein-und-durch-Schnee.

Überpünktlich erscheine ich in den Räumen von *WeSelf* und sehe in den nächsten Stunden dabei zu, wie meine Kollegen kleckerweise und abgekämpft in ihre Büros huschen und sich dabei mit individuellen Anreisegeschichten übertrumpfen.

Constanze, mitleidlos ob ihrer bayrischen Schneemassenerfahrungen, peitscht durch die Büros und ich ducke mich verschonterweise in meiner Backstube hinter den Teigschüsseln. Unsere Monatskonferenz wird mangels Masse auf den frühen Nachmittag verschoben und so bleibt mir Zeit für ein paar neue Backkreationen, die ich für das Meeting zum Verkosten mitnehmen möchte.

Meinen mir selbst auferlegten Weihnachts-Boykott missachte ich geflissentlich und schwelge in Gewürzen von A wie Anis bis Z wie Zimt, selbst das Q in Form von Quendel kommt zum Einsatz. Zuerst aromatisiere ich herrliche Marcona-Mandeln mit Kardamom, Nelken und Sternanis. Die daraus gezauberten, sandbraunen Macaronschalen verwöhne ich mit einer Creme aus dunkler Zimtschokolade mit einem Hauch von Piment.

Hierzu müssten rote Macarons doch etwas fürs Auge bieten? Da ich mein Gebäck nicht künstlich färbe, zermahle ich zusammen mit dem Mandelpulver getrocknete Granatapfelkerne zu feinstem Mehl.

Es funktioniert! Stolz wie eine Zuckerbäckerin nur sein kann hole ich zwanzig Minuten später perfekte knusprige Köstlichkeiten aus dem Ofen, die in einem tiefen Rubinrot leuchten. Bei der Füllung entscheide ich mich für eine Ganache aus weißer Schokolade mit frischen Granatapfelkernen.

Am liebsten würde ich noch einen dritten Farbakzent auf die goldgerahmte Servierplatte backen, doch die Zeit drängt. Pfeifend trage ich meine Schätze hinauf in den Konferenzraum in der dritten Etage und stelle sie in die Mitte des Tisches, der bis auf ein paar Kabelsalate, die zu diversen elektronischen Geräten führen, grau und kahl daherkommt.

Ich bin die Erste und lasse mich auf dem strategisch besten Platz nieder, zwei Nebenflugbahnen entfernt von Constanzes Pfeilwurfrichtung.

Sarah – trotzig dem Winter gegenüber in einen ärmellosen Jumpsuit gekleidet – folgt mit Harry und zwei IT-Jungs, obligatorisch in T-Shirt und Jeans, Harry in Schwarz-Weiß, die Jungs in Schwarz-Schwarz, mehr oder weniger ins Grau ausgewaschen. Die Ressorts *Essen und Trinken* und natürlich auch *Gesundheit* schaffen es ebenfalls pünktlich. Dann schon rauscht Constanze in den Konferenzraum, bei Fuß begleitet von Gorden. Ihr pastellrosa Dirndl umschwingt keck ihre Knie. Zusammen mit der limettengrünen Schürze sieht sie mehr nach Frühlingswiese denn nach Winterwald aus.

Mit geradem Rücken wie die Damen der Jahrhundertwende – die Jahrhundertwende vor über 100 Jahren wohlgemerkt – hofiert sie auf ihrem Stuhl. Nachdem sie Laptop und Handy akkurat ausgerichtet hat, fällt ihr Blick auf den Teller mit den Macarons, die bereits sichtlich unter Schwund leiden. Constanze schnuppert kurz und sucht mich über den Köpfen der Anwesenden hinweg. Mittlerweile haben sich auch *Literatur*, *Kosmetik* und *Reisen* zu uns gesellt. Constanze findet mich trotzdem.

»Was soll dieses Weihnachtszeug hier?« Ihre Stimme könnte glatt fünf Macarons auf einmal durchschneiden, dabei trommelt sie mit den pastellrosa lackierten Fingernägeln auf die Tischplatte.

»Ich würde gern in einer der nächsten Ausgaben einen Macaron-Schwerpunkt setzen. Mit Franklin habe ich schon darüber geredet, welche Farbpracht wir aufs Cover bringen könnten. Er ist auch ganz begeistert und da heute so herrliches Winterwetter ist, dachte ich, es passen zur Probe weihnachtliche Advent-Macarons für die Verkostung.«

Bei meiner Bezeichnung des Wetters als herrliches Winterwetter brandet Gemurmel durch die Reihen meiner Kollegen. Für einen Moment habe ich das Bedürfnis, mich zu ducken.

»Weihnachtliche Macarons!« Constanzes R rollt durch den Raum. »Meine liebe Miela, dir ist schon bewusst, dass wir hier die Frühlingsausgabe besprechen? Und wie interessant ich es erst finde, dass du den Fotografen auswählst, möchtest du vielleicht noch andere Personalgespräche führen?«

Übersetzt teilt mir Constanze gerade mit: Ich sage dir, was du zu backen hast, dann sage ich dir, dass es Schrott ist, um dir anschließend zu sagen, dass wir ein Macaron-Special machen werden.

Und Mielachen macht brav mit.

In den nächsten zwei Stunden lausche ich den Frühlings-Vorschlägen meiner Kollegen und detailliere die Notizen für meinen Beitrag. Doch das Backressort wird ausgeklammert und ich bekomme einen Extratermin für eine Privataudienz bei Constanze aka Hulk.

Nach dem Meeting päppelt mich Sarah in der Backstube bei einem doppelten Espresso auf, denn sie hat es dieses Mal mit dem leichten Hippie-Stil ihres Frühlingsthemas gut getroffen.

Es schneit noch immer und auch wenn wir hier mitten in der Großstadt sind, umgeben von Häusern so weit das Auge reicht, sieht es draußen einfach phänomenal aus. Es würde mich nicht wundern, wenn gleich Santa Claus mit seiner Rentierkutsche vom Himmel herab brausen würde.

Mein Handy meldet mir eine SMS und ehe ich es aus meinem Rucksack gekramt habe, noch eine zweite.

In der ersten teilt mir meine Mutter mit, dass sie übermorgen nach Berlin kommt und das sogar zusammen mit meinem Vater. Ja, ist denn heute schon Weihnachten?

Mein Ärger über Constanze wird von der guten Nachricht hinweggewischt. Womit könnte ich meinen Eltern kulinarisch eine Freude machen? Da sich beide der Archäologie und insbesondere der Feldforschung zwischen dem Titicacasee und den Red Rocks verschrieben haben, empfinden sie das Getue rund ums Essen als *Brimborium*, wie sie es gern formulieren. Essen muss in ihren Augen nahrhaft sein und im besten Fall auch satt machen und wenn es mal nichts gibt, dann gibt es eben nichts.

Aber, und hier komme ich ins Spiel, für dicke, runde, fluffige, üppig gefüllte Berliner Pfannkuchen lassen die beiden jede frittierte Heuschrecke fallen. Ich werde drei verschiedene Füllungen machen. Selbstverständlich eine klassische mit Erdbeerkonfitüre, eine mit einem Schokopudding aus dunklem São-Tomé-Kakao und eine mit einer zimtigen Vanillecreme. Das wird fabelhaft!

Caro lässt mich in der zweiten SMS wissen, dass es bei ihr später wird und sie mich erst gegen 19 Uhr abholt.

Auch gut, bisher habe ich noch keine Mittagspause gemacht und alles in mir drängt mich, in dieses Schneemeer da draußen einzutauchen. Flink wechsele ich meine Ballerinas gegen fellgefütterte Winterstiefel, wickele mich in einen Schal, schnappe mir Mütze und Handschuhe und trotte in meiner liebsten Winterjacke hinaus in den späten Winternachmittag. Es ist schon fast dunkel und die Geräusche der Großstadt klingen gedämpft unter ihrer weißen Decke. An den Geschäften rund um unser Redaktionsgebäude funkeln Lichterketten, in den Fenstern der Wohnungen darüber erstrahlen Lichterbogen in allen Größen und über der Straße spannen sich erleuchtete Sterne.

Zuckerwatteweiche Schneeflocken streifen mein Gesicht und bedecken meine himbeerrote Jacke. Mein Herz tanzt einen Schneewalzer und ich fühle mich so wach und lebendig wie schon seit Monaten nicht mehr.

Ich lasse mich treiben und störe mich nicht an den verkniffenen Menschen, die um mich herum hetzen. Ein Mädchen mit einer rosa Bommelmütze hüpft mir an der Hand seiner Mutter entgegen und ich höre es *Jingle Bells* singen. Mit der fröhlichen Melodie im Kopf strande ich schließlich vor dem Torbogen, der mich vor einer Weile in diesen wunderbaren Hofgarten geführt hat. Ich habe immer mal wieder an das *Teetässchen* und Assa gedacht und auch an Dana und ihre zauberhafte Mode. Aber irgendwie bin ich die ganze Zeit über so damit beschäftigt gewesen, mir selbst leidzutun, dass ich den Weg hierher nicht habe gehen wollen.

Es war irgendwie tröstlich zu wissen, dass es diese Oase gibt und ich – wenn ich wollte – jederzeit hierherkommen könnte. Hoffentlich habe ich die Erinnerung an diesen Garten nicht zu sehr verklärt. Kurz überlege ich, weiterzugehen, doch wieder funkeln die goldenen Steinchen wie Sterne an einem saphirblauen Himmel und das Mosaik umgibt mich wie das Firmament.

Ich gehe hindurch und vor mir liegt der verzauberte Garten. Der Kirschbaum reckt sich über und über bedeckt mit funkelndem Schnee wie ein König in der Mitte des Hofes. Die Wege zu der Schreinerwerkstatt, dem Nähatelier und dem *Teetässchen* sind schneefrei gefegt und werden von orangefarbenen Lichterketten flankiert. In den Fenstern strahlen geschnitzte Holzbogen ihr Licht in die Dunkelheit und über allem schwebt ein weihnachtlicher Duft nach Zimt, Orangen und gebrannten Mandeln.

Das muss Herr Goethe gemeint haben, als er schrieb: Hier bin ich Mensch, hier darf ich's sein. Auch wenn dieses Stück dem Frühling gewidmet worden ist – wenn er diesen Gartenzauber gekannt hätte, wären wir jetzt in unseren Büchern bestimmt um einen Winterspaziergang reicher.

Ich schlendere auf die Teestube zu und werde von süßer, warmer Luft begrüßt, als ich eintrete. Wieder sitzt der ältere Herr, den ich schon bei meinem ersten Besuch gesehen habe, an seinem Platz am Fenster.

Assa beugt sich gerade über einen jungen Mann, den ich sofort als Studenten der Philosophie einordne. Sie tippt gegen sein Teeglas mit einer strohfarbenen Flüssigkeit und er nickt ergeben und streicht ein paar Haarsträhnen zurück, die in seine Augen hängen. Dabei seufzt er, als würde er ein Drama von Tolstoi lesen, und die Strähnen trüben ihm auch sogleich wieder den Blick. Eine Schere würde helfen.

Assa klingelt mit langen Ohrringen, aus denen man drei Halsketten herstellen könnte, auf mich zu. Ihre magentafarbene Tunika beißt sich aufs kräftigste mit dem Granatrot ihres Haargebildes, doch ihr Lächeln überstrahlt alles.

»Wie schön, Sie wieder in meinem *Teetässchen* begrüßen zu dürfen. Wie ich sehe, hat mein Tee geholfen. Ich glaube, ich weiß schon, was es heute sein darf.« Plaudernd geleitet mich Assa an einen Tisch vor dem prasselnden Kaminfeuer. Sie nimmt mir meine Jacke ab und ich kuschele mich behaglichen in den samtenen Ohrensessel. Mein Blick geht durch die große Scheibe mit den wunderschön geschnitzten Lichtbogen hinaus in den winterlichen Garten mit seinem verschneiten Kirschbaum.

Flink mixt mir Assa aus verschiedenen Dosen einen Tee und greift, während er zieht – oh nein, in die Kuchentheke. Ein paar Minuten später steht ein dampfendes Teeglas mit goldenem Inhalt vor mir, aus dem es süß und würzig zugleich duftet. Daneben welkt auf einem Teller etwas vor sich hin. Könnte das Kuchen sein? Aber was sind dann diese merkwürdigen schwarzen Krümel darin?

Assa strahlt mich an. »Es geht doch nichts über einen guten Stollen in der Weihnachtszeit. Wohl bekomm's.«

Ui, Stollen soll es sein. Nun denn. Ich widme mich erst einmal dem Tee. »Danke Assa, der Tee duftet herrlich. Was ist es denn dieses Mal?«

»Trinken Sie in Ruhe, vielleicht schmecken Sie es heraus. Ich muss jetzt dem jungen Mann auf die Sprünge helfen.« Assa deutet mit dem Kopf zu dem

Studenten mit dem Haarproblem, schiebt die ange-
schlagene Vase mit dem angewelkten Weihnachtsstern auf meinem Tisch zurecht und setzt sich dann
zum Teeblätterlesen zu ihrem Gast.

Ich nippe vorsichtig an meinem Tee, da ich es nicht
abwarten kann, seinen Geschmack zu kosten. Autsch,
heiß, aber definitiv jede Brandblase wert. Wieder
schmecke ich die Süße von reifen Brombeeren, doch
dieses Mal verwoben mit würzigem Thymian und
noch etwas, das ich nicht gleich erkenne.

Wieso ist es hier nur so leer? Gerade für die gehetz-
ten Großstädter dieser Gegend müsste es doch DIE In-
Location sein. Alle reden von Work-Life-Balance –
oder heißt es Life-Work-Balance, na egal – und jeder
hetzt irgendwohin zum Selbstoptimieren und Entspannen. Und hier gibt es dieses wunderbare Juwel,
direkt vor der Tür beziehungsweise hinter dem Torbogen und keiner will es besuchen, sich entspannen
und den Tag genießen. Zugegeben, es ist ziemlich an-
gestaubt und das Interieur könnte die eine oder andere Auffrischung gebrauchen, aber alles in allem passt
hier alles zusammen.

Es ist angenehm still, nur ab und zu gurgelt einer der
Samoware und das Feuer knistert im Kamin, während
Assa leise mit dem Studenten redet. »Es ist in Ordnung, Fehler zu machen. Aber Zögern und Zaudern
lässt uns stehen bleiben und Dinge, die wir nicht tun,
halten uns fest. Nur wenn Sie sich Ihrer selbst annehmen, kann auch die Dame Ihres Herzens Sie annehmen.«

Der Student nickt wie ein Erstklässler, dessen Lehre-
rin ihm erklärt, dass jedes Wort aus Buchstaben be-

steht. Mit Elan schiebt er sich erneut eine Strähne aus der Stirn, die jedoch keine Sekunde dortbleibt, wo er sie haben will.

»Danke Assa. Und ...« Er räuspert sich und seine blasse Gesichtsfarbe wird durch ein zartes Rosé aufgefrischt. »Ähm, wie sieht denn meine Herzdame aus?«

»Wie sie aussieht?« Assa dreht das Teesieb mit den Kräutern hin und her, als studiere sie jedes Blättchen. »Halten Sie Ausschau nach einer mittelgroßen, mittelschweren Frau.«

»Mit blauen Augen?«

»Ja, so in der Art.«

»Und dunklen Haaren?«

»Och, dunkle Haare sind immer gut, nicht wahr?«

Der Student nickt heftig und für einen Moment glaube ich, dass er gleich mit einer Superman-Geste durch die Scheibe davonschwirrt. Ist ja lustig, Assas Vorhersage seiner Traumfrau ähnelt der über meinen Traummann. So kann es gehen.

Vor dem *Teetässchen* klopft sich Leon Carpenter den Schnee von den Stiefeln und öffnet dann die Tür, um Dana zuerst eintreten zu lassen.

Assa begrüßt die beiden mit einer herzlichen Umarmung und Dana kommt zu mir an den Tisch, als sie mich sieht.

»Schön, dass du uns hier im Hof wieder besuchen kommst.«

Ich freue mich, dass sie mich erkennt, und stehe spontan auf, um sie zu umarmen. »Ich verstehe selbst nicht, warum ich nicht schon früher gekommen bin. Aber es war so viel zu tun und dann ist irgendwie eine Woche nach der anderen vergangen.« Verlegen zwirbele ich mir eine Locke um die Finger. »Ab sofort bin ich hier Stammgast, ich bin bereits süchtig nach Assas Tee.«

»Allzu lange werden Sie nicht mehr Gelegenheit haben, hier Stammgast zu sein«, knurrt eine tiefe Stimme hinter Dana. Leon Carpenter zieht eine seiner dunklen Brauen in die Höhe und mustert mich aus braunen Augen.

Ich runzele die Stirn. Es mag ja sein, dass ich bei unserem ersten Treffen zu neugierig in seine Werkstatt geblickt habe, aber deswegen muss er mich ja nicht gleich vom Hof verbannen.

»Ich möchte nicht unhöflich sein, doch ich entscheide gern selbst, wo ich meinen Tee trinke.« Um meine Worte zu unterstreichen, lasse ich mich in den Ohrensessel fallen und greife nach meinem Teeglas.

»Das ist Ihr gutes Recht, aber hier wird es bald keine Teestube mehr geben, um Tee zu trinken.« Leon Carpenters Augenbraue rutscht wieder dorthin, wo sie hingehört, und wenn er nicht so ernst auf mich hinuntersehen würde, könnte ich fast meinen, dass er mich auslacht.

»Was?« Gemeinsam mit meinem Aufschrei erhebe ich mich wieder und bringe dabei den Teelöffel auf der Untertasse zum Klirren, als mein Knie an den niedrigen Tisch stößt. Mit mir zusammen springen der Student und der ältere Herr vorn am Fenster auf.

Es folgt ein Stimmengemenge, welches Assa mit einer neuen Teerunde in geordnete Bahnen lenkt. Dana und ich schieben drei Tische zusammen und wir lassen uns alle daran nieder.

Assa lebt mit solch einer Leidenschaft für ihre Teestube, dass ich mir keinen Grund vorstellen kann, warum sie aufhören möchte. Vielleicht braucht sie nur ein wenig Urlaub? Es ist bestimmt viel Verantwortung, ganz allein für ein Café zuständig sein zu müssen. Immer präsent, immer gut drauf.

»Warum möchten Sie denn Ihr wunderbares *Teetässchen* schließen?«

Assa seufzt schwer, dabei wogt ihr Busen beträchtlich auf und ab.

»Assa möchte nicht schließen«, antwortet Dana. »Wir werden alle zum Jahresende die Kündigung erhalten, wenn wir unsere Umsätze nicht deutlich steigern.«

»Deutlich!«, schnaubt Leon. »Wucher sind die Forderungen! Nie und nimmer zu erfüllen!«

»Oh.«

»Ja, oh«, brummt mich der Schreiner an.

Ist ja gut, ich habe es verstanden! Als Antwort rolle ich nur mit den Augen.

»Aber wieso denn nur diese übertriebenen Forderungen, Frau Zeilon?« Der ältere Herr beugt sich zu Assa hin und sieht sie mitleidig an.

»Tja, wieso? Wegen diesem und jenem, schätze ich. Zu wenig Kunden, zu wenig Geld. Wir sind nicht attraktiv genug für dieses Stadtviertel. Wer braucht schon unsere guten alten Handwerke, wenn alles nur einen Mausklick entfernt vom Sofa aus zur Verfügung steht.«

»Ich protestiere aufs Entschiedenste! Der Mix macht es! Unsere moderne Gesellschaft benötigt unbedingt Traditionen!« Der Student zückt sein Mobiltelefon, was so über den Tisch gepeilt nach mindestens dreitausend Euro aussieht, und wischt ein paar Mal darauf herum. »Wie lautet Ihre Facebook-Seite? Ich werde sie gleich liken und in ein paar Gruppen teilen.« Erwartungsvoll schweben seine Daumen über dem Display.

Doch Assa nennt ihm nichts zu tippen.

»Eine eigene Website?«

»Ähm, ich glaube nicht. Also eigentlich eher nein.«

»Irgendetwas Digitales?«

Assa schüttelt ihren Lockenturban.

Das ist zu viel für den digitalen Ureinwohner, der hochschnellt und sich verabschiedet. »Morgen ist alles online. Das wäre doch gelacht, wenn wir den Laden nicht zum Laufen bringen!«

»Wer war das denn?« Danas Mund hat sich noch immer nicht ganz wieder geschlossen.

Assa lächelt. »Ach, einer von den IT-Jungs, die zwei Straßen weiter vor sich hintüfteln. Der arme Kerl sitzt den ganzen Tag nur vor seinem Computer und verlernt immer mehr das echte Leben.«

Für eine Weile hängen wir unseren Gedanken nach und der Tee, den Assa dabei serviert, beruhigt uns nach und nach ein wenig.

Melisse? Baldrian?

»Welche Kräuter sind es dieses Mal?« Fragend sehe ich Assa über mein Teeglas hinweg an.

»Rosmarin zur allgemeinen Entspannung, Lavendel, das Nervenkräutel sowie Waldmeister für die Energie und weil es schmeckt. Und ein Hauch Chili für das Feuer in uns.«

Kapitel 8
H wie Heimat

Himbeer-Macarons

Wenn getrocknete Himbeeren mit süßen Mandeln auf einen cremigen Sahnepudding treffen, verschmolzen mit frischen Himbeeren, so ist dies Liebe à la Framboise.

Zwei Tage später präsentieren sich die großen Straßen Berlins wieder schneefrei. Die Fußgängerwege hingegen sind im Wechsel angefüllt mit gräulichen Matschhaufen und harschen Eiskanten. Die Radwege sind den Straßenschneeschiebereien völlig zum Opfer gefallen.

Dennoch brauche ich mit dem Käfer ungewöhnlich lange nach Lichtenrade. Was mich kirre macht, denn die Zeit mit meinen Eltern ist kostbar. Wenigstens habe ich mit einleuchtenden Überstundenargumenten Ihre Hoheit Constanze überreden können, mir morgen einen Urlaubstag zu gönnen. Minimal gebettelt habe ich auch, ich gebe es ja zu.

Oft ernte ich mitleidige Blicke, wenn ich erzähle, dass meine Eltern im Schnitt 300 Tage im Jahr außer Landes ihrer Arbeit nachgehen. Doch dazu gibt es keinen Grund.

Während meiner Schulzeit ist immer ein Elternteil bei mir und Gramsie in der Villa geblieben, unterdessen hat der andere seiner Arbeit in Machu Picchu oder am Baikalsee oder im Dschungel von Borneo nachgehen können.

Als ich meiner Mutter einmal per Luftpost nach Patagonien klagte, der süße Philip aus der 9b habe lieber mit der Franziska aus der 9a auf der Geburtstagsparty von Caros Fünfzehntem geknutscht und Papa angesichts meines kratergroßen Liebeskummers nur der Meinung war, ich sei sowieso viel zu jung für solche Geschichten, kam sie auf direkten Umwegen per Esel, Propellerflugzeug und Containerschiff zu mir geeilt. Nichtsdestoweniger konnte ich mich nach ihrer reichlich verspäteten Ankunft kaum noch an Philip aus der 9b erinnern, denn mein Herz gehörte mittlerweile ganz und gar Leo aus der 9f.

So manche Ferienwoche verbrachte ich Staub siebend und Scherben puzzelnd in Ländern jenseits von Italien, Spanien oder Dänemark. Für meine Freundinnen war ich damit eine Attraktion, für deren Eltern ein Grund zum Kopfschütteln. Doch für mich selbst war ich immer genau da, wo ich sein wollte.

Als ich nach dem Abitur für meine Ausbildung zur Konditorin nach München ging, haben sich meine Eltern wieder parallel durch die Weltgeschichte gegraben, der eine hier, der andere dort. Doch bei Gramsie ist bis heute unsere gemeinsame Basis, hier füllen wir uns gegenseitig mit Familie auf, lachen, lieben, streiten. Wie eine ganz normale Familie halt.

Dieses Mal parke ich sanfter auf Herrn Ingberts geharkten Kieselsteinen. Wie bekommt er diese Schneemassen so gründlich von der Auffahrt weg? Der Mann ist immerhin 77. Als hätte er jedes Steinchen einzeln geputzt.

Mit Schwung stürme ich durch die Eingangstür. »Mama? Papa?«

Stille.

Ich durchforste die Küche, das Wohnzimmer, das Atelier, das Esszimmer und werfe einen Blick in den verschneiten Garten. Nichts.

»Gramsie?«

Ich klopfe an Herrn Ingberts Zimmertür und auch an Adeles. Wieder nichts.

Auch in der ersten Etage hält sich niemand auf, doch am Ende des Flures höre ich Stimmen. Ich sprinte die Treppe hinauf zum Dachboden und finde dort alle, die ich suche. Jeder redet, doch keiner hört zu.

Meine Mutter steht mir am nächsten und ich umarme sie von hinten.

»Miela!« Sie dreht sich zu mir um und wiegt mich fest hin und her. »Meine kleine Miela.«

Auch Papa entdeckt mich und umschlingt uns beide mit seinen kräftigen Armen.

Das tut so gut. Es ist schön, wieder fünf Jahre alt zu sein, keine Constanze, keine Miete, keine Werkstatttermine, keine Steuererklärung, keine verlogenen, betrügenden, fremdgehenden Kerle – obwohl, die Jungs im Sandkasten waren auch nicht ohne.

Nach unserer ausgiebigen Familienzusammenführung möchte ich wissen, warum alle auf dem Dachboden so aufgeregt umherflattern. Aus der mehrstimmigen Antwort entnehme ich schließlich, dass es momentan zwei Lager in diesem altehrwürdigen Haus gibt: Das eine begrüßt den Ausbau des morschen Dachbodens und das andere ist dagegen – strikt dagegen. Adele ist ein Lager für sich, den sie liebäugelt mal mit dem einen und dann mit dem anderen.

Ich bin die Schweiz und halte mich raus. Dank meiner Schweizer Talente gelingt es mir auch irgendwann, die diskutierende Meute ins Esszimmer zu locken.

Angesichts der Hauskrise schmorte Adeles Schinkenbraten zu lange im Ofen, doch wir lassen ihn uns trotzdem munden. Zumindest als Vorspeise, denn zu mehr reicht der auf die Hälfte geschrumpfte Braten nicht. Ich bin hochzufrieden, reichlich Pfannkuchen gebacken zu haben. Denn ich konnte nicht widerstehen, neben den geplanten drei Füllungen zwei neue auszuprobieren: helles Mandelnugat mit Wildblumenhonig sowie Granatapfelgrütze. Delicious!

Nach dem Essen mummeln Papa und ich uns ein und spazieren Arm in Arm durch das sich schlafen legende Viertel.

Der Himmel ist klar und Quantomillionen Sterne funkeln über uns, unser Atem vereint sich zu einer Wolke und unter unseren Stiefeln knirscht der Schnee.

»Es tut mir sehr leid für dich, Miela«, unterbricht Papa unser Schweigen und sieht zu mir herunter.

»Das muss es nicht. Ich bin okay.«

»Ich wünschte, ich hätte mehr für dich tun können, als mit dir per Skype über diesen Himmelhund zu schimpfen.«

Ich lache laut auf. Papa und ich haben regelmäßig unseren Spaß vor den Monitoren, manchmal könnte man uns glatt aufnehmen und als Comedyshow ausstrahlen.

»Caro war an meiner Seite und ...«, ich stutze für einen Moment, »so schrecklich habe ich gar nicht gelitten.«

»Du meinst, dein Liebeskummer hat nicht gleich unser ganzes Sonnensystem infrage gestellt wie damals bei Philip? Oder reichlich schlimmer danach bei Leo, als du ihn sogar aus der Milchstraße hinaus gewünscht hast?«

Ich bleibe unter einer Straßenlaterne stehen und kuschele mich an meinen guten alten Papa. »Du kannst dich noch an Philip und Leo erinnern?«

»Na klar! Ich nehme es Leo bis heute übel, dass er sich nach dem Sommer statt mit dir lieber mit der ollen Martina verabredet hat.«

Oh! Martina! Wir waren diesen einen Sommer lang Freunde, doch danach ganz schnell nicht mehr. Die Olle!

Mein Papa sieht mich mit seinen dunkelbraunen Augen voller Liebe an und meinem leckgeschlagenen Glauben an die Männer bleibt gar nichts anderes übrig, als weiter zu heilen. Wenn mich mein Papa so ansieht, kann ich alles sein. Von einer Einhorn-

Voltigiererin bis hin zur Präsidentin des Bundesverfassungsgerichtes.

»Mir geht es gut, Papa. Manchmal vermisse ich Nils schon ein wenig, aber ...« Was eigentlich aber?

»Du weißt, ich brauche nicht viel zum Leben, nur eines brauche ich ganz gewiss. Nämlich deine Mutter und das, meine liebe Miela, ist es, was ich mir für dich wünsche.«

»Was, meine Mutter?«

»Ja, ja, spotte du nur. Eines Tages, und ich habe da so ein Gefühl, dass dieser Tag nicht mehr weit ist, wird es dich treffen, besser gesagt der Eine wird dich treffen. Und du wirst merken, warum du lebst.«

Ich muss an Assas Lesung aus meinen Teekräutern denken. Auch sie sagte, ich würde mich bald wieder verlieben.

»Na komm, Prinzesschen, die anderen warten sicher längst auf uns.« Mein Papa legt mir seinen Bärenarm um die Schulter und wir stapfen zurück zum Haus.

»Dir steht doch nur der Sinn nach einer zweiten Runde Pfannkuchen«, necke ich ihn.

»Und morgen zum Frühstück hätte ich nichts gegen eine dritte.«

Der nächste Morgen klirrt genauso klar wie die Nacht. Ein eisblauer Winterhimmel spannt sich über das eingefrorene Berlin. Meine Mutter bittet mich, mit ihr heute in die Stadt zu fahren. Sie würde einen neuen Pullover und eventuell auch eine Hose benötigen. Was an sich ja kein ungewöhnliches Begehren ist, außer der Tatsache, dass wir das letzte Mal zusammen shoppen waren, als ich zehn Jahre alt war und unbedingt eine Pluderhose im Stil von Jasmin aus dem Film *Aladdin* haben wollte.

Was liegt meiner Mutter also auf dem Herzen?

Da ich weiß, wie sehr es ihr graust, sich in großen Kaufhäusern aufzuhalten, fahre ich mit ihr zu Dana. Dort wird sie mit Sicherheit fündig werden. Meine Mutter legt keinen Wert auf Schnickschnack und Markenfetischismus, für sie zählt Qualität. Sie wird von Danas Sachen begeistert sein.

Von der Seite her beobachte ich sie, als wir durch den Torbogen in den Hofgarten schlendern. Sie bleibt wie ich beim ersten Mal stehen und an ihrem Lächeln kann ich sehen, dass auch sie entzückt ist. Die Sonne scheint direkt auf den verschneiten Kirschbaum, im ganzen Hof funkeln die Schneekristalle und der Lärm und die Hektik auf der Straße hinter uns verlieren sich.

»Ich habe schon wahrlich zahlreiche Orte auf unserer wunderbaren Erde besucht, aber das hier ist zauberhaft.« Meine Mutter breitet ihre Arme aus und lacht mich an, Dutzende Sommersprossen tanzen dabei im Sonnenlicht auf ihrer Nase.

Über den sorgfältig geräumten Weg führe ich sie zu Dana, die in ihrem Atelier gerade einer Schneiderpuppe einen kupferfarbenen Strickpullover über den Kopf zieht, in dem man wahrscheinlich nie wieder frieren würde.

»Miela! Wie nett, dich so schnell wiederzusehen.«

»Ich will ja auch Stammkunde des Monats werden.«

»Da musst du erst an Herrn von Weimann vorbei.«

»Ist das der ältere Herr, der immer links am Fenster sitzt?« Ich linse durch das Atelierfenster hinaus ins

Teetässchen und in der Tat, dort sitzt dann wohl Herr von Weimann.

Dana nickt und sieht von mir zu meiner Mutter, was mich an meine Manieren erinnert. Ich stelle Dana meine Mutter vor.

»Freut mich, Sie kennenzulernen. Ich dachte mir schon, dass Sie zwei zusammengehören.«

Ich muss Dana recht geben. Meine Mutter und ich haben vieles gemeinsam. Auf jeden Fall unsere bernsteinfarbenen Augen, unverkennbar wie Gramsies, und unsere goldbraune Lockenmähne. So praktisch meine Mutter in ihrem Leben auch handelt, ihrer Haarpracht kommt keiner zu nahe. In Größe und Gewicht sind wir fast gleichauf, doch sie hat definitiv mehr Muskeln, ich dafür mehr weibliche Rundungen. Okay, wir gehen wirklich als ein Genpool durch.

Begeistert schlendert meine Mutter die Schneiderpuppen und Kleiderstangen mit Danas Kreationen ab und ehe ich entscheide, was ich alles für mich haben möchte, hat sie schon die Arme voll mit Kleidungsstücken. Ich helfe ihr, alles zur Umkleidekabine zu tragen, und freue mich über ihre Ausrufe der Verzückung über jedes Teil, das ihr hervorragend steht.

Mittlerweile betreten zwei weitere Kundinnen das Atelier, den Kameras um ihren Hälsen nach zu urteilen Touristinnen. Abgehakte klingende Worte fliegen nur so zwischen den beiden hin und her. Gleichwohl, Danas Kleidersprache ist international, und sie räubern penibel die Regale aus, wie es meine Mutter zuvor auch getan hat.

Zufrieden unterschreibt diese kurz darauf den Kreditkartenbon und verspricht Dana, sie auf jeden Fall wieder aufzusuchen, wenn sie in Berlin sei.

Dana lächelt wehmütig und sieht mich traurig an.

Ich will das nicht! Ich will nicht, dass das hier alles verloren geht!

Möglicherweise sollte ich Constanze davon überzeugen, einen Artikel über die Hofgemeinschaft in der *WeSelf* zu bringen. Wir könnten sogar ein Special daraus machen. Sarah würde sich mit Dana zusammensetzen, Anni Leon ins rechte Licht rücken und ich mit Assa unwiderstehliche Köstlichkeiten kreieren. Dazu könnten sich die Reiseleute dem Hof und der näheren Umgebung annehmen. Wenn es mir gleich morgen gelingt, Constanze an die Angel zu bekommen – und bei guten Themen beißt sie immer an – könnten wir bereits in der März-Ausgabe dabei sein.

Allerdings sagte Assa, die Kündigung kommt zum Ende des Jahres ...

»Wie lange gedenkst du noch, deine alte Mutter im Schnee stehen zu lassen?« Ich zucke zusammen und sehe in das lachende Gesicht meiner Mutter. »Du hast mir einen sagenhaften Tee versprochen und auf diesen bestehe ich jetzt.«

»Na, dann auf.« Ich weise auf das *Teetässchen* vor uns und öffne die Tür. Warme, würzige Luft empfängt uns und Assa, die mit dem Studenten der Philosophie zusammensitzt, blickt uns erfreut entgegen.

Heute in eine türkise Tunika mit Goldrändern gewandet wogt Assa auf uns zu.

»Assa, darf ich dir meine Mutter, Tamara Ladur, vorstellen?«

An der Art, wie sich die beiden Frauen die Hände schütteln, erkenne ich sofort die gemeinsame Wellenlänge, auf der sie sich begegnen.

Assa führt meine Mutter und mich an den Tisch vor dem Kamin, in dem ein gemütliches Feuer knistert.

»Sieh dir diese Schnitzereien an!« Meine Mutter fährt leicht mit den Fingern an einem Lichterbogen entlang, der auf dem Kaminsims leuchtet. »Wie exquisit die Figuren gearbeitet sind. Jedes Detail ist bis ins Feinste ausgearbeitet.«

Sie hat recht. Die geflochtenen Zöpfe der beiden Mädchen, die auf einem See Schlittschuhe laufen, schwingen, als würden sie sich wirklich bewegen. Von dem Dach im Hintergrund hängen Eiszapfen herunter und im Garten breitet sich eine Schneedecke aus, die funkelt.

»Hat das Leon Carpenter geschnitzt?«, frage ich Assa.

»Selbstverständlich.« Stolz rückt Assa den Bogen ein wenig gerader. »Ebenso die vorn im Fenster und die Stühle mit den roten Samtbezügen.«

»Leon Carpenter ist der Schreiner, der gegenüber dem Nähatelier seine Werkstatt hat«, erkläre ich meiner Mutter.

»Ich bin beeindruckt.« Sie setzt sich in den Ohrensessel, in dem ich bei meinem letzten Besuch saß. »Erst die feinen Sachen bei Frau Sastra, dann diese außergewöhnliche Schnitzkunst und ich vermute, wir bekommen gleich den weltbesten Tee serviert, falls du nicht übertrieben hast.«

Ich zwinkere Assa zu und sie enttäuscht mich nicht mit ihrem obligatorischen Satz: »Ich weiß schon, welcher Tee es heute sein darf.«

Interessiert verfolgt meine Mutter Assas Handgriffe. Wie sie goldene Teedosen auswählt, daran schnuppert, mit einem Löffel Kräuter in die Gläser füllt, von Neuem schnuppert, erneut hier und da etwas nachnimmt und schließlich heißes Wasser aus einem der Samoware darauf laufen lässt.

Ein delikater Anisduft weht zu mir herüber und ich bin gespannt, wie Assa mich heute einschätzt. Und erst recht meine Mutter.

Nachdem sich Assa auch an der Kuchentheke zu schaffen gemacht hat, kommt sie mit einem vollen Tablett zu uns.

»Einmal Tee Spezial für die Frau Mutter und einmal für die Tochter, und da Erdbeeren einem immer das Herz wärmen, dazu je ein gutes Stück Erdbeerkuchen.«

Tja, wenn man das Eine will, muss man das Andere manchmal mitmögen. Unauffällig, wie ich hoffe, schiebe ich den Kuchenteller zur Seite und ziehe mir mein Teeglas heran. Meine Finger sind kalt und ich schließe sie mit einem wohligen Seufzer um das heiße Glas.

Unerschrocken wie eh, was kulinarische Experimente angeht, lässt sich meine Mutter eine ordentliche Gabel voll Kuchen schmecken. »Interessant«, attestiert sie dem Etwas und hat auch schon den nächsten Happs im Mund.

Das familieneigenen Back-Gen hat meine Mutter übersprungen.

Ich ergreife die Chance und schiebe ihr mein Kuchenstück hin. »Hier, iss ruhig, ich habe heute früh ausgiebig gefrühstückt.«

»Du schlägst ein Stück Kuchen aus? Wer sind Sie und was haben Sie mit meiner Tochter gemacht?«

Ich schweige weise und labe mich an dem Teearoma, das aus meinem Glas strömt.

Der Student winkt Assa zu. Sie entschuldigt sich und geht zu ihm.

Vorsichtig nippt meine Mutter an ihrem heißen Tee und verdreht entzückt die Augen. »Weißt du, was ich nicht verstehe? Wieso wimmelt es hier nicht vor Leuten? Hier ist alles, was gut ist, zusammen.«

»Genau das frage ich mich auch die ganze Zeit. Es ist eine Schande und leider spielt wohl auch der Vermieter nicht mehr mit. Allen Geschäften im Hof wird zum Jahresende gekündigt. Dabei ließe sich so viel machen.«

Meine Mutter sieht mich eine Weile nachdenklich an, doch sie schweigt und nippt weiter an ihrem Tee.

Nachdem Assa sich von dem Studenten verabschiedet hat, setzt sie sich zusammen mit Herrn von Weimann zu uns an den Tisch.

»Dieser Tee ist ein Seelengenuss, liebe Assa, und mir hat man wahrlich außergewöhnliche Tees in Indien und China serviert. Was ist darin?«

»Bei Ihnen sind es Pappelknospen für das Urvertrauen und eine Spur Honigklee für den Kopf und natürlich Walnuss für die Veränderung. Dazu Brombeerblüten von Ihrer Tochter.«

»Kann man denn gar nichts tun, um Ihre wundervolle Teestube zu retten?«

»Ich fürchte nein. Bereits im Sommer wurde uns nahegelegt, unseren Umsatz zu steigern, da die Immobilienfirma, der der Komplex gehört, prozentual am

Gewinn beteiligt ist. Wir haben es bis zum Herbst nicht geschafft, obwohl es bis zum Sommer noch ganz gut lief. Doch es war nicht genug und daraufhin haben wir den Hinweis auf die Kündigung zum Jahresende erhalten.« Assa blickt traurig auf ihre Finger, die miteinander verknotet vor ihr auf dem Tisch liegen. Sanft legt Herr von Weimann seine Hand darauf. Selbst Assas knallroter Haarturban sinkt in sich zusammen.

Mein Herz verkrampft und gleichzeitig brummen Hummeln in meinem Bauch um die Wette. Angenommen, wir bringen das Juwel hier unter der Staubschicht zum Glänzen, bieten statt des Krümelkuchens richtig gute Leckereien an und werben gemeinsam mit Dana und Leon für unseren Hofgarten? Gerade in der Adventszeit müsste es möglich sein, Kundschaft anzulocken und vor allem auch zu halten.

Das Piepsen der Armbanduhr meiner Mutter unterbricht meine Gedanken und als ich mich ihr zuwende, sieht sie mich abermals mit diesem merkwürdigen Blick von vorhin an.

»Bitte entschuldigt mich. Ich habe noch einen Termin.« Meine Mutter erhebt sich und zieht ihre Jacke über. »Miela, bist du bitte so lieb und nimmst meine Einkaufstaschen mit zu dir? Ich komme heute Nachmittag zu Caro und dir und hole sie ab.«

»Was hast du vor?« Ein großes Fragezeichen breitet sich über mir aus.

»Das erzähle ich dir nachher«, bügelt sie meine Neugier glatt und wendet sich an Assa, die ebenfalls aufsteht. »Und Ihnen wünsche ich, dass Sie Ihr *Teetässchen* behalten können. Hin und wieder kommt es anders als man denkt.« Damit drückt sie Assa und verlässt die Teestube. Mein Mund schließt sich mit einem hörbaren Plopp.

Kapitel 9
T wie Teestube

Tee-Macarons

Fein gemahlene Teeblätter aromatisieren goldene Macaronschalen, die mit einer Mascarponecreme gefüllt werden, in der sich zarter weißer Tee und frische Zitrone vereinen.

Meine Mutter ist nicht unbedingt für Geheimniskrämerei bekannt. Also, mit wem trifft sie sich wo und weswegen? Und wenn wir schon bei den W-Fragen sind: Wieso, weshalb und warum?

Auf dem Heimweg vom *Teetässchen* renne ich um ein Haar zwei Senioren, einen Fahrradfahrer und drei Kleinkinder um. Den Kinderwagen, den ich angeblich anrempele, touchiere ich meiner Meinung nach nur unbedeutend. Manche Mütter sind aber auch empfindlich wie Löwinnen!

Zuhause wandere ich mit Mamsellchen auf dem Arm zwischen meinem Zimmer und dem Arbeitszimmer hin und her. Beide gehen zur Straße hinaus, leider erspähe ich weder aus dem einen noch aus dem anderen meine Mutter. Irgendwann langt es der Katzendame und sie windet sich maunzend aus meiner Umarmung.

Nun gut, Zeit für einen späten Nachmittagssnack. Kaum habe ich mir einen weißen *Spring-Cloud*-Tee aufgebrüht und ein Stück Lemon Cheesecake nett angerichtet, da klappert es an der Wohnungstür.

Ich sause in den Flur. Caro kommt herein, im Schlepptau meine Mutter, die aussieht wie eine Katze, die einen Kanarienvogel erwischt hat. Sie blickt entrückt und um ihren Mund liegt ein zufriedenes Lächeln.

Sie wird sich doch nicht einen Liebhaber geangelt haben?

Nein.

Und wenn doch?

»Rieche ich hier eine gute Tasse Tee?« Meine Mutter umarmt mich und folgt mir zusammen mit Caro in die Küche.

»Magst du auch?« Ich halte Caro den Cheesecake hin, diese schüttelt jedoch den Kopf.

»Später gern, aber ich brauche erst ein Nervenbad. Ihr glaubt nicht, was das für ein Tag heute war!«

Meine Mutter setzt sich derweil an den ovalen Glastisch, der vor den bodentiefen Erkerfenstern steht. Ich brühe ihr ebenfalls einen Tee und schneide auch für sie ein Stück Kuchen ab.

Nachdem ich mich zu ihr gesetzt habe, sehen wir eine Weile hinunter in den verschneiten Garten. Die Lichter aus den Fenstern des Hauses erleuchten den vorderen Teil und lassen den Schnee golden glänzen.

»Ich komme gerade von der Humboldt-Uni. Vor ein paar Wochen hat man mir und Ludwig eine Professur angeboten. Ludwig hat sofort angenommen und ich heute auch.« Meine Mutter sieht weiter aus dem Fenster, als würde sie durch die Dunkelheit einen interessanten Film verfolgen. Mir ploppen indessen wie in einem Comic die Augen aus dem Gesicht.

»Du willst in Berlin bleiben?«

Meine Mutter wendet sich zu mir um, lächelt und sieht kein bisschen eingesperrt aus. »Es ist Zeit, ein wenig sesshaft zu werden. Mein Leben lang ziehe ich nun schon durch die Weltgeschichte und ich liebe das, was ich tue, wirklich. Allerdings fällt es mir seit ein paar Jahren immer schwerer, die Koffer zu packen. Und deinem Vater übrigens auch.«

»Ich weiß gar nicht, was ich sagen soll.« Verwirrt tunke ich eine Gabel voll Lemon Cheesecake in meinen Tee.

»Es ist auch nicht gleich dauerhaft. In den kommenden drei Jahren werden wir jedes zweite Semester an der Uni Vorlesungen halten und die Semester dazwischen mit den Studenten im Feld forschen. Wir müssen demnach also keinen kalten Entzug durchstehen. Ich würde es gar nicht aushalten, 365 Nächte im Jahr in einem weichen Bett zu schlafen und für meine nächste Mahlzeit nur den Kühlschrank öffnen zu müssen.«

Wenn ich meinen Kopf weiterhin schüttele, werde ich gar keinen klaren Gedanken mehr zustande bringen.

»Tja, mein liebes Töchterchen, es sieht aus, als wäre deine Mami nun öfter da, um in dein Leben zu schneien und dir gute Ratschläge zu erteilen.« Leicht legt mir meine Mutter ihre Hand, die sich schon durch so viel Erde gebuddelt hat und entsprechend rau ist, auf meine. »Und womöglich ist es sogar der perfekte Zeitpunkt, gleich damit anzufangen.«

»Bei was denn? Schmeckt dir mein Cheesecake nicht oder sind dir die Fenster nicht gut genug geputzt?« Ich grinse sie an und vertusche damit nur, dass ich so gar nicht weiß, worauf sie hinauswill.

»Ich habe gegrillte Heuschrecken in Mexiko gegessen – die nebenbei gesagt köstlich geschmeckt haben – und ich habe tausendjährige Eier in China runtergewürgt, an die malaysische Durian-Frucht möchte ich gar nicht denken, da sind deine Kuchen immer Balsam für meinen Gaumen.«

»War das jetzt ein Kompliment?«

Meine Mutter lächelt und kräuselt die Nase, dabei tanzen ihre Sommersprossen fröhlich. Dann wird ihr Gesicht ernst und ihr Blick intensiv. »Miela, ich weiß, auch du liebst, was du tust. Aber ich glaube, du würdest etwas Anderes noch mehr lieben und ich denke, es ist Zeit für Veränderungen, auch für dich.«

»Ich habe mich wohl zu oft bei dir über Constanze ausgelassen, oder?« Mein Ton soll leicht klingen, aber ich höre selbst die Tonnen an Seelengestein, die daran hängen.

»Mielachen, auch wenn wir manchmal tausende Kilometer voneinander getrennt sind, so weiß ich doch ziemlich genau, wie es dir geht. Mit dir habe ich mir den größten Wunsch meines Lebens erfüllt und ich möchte dich einfach glücklich sehen. Und wenn es dafür heißt, einen ungeliebten Job zu kündigen und Neues zu wagen, auch wenn die Erfolgsaussichten ungewiss sind, dann ist es halt so. Wichtig ist doch nur, dass du es probierst.«

Endlich formuliere ich einen Gedanken, den ich mir bisher nur in Fragmenten zu denken gestattet habe. »Du meinst, ich soll die *WeSelf* verlassen und im *Teetässchen* mithelfen?«

»Nicht mithelfen, Miela! Mit zu dem machen, was dieser wundervollen Teestube gebührt. Assa mit ihren außergewöhnlichen Teekompositionen und du mit deiner Backkunst, das wird Erfolg haben. Und wenn wider Erwarten nicht, hast du es wenigstens versucht.«

»Aber das wäre doch absolut verrückt! Ich meine, die Teestube wird es nur noch ein paar Wochen geben, wie es aussieht. Dafür kann ich doch nicht einfach so mal meinen Job hinschmeißen. Auch wenn er nicht unbedingt die Sahneschicht in meiner Lebenstorte ist.« Langsam trinke ich meinen mittlerweile kalten Tee aus. Doch der weiße Tee aus dem Happy Valley schmeckt auch abgekühlt süß und kraftvoll.

»Du musst ja nicht gleich kündigen. Vielleicht stellt dich Constanze für ein paar Wochen von der Arbeit frei.«

Ich muss herzhaft lachen angesichts der Naivität meiner Mutter. Constanze und ich, die neuen besten Freundinnen, die sich gegenseitig Träume erfüllen.

Pikiert zieht meine Mutter die Brauen hoch. »Sei nicht so herablassend, du hast erst Gewissheit, wenn du es versucht hast. Was hast du schließlich zu verlieren, wenn du sie wenigstens mal nett und höflich fragst?«

»Meine Würde, meinen Stolz und meine Ehre?«

»Versprich mir, darüber nachzudenken, ja?« Mit Schwung kratzt meine Mutter die letzten Reste des Cheesecakes von ihrem Teller und lässt sie sich genussvoll auf der Zunge zergehen.

Ich nicke sacht, denn eigentlich bin ich schon seit dem Moment am Nachdenken, in dem ich den Hofgarten zum ersten Mal betreten habe. Doch ich traue mir noch nicht so ganz selbst über den Weg. »Warum sollte Assa mich einstellen wollen? Sie hat nicht die winzigste Andeutung in diese Richtung gemacht.«

»Du willst im *Teetässchen* arbeiten? Das ist ja großartig!« Caro fegt mit Handtuchturban und einem himmelblauen Seidenpyjama in die Küche, dabei umgibt sie eine Wolke aus Grapefruit und schwarzen Johannisbeeren.

»Moment«, bremse ich sie. Doch ihre Worte jagen bereits Kribbelwellen durch mich hindurch, wie ich sie seit langem nicht mehr gespürt habe. Mein Herz klopft und meine Fußspitzen wippen. In Gedanken habe ich schon vor Wochen die ersten Köstlichkeiten kreiert. Wir könnten frische Scones anbieten, so richtig very british, mit Konfitüre und Clotted Cream. Und gerade zur Adventszeit verlangen unzählige spezielle

Leckerbissen geradezu, serviert zu werden. Vielleicht eine Art Adventskalender und Dana und Leon könnten auch mitmachen.

»Wie auch immer du Miela angestupst hast, Tamara, es war exakt der richtige Stupser.« Caro lässt sich auf dem Stuhl neben meiner Mutter nieder, die Füße auf der Sitzfläche, die Knie an die Brust gezogen. Äußerst schmerzhaft, diese Sitzangewohnheit, wie ich finde.

»Moment«, wiederhole ich mich. »Es ist doch nur ein Gedanke!«

»Dafür ein extrem grandioser!«, ruft Caro und meine Mutter zwinkert ihr zu.

»Ich weiß noch gar nichts. Angenommen, Assa will gar niemand zusätzlich im Laden haben ...«

Dieses Mal redet meine Mutter dazwischen. »Angenommen, Assa will genau dich im Laden haben.«

»Okay. Dennoch ist da immer noch das große Problem, dass ich nicht einfach von heute auf morgen kündigen kann ...« Nun unterbreche ich mich selbst. Nils hat gekündigt, von jetzt auf gleich. Der Stich in meinem Herz bei dem Gedanken an ihn übertönt für einen Moment meine Zukunftsfantasien.

Meine Mutter verdreht die Augen. »Ich habe dir doch gerade schon gesagt, dass du nicht gleich kündigen musst, es gibt Alternativen, du musst dich nur trauen.«

»Außerdem hast du ab dem ersten Dezember Urlaub, das ist bereits nächste Woche.« Caro zieht sich das Handtuch vom Kopf und schüttelt ihren schwarzen Bob in Form – und in der Tat landet jedes Haar dort, wo es hingehört. Wenn ich mir nach der Haarwäsche das Handtuch vom Kopf ziehe und diesen schüttele, tanzen meine Haare Samba, ohne Grundschritt und in alle Richtungen.

»Aber nur zwei Wochen.«

»Das ist ein Anfang und den Rest borgst du dir einfach bei Constanze. Noch mehr Bedenken, die Caroline und ich entkräften dürfen?«

»Ja. Die Kündigungen stehen doch schon so gut wie fest.«

Caro beugt sich nah zu mir und schaut mich mit geneigtem Kopf an. »Genau! Die Kündigungen sind noch nicht da, aber deine Chance, diese zu verhindern. Der frische Wind, den du in den Hofgarten bringen wirst, kann ziemlich viel verändern und ich bin mir sicher, dass du das auch siehst. Du hast doch bloß Angst, Ihre Majestät Constanze bitten zu müssen.«

»Bei Constanze würden selbst dir die Strumpfbänder schlottern«, weise ich Caro mit ausgestrecktem Zeigefinger zurecht.

Sie drückt mühelos meine Hand herunter. »Schon klar. Was noch?«

Mehr und mehr lasse ich diesen wundervollen Gedanken zu, dass es tatsächlich einen Weg für das *Teetässchen* und mich und die ganze Hofgemeinschaft geben könnte. Unruhig rutsche ich auf dem Stuhl hin und her, am liebsten würde ich sofort anfangen Teegebäck zu backen. »Falls Assa zustimmt, müsste im *Teetässchen* einiges geändert werden, andererseits sind Assas finanzielle Möglichkeiten erschöpft, da die Teestube in den vergangenen Monaten nicht gut lief. Ich habe zwar ein bisschen angespart, aber mein Gehalt bei der *WeSelf* macht mich nicht gerade reich.«

»Wir können gern deine Miete für die nächsten Monate aussetzen«, bietet mir Caro an.

»Auf keinen Fall! Du bist sowieso schon so großzügig, mich hier zur Untermiete wohnen zu lassen.«

Caro stützt ihr Kinn auf die Knie. »Ich habe dich total gern hier, Miela, und du weißt, wenn es nach mir geht, bist du mir gar nichts schuldig. Nur Mamsellchen als Gesellschaft ist auf Dauer doch recht einsam.«

»Hast du in letzter Zeit einmal an Gramsies Bild *Bei sich im Augenblick* gedacht?« Meine Mutter leckt sich über die Lippen, als hätte sie sich einen zweiten Kanarienvogel gegönnt.

Mit einem Ruck, sodass der Stuhl, auf dem ich bis eben so zappelig saß, zurückrutscht, springe ich auf. Ich sause in mein Zimmer, krame nach dem Tablet und bin im Eilschritt zurück in der Küche. Auf dem Weg schalte ich das Tablet bereits ein und pünktlich, als ich am Esstisch ankomme, ist es hochgefahren. Gute Technik.

Caro beugt sich über den Tisch.

Dass ich daran nicht selbst gedacht habe! Es ist die Gelegenheit, das Bild gegen einen meiner Herzenswünsche einzutauschen. Das musste ich Gramsie vor Jahren versprechen, als sie sich mit eben diesem Bild einen ihrer Herzenswünsche erfüllte.

Nach ein paar Wischereien und mehrfachem Tippen auf dem Tablet sehe ich zufrieden auf – sorry, aber es hat soeben den dritten Kanarienvogel erwischt. Ich drehe den Bildschirm herum und zeige ihn Caro.

»Das bist ja du!« Caro sieht mit großen Augen zu mir auf und versinkt prompt wieder in dem Gemälde auf dem Display. »Die Farben, die Sonnenstrahlen, die leichte Brise, die über die Blumenwiese streift ... wie versunken du in diesem alten Buch liest ... das Bild ist magisch. Wie alt warst du da?«

»Ich war fünf, es war der Sommer vor meiner Einschulung. Ich hatte in Gramsies Dachboden dieses wunderschöne, alte Märchenbuch gefunden. Die Schrift schnörkelte sich so zauberhaft über das dicke Papier und die Bilder darin wirkten verträumt und voller Farben, ich habe stundenlang nichts anderes gemacht, als in diesem Buch zu blättern.«

Meine Mutter beugt sich über Caros Schulter und ein Erinnerungslächeln umspielt ihren Mund. »Du hast mit dem Buch am liebsten unter dem Pfirsichbaum gesessen. So wie auf dem Bild, in deinem weißen Lieblingskleid, die nackten Beine gerade von dir gestreckt, deine Teddys neben dir, das Buch auf deinem Schoß abgelegt. Du hast immer ein wenig nach vorn geneigt dagesessen, die langen Lockenhaare haben dich wie ein Schleier umgeben und dabei in der Sonne gefunkelt.«

»Und wo ist das Bild jetzt und was hat es mit dem *Teetässchen* zu tun?« Caro zoomt einzelne Details heran.

»Es hängt in der *National Portrait Gallery* in London. An meinem sechzehnten Geburtstag hat Gramsie mich gefragt, ob sie es an die Galerie verkaufen dürfe. Es war eine Riesenehre für sie, quasi der Oscar für Maler. Aber da das Bild mich zeigt, wollte sie es nicht ohne mein Einverständnis weggeben und hat gewartet, bis ich alt genug war, um es entscheiden zu können.«

»Was für eine Geschichte!« Beeindruckt stellt Caro das Tablet vor sich auf. »Trotzdem ist mir noch nicht klar, wie es dir mit der Teestube helfen soll. Oder meint ihr, Miela soll als Mädchen auf dem Gemälde werben und damit Kunden anlocken?«

»Das wäre auch eine Variante«, lacht meine Mutter. »Aber zu dem Gemälde gehört ein Konto und dieses Konto ist gefüllt mit einer netten Summe Geld. Elionore waren der Ruhm und die Ehre damals mehr als ausreichend, einmal davon abgesehen, dass sich ihre anderen Bilder auch nicht gerade unter Wert verkaufen. Deswegen hat sie für Miela mit dem Geld aus dem Verkauf ein Konto angelegt und ihre Finanzberater kümmern sich mit sicheren Händen um den Inhalt.«

»Das gibt es ja nicht!«, ruft Caro aus. »Du bist reich und ich lasse dich hier für einen Apfel und Ei wohnen.«

»Aber das Geld, Caro, ich ...«, stottere ich.

Caro lacht laut und kehlig. »Miela, das war ein Scherz. Na sage mal!«

Verschnupft verziehe ich meinen Mund, solche Scherze mag ich gar nicht.

»Entschuldigung«, schiebt sie hinterher.

»Wie auch immer, Gramsie hat sich gewünscht, dir möge das Gemälde ebenso viel Gutes tun wie ihr. Und ich denke, es ist so weit.« Meine Mutter erhebt sich und streckt sich ausgiebig. »Und für mich wird es ebenfalls Zeit. Ludwig und ich müssen morgen früh noch vor dem Aufstehen zum Flieger.«

»Wo geht es denn dieses Mal hin?« Auch Caro steht geschmeidig wie Mamsellchen aus ihrer unbequemen Sitzposition auf. Möglicherweise sollte ich mehr Sport treiben, Caro zumindest scheint es gut zu tun. Allerdings, um mehr Sport zu machen, müsste ich überhaupt erst einmal Sport machen.

»Wir fliegen zu einer Konferenz nach Sri Lanka, anschließend geht es für Ludwig weiter nach Lombok und für mich nach Tasmanien. Pünktlich zu den Weihnachtsfeiertagen sind wir beide zurück in Berlin.«

»Nach Sri Lanka würde ich glatt mitkommen.« Caro zeigt aus dem Fenster. »Diese Schneemassen gehen mir langsam echt über.«

»Und es werden noch mehr«, verspreche ich Caro und grinse. Die verzieht nur ihren Mund und seufzt.

»Du ziehst es durch, oder?« Caro legt mir einen Arm um die Schulter, als wir nach der Verabschiedung meiner Mutter zurück in die Küche gehen.

»Es fühlt sich genau richtig an. Seit Jahren hat es nicht mehr so in meinem Bauch und meinem Herzen gekribbelt. Meine Gedanken flitzen hin und her und das nicht, um sich zusammenzurotten, weil sie Constanze standhalten wollen, sondern frei, um eigene Ideen herum.«

»Du bist total hibbelig.« Caro drückt mich fester an sich und ich lege meinen Kopf an ihren. »Das wird ein Riesending, du wirst sehen. Die Teestube wartet auf dich.«

»Wenn ich im Sommer, nach der Nacht in deiner Wohnung, nicht so früh losspaziert wäre, hätte ich das *Teetässchen* womöglich nie entdeckt.« Und wenn ich Nils nicht beim Seitensprung erwischt hätte und wenn ich zu Gramsie gefahren wäre statt nach Hause und wenn Gramsie nicht das Dingsbums-Blau gebraucht hätte ...

»Du denkst an Nils, nicht wahr?«

»Manchmal fehlt er mir«, flüstere ich. »Seine nüchterne Art, Dinge anzugehen oder mir den Weg zu zeigen.«

»Quatsch!«, braust Caro auf. »Du brauchst niemanden, der dir den Weg zeigt, du musst nur wieder auf dich selbst hören. Du bist so kreativ und lebendig, lass dich von dir selbst mitreißen! Und wenn einmal ein paar Steine im Weg liegen, so what, gehe daran vorbei oder steige darüber, aber lasse dir bitte nicht sagen, wo es langgeht für dich.«

»So ähnlich hat es Assa auch aus meinen Teekräutern gelesen.«

»Na siehst du! Und deiner Teepsychologin kannst du uneingeschränkt vertrauen.«

»Ich fühle mich manchmal ziemlich einsam, Caro. Wie ein abgetragener Mantel, der in der hintersten Ecke im Kleiderschrank vergessen wurde.« Meine Stimme kommt tonlos heraus und ich blinzele eine Träne weg.

»Weißt du was, ich glaube, das sind die letzten Nachwehen deiner Trennung. Du hattest dich in deiner Beziehung mit Nils an vieles gewöhnt, und eingeschliffene Gewohnheiten zu ändern, fällt uns allen hin und wieder schwer.«

Ich nicke sacht und mache mich daran, mit wenigen Handgriffen den Esstisch abzuräumen und den Lemon Cheesecake zurück in den Kühlschrank zu stellen. Mein Herz fühlt sich schwer an, doch die Augenblicke, in denen ich um meine Beziehung mit Nils trauere, nehmen ab. Es ist, wie es ist, und jetzt habe ich ein neues Projekt, in das ich mich voller Elan stürzen kann. Es ist Zeit, meine eigenen Träume wahrzumachen und ohne Mann geht es nur um mich. Keine Komplikationen, keine zusätzliche Verantwortung, kein Herzschmerz. Die nächsten Wochen werden anstrengend genug, vorausgesetzt, Constanze hält mich nicht am Schürzenband fest und die Kunden im *Teetässchen* mögen mich und mein Gebäck und ich bekomme Dana und Leon überredet, mitzumachen und – das Allerwichtigste – Assa würde mich überhaupt haben wollen.

Das alles schreit nach einer ausgeklügelten To-do-Liste!

»Caro«, ich schmeiße die Kühlschranktür zu, was die darinstehenden Saftflaschen mit Klirren zur Kenntnis nehmen, »was hältst du von einer wagenradgroßen Pizza mit Belag deiner Wahl. Ich brauche einen Plan und schlafen können wir nächstes Jahr wieder, wenn das *Teetässchen* so richtig gut läuft.«

»Wenn die Pizza einen Vollkornboden hat und du einen großen Smoothie dazu spendierst, Mädchen-bei-sich-im-Augenblick, dann ran an den Plan.«

Kapitel 10
S wie Stolz

Schokoladen-Macarons

Was gibt es Sinnlicheres als geschmolzene Porcelana-Schokolade, vereint mit Alpensahne zu einer Creme so zart wie ein Feenkuss. Gefüllt wird diese duftende Kakaomasse in feine Macaronschalen, die mit gemahlenen Porcelana-Kakao-Nibs vollendet werden.

Mein ausgeklügelter Plan ist wasserdicht, ist hieb- und stichfest, ist unangreifbar und hat nur einen Haken. Einen bayrischen Haken.

Kurz vor sieben Uhr am Freitagmorgen stecke ich nach zaghaftem Klopfen meinen sorgsam frisierten Schopf in Constanzes Büro. Sie telefoniert, winkt mich aber herein und bedeutet mir mit einer Geste, mich auf den Stuhl ihr gegenüber zu setzen. Betont interessiert betrachte ich die alten *WeSelf* Cover, die gerahmt an den Wänden im Büro hängen. Nicht unstolz stelle ich fest, dass gut ein Drittel der Cover meine Backkreationen zieren.

»Die Mandelmilch steht links in der Kühlschranktür und der griechische Joghurt steht ebenfalls im Kühlschrank, im dritten Fach oben, auf der rechten Seite. Hast du ihn?«

Constanze konzentriert sich bedächtig auf die Antwort und ich bemühe mich immer stärker, nicht zu lauschen. Ich mag privaten Gesprächen nicht zuhören, die nicht für mich bestimmt sind. Constanze scheint es nicht zu kümmern und ich finde, ihre Familie hat Glück, denn die stehen in der Gunst meiner Chefin weit oberhalb der *WeSelf*. Gleichwohl, anschließend kommt erst einmal siebentausend Meilen nichts.

»Gut. Die Haferflocken findest du im Hängeschrank links neben dem Kühlschrank, im ersten Fach ... nein, nicht die Schmelzflocken ... ja genau, die kernigen ... Das ist schön, dass du jetzt alles hast. Lass es dir schmecken. Bussi.«

Schwungvoll wischt Constanze über das Display und beendet das Gespräch. Wie entspannt sie diese merkwürdige Suchaktion gerade begleitet hat. Vermutlich ist das so ein Mutter-Kind-Ding und ich kann das auch, wenn ich Kinder habe.

»Mein Mann.« Constanze seufzt und lächelt gleichzeitig, als hätte sie für ihre Leistung eben den Ehefrauen-Nobelpreis erhalten.

Ihr Mann war der Haferflocken-Sucher? Und bei mir kriegt sie die Krise, wenn ich ein Rezept zu einem Backwerk nicht finde, welches sie sich gerade ausdenkt.

»Miela, was kann ich für dich tun?«

Fein, wie es aussieht, komme ich in den Genuss des Ehegatten-Bonus. So nett hat sie mich lange nicht mehr angesehen. Oder hat sie selbst einen Plan? Einen, der meinen in Stück fetzen würde?

Beim Zähneputzen gestern Abend und heute Morgen habe ich meine Constanze-Ansprache fleißig geübt, dann auf dem Weg zur Arbeit und gerade auch noch draußen auf dem Flur. Nur leider ist mein Anliegen anscheinend Wort für Wort an jeder Übungsstation kleben geblieben, denn mir fällt gerade gar nichts ein.

Constanzes üppige Augenbrauen beginnen sich raupenmäßig zusammenzuziehen.

Los Miela, sei keine Erbse. »Äh, ich wollte dir etwas erzählen.«

Pause. Von mir. Und von ihr.

Nun gut, dann weiter im Text, präzise, knapp und auf den Punkt. »Vor einer Weile habe ich nicht weit von hier eine entzückende Teestube entdeckt und dort ... also die Teestube heißt *Teetässchen*, ist das nicht ein toller Name? Also, auf jeden Fall habe ich diese Teestube entdeckt und dort gibt es unglaublich guten Tee. Der Kuchen, nebenbei gesagt, ist schrecklich, na egal, also der Tee ist phänomenal und Assa, die Besitzerin des *Teetässchens*, findet für jeden den richtigen Tee, und ich habe mich dort dermaßen wohl gefühlt, jedenfalls, die Teestube läuft nicht gut, genauso wie das Nähatelier nebenan, wo es wunderbare Sachen gibt und einen Schreiner, der irgendwie schon ein Künstler ist, also ich denke, das *Teetässchen*, und überhaupt der Hofgarten, bräuchten nur einen ordentlichen

Schubs in die richtige Richtung, frischen Wind eben, und es würde großartig werden.«

Wusch, alle Luft rauscht aus mir heraus und ich schnappe mehrfach nach neuer. Während sich meine Brust heftig hebt und senkt, sehe ich Constanze in Erwartung einer Antwort an.

»Und?«

Wie, und? Habe ich ihr nicht gerade alles haarklein erklärt?

»Miela, wenn du möchtest, dass wir einen Artikel über diese Teestube bringen, ist das ein netter Gedanke, dennoch kein Grund, meine wichtige Morgenzeit zu verratschen. Das können wir gern in der Themenkonferenz besprechen.«

Als Zeichen, dass ich mich entfernen soll, zieht sich Constanze den Laptop heran und stupst die dazugehörige Maus an.

Auwei, sie kehrt zurück in den Business-Modus.

»Ein Artikel wäre grandios, aber deswegen bin ich nicht hier.«

Constanze schiebt den Laptop zurück, stützt ihre Arme auf den Schreitisch und legt das Kinn auf die Hände. Ihr Blick ruft deutlich *Mäuschen, nun sag schon, was los ist und dann lass die Großen mal wieder arbeiten.*

Ich hole tief Luft und zerknülle dabei meinen Rock mit den Händen, die ich zu Fäusten balle.

»Ich möchte in meinem Urlaub dort arbeiten. Also, vor allem mit meinen Backwerken mithelfen, dass das *Teetässchen* aufblüht und der Hofgarten die Gäste bekommt, die er verdient.«

Mir ist so heiß, mein Gesicht glüht und ich beginne unangenehm zu schwitzen, leider auch an Stellen, die heute Morgen kein Deo abbekommen haben. Constanze mustert mich ohne eine Regung in ihrem Gesicht. »Das hört sich gut an. Mach das.«

»Wie, mach das?« Vor Schreck zucke ich zusammen.

»Na wie du es gesagt hast. Geh dorthin und gib dein Bestes.«

»Innerhalb meiner beiden Urlaubswochen? Und du holst mich nicht zurück, weil es eine megawichtige Idee gibt, zum Beispiel Backen als neue Yoga-Variante?«

»Klingt interessant, das notiere ich mir sofort. Und wenn du möchtest, kannst du direkt ab Montag freimachen und ich beurlaube dich für länger. Ich kann mir vorstellen, wie ideal die Weihnachtszeit ist, um solch ein Café in Schwung zu bringen.«

Meint sie das jetzt ernst? Ich sehe mich um, entdecke aber nirgends eine versteckte Kamera, auch keine sichtbare. Soll ich aufs Ganze gehen?

Nein, nach fest kommt ab und dann habe ich gar nichts.

Einen klitzekleinen Versuch vielleicht?

Oder lieber nicht?

Oder doch? Los, raus damit, kurz und schmerzlos! »Ich bräuchte den ganzen Dezember, denn solange hat die Hofgemeinschaft Zeit, sich zu beweisen.«

»Gut.«

»Gut?«

»Gut. Miriam ist anständig eingearbeitet und wenn du ihr heute in Ruhe die anstehenden Themen übergibst, sollte sie dich erstklassig vertreten können. Das meiste für die nächste Ausgabe haben wir ohnehin schon geschafft. Wir sehen uns im Januar wieder, wenn du das dann noch möchtest, und nun entschuldige mich bitte, ich muss meinen Großen in die Schule schicken.« Constanze greift nach dem Telefon und dreht sich von mir weg. Mit Schokopuddingknien erhebe ich mich und gehe zur Tür, immer Constanzes geflochtene Haarpracht im Visier, doch die Audienz scheint wirklich beendet zu sein.

Habe ich gesiegt? Oder war das eine versteckte Kündigung? Im Flur verwandelt sich mein Gehen in ein Tänzeln und was auch immer das gerade war, es ist definitiv genau das Richtige.

Mit trommelndem Herzen eile ich nach der Arbeit zum *Teetässchen*. Je näher ich der Teestube komme, desto voller werden die Gehwege. Mehr oder weniger missmutig schieben sich die Massen über die gefrorenen Schneehaufen. Jeder will irgendwo hin und dabei möglichst der Erste sein. Als Höhepunkt muss ich mich beim Torbogen an den Absperrgittern einer Baustelle vorbeiquetschen.

Moment! Wo ist überhaupt die Baustelle zu den Absperrgittern?

Da es bereits dunkel ist, erscheint mir der Torbogen sehr düster. Warum leuchtet hier kein Licht?

Als ich endlich den Hofgarten betrete, fällt jedoch alle Hektik von mir ab. Voller Stolz begrüße ich den verschneiten Kirschbaum, die warm erleuchteten Fenster der Schreinerei, des Nähateliers und des *Teetässchens*.

Meine Knie zittern, während ich die Teestube betrete, und mein Lächeln wickelt sich einmal um meinen Kopf.

»Du hast dich also entschieden, künftig hier deine Backwunderwerke zu vollbringen! Ich freue mich so sehr.« Assa kommt hinter der Teebar hervor, als sie mich sieht. Fest nimmt sie mich in den Arm, dabei klimpern ihre schulterlangen Goldohrringe fröhlich an meinem Ohr.

»Woher weißt du das denn schon wieder?« Verdattert ziehe ich die Mütze vom Kopf und schäle mich aus Mantel und Schal.

»Unterschätze nie die Kraft von Teekräutern, sie können dir alles erzählen, was du wissen möchtest, und manchmal sogar noch mehr.«

Sie liest doch wohl nicht Gedanken? Das würde mir nicht recht behagen, denn ich finde, Gedanken sind eindeutig Privateigentum. Mein Bauch fühlt sich ziemlich mulmig an bei Assas Worten.

»Und Mütter sind auch oft sehr hilfreich. In meinem Job als Teepsychologin nehme ich, was ich kriegen kann.« Assa grinst mich schief an.

»Meine Mutter? Sie wusste doch selbst noch nichts, als wir gestern hier waren. Ich wusste es da ja noch nicht einmal.« Ich runzele die Stirn und sehe Assa skeptisch an.

Sie hakt sich bei mir unter und führt mich durch die leere Teestube zu einem der größeren Tische am Fenster. »Deine Mutter ist gestern am späten Nachmittag noch einmal zurückgekommen. Wir kamen ins Gespräch und dabei hat sie so ein, zwei Vermutungen geäußert. Und nun schau nicht so misstrauisch.« Assa knufft mich leicht in die Seite. »Ich glaube, sie wollte nur einen mütterlichen Blick auf mich werfen.«

In Ordnung, ich lasse den heimlichen Besuch in der Teestube und das Anstupsen meiner Träume als nette Einmischung gelten. Wenn meine Mutter schon einmal in Berlin ist, darf sie sich auch zur Abwechslung wie eine Übermutter benehmen, das Meiste bekommt sie eher aus der Ferne mit. Es sei ihr also gegönnt. Interessant wird es gewiss, wenn sie demnächst länger in Berlin weilt.

»Ich mache uns jetzt einen schönen Tee und dann können wir zwei uns gemeinsam ins Abenteuer stürzen. Nachher kommen auch Dana und Leon auf ihren Abendtee vorbei. Die beiden werden Augen machen. Welchen Kuchen hättest du gern zu deinem Tee?«

Meinen eigenen. Pfui, Miela, das ist nicht nett. Aus den Augenwinkeln sehe ich Assa zu, die sich an diversen Teedosen zu schaffen macht, denn die Vermutung mit dem Gedankenlesen hat sich noch nicht verflüchtigt.

»Erst einmal hätte ich gern nur einen Tee, danke.« Ich räuspere mich und sehe aus dem Fenster. »Und über den Kuchen könnten wir uns möglicherweise nachher noch ein bisschen unterhalten.«

Nach wenigen Minuten stellt Assa zwei dampfende Gläser vor uns auf den Tisch. Meiner leuchtet wie Bernstein, so wie meine Augenfarbe, Assas ist granatrot und ähnelt auffallend ihrer Haarpracht.

Ächzend lässt sich Assa in den Sessel neben meinem fallen. »Ich vermute, hier gibt es bald besseren Kuchen?«

Vorsichtig nicke ich. Es liegt mir fern, sie zu brüskieren, und ich will sie auf keinen Fall verletzen. »Das eine oder andere könnten wir in der Tat eine Spur anders machen beim Kuchenangebot.«

»Bin ich froh, nicht mehr backen zu müssen!« Assa klatscht in die Hände und ihr Gesicht strahlt wie die Sonne am Mittelmeer. »Was für ein Geschenk, dass ich mich ab sofort ausschließlich um die Tees kümmern darf.«

Assa spricht das Wort *Tees* so liebevoll aus, als spräche sie von ihren Zwillingstöchtern *Darjeeling* und *Ceylon*.

Dann wird sie ernst. »Das heißt, wir sprechen doch davon, dass du hier bei mir im *Teetässchen* mitmachen möchtest?«

»Darauf habe ich gehofft, ja.« Mir wird ganz feierlich zumute und die Puzzleteile, aus denen ich bestehe, fügen sich zu einem Bild zusammen. Einem Bild aus duftenden Köstlichkeiten, kredenzt mit aromatischem Tee.

Assa hebt ihr Teeglas und ich meines. Lächelnd stoßen wir auf unsere neue Partnerschaft an.

»Hast den Tee heute absichtlich nach Farbe gewählt?« Ich schwenke mein Glas und bewundere das Farbspiel.

»Selbstverständlich. Bei Tee gibt es keine Zufälle. Selbst wenn Thomas Müller einen x-beliebigen Teebeutel aus seiner Kramschublade zieht und diesen in heißem Wasser ertränkt, wird er automatisch zu dem richtigen Tee greifen, nämlich dem, der ihm gerade guttut. Doch bei mir bekommt er noch mehr, denn ich komponiere meine Tees nach ihrer eigenen Magie.«

»Dein Selbstbewusstsein will ich haben«, murmele ich.

»Das bekommst du schon noch, mein Schätzchen und wenn deine Kuchen nur ein Zehntel so lecker schmecken, wie sie in der *WeSelf* aussehen und es deine Mutter sagt, bist du sowieso die Größte.«

»Du kennst die *WeSelf*?«

»Klar, die kennt doch jeder. Jeden Monat am Erscheinungstag setzen Dana und ich uns gemütlich am Kamin aufs Sofa und schmökern sie bei einem Tässchen Silbernadeltee von vorn nach hinten durch. Wir haben dich sofort erkannt, als du im August hier zu Besuch warst.«

Meine Wangen brennen lichterloh und um meine Verlegenheit zu überspielen, schnuppere ich ausgiebig an meinem Tee.

»Ja, ja, versteck du nur deine Röte hinter deinen Haaren, am Montag ist es wieder so weit und Dana und ich hoffen, du machst es dir zusammen mit uns auf dem Sofa gemütlich.«

»Wenn wir überhaupt Zeit finden, uns zu setzen. Mir schwirrt der Kopf vor Ideen und überdies hat meine Chefin uns einen Artikel in der *WeSelf* zugesagt. Du weißt ja selbst, welch enorme Reichweite die Zeitschrift hat. Allerdings planen wir die Ausgaben bereits weit im Voraus, es könnte also frühestens die Märzausgabe werden.«

Diese Tatsache bedauernd, nippe ich an dem Tee. Das feine Aroma von Honigvanille und Zitronenmelisse lässt mich wohlig seufzen. Dieser Tee macht einfach glücklich. Eigentlich sollte jeder Arzt ihn seinen Patienten verschreiben, morgens, mittags, abends, aus überdimensionalen Tassen genossen.

»Mach dir nicht zu große Hoffnungen, meine Liebe. Seit einem Jahr geht es kontinuierlich bergab mit dem *Teetässchen* und auch mit dem Nähatelier und der Schreinerei. Es sind nur noch knapp fünf Wochen bis zum Jahresende. Auch wenn ich eine geborene Optimistin bin, so fällt es mir doch sehr schwer, daran zu glauben, dass wir innerhalb dieser kurzen Zeit das Ruder herumreißen können.« Assas Ton ist sehr ernst und ich sehe mit einem Mal feine Falten um ihre Augen, die vorher noch nicht da waren. Selbst ihre farbenfrohen Haare leuchten weniger.

Nein! Ich will, dass das hier funktioniert und mein inneres Kind stampft heftig auf den Boden: Ich will! Ich will! Ich will!

Assa mag die geborene Optimistin sein, ich bin die geborene Bäckerin! Und damit fangen wir jetzt an, plus ein paar anderen Dingen, aber die behalte ich vorerst für mich.

Ich erläutere Assa gerade meine Vorstellung von unserem Kuchenangebot, als Dana und Leon hereinkommen und sich zu uns setzen.

Dana betrachtet die Reste in unseren Teegläsern. »Was gibt es denn zu feiern?«

»Woran erkennst du das?« Verblüfft reiße ich die Augen auf und lasse meinen Blick über den Tisch schweifen, um herauszufinden, woher ihre Vermutung stammt.

»Assa rückt ihre brillanten Farbtees immer dann heraus, wenn es einen speziellen Anlass gibt. Einen guten natürlich.«

Was für eine grandiose Idee! Tatsächlich serviert Assa kurz darauf Dana einen silbern schimmernden

Tee, der die Farbe ihrer Seidenbluse aufnimmt. Leon erhält ein Teeglas voll mit dem sehr dunklen Tee, den er bereits damals getrunken hat, als wir uns das erste Mal vor seiner Werkstatt trafen. Erneut steigt mir das vertraute und zugleich fremde, für mich nicht erkennbare, Aroma in die Nase.

Ich suche an Leon Carpenter nach der schwarzen Farbe seines Tees. Doch es sind weder seine mittelbraunen Haare, noch seine dunkelbraunen Augen, auch nicht seine grüne Latzhose und schon gar nicht sein weißes T-Shirt. Es wird doch wohl keine Anspielung auf sein Gemüt sein?

»Ich trinke nur Assamtee«, grollt er, offensichtlich genervt von meiner Visitation seiner Person.

»Aber da ist noch etwas anderes darin«, wende ich mich an Assa, denn von dem Herrn Schreiner erwarte ich mir keine Antwort.

»Finde es selbst heraus.« Assa grinst mich an, hebt ihr frisch gefülltes Teeglas und wir alle stoßen miteinander an.

»Und worum geht es nun?« Dana sieht fragend von Assa zu mir.

Wir lächeln uns an und mit einem Nicken bedeute ich Assa, dass sie es erzählen soll.

»Miela arbeitet künftig hier im *Teetässchen* als meine Partnerin. Gemeinsam wollen wir unsere verschlafene Hinterhofidylle in Schwung bringen. Wir fangen gerade an, alles zu besprechen.«

»Das sind ja tolle Neuigkeiten!« Dana lehnt sich über die breite Armlehne ihres Samtsessels hinweg zu mir und drückt mich fest. Selbst von Leon kommt ein

Brummen, welches irgendwie nach Zustimmung klingt.

Und dann gibt es kein Halten mehr. Ideen für die Teestube, das Nähatelier und die Schreinerei fliegen hin und her. Viele finden Zustimmung und Platz auf unserer gemeinschaftlichen To-do-Liste und manche werden vom Tisch gefegt wie die Krümel des Kuchens, auf dem wir aus reiner Hungersnot doch noch herumkauen.

Es scheint, als würden die drei durch meinen frischen Wind mitgerissen werden und aus sich herauskommen. Ihr Kampfgeist, der durch die vielen Rückschläge der letzten Monate geschrumpft ist, erwacht zu neuem Leben.

Wir wissen, die Zeit ist knapp und dass sich die Kündigung des Hofgartens in Luft auflöst, ist mehr als fraglich, aber wir wollen es versuchen. Denn was haben wir schon zu verlieren? Nichts. Wir können nur gewinnen.

Und eines verspreche ich den dreien an diesem wunderbaren Abend: Hier im *Teetässchen* wird es keinen so trockenen Kuchen mehr geben, der über den Tisch krümelt.

Kapitel 11
T wie Trottel

Trüffel-Macarons

Feinste Macaronschalen mit einem Hauch Ahornsirup umhüllen eine Trüffelmasse, gerührt aus dunkler São-Tomé-Schokolade, Sommersahne und Ahornsirup.

Voller Elan stürze ich mich am ersten Adventswochenende in die Arbeit im *Teetässchen*. Ich schrubbe jeden Zentimeter der Teestube, bis sie glänzt wie die drei Samoware, die interessanterweise nicht das winzigste Fleckchen aufweisen. Die Teebar, die Kuchenvitrine, die holzgeschnitzten Tische, Samtstühle, Plüschsessel und Sofas, alles bekommt eine ökologisch-dynamische Abreibung. Ich kehre sogar den Kamin besenrein, nicht ohne ein Fünkchen Hoffnung auf ein Extradankeschön von Santa Claus.

Zähneknirschend nehme ich mir schließlich die großen Ladenfenster vor. Diese von innen zu wienern ist keine Kunst, wenn auch extrem anstrengend, da meine Arme es nicht gewohnt sind, in höheren Lagen zu arbeiten. Muskeln sind prätentiöse Wesen, die regelmäßig Aufmerksamkeit verlangen oder – wie in meinem Fall – sich mit Schmerzen bemerkbar machen, wenn man sie vernachlässigt.

Auf jeden Fall können die Innenscheiben nach meinem Putzmarathon für jeden Fensterreiniger-Werbespot herhalten. Ich muss zugeben, draußen bin ich von vornherein nicht mehr ganz so hoch motiviert, stelle mich dann aber tapfer auf die Leiter, fest eingewickelt in meine Winterjacke. Feine Eiskristalle knirschen jedoch schon nach wenigen Minuten in den Handschuhen, und was auf den Scheiben passiert, lässt jeden Eisblumenmaler in Verzückung geraten. Als es auch noch anfängt, fiese Eiskrümel zu schneien, gefriert mein Wille weiterzumachen schneller als das Schloss der Eiskönigin.

Assa derweil lässt die goldenen Teedosen in neuem Glanz erstrahlen. Obwohl es hier nicht notwendig ist, diese abzustauben, da alle – selbst der seltene Qilan Oolong aus der hintersten Ecke des Regales – tipptopp in Ordnung sind. Genau wie die Teegläser und das Geschirr und Besteck. Eigentlich alles, was mit dem Tee zu tun hat.

Ich finde, dass ich mich Assa gegenüber äußerst diplomatisch verhalte. Da ich ihr mit meiner Putzaktion nicht zu nahetreten will, diese dennoch unumgänglich ist, habe ich ihr erzählt, wie gern ich für meinen neuen Start symbolisch mit einem Winterputz loslegen möchte. Quasi wie der Frühjahrsputz im Frühling. Sie lässt mich gewähren und ich klopfe mir selbst auf die Schulter, müde und langsam, aber gleichwohl stolz.

Die Teestube wirkt wenig später frisch und einladend und als ein heimeliges Feuer im Kamin tanzt, fülle ich die Vitrine mit feinen Küchlein, die ich in den Nächten zuvor in Caros Küche gebacken habe. Denn wie erwartet befindet sich Assas Küche durch deren lieblose Nichtbenutzung in einem traurigen Zustand. Auch hier muss ich noch meine innere Putzfee hervorlocken und gründlich sauber machen. Aber eines nach dem anderen.

Vorsichtig platziere ich am ersten Adventsmorgen Honigprinten neben Zimtschnecken in der Vitrine. Ein Gewürzkuchen mit glänzender dunkler Schokolade prangt in der Mitte und dazwischen locken Cranberry-Cookies und Vanille-Shortbread.

Und dort warten sie. Und warten.

Einzig Herr von Weimann hält sich für eine halbe Stunde an seinem Teeglas gefüllt mit marokkanischer Minze fest. Ansonsten holte sich nur Leon seine Ration an Tee, dafür aber mehrfach.

»Welche Öffnungszeiten haben wir eigentlich?« Ich luge aus der Küche um die Ecke zu Assa, die mit verschiedenen Teesorten experimentiert. Mir ist bisher kein Schild mit Zeiten aufgefallen.

»Die Teestube hat jeden Tag offiziell von zehn bis achtzehn Uhr geöffnet.«

»Und inoffiziell?«

»Bin ich eigentlich immer da. Schließlich habe ich es nicht weit und obendrein empfinde ich mein *Teetässchen* nicht als Arbeit.«

Neugierig gehe ich zu Assa, das Küchenhandtuch, mit dem ich soeben die Arbeitsflächen trocken gewienert habe, stecke ich mir dabei in die Schürzentasche.

»Wohnst du hier in der Nähe?«

Assa zeigt mit dem Daumen nach oben. Ich sehe hinauf und zurück zu ihr.

»Meine Wohnung liegt über der Teestube, hast du die Tür hinten in der Küche noch gar nicht bemerkt?«

Doch, habe ich, aber für eine Tür nach irgendwo gehalten. Was ja irgendwie auch stimmt.

»Dana wohnt in der Wohnung über dem Nähatelier und Leon über der Schreinerei.«

»Wirklich?« Wie toll es sein muss, sich nicht mehr durch den Verkehr oder eine Meute schlecht gelaunter Fußgänger drängeln zu müssen. Einfach in der Pause die Füße auf das eigene Sofa legen zu können oder abends ein neues Rezept auszuprobieren, welches einem nicht mehr aus dem Kopf geht und dringend verkostet werden möchte.

Dann fällt mir die Kündigung ein und ich sehe Assa erschrocken an. »Und die Kündigung der Läden, bezieht die sich auch auf eure Wohnungen?«

Assa nickt. »Das macht die ganze Sache nicht einfacher. Du weißt ja selbst, wie schwierig es ist, in Berlin eine bezahlbare Wohnung zu finden. Dana hat eine Winzigkeit von Wohnung in der Nähe in Aussicht und Leon will sich in irgendeine WG einmieten.«

»Und du?«

»Tja, ich überlege, aus Berlin wegzugehen. Es wäre bestimmt ganz nett, mal wieder länger bei meiner Familie sein zu können.« Assa verzieht das Gesicht und wie es aussieht, ist es bei ihrer Familie wirklich ganz nett, aber bei ihr zu Hause, über dem *Teetässchen*, viel netter.

Für einen Moment verliere ich jeglichen Schwung.

Doch ich straffe mich sogleich wieder – jetzt erst recht!

»Assa, wir müssen handeln! Wir müssen Werbung machen, richtig opulente Werbung, und die blöde Baustelle vor dem Hofeingang muss weg und wir brauchen Licht im Torbogen! Dazu brauchen wir eine Aktion, die sich im Viertel herumspricht, und zwar eine, die die Leute immer wieder hierherlockt, bis sie gar nicht mehr woanders hinwollen!«

Ich drehe mich um mich selbst und nehme alles ins Visier. Die Weihnachtsdekoration stimmt: die Lichtbogen schimmern golden, duftende Tannengestecke mit dicken roten Kerzen schmücken die Tische. Über der Eingangstür hängt ein Mistelzweig und Lichterketten mit goldenen Sternenlichtern ranken sich um die Teebar.

Die liebevoll zusammengewürfelten Stühle, Sessel und Tische, an denen es sich so bequem sitzen lässt, sind perfekt. Was die Tische brauchen, sind ein paar Farbkleckse, ein paar Leckereien ...

»Macarons!«

Assa sieht mich mit hochgezogenen Augenbrauen an.

»Wir backen herrlich süße, köstliche, zartschmelzende, bunte Macarons! Und an jedem Tag gibt es eine besondere Sorte, wie in einem Adventskalender!«

Assa klatscht in die Hände und lacht mich an. »Das hört sich zauberhaft an und dazu gibt es jeden Tag einen besonderen Weihnachtstee, abgestimmt auf deine Dingsbums-Macas.«

Ich rolle mit den Augen und ziehe mein Smartphone aus der Tasche, die unter der Teebar liegt. Dann zeige ich Assa Fotos von meinen letzten Macarons, die ich in der Redaktion gebacken habe. »Ich denke, du studierst regelmäßig die *WeSelf*, da sind immer wieder Macarons von mir dabei.«

»Ach, die kleinen runden Dinger, die immer so bunt sind, meinst du! Die habe ich schon gesehen, aber noch nie gegessen. Und gebacken schon gar nicht. Bewahre mich vor diesem ganzen Gewiege, stell dir vor, da müssen sogar die Eier gewogen werden! Wo gibt es denn so etwas!« Assa nickt nachdrücklich und ihr roter Haarknödel neigt sich empört seitwärts.

Ich muss herzhaft über das *Gewiege* lachen und ja, bei Macarons gibt es das sehr wohl, dass das Eiweiß exakt gewogen werden möchte. »Also abgemacht. Wir werden berühmt mit unserem *Teetässchen-Adventskalender*. Am Donnerstag geht es los, dann haben wir den ersten Dezember. Wir müssen nur dafür sorgen, dass alle Welt davon erfährt!«

»Was der schwierige Teil des Planes werden wird.«

»Ich habe da eine Idee.« Mit einem Ruck ziehe ich mir die Schürze über den Kopf und greife nach meinem Mantel und der Mütze, die am Ständer neben der Tür hängen. Ich drehe mich zu Assa um. »Komm mit.«

Murrend und mit vor der Brust verschränkten Armen folgt sie mir nach draußen, wo es mittlerweile Wattebällchen schneit.

»Warum ziehst du dir keine Jacke über?«

»Weil ich in der Teestube keine Jacke habe, da ich für meinen Arbeitsweg keine brauche.«

»Oh.« Nun gut, wo sie recht hat, hat sie recht. Aber ich möchte sowieso nur schnell zu Dana und Leon hinüberhuschen.

Leon ist draußen und fegt den Schnee von den Wegen. Ich winke ihn zu Assa und mir heran und, gemächlich seinen Weg fegend, folgt er meiner Bitte.

In dem Moment, in dem ich das Nähatelier betrete, poltert Leon hinter mir los. »Was für eine *Ehre*!«

Mit einem Ruck drehe ich mich um. Leon und Assa stehen beide mit in die Hüften gestemmten Armen da und starren in die Richtung einer Frau und zweier Männer, wobei der junge Mann rechts so fehl in unserem Hofgarten wirkt, als hätte es einen Schneemann an eine Strandbar in der Karibik verschlagen.

Der Jüngling trägt einen Designeranzug. Unter seinem Schal blitzt ein schweinchenrosa Hemd hervor, zweifelsohne topmodern – aber dennoch schweinchenrosa. Die Autorität, die von seiner Krawatte ausgehen soll, verliert sich leider in dem tiefen Lilaton derselben.

»Kein Grund, ausfallend zu werden.« Der Anzugmensch schiebt seine Hände in die Hosentaschen und bedeutet seinen Begleitern, näherzutreten.

Leon und Assa gehen einen Schritt auf das Trio zu, als würden sie den Weg versperren wollen. »Ich bin nicht ausfallend! Aber zugegeben gibt es hier ein paar Dinge, die mir deutlich missfallen!«

»Ach der schon wieder.« Dana taucht neben mir auf, sie zieht sich ihren weißen Poncho enger um die Schultern und verzieht den Mund.

»Wer sind die?«, flüstere ich und versuche, gleichzeitig den Worten zu folgen, die zwischen Leon und dem Jüngling hin und her fliegen. Leons donnernde Stimme ist gut zu hören, aber die Stimmbänder seines Gegners scheinen mir noch nicht vollständig entwickelt.

»Das ist Rumar Waldner von den *Waldner Immobilien*. Denen gehört der Hofkomplex und in seinem Namen erfolgen die Kündigungen.«

Der von mir spontan als unsympathisch eingestufte Kerl verliert sofort jegliche Chance auf Besserung meines Urteiles.

»Und wer sind die beiden anderen?«

Dana zuckt mit den Schultern. »Vielleicht unsere Nachfolger?«

Wahrscheinlich hat sie recht. Trotzdem, das Pärchen passt hier ebenso wenig rein wie eine Fliege in einen Cupcake. Die Frau fasziniert mich und ich muss wiederholt zu ihr hinsehen. Sie ist bis zur Nasenspitze eingehüllt in einen Pelz, für den bestimmt ein halber Zoo sein Fell lassen musste. Unter der Kapuze quellen Massen an wasserstoffbleichen Locken in der Größe von Wagenrädern vor, dazu stecken ihre Füße in Stiefeln mit meterhohen Stiletto-Absätzen. Sie schmiegt sich an den Mann an ihrer Seite und lächelt ihn an. Wobei ich mir nicht sicher bin, ob das Lächeln daher rührt, dass ihre Lippen aufgespritzt sind und sie diese gar nicht in eine andere Position ziehen kann oder weil sie alles Andere um sich herum ausblendet.

Es ist schon merkwürdig, wo die Liebe hinfällt. Der Angehimmelte pafft eine Zigarre, die ihm im Mundwinkel hängt und als einziger Farbklecks in seinem ansonsten käsigen Gesicht leuchtet. Sein Haarschnitt wirkt irgendwie schief. Oder trägt er etwa ein Toupet? So etwas habe ich noch nie in echt gesehen. Die Männer, die ich kenne, tragen ihre lichten Stellen mit der Selbstverständlichkeit ihrer angeborenen Überlegenheit.

»Wir werden Ihrer Bretterbude schon nicht zu nahetreten.« Rumar Waldner schnipst in Leons Richtung und spaziert mit dem Pärchen an ihm vorbei. Dafür fliegt Leon ein strahlendes Lächeln der Barbiepuppe zu, das nicht einmal unecht wirkt. Was wiederum Danas Mundwinkel nach unten fallen lässt.

»Herr Hölker, wenn Sie mir bitte folgen würden. Ihr Interesse an diesem Objekt ist absolut berechtigt, Sie müssen quasi nur noch zugreifen. Sehen Sie, hier, hier und hier«, schnips, schnips und schnips, »können wir Durchbrüche machen, um das Ganze zu einer Ebene zu verbinden. Den Hinterhof überdachen wir und erhalten somit mehr Grundfläche für ...«

»Aber was soll denn mit diesem entzückenden Baum geschehen?«, unterbricht Barbie Rumar und sieht ihren Angehimmelten mit kugelrunden Puppenaugen an. Dabei hinterlässt ihre Stimme die Gänsehaut einer Gänseschar auf meinem Körper. Auch die Anderen durchrieselt es angenehm, wie mir scheint, bei der warmen, leicht heiseren, sexy Stimme.

Der Hörnerv ihres Partners hingegen scheint defekt zu sein. »Lass et jut sein, Püppi. Iche regle dat hier. Wenn de Grünzeug willst, geh in Botanischen Garten.«

»Ganz meiner Meinung, Herr Hölker. In einer Hyper-Disco haben Pflanzen nichts verloren«, schleimt Rumar Waldner.

»Eine Disco?« Mit meinem Aufschrei ziehe ich alle Blicke auf mich. »Das können Sie doch nicht machen! Was soll denn hier eine Disco?«

»Und was geht Sie das an?« Rumar Waldner mustert mich aus wasserblauen Augen, die auf mich stumpf wirken.

Ich öffne den Mund und fange dabei ein leichtes Kopfschütteln von Assa auf. »Ich bin eine Freundin von Frau Zeilon, Frau Sastra und Herrn Carpenter.« Da Dana und Leon rechts und links von mir stehen, lege ich demonstrativ die Arme um sie, was Leon mit einem Brummen kommentiert.

»Wie nett, gute Freunde kann man immer gebrauchen, nicht wahr?«, wendet sich Rumar Waldner an Herrn Hölker. »Aber zurück zum Geschäftlichen. Wie Sie sehen, sind die Leute hier nicht besonders aufgeschlossen gegenüber neuen Ideen, was definitiv einer der Gründe dafür ist, dass sie diese Läden heruntergewirtschaftet haben.«

»Heruntergewirtschaftet!« Assas Gesichtsfarbe wechselt innerhalb einer Nanosekunde von erzürntem Rot zu explosivem Purpur. Sie stürmt auf Rumar Waldner zu, der tatsächlich hinter Barbie tritt, die ihm am nächsten steht. »Wer hat denn die Mieten ins Unermessliche erhöht, Aufsteller verschwinden und den Eingang zum Hofgarten fast unsichtbar werden lassen mit Schikane-Baustellen? Und wo wir schon dabei sind, wer hat all die schlechten Meinungen in Umlauf gebracht, die so plötzlich seit dem Sommer über uns kursieren? Dazu die merkwürdigen Gäste in meinem *Teetässchen*, die meine anderen Gäste vergrault haben, weil mein Kuchen angeblich ungenießbar wäre und meine Teekräuter Giftpflanzen enthielten. Genauso wie die Kunden im Nähatelier und in der Schreinerei, die sich lautstark vor anderen darüber beschweren, sie hätten Schrott angedreht bekommen, bei denen die Nähte platzen und die geschnitzten Stühle auseinanderbrechen würden!« Assas Prachtbusen wogt schwer auf und ab und sie schiebt die pinken Ärmel ihrer Tunika nach oben. Kalt ist ihr jetzt definitiv nicht mehr. Mir aber auch nicht.

Von alldem wusste ich noch gar nichts! Diese Unverschämtheiten dürfen wir uns nicht gefallen lassen!

Andererseits heißt das, wir haben eine echte Chance. Wenn der Verfall des Hofgartens auf Intrigen beruht, können wir gegensteuern. Die finanziellen Bedingungen von Waldner sind zwar horrend, doch der Weihnachtszauber spielt uns in die Hände. Wir müssen es *nur* schaffen, Gäste – sehr viele Gäste – zu uns zu locken, dann werden sie von allein schon gar nicht mehr gehen wollen.

Es wird wirklich Zeit, dass Assa, Dana und Leon aufwachen und anfangen, ihre Hinterhofidylle zu verteidigen. Constanze hat mir oft genug vorgemacht, wie es geht, sich perfekt in Szene zu setzen, und nun bin ich dran, das Gelernte umzusetzen.

»Ja, ja, immer die anderen.« Rumar Waldner wagt sich hervor aus Barbies Schatten und nickt Herrn Hölker zu. »Das kennen Sie als erfolgreicher Geschäftsmann bestimmt auch von Ihren Leuten.«

Der Angesprochene kräuselt die Mopsstirn und kaut weiter auf seiner angekatschten Zigarre herum. »Iche hab genug gesehn. Los Püppi, sag Auf Wiedersehn, wir gehen.«

Püppi, äh, Barbie will aber anscheinend noch nicht gehen. »Ach Karsten, lass uns einen Abstecher in das schnuckelige Café machen.«

Doch alles Wimpernklimpern und aller Sex in der Stimme nutzen nichts. »Du hast Herrn Waldner gehört, wat für ein heruntergekommener Laden dat hier is. Außerdem trinkste eh nur stilles Mineralwassa und isst ne Scheibe Jurke.«

Rumar Waldner reibt sich die Hände. »Sehr schön, somit hätten wir den Ortstermin nun auch abgehakt, die Details besprechen wir im Büro bei einem guten Gläschen. Fräulein Müllner können wir gern auf dem Weg dorthin im Hotel absetzen, dort findet sich bestimmt jemand, der ihr die Nägel maniküt und die Füße massiert. Selbstverständlich auf Kosten des Hauses.« Er macht einen Diener vor Herrn Hölker und schnipst über die Schulter zu Fräulein Müllner-Barbie.

Diese seufzt nur, lächelt uns zu und stöckelt im Dunst der Zigarre den beiden Männern hinterher, die ohne ein weiteres Wort an uns vorbei vom Hof stürmen.

»Dieser kleine Wichtigtuer!«, explodiert Leon. »Dem sollte mal einer die Meinung geigen!«

»Da stimme ich dir voll und ganz zu, jedoch solltest nicht du dieser jemand sein. Diesen Misserfolg haben wir ja bereits hinter uns.«

Ich sehe Assa fragend an, die uns mit einer Geste in Richtung der Teestube scheucht. »Leon ist damals im Sommer, kurz nach den Mieterhöhungen, ins Büro vom Waldner spaziert und hat ihm ein paar Takte erzählt – und sagen wir so, die Musik hat dem Schnösel gar nicht gefallen.«

Das kann ich mir vorstellen und ich denke, wir kommen mit Guerillataktiken nicht weiter. Leon ist zu aufbrausend, Dana zu schüchtern und Assa zu sehr auf Fügung bedacht. Und ich? Welche Rolle spiele ich hier eigentlich?

Mein Herz schlägt ruhiger, als ich das gemütliche *Teetässchen* betrete. Das Feuer im Kamin verbreitet eine wohlige Wärme, die Minilichter der Lichterketten funkeln in den Tannengestecken und es duftet nach Zimt und würzigem Kräutertee. Einsam stehen die Stühle um die liebevoll gedeckten Tische und harren auf Gäste. In Gedanken sehe ich sie sitzen, plaudern, genießen. Befreundete Mütter und Väter mit ihren Kindern, die an einem Spieltisch bunte Weihnachtsbilder malen; gestresste Geschäftsmänner, die sich und ihre Krawatten lockern, und Geschäftsfrauen, die sich ihrer engen Pumps entledigen; alte Pärchen, die noch nach hundert Jahren Ehe Händchenhalten; Teenager, denen ihr dampfendes Teeglas für einen Moment wichtiger ist als das Herumwischen auf dem Smartphone.

Irgendwie müssen wir all diese Menschen für uns gewinnen und dann werden sie sehen, wie schön unser Hofgarten ist. Wie wundervoll Assas Tee, wie köstlich meine Leckereien, wie passend Danas Kleidung, wie kunstvoll Leons Schnitzereien sind. Es muss doch eine Möglichkeit geben, schließlich sind wir mitten in der Weihnachtszeit! Der schönsten Zeit des Jahres. Eine Zeit voller Lichter, kuscheliger Schals und Pullover, dampfender Tees und süßer Teilchen mit Vanille und Zimt.

Und plötzlich liegt die Lösung verheißungsvoll wie ein Weihnachtsgeschenk vor mir.

Kapitel 12
E wie Entzückt

Eis-Macarons

Süß-säuerliches Johannisbeer-Sorbet verführt mit seiner dunkelvioletten Farbe feinste Macaronschalen, bestäubt mit einem Hauch getrockneter, sommerfrischer Johannisbeeren, zum Schmelzen.

»Weihnachtsgeschenke!«

»Dafür ist doch noch Zeit, Kindchen.« Assa stellt Dana, Leon, mir und sich selbst je ein Teeglas auf den Tisch neben dem großen Ladenfenster. Dieses Mal dampft in allen derselbe Tee. Glaube ich zunächst, aber dann nehme ich fein unterschiedliche Aromen wahr. Egal, jetzt heißt es erst einmal Pläne schmieden. Es gibt massenweise zu tun.

»Wir veranstalten einen Adventsmarkt.« Ich blicke in die Runde und ernte ein Lächeln (Assa), blitzende Augen (Dana) und ein Stirnrunzeln (Leon). »Hier bei uns im Hof. Ich denke, der dritte Advent wäre ideal dafür. Da ist niemand weihnachtsüberdrüssig und den meisten werden noch Geschenke fehlen. Wo du, Dana, und du, Leon, ins Spiel kommt.« Ich sehe Dana an. »Deine Kuschelpullover werden zum Stadtgespräch und ganz Berlin wird einen haben wollen. Dazu werden deine geschnitzten Weihnachtsfiguren und Lichterbogen«, mein Blick wandert weiter zu Leon, »in keinem Haus fehlen.« Schließlich drehe ich mich zu Assa um. »Und ohne deinen Tee und meine Leckereien kommt sowieso niemand mehr aus.«

Schweigen. Doch ich höre förmlich die Gedanken der drei kreuz und quer rasen.

»Und das Beste ist, das herrliche Winterwunderwetter bleibt uns erhalten. Der glitzernde Schnee hüllt unseren Hofgarten in eine weiße Flauschdecke. Der verschneite Kirschbaum sieht längst aus wie ein Geschenk von Weihnachtselfen und für den restlichen Zauber sorgen wir mit unseren Künsten.« Bereit, sofort aufzuspringen und loszulegen, lehne ich mich über den Tisch. »Nun sagt doch auch einmal etwas.«

»Hast du dich mit deiner persönlichen Wetterfee beraten?«, brummelt Leon, was ihm aber lediglich einen Knuff in die Rippen von Dana einbringt.

Assa dreht gedankenvoll an einer ihrer zahlreichen Strähnen, die sich aus ihrem Dutt gelöst haben. »Das könnte funktionieren.«

Dana zieht aus einer Hosentasche ein zusammengefaltetes Blatt Papier und aus der anderen einen Bleistiftstummel. »Der Adventsmarkt ist echt einen Versuch wert. Lasst uns ein paar Ideen notieren und wenn es nicht klappt, verlassen wir den Hofgarten immerhin mit einem grandiosen Abschiedsfest.«

Der Rest des Nachmittages verfliegt über Einfällen und Gegeneinfällen, Anregungen werden aufgenommen und fallengelassen und unsere Köpfe dampfen mit mehreren Runden frischem Tee um die Wette. Danas Skizzenzettel reicht bei Weitem nicht aus und Assa steuert einen Briefblock mit illustrierten Teepflanzen bei. Irgendwann steht unser Adventsmarkt-Super-Coup und wir genießen einträchtig süße Honigprinten und Zimtschnecken.

Müde verabschieden wir uns, doch Leon lässt es sich nicht nehmen, noch die erste, von uns beschlossene Amtshandlung gründlich auszuführen, nämlich die Baustellenabsicherung vor dem Torbogen zu entfernen, die keine Baustelle sichert. So ist der Zugang zu unserem Hofparadies wieder ungehindert möglich.

Nun müssen wir nur unsere zukünftigen Gäste auf uns aufmerksam machen. Die jetzige Ruhe ist mit Sicherheit lediglich die Ruhe vor dem Sturm.

Davon bin ich bis in meine gekringelten Haarspitzen überzeugt.

Leider bleibt es bei der Ruhe und von einem Sturm kann keine Rede sein. Der Montag im *Teetässchen* ist gleichbleibend einsam wie der vorangegangene Sonntag. Dabei fege ich mit so viel Elan in die Teestube, dass Assa vor Schreck die Teedose fallen lässt, an der sie gerade schnuppert.

Nun, wenigstens habe ich damit die nötige Ruhe, meinen Macaron-Adventskalender zu verfeinern. Sorgsam tüftele ich die einzelnen Sorten aus und stimme sie auf Assas Tee-Adventskalender-Kompositionen ab.

Die ersten Macaronversuche gehen sofort zum Verkosten an Dana und Leon. Leon nimmt sich sogleich mit Pokerface drei, vier, fünf Macarons nach. Sehr gut, ich würde sagen, auch für unsere männlichen Gäste habe ich einen Treffer gelandet.

Herr von Weimann, unser bis dato einziger Stammkunde, lässt sich gerade einen Tiroler Kamillentee mit Berghonig schmecken, während er mit Assa an seinem Tisch plauscht, als die Tür zum *Teetässchen* zum zweiten Mal an diesem Tag mit mehr Schwung als ihr guttut auffliegt. Dieses Mal bin ich es, die vor Schreck hinter der Teebar eine Dose fallen lässt.

Herein stürmt der Philosophie-Student von neulich, an seiner Hand eine milchschokoladenbraune Schönheit. Die lässt er auch nicht los, als er Assa umarmt und damit ihren Haarturm ins Wanken bringt.

»Assa, ich habe es gewagt, dein Tee hat mir die Augen geöffnet. Ich habe Schluss gemacht mit dem Anstarren aus der Ferne und hier ist sie.« Er zieht das schöne Wesen mit dem schwarzen Seidenhaar näher zu sich heran und ihre Blicke versinken ineinander. Ich bin unglaublich gerührt. Liebe ist doch das Schönste überhaupt. Neben Weihnachten natürlich.

Ich will das auch!

Stolz blickt er von Assa zu mir. »Darf ich vorstellen, Inès Monton, Doktor Inès Monton, meine Freundin.«

Unglaublich, ich wusste gar nicht, dass im Modelbusiness Doktortitel vergeben werden.

Inès reicht ihrerseits Assa die Hand und sieht sie dabei so warmherzig an, dass Assa sichtlich zu Boden schmilzt.

»Gut gemacht, Kinder«, hebt Herr von Weimann sein Teeglas auf das glückliche Paar.

Unser verliebter Student drückt seine Inès noch fester an sich. »Ich habe eine hyperperformante Facebook-Seite für das *Teetässchen* angelegt und in Dutzenden Facebook-Gruppen geteilt. Ihr werdet wie verrückt gelikt! Das Ding geht viral!«

Assa nickt, als würde sie sein IT-Deutsch verstehen, und nach einem Räuspern findet sie wenigsten ihre Sprache gegenüber dem bezaubernden Wesen wieder. »Es freut mich außerordentlich, Sie kennenzulernen und ich glaube, ich weiß schon, welcher Tee es heute sein darf.«

Oh ja, darauf bin ich selbst gespannt. Solch ein Liebesglück ist kaum zu toppen, oder? Die beiden brauchen weder Tee noch Macarons, die haben einander.

»Der Tee muss leider warten, ich bin auf dem Weg ins Gericht. Theobald-August bringt mich netterweise hin«, teilt uns die schöne Inès unverblümt mit.

Da sieht man einmal mehr, wie der erste Eindruck täuschen kann. Ist jemand hübsch, nimmt man das Allerbeste an – dabei muss sie sich vor Gericht verantworten. Wie gut, dass sie unseren Philosophie-Studenten an ihrer Seite hat.

»Heute beginnt die Hauptverhandlung in einem Betrugsfall und Inès will sich vorher mit ihren Mandanten treffen, damit sie nicht allzu nervös sind.«

Schwupps, sind die beiden draußen und eine merkwürdige Stille breitet sich im *Teetässchen* aus. So kann man sich gleich mehrfach täuschen. Immerhin hat dieser Liebeswirbelsturm nicht nur mir die Worte genommen.

Da shaked Taylor Swift los und der Bann in der Teestube bricht. Ich schüttele mich kurz und krame unter der Teebar nach dem Handy.

»Hallo Gramsie.«

»Miela, mein Schatz. Wie läuft es in eurem *Teetässchen*?«

Ich zögere einen Moment und sehe mich in der leeren, aber definitiv gemütlichen Teestube um. »Gut, irgendwie. Zumindest hatten wir heute bereits drei Gäste. Wobei aber leider nur einer von ihnen etwas bestellt hat.«

»Back weiter, Kind! Qualität setzt sich durch.«

Gramsie spricht mit solch einer Überzeugung, dass mein Zuversichtsbarometer glatt um zwei Drittel steigt. »Danke Gramsie.«

»Na ist doch so! In den nächsten Tagen komme ich euch auf jeden Fall besuchen und die Anderen kommen auch alle mit. Du kannst schon euren besten Tisch reservieren.«

Prima, fünf Gäste auf einmal, da können Assa und ich fleißig üben, mehr als einen Gast zu bedienen. »Eure Teegläser stehen allzeit bereit.«

»Miela, Schatz, schaffst du es heute Nachmittag noch hierher in die Villa? Auf dem Dachboden befinden sich diverse Truhen von dir und demnächst starten die Umbauarbeiten.«

Einen Nachmittag lang in alten Truhen stöbern und Schätze entdecken, warum nicht? Da ist sicher einiges für die Teestube dabei. Erneut sehe ich mich im *Teetässchen* um. Nach wie vor sitzen Assa und Herr von Weimann zusammen und tauschen Reiseerlebnisse ihrer diversen Weltumrundungen aus. Die Kuchenvitrine ist gut gefüllt mit weihnachtlichem Cheesecake mit Spekulatiusboden und Cookies mit gebrannten Cashews.

Hier wird heute nicht mehr viel passieren.

»Ich bin gegen drei da, wenn es dir recht ist.«

»Mach das, Kind, bis nachher.«

Und sogleich passiert doch etwas.

Kaum habe ich mein Handy verstaut, sehe ich im Hof eine Erscheinung durch den Schnee stapfen. Die Erscheinung trägt einen knöchellangen Lodenmantel und einen kecken Hut auf der geflochtenen Haarpracht. Die forschen Schritte verlangsamen sich auf dem Weg und abermals beginnt der Winterzauber des Hofgartens zu wirken.

Mit einem Lächeln betritt Constanze die Teestube.

»Hallo Miela, wie schön du es hier hast.« Sie kommt auf mich zu, umarmt mich und haucht mir rechts und links Bussis auf die Wangen.

Irgendetwas müsste ich jetzt sagen, es sollte aber einigermaßen höflich klingen. *Constanze, was willst du denn hier* wäre kein guter Anfang, genauso wenig wie *Ja, ja, weide dich nur an dem leeren Teetässchen.* »Constanze, was für eine Überraschung!« Welcher Art diese Überraschung ist, lasse ich dahingestellt. »Darf ich dir deinen Mantel abnehmen? Wie wäre es mit einem schönen heißen Tee und dazu Cashew-Cookies mit Preiselbeeren?«

»Darauf habe ich gehofft. Miriam macht wirklich einen ausgezeichneten Job, aber natürlich kommt sie gegen deine Zuckerbäckerinnenqualitäten nicht an.« Soll das eine Bitte an mich sein, zurückzukommen? »Wenn ich mich hier umsehe, hast du den idealen Platz für dich gefunden. Hier kannst du mit deiner besonderen Gabe den Menschen viel Gutes tun.«

Wohl eher nicht.

Hat Constanze etwas Falsches gegessen? Dermaßen viele freundliche Worte hat sie in all den Jahren unserer Zusammenarbeit nicht an mich gerichtet. Worauf will sie bloß hinaus?

Assa verabschiedet sich von Herrn von Weimann, der sich in Hut und Mantel wickelt und die Teestube mit einem Gruß in meine Richtung verlässt. Dann schlendert sie wie beiläufig zu mir und Constanze.

»Assa, darf ich vorstellen, Constanze Mol, meine Chefin bei der *WeSelf*.«

Constanze reicht Assa ihre Hand und sieht sie irgendwie – eigentlich gibt es kein anderes Wort – nett an.

Assa streicht ihre sonnengelbe Tunika glatt und flattert fast empor vor Entzücken. »Es freut mich außerordentlich, Sie im *Teetässchen* begrüßen zu dürfen. Ich bin der größte Fan Ihres Magazins. Seit der ersten Ausgabe lese ich jede Seite mehrfach.«

»Die Freude ist ganz auf meiner Seite.« Täusche ich mich, oder klingt Constanzes rollendes R weicher als in der Redaktion? »Dann werden Sie sich dementsprechend auch über mein Mitbringsel freuen.«

Damit öffnet Constanze ihre schwarzlederne Aktentasche, die das Budget für einen Kleinwagen sprengt, und zieht zwei Ausgaben der *WeSelf* daraus hervor.

»Unsere aktuelle Weihnachtsausgabe.«

Assa lässt sich nicht zweimal bitten und nimmt ihr Exemplar wie einen Schatz an sich. »Oh Miela, dieses herrliche Weihnachtsgebäck auf dem Cover ist sicherlich von dir?«

Ich linse auf das Cover und bin selbst hin und weg von Franklins stimmungsvoller Aufnahme. Weihnachtliche Macarons duften aus dem Bild heraus, im Hintergrund flackert ein Feuer im Kamin und auf dem Sims steht ein rustikales Glas gefüllt mit bernsteinfarbenem Tee, der aromatisch vor sich hindampft. Und das alles ganz vegan.

Moment, ich blicke vom Cover auf und sehe zu den ordentlich polierten Teegläsern hinter der Teebar. Das sind die gleichen Gläser wie auf dem Foto. Ich sehe Constanze an und verziehe mein Gesicht zu einem Fragezeichen. Doch die hat sich mittlerweile mit Assa an einen Tisch gesetzt und blättert mit ihr die *WeSelf* durch. Gerade so, als hätte sie alle Zeit der Welt. Wahrscheinlich ist das gar nicht Constanze, sondern ein Traumbild von ihr. Unter Umständen bin ich beim Backen kurz über dem Mandelteig eingeschlafen. Verstohlen zwicke ich mich.

Autsch.

Ich setze mich zu den beiden und Constanze fordert mich auf, die Zeitschrift durchzublättern. Schnell bleibe ich an zwei Seiten hängen, zwischen denen ein Einleger liegt. Das ist ungewöhnlich, denn so etwas gibt es üblicherweise nicht bei der *WeSelf*, getreu nach

Constanzes Meinung, nur feste Seiten seien richtige Seiten.

Der Einleger ist mit demselben Foto bedruckt wie das Cover. Allerdings steht statt der Überschrift *Vegan for Christmas* dort *Willkommen im Teetässchen*. Auf der Rückseite befindet sich ein kurzer, aber umso feinerer Artikel von Anni über die Teestube.

»Entschuldigt bitte, es wurden leider keine festen Seiten mehr, doch der Druck lief längst, als ich das alles in Auftrag gegeben habe.« Constanzes Wangen leuchten in einem leichten Rosaton und ihre Augenbrauen sind in echtem Bedauern zusammengezogen.

Ich suche in ihrem Gesicht nach einer Erklärung oder dem Tritt, der jetzt eigentlich folgen müsste. Die Konsequenzen für das *Teetässchen* sind durch den Einleger enorm, das ist schon einmal klar. »Warum?«

Assa erhebt sich und legt mir die Hand auf die Schulter. »Ich gehe euch einen Tee machen.«

Constanze sieht mich ob meiner Frage an, als hätte ich sie gefragt, warum Bayern ein Freistaat sei.

»Ich möchte dir helfen. Ich denke, diese Teestube ist genau das, was dich ausmacht. So wie die *WeSelf* mich.«

»Das mag ja alles sein, aber bisher war es dir auch mehr als egal, was mich ausmacht oder nicht.«

Constanze wiegt bedächtig den Kopf und nestelt an den Tannennadeln in dem Gesteck vor ihr. »Ganz ehrlich Miela? Bisher warst du für mich meine schärfste Konkurrenz. Dein Ressort ist stets das führende, deine Backideen strotzen vor Leidenschaft, deine Artikel werden von unseren Lesern geliebt und überhaupt bist du immer mit dem Herzen bei der Sache. Dennoch gehörst du nicht in unsere kühle Magazinwelt, du gehörst hierher, inmitten von Menschen, die das zu schätzen wissen.«

»Schade, dass ich das mit dem Konkurrenzding nicht früher wusste.« Ich pflegte ja allerlei Theorien bezüglich Constanzes Verhalten mir gegenüber, zum Beispiel sie mag mich nicht oder sie kann mich nicht leiden, oder sie kann mich nicht ausstehen.

»So ist das nun einmal im Business.« Damit erhebt sich Constanze und ich mich mit ihr. »Ich wünsche dir alles Gute, Miela, ehrlich.«

Und ehrlich ist auch meine Umarmung, mit der ich meine – vermutlich ehemalige – Chefin verabschiede.

Es ist weit nach drei, eigentlich schon fast vier Uhr, als ich schließlich bei Gramsies Villa ankomme. Auf den freudigen Schreck vorhin mussten Assa und ich erst einmal einen beruhigenden Passionsblütentee trinken.

In der Auffahrt steht ein gepflegter, alter, himmelblauer VW Bus, der mich mit Schwung zurück in das Jahr 1955 katapultiert.

Zügig sprinte ich um das Haus herum und gehe durch die Terrassentür hinein in die Küche.

Adele steht stramm mit aufgerichtetem Kochlöffel vor dem Herd, allerdings mit dem Rücken dem selbigen zugekehrt, denn ihre Aufmerksamkeit gilt einzig dem bescheidenen Tischfernseher, in dem eine knallbunte Siebzigerjahre-Serie läuft.

Unsicher, ob ich sie in ihrer Trance stören darf, schleiche ich mich an ihr vorbei. Doch in den Töpfen auf dem Herd blubbert es frenetisch und ich stupse Adele leicht von der Seite her an.

»Huch.« Sie macht einen Satz in meine Richtung und presst sich den Holzlöffel an ihre Brust unter der Spitzenschürze. »Miela!«

»Entschuldige, ich wollte dich nicht erschrecken, aber ich glaube, die Töpfe hinter dir schreien nach deiner Aufmerksamkeit.«

Adele dreht sich um und beginnt sogleich, parallel in zwei Töpfen zu rühren. »Vielen Dank, mein Kind. Gerade noch rechtzeitigt. Womöglich sollte ich den Fernseher hinter dem Herd anbringen.« Adele kichert wie ein Backfisch, der mit einem Brief voller Herzchen entdeckt wurde.

»Elionore ist auf dem Dachboden. Zusammen mit dem Architekten. Oh ...« Adele sieht von den dampfenden Töpfen auf und mich an. »Jetzt verstehe ich ...«

»Was verstehst du?«

»Och nichts, Kindchen, nichts. Geh nur hinauf.«

Manchmal beschleicht mich das Gefühl, als würde Adele den Konsum ihrer alten Serien nicht unerheblich übertreiben. Indessen, haben wir nicht alle unsere geliebten Laster?

Außer Atem komme ich auf dem Dachboden an. Meine kleine Gramsie steht mit dem Rücken zu mir vor einem Mann, zu dem sie aufschaut und auf den sie fast ohne Satzeichen einredet.

Sein Blick löst sich von meiner Großmutter und trifft mich. Seine Augen sind so intensiv blau wie das Wasser in den Fjorden Norwegens.

Er lächelt mir kurz zu und die Grübchen, die seine Lippen einrahmen, sind nur für mich gemacht. Dann widmet er seine volle Aufmerksamkeit wieder Gramsie.

Das ist auch gut so, denn irgendwie fühle ich mich gerade ziemlich gebeutelt. Mein Herz klopft heftig gegen meinen Brustkorb und mein Magen flattert. Ich muss echt mehr Sport machen!

Immerhin trage ich eines meiner Lieblingskleider, ein modernes Kaschmirteil im Audrey-Hepburn-Stil, tiefschwarz mit einem weißen Rückenausschnitt und aufs Vorteilhafteste geschnitten.

Der Architekt hingegen steht Gramsie in Jeans und weißem T-Shirt gegenüber, was seine unverschämte Urlaubsbräune zur Schau stellt. Und das im Dezember!

Seine zu langen Haare sind verblichen und gehören eher auf den Kopf eines kalifornischen Beachboys als auf den eines Geschäftsmannes, außerdem macht er viel zu viel Sport, wie ich finde. Die Ärmel des T-Shirts spannen sich ja regelrecht an den Oberarmen. Ich könnte das auch, wenn ich wollte und Sport etwas mehr mein Ding wäre und ich überhaupt mehr Zeit dafür hätte.

Apropos, der Haarreifen sitzt mir schief in den Haaren und meine Locken fühlen sich zerzaust an. Mit ein paar unauffälligen Handgriffen richte ich meine Frisur. Gut, dass hier oben ein halbes Dutzend alter Standspiegel ihr Altersdasein fristet.

Schließlich entdeckt mich Gramsie. »Miela! Da bist du ja endlich.« Sie winkt mich zu sich heran und ich folge brav ihrer Aufforderung. »Herr Winter, dies ist meine charmante Enkeltochter Miela Ladur. Ich glaube, ich habe Ihnen bereits von ihr erzählt.« Bei diesen

Worten erhöht sich die Temperatur in meinem Gesicht schlagartig um zehn Grad. »Und das, meine liebe Miela, ist Henrik Winter. Er ist der Architekt, der mir empfohlen wurde und der hier für den geregelten Umbau sorgen wird.«

Henrik Winters Hand fühlt sich warm und fest in meiner an. Ganz anders als Nils' leichter, weicher Händedruck. Zum Teufel! Was will Nils jetzt in meinen Gedanken?

»Frau Ladur«, wendet er sich an Gramsie, »ich denke, ich weiß jetzt alles, was ich für die Pläne benötige. Ich stelle diese in den kommenden Tagen fertig und dann können wir uns gern über unser weiteres Vorgehen abstimmen.«

»Aber sicher doch, Herr Winter. Herzlichen Dank, dass Sie sich kurzfristig Zeit für mich genommen haben. Wenn Sie erlauben, bringt meine Miela Sie hinaus. Ehe ich alte Frau die Treppen hinuntergestiegen bin, könnten Sie schon zurück in Ihrem Büro sein.«

Aus den Augenwinkeln sehe ich Gramsie an. Bisher schien sie mir noch recht flott zu Fuß unterwegs zu sein.

Henrik Winter lässt mir den Vortritt und ich führe ihn durch die Villa hinaus zu seinem VW Bus.

»Ihre Großmutter besitzt wirklich ein ausgesprochen schönes Haus.« Erneut reicht er mir seine Hand und nur zu schnell lasse ich meine darin versinken. Ich habe meine Jacke bei Adele in der Küche gelassen, und so überzieht eine Gänsehaut meinen Körper, selbst an den warmen Stellen.

»Es war auch eine tolle Gegend zum Aufwachsen.«

»Das glaube ich. Es wäre schön, wenn wir uns bald wiedersehen, ich würde gern mehr darüber hören. Über die alte Villa gibt es bestimmt einiges zu erzählen.«

Ich nicke und warte darauf, dass er meine Hand loslässt, denn meine will definitiv nicht.

Schließlich steigt er in das Auto, winkt mir kurz zu und fährt rückwärts aus der Ausfahrt.

Und noch Stunden danach sehe ich das Blau seiner Fjordaugen vor mir und höre seine tiefe, warme Stimme.

Kapitel 13
E wie Erfreut

Elsbeer-Macarons

Ein Kompott aus fein pürierten Wiesenwienerwald-Elsbeeren füllt zarte Macaronschalen, die mit einem Klecks Elsbeer-Honig beträufelt auf der Zunge zergehen.

Der Abend mit den Truhen auf Gramsies Dachboden war lang. Was für entzückende Sachen da aber auch zum Vorschein kamen! In der dritten Klasse habe ich mir im Handarbeitsunterricht eine Küchenschürze mit Spitzenborte genäht und dann immer getragen, wenn ich mit Gramsie in die Zauberwelt des Backens abgetaucht bin. Leicht angegilbt lag die Schürze zwischen meinen selbstgestalteten Backbüchern mit den schief gemalten Kuchen und Beschreibungen à la *Jetst mus ich 30 gram Zukker mit 5 Eijern ferüren.*

Meine Zeichenkunst hat sich seitdem nicht bedeutend gebessert, erfreulicherweise aber meine Rechtschreibung.

Voller Entzücken wühlte ich mich durch die Erinnerungen meiner Kindheit und hielt mich streng an die Ausmistregel, die einmal Thema in einer *WeSelf*-Ausgabe war: ein Haufen für *Behalten*, ein Haufen *Kann weg* und ein Haufen *Bleibt vorerst, überlege ich später*. Nach mehreren Stunden glücklicher Zeitreise blieb schließlich ein Haufen übrig und ich räumte alle Behalte-ich-Sachen zurück in die Truhen.

Als Belohnung für die staubige Angelegenheit gab es von Adele ein Esterházy-Gulasch wie frisch vom Balaton importiert.

Da mir kurz vor dem Einschlafen noch eine neue Rezeptidee eingefallen ist, die ich gleich und sofort ausprobieren musste, ignoriere ich leider heute Morgen den Wecker und döse wieder ein. Doch zum Glück hat Caro am Vormittag frei und trommelt mich nach ihrer morgendlichen Joggingrunde aus dem Bett.

Punkt zehn Uhr kommen Caro und ich, beladen mit Kuchendosen in allen Regenbogenfarben, am Torbogen zum Hofgarten an, dessen Mosaiksteine in der winterlichen Morgensonne wie Saphire mit dem Himmel um die Wette funkeln.

»Wir sind da.« Stolz, als hätte ich den Torbogen mit eigenen Händen erschaffen, stehe ich vor Caro. In meinem Magen kribbelt es und meine Finger in den Fäustlingen beginnen zu glühen, sodass ich die Handschuhe herunterreiße. »Was sagst du?«

»Hübscher Durchgang.« Caro grinst mich an. »Und nun zeig schon dein Gartenwunderland.«

Ich zerre mir auch die Mütze vom Kopf und trete vor Caro durch den Torbogen. Im Hofgarten bleibe ich stehen.

Ich weiß nicht genau, warum es mir dermaßen wichtig ist, was Caro über den Garten, das *Teetässchen* und auch Assa, Dana und Leon denkt. Doch ich will unbedingt ihre Zustimmung.

»Meine Güte, Miela, zappele nicht so herum.« Caro boxt mir leicht gegen den Oberarm. »Ich finde es großartig und selbst wenn dem nicht so wäre, gehörst du hierher. Und nun auf in die legendäre Teestube, hier draußen ist es lausig kalt.«

»Sie gestatten?«

Ich trete aus dem Torbogen heraus und lasse zwei junge Frauen und einen Mann in Anzügen, freilich ohne Jacken – geschweige denn Schals oder Mützen – vorbei. Voller *Ahs* und *Ohs* laufen sie zum *Teetässchen* hinüber.

»Ich glaube, wir haben drei Gäste.« Entzückt hake ich mich bei Caro ein und gehe, nein, eher ziehe ich sie im Eilschritt zur Teestube.

Durch die große Ladenscheibe bietet sich mir ein Anblick, wie ich ihn noch nie gesehen habe. Alle Tische in der Frontreihe sind belegt – nicht von Herrn von Weimann, auch nicht von Dana oder Leon. Dort sitzen Fremde, echte Gäste! Beim Eintreten sehe ich noch mehr Exemplare dieser wundervollen Spezies. Vor dem Kamin stehen zwei zusammengeschobene Tische, um die herum sich eine Damengruppe drapiert.

»So leer, wie du immer sagst, ist es doch gar nicht.« Caro neben mir entledigt sich ihres Mantels und lässt

187

dabei den Blick durch die Teestube schweifen. So zufrieden wie sie aussieht, gefällt sie ihr. »Wie gut es hier duftet.«

Unter Assas Kräuterdüfte mischen sich Zimt und Anis von meinen weihnachtlichen Amarettini, die Assa in die Kuchenvitrine geräumt hat. Auwei, wir haben das erste Mal, seit ich hier bin, richtige Gäste und ich komme zu spät!

Ich geleite Caro zu einem Platz an der Teebar, als Assa uns entdeckt. Sie erhebt sich aus der Meute der Kamindamen und schwebt regelrecht auf uns zu.

»Miela, deine Torten können zaubern!« Mit übermäßig viel Schwung, sodass alle Luft aus mir entweicht, drückt sie mich an ihre ausladende Brust. Sie duftet nach Nelkenpfeffer und ihre Ohrringe klingeln wie Glöckchen.

»Das können nicht allein die Törtchen geschafft haben«, wehre ich ab. »Deine Teemischungen finden endlich ihre verdiente Anerkennung.«

»Oder beides«, mutmaßt Caro.

»Das ist also deine Freundin Caroline. Es freut mich sehr, ich bin Assa und ich weiß schon, welche Teemischung es für dich sein darf.«

Caro verfolgt jede von Assas Bewegungen und versucht die Kräuternamen zu entziffern, die auf den Teedosen stehen. Doch Assa ist schnell und die verschnörkelte Schrift auf den Dosen nur ihr verständlich. Nachdem das heiße Wasser aus dem Samowar gegurgelt ist, serviert Assa Caro eine fast durchscheinende Teekomposition.

»Bitte sehr. Eleganter weißer Tee mit Lindenblüten für die eigene Mitte und Rosmarin, um im Alltagssturm ruhig zu bleiben. Ein Hauch Rotbuche für die Toleranz, denn nicht alle sind so stark, wie man sie haben möchte.«

Caro blinzelt ihren Tee an und schweigt und ich bin einmal mehr verblüfft, wie sehr Assa sich darauf versteht, Menschen zu lesen. Schon in der Schulzeit hat Caro blindlings mit ihrer Stärke die Schwächeren überrannt, und damit meine ich nicht nur ihre Mitschüler.

Vorsichtig schnuppert Caro an dem Tee und ihr Gesicht entspannt sich. In diesem Moment stürmt Theobald-August mit Inès zur Tür herein. Arm in Arm gesellen sie sich zu uns und strahlen, als hätten sie jeweils eine Sonne verschluckt.

»Ich sage es immer wieder, auf die sozialen Medien ist Verlass! Ein paar gut platzierte Informationen an den richtigen Stellen und die Likes fliegen einem zu. Netzwerke sind schon etwas Feines!«

Erneut kündigt die Ladenglocke über der Tür neue Gäste an. Drei Frauen betreten das *Teetässchen* und schälen sich aus ihren Mänteln. Darunter kommen drei Babytragen mit jeweils einem schlafenden Exemplar darin zum Vorschein. Assas Augen leuchten auf und ich kann regelrecht sehen, wie sie in ihrem geistigen Kräuterrepertoire nach den richtigen Mischungen grübelt. Ich vermute, Fenchel wird eine Grundzutat sein.

Caro gibt mir einen Schubs in Richtung der Gäste, während weitere die Teestube betreten.

»Na los. Verteil deine Leckereien und mache, dass sie alle wiederkommen oder noch besser gar nicht mehr wegwollen.«

Theobald-August nickt zustimmend und setzt sich mit Inès neben Caro an die Teebar. Ich stelle die drei einander vor, die sich sofort gegenseitig in ein lebhaftes Gespräch verwickeln.

In der nächsten Stunde verteile ich großzügig Limonen-Törtchen mit Pistaziencrunch unter einer zarten Baiserhaube und saftige Lebkuchen-Muffins mit Gewürzstreuseln und Zimtsahne. Mein Vorrat an Schokoladenkeksen, die mit ihrer Puderzuckerhaube aussehen wie schneebedeckte Gipfel, schrumpft bedenklich. Glücklicherweise habe ich aus einer Laune heraus vergangene Nacht noch feines Ingwerbrot gebacken, welches wir mit einer Schicht aus frischem Apfelgelee servieren.

Die Samoware zischen und Assa und ich wirbeln umeinander herum, während sich ihre würzigen Teearomen mit meinen süßen Geschmacksnuancen verweben. Unsere Gäste sitzen entspannt auf den bequemen Stühlen und in den gepolsterten Sesseln, Gesprächsfetzen fliegen hin und her, untermalt von Lachen. Mehrmals beobachte ich das Entzücken in ihren Gesichtern, wenn sie an ihren Tees nippen und deren wohltuende Wirkung sie durchrieselt. Kaum einer, der nicht um ein zweites Glas bittet.

Das lockige Etwas auf Assas Kopf gerät immer mehr in Schieflage, dessen ungeachtet jongliert sie mit den Teedosen und mischt ihre Kompositionen, als hätte sie fünf Arme. Doch nimmt sie sich bei jeder Sorte einen Augenblick, um daran zu riechen, jedes Mal wieder, als müsse sie sich vergewissern, dass in der Teedose auch wirklich das ist, was draufsteht. Dabei scheint sie nie eine falsche Zutat zu erwischen, stets erhält der Gast das perfekte Glas Tee für ihn.

Ich fange ein Lächeln von ihr auf und fühle mich trotz der marathonmäßigen Lauferei so entspannt und glücklich wie lange nicht mehr.

Aus den Augenwinkeln sehe ich, wie sich Caro träge erhebt, und gehe zu ihr. »Du musst schon los?«

Caro verzieht ihren Mund zu einem Flunsch. »Leider, Valerie Heingold bekommt einen Tobsuchtsanfall, wenn ich nicht Stunden vor Drehbeginn mit ihr zusammen am Set bin und dann muss ich ihr die roten Flecken aus dem Gesicht schminken.«

»Immerhin arbeitest du mit Valerie Heingold zusammen. Ihre Filme sind großartig. Dabei wirkt sie immer so sympathisch und zerbrechlich.«

»Genau, sympathisch wie Lippenherpes und zerbrechlich wie Stahl.« Caro verdreht die Augen.

»Du triffst dich mit Valerie Heingold?«, wendet sich Theobald-August an Caro. »Grüß sie von mir. Ich hoffe, ihr neuer Film wird wieder ein so cooler Erfolg.«

»Du kennst Valerie Heingold?« In welchem Universum trifft denn ein Philosophiestudent ohne Haarschnitt mit solch einer Superfrau zusammen?

»Theo hat für Frau Heingold eine Finanz-App entwickelt. Ich nutze dieselbe App und seitdem fristet mein Geld kein Dasein mehr unter der Ein-Prozent-Zins-Brücke.« Inès kramt in ihrer Handtasche und zieht ein Hochglanz-Smartphone dünn wie ein Blatt Papier heraus. »Ich kann sie dir zeigen. Die App wäre sicherlich auch für die Teestube geeignet.«

»Mit Closed-Looping-Modifikationen kann ich sie durchaus für ein Gewerbe matchen.« Theobald-August zieht sich ein Tablet aus der Hemdtasche, schnappt sich die Serviette, die neben seinem Teeglas liegt, und kritzelt mit einem futuristischen Stift kryptische Zeilen darauf, die sich wundersamerweise auf dem Tablet wiederfinden.

Mein Blick fliegt derweil von ihm zu Inès, zu Caro und zurück zu Mister Ich-match-dann-mal.

»Er programmiert Apps. Sein Spezialgebiet sind Mathe-Apps, aber seine Mitarbeiter decken natürlich auch andere Bereiche ab. Sag bloß, du hast noch nie von den *Think-Werken* gehört?« Kopfschüttelnd zieht sich Caro ihren Mantel an und verabschiedet sich mit einer Umarmung von Theobald-August und Inès.

»Warum programmiert ein Philosophiestudent Mathe-Apps?« Was für ein ungewöhnliches Hobby, zumal es sich ziemlich aufwändig für ein Hobby anhört.

»Ich weiß nicht, warum ein Philosophiestudent Mathe-Apps programmiert, ich für meinen Teil programmiere Apps, weil es mir Spaß macht und ich damit meinen Lebensunterhalt verdiene.«

»Nun schau nicht so verdattert«, auch ich bekomme einen Abschiedsdrücker von Caro, »Theobald-August ist kein Philosophiestudent, ihm gehören die *Think-Werke*, er ist Doktor Theobald-August von Werken.«

Da alle Anwesenden mit dieser Theorie einverstanden zu sein scheinen, muss ich mich wohl der Tatsache beugen. Trotzdem, für mich bleibt er der Philosophiestudent, das passt wenigstens zu ihm. Und schüchtert mich nicht so ein.

Caro zieht sich ihre Fäustlinge über und seufzt. »Heute Abend wird es sicher wieder spät, Fräulein Valerie neigt doch sehr zum Perfektionismus.«

»Dann hat sie ja in dir ihre Meisterin gefunden. Wie gern würde ich mich am Set einschmuggeln. Valerie Heingold ist bestimmt nicht so schlimm, wie du immer sagst.«

Caros schwarze Augenbrauen wandern in die Höhe und verschwinden unter ihrem Pony. »Da hast du recht, sie ist noch viel schlimmer.« Damit winkt sie mir zu, dreht sich um und geht.

Der Tag im *Teetässchen* bleibt turbulent – fröhlich turbulent. Es kommt sogar zweimal vor, dass alle Tische besetzt sind. Doch das Allerschönste ist, wie zufrieden mit sich und der Welt unsere Gäste die Teestube verlassen. Ich bin mir ganz und gar sicher, die meisten von ihnen werden wir wiedersehen. Allein schon aufgrund von Assas Teeweissagungen, die den Tag über fortwährend angefragt werden.

Assas granatroter Schopf beugt sich mal über das eine und mal über das andere Teeglas, stets begleitet von neugierigen Blicken aus allen Richtungen. Vielleicht sollten wir eine Extranische einrichten, in der die teepsychologischen Beratungen dezenter gelesen werden. Der Tisch rechts neben dem Kamin würde sich anbieten, wenn wir ihn etwas Richtung Mitte ziehen. In Gedanken baue ich sämtliche Sitzgelegenheiten um, während ich die Kuchenvitrine auswische. Es ist kurz vor sechs Uhr und der letzte Gast verlässt gerade das *Teetässchen*. Assa begleitet eine ältere Dame mit Blumenkohlfrisur zur Tür und hält diese auf, da Dana über den Hof zu uns eilt.

»Was für ein Tag!« Danas Wangen leuchten rot, was ihrer ansonsten recht farblosen Erscheinung gut bekommt. Zusammen mit ihr wirbeln dicke weiße Schneeflocken herein und die kühle Luft streicht angenehm über mein Gesicht. Zufrieden klemme ich mir eine Locke hinter das Ohr. Der Start unseres Adventskalenders übermorgen wird famos laufen. Gleichwohl muss ich bis dahin noch wesentlich mehr Macarons backen. Nach dem Ansturm von heute sprengt meine Zuversicht alle Grenzen. Kein Gast im *Teetässchen* soll auch nur auf einen einzigen Macaronkrümel verzichten müssen.

»Du siehst aus wie eine Katze, die am Sahnetöpfchen geschleckt hat.« Dana gibt mir einen Begrüßungskuss auf die Wange und grinst mich schräg an.

»Wie es aussieht, haben wir beide dasselbe Sahnetöpfchen entdeckt.«

»Es war ein großartiger Tag«, sprudelt es aus Dana heraus. »Ein Kunde nach dem anderen ist in mein Nähatelier gekommen und kein einziger wollte eine Hose gekürzt haben. Sie haben sich wirklich für meine Mode interessiert! Stellt euch vor, ich habe sogar einen Auftrag für ein Brautkleid bekommen, einfach so.«

Ich lege Assa und Dana je einen Arm um die Taille. »Wir sind auf dem richtigen Weg, und wenn wir uns reinknien, werden wir unseren Hofgarten vor dem Verramschen retten. In mir kribbelt und krabbelt alles und ich habe endlich den Job gefunden, den ich schon immer wollte. Den gebe ich so schnell nicht wieder her.«

Dana lehnt leicht ihren Kopf gegen meine Schulter und seufzt. »Leider hat Herr Waldner noch ein wichtiges Wort mitzureden. Nur weil wir mal Kunden haben, verlängert der nicht einfach unsere Mietverträge.«

»Ach, darum kümmern wir uns später. Wichtig ist, den Leuten zu zeigen, dass es uns gibt und vor allem, was wir können.« Ich löse mich von den beiden und wische Danas Bedenken bezüglich Rumar-Rumpelstilzchen mit einer Handbewegung beiseite.

»Mädels, ich brauche jetzt einen starken, schwarzen Tee ohne alles! Und ihr auch.« Assa schiebt Dana und mich in Richtung eines Tisches, der bereits aufgeräumt ist, und geht hinter die Teebar, um uns einen Belohnungstee zu brühen. So chaotisch, wie es auf den Tischen aussieht, so ordentlich ist es bei den Teedosen. Assa hat heute sicher an die hundert Dosen aus dem Regal gezogen und sie nach Benutzung zurück an die richtige Stelle gestellt. Nicht ein Teeblatt liegt irgendwo herum.

»Warum schnuppert sie eigentlich jedes Mal an den Teedosen, bevor sie den Tee entnimmt?«, flüstere ich Dana zu.

Diese sieht kurz zu Assa und dann wieder zu mir. »Assa kann aus der Nähe ein Teeglas nicht von einem Gurkenglas unterscheiden. Sie ist extrem weitsichtig, aber der Meinung, keine Brille zu brauchen.«

Ich schlage mir im Geist mit der Hand vor die Stirn. Dana hat recht! Assas Teedosen müssen immer zwanghaft an der richtigen Stelle stehen, damit sie sie findet. Und als ich vor ein paar Tagen beim Putzen einzelne Tische verschoben habe, ist sie andauernd gegen die dazugehörigen Stühle gestoßen.

Deswegen war das *Teetässchen* so eingestaubt, als ich die ersten Male hergekommen bin! Es rührt nicht von

Assas Unachtsamkeit her, sondern von ihrer mangelnden Sehkraft.

»So geht es nicht weiter! Es ist doch nichts Schlimmes, eine Brille zu tragen. Schließlich geht es um ihre Lebensqualität, die sich erheblich verbessern würde, wenn sie ordentlich sehen könnte.« Ich runzele die Stirn und beobachte Assa, wie sie nach den letzten Orangen-Cookies mit Karamell-Macadamiastücken in der Kuchenvitrine angelt.

Dana schüttelt den Kopf. »Das Thema lass mal lieber! Das hatten Leon und ich oft genug und es ging nie gut aus. Einmal hat sie uns zur Strafe eine Woche lang keinen Tee gemacht, so beleidigt war sie, dass wir in ihrer Nähe das böse B-Wort benutzt haben.«

Für den Moment stimme ich Dana zu und lasse das Thema fallen. Allerdings werde ich es nicht vergessen, im Gegenteil, ich werde es vertiefen, aber geschickt vorgehen müssen, wenn eine Brille wirklich derart tabu ist, wie Dana erzählt.

Kapitel 14
U wie Unbedingt

Ugli-Macarons

Eine Creme aus Sahnejoghurt, aromatisiert mit frischem Uglisaft und Mandarinenfiletstückchen, schmiegt sich in Macaronschalen, bestäubt mit fein gemahlenen rosa Grapefruitschalen.

Heute wird sich zeigen, ob meine Weihnachtsträume auch die meiner Gäste sind. Heute wird sich zeigen, ob ich zurecht eine wahre Zuckerfee bin. Heute wird sich zeigen, ob das *Teetässchen* wie ein Weihnachtsstern erblühen wird, denn heute öffnen Assa und ich das erste Türchen unseres *Teetässchen*-Adventskalenders.

Den gestrigen Tag habe ich fast ausschließlich in der Backstube verbracht, Assas unglaublichen Unox-Ofen mit Macaronschalen fütternd. Assa ist derweilen zwischen den zahlreichen Gästen der Teestube umher geschwebt, hat Teesymphonien gezaubert und süße Weihnachtsköstlichkeiten serviert. In ihrer orangen Tunika mit den tannengrünen Borten hat sie Farbe und Lächeln in die Teestube gebracht.

Seite an Seite stehen wir an der Eingangstür und begrüßen unsere ersten Gäste an diesem Morgen. Darunter Herrn von Weimann, der sich an der neuen Gesellschaft freut – vor allem der Gesellschaft der Kamindamen, die sich als begeisterter Buchclub entpuppen und gerade ebenfalls durch den Hofgarten auf uns zuschnattern. Und auch Theobald-August lässt es sich nicht nehmen, einen Morgentee zu trinken. Seine Büroräume liegen, wie ich nun weiß, drei Häuser die Straße hinauf, und weil mich mein Philosophiestudent noch nicht genug überrascht, ist es auch gleich das ganze Eckgebäude, welches er für seine Firma sein Eigen nennt.

Auf die Tafel über den Samowaren hat Dana mit ihrer kunstvollen Schönschrift das heutige Datum kalligraphiert, den ersten Dezember. Darunter hat sie ein Macaron gemalt, das man sofort von der Tafel pflücken und sich in den Mund stecken möchte: zartlila Macaronschalen umhüllen eine zimtige Ricottacreme mit kanadischen Wildheidelbeeren, gesüßt mit einem Hauch Ahornsirup.

In dem Bücherregal links vom Kamin stehen 24 Weihnachtspäckchen, eingehüllt in rotes Glanzpapier und zusammengehalten von einer goldenen Schleife. Das erste Päckchen ist geöffnet und enthält zusammengerolltes, zartlila Büttenpapier, auf das ich jeweils das Rezept des heutigen Advent-Macarons gedruckt habe. An der Papierrolle hängt ein ebenso zartlila

Schächtelchen mit einer ausgeschnittenen Papier-schneeflocke: ein Gutschein für einen Wunschtee im kommenden Jahr.

Lange habe ich mit Assa gegrübelt, ob wir den Gutschein für das nächste Jahr hineinlegen oder für den Dezember. Doch wir glauben an das nächste Jahr und wenn unsere Gäste einen Wunsch frei haben, dann möchten wir uns auch etwas wünschen.

»Mami, wo sind denn die Matatons?« Ein Mädchen mit violetter Bommelmütze hüpft an der Hand seiner ebenso violett bebommelten Mutter zur Tür herein. Ich gehe den beiden entgegen und helfe ihnen aus Jacken, Schals und Mützen. Von der Teebar nehme ich einen Teller randvoll mit lila Advent-Macarons.

»Hast du denn heute schon das erste Türchen an deinem eigenen Adventskalender geöffnet?« Ich gehe vor der Kleinen in die Hocke und halte ihr den Teller hin. »Das ist heute in unserem Türchen und wir würden es gern mit dir teilen.«

Das Mädchen nickt und sucht sich mit himmelblau-en Kulleraugen ein Macaron aus. Es lässt sich Zeit mit der Entscheidung und greift dann nach dem in der Mitte. Mit einem Blick zu seiner Mutter beißt es in das knackige Gebäck mit der fluffigen Creme.

Ich halte auch der Mutter den Teller hin und führe die beiden dann zu einem Tisch neben dem Fenster, der extra für unsere Mini-Gäste bereitsteht. Dort war-ten Buntstifte und Papier sowie eine Kiste mit Holz-bausteinen auf ihren fröhlichen Einsatz. Kurz darauf gesellt sich ein Vater mit seiner Tochter dazu und sowohl die Kleinen als auch die Großen entspannen sichtlich, derweil sie ihren Tee genießen.

Kurz vor der Mittagszeit stärken sich Assa und ich mit einem feurigen Chili con Carne, das ich von dem Mexikaner zwei Straßen weiter hole.

»Es läuft richtig gut.« Assa legt ihren Löffel beiseite und drückt meinen Arm. »Ich freue mich sehr, dich hierzuhaben. Der Tag, an dem du dich ins *Teetässchen* verirrt hast, ist ab sofort einer meiner Glückstage.«

»Welches sind denn deine anderen Glückstage?«

»Einer meiner liebsten Glückstage ist der Tag, an dem ich meinen zweiten Mann Antonio kennengelernt habe. Und der Tag unserer Scheidung.«

Ich verschlucke mich an dem Chili und muss husten, Assa lacht.

»Antonio und ich, wir konnten nicht ohneeinander, leider auch nicht miteinander. Wir lebten die ganz große Leidenschaft, pure Liebe, losgelöst von allen Bedingungen. Noch heute wärmt sich mein Herz bei dem Gedanken an ihn. Seine Seele hatte Augen und direkt in meine geblickt.«

Und ich habe bei ihren Worten Gänsehaut. »Warum seid ihr nicht mehr zusammen?«

»Das Feuer war zu heiß, wir haben einander mehr verbrannt, als zu wärmen.« Assa sieht mich mit ihrem intensiven Katzenblick an und streicht mir leicht über die Wange. »Ich wünsche dir eines Tages dein eigenes Feuer und egal, ob es deine Seele wärmt oder dich verbrennt, greife mit beiden Händen danach.«

In diesem Moment kündigt Taylor Swift Gramsie an und ich wühle wie in Trance nach dem Telefon unter der Teebar. »Hallo«, hauche ich, während ich mit dem

Wunsch kämpfe, das von Assa in Aussicht gestellte Feuer jetzt und gleich zu spüren.

»Mielachen, passt es dir heute im *Teetässchen*? Ich möchte dich besuchen kommen.« Gramsies Stimme klingt gedämpft durch einen Schleier statischen Rauschens.

Ich schiele zu der Kuchenvitrine hinüber, die ich vor dem Mittagessen mit Gewürz-Cheesecake und Marzipanspekulatius aufgefüllt habe. Teller voller Advent-Macarons warten auf neue Gäste und in dem großen Edelstahlkühlschrank in der Küche schlummern weitere Leckereien. Wenn ich unmittelbar mit den Macaronschalen für morgen anfangen würde, hätte ich nachher Zeit, meine Großmutter als Ehrengast willkommen zu heißen.

»Sicher, ich freue mich. Wann möchtest du denn kommen?«

»Och, ich bin bereits auf dem Weg zu dir.«

Nach meiner Einschätzung des Berliner Mittagsverkehres wird Gramsie also noch gut eine Stunde unterwegs sein. Anderthalb, falls Herr Ingbert sie fährt, und bei Tessa könnte sie schon nach einer Dreiviertelstunde hereinschneien. In jedem Fall bleibt mir genügend Zeit für die ersten Bleche Macarons.

»Gut, dann sehen wir uns nachher.«

»Nachher trifft es nicht so ganz, mein Schatz. Ich bin quasi da.«

»Wo bist du denn genau?«

»Dreh dich um und sieh raus.«

Ich folge der Anweisung meiner Großmutter und entdecke sie tatsächlich zusammen mit Tessa im Torbogen stehen und mir zuwinken. Die winterliche Mittagssonne lässt ihre grauen Haarschöpfe silbern funkeln. Arm in Arm spazieren sie durch den Hofgarten zur Teestube.

Nun gut, keiner kann mir nachsagen, ich wäre nicht flexibel. Verschieben wir das Backen eben auf den Nachmittag.

»Welch ein Juwel!« Tessa drückt mich an sich, was durch ihr lebenslanges Sporttraining immer eine sehr intensive Erfahrung ist. Gramsie ist sanfter zu mir, jedoch nicht weniger entzückt.

»Wenn ich eure wundervolle Teestube mit ihrer Winterkulisse malen würde, würden alle Kritiker unken, ich sei unter die Romantikerinnen gegangen. Und weißt du was, meine liebe Enkeltochter, meinem Pinsel juckt es geradezu in den Borsten, ein Bild davon zu erschaffen, mit diesem großartigen Winterglitzern rundherum.«

»Und dort werden wir es hinhängen.« Assa ist zu uns getreten und zeigt auf die Wand über dem Kamin.

»Ich sehe, wir verstehen uns.« Herzlich reicht meine Großmutter Assa die Hand und stellt sich und Tessa vor.

Ich geleite Gramsie zu einem Tisch für drei Personen, doch sie wehrt ab. »Wir erwarten noch jemanden. Wenn ich schon in der Stadt bin, wollte ich die Gelegenheit gleich für einen Diensttermin nutzen.«

Ich finde es immer wieder putzig, dass meine Großmutter die Innenstadt als Stadt bezeichnet, obwohl Lichtenrade nun nicht gerade außerhalb von Berlin liegt. Aber manches Mal kann es einem durchaus so vorkommen. Darüber hinaus habe ich das Wort *Diensttermin* auch noch nie aus ihrem Mund gehört.

Doch mir soll es recht sein, bei uns ist jeder Gast willkommen.

Ich verwöhne Gramsie und Tessa jeweils mit einem
extragroßen Stück Gewürz-Cheesecake mit Vanille-
kipferlboden und Assa serviert ihnen zwei dampfende
Teegläser dazu.

»Bitte sehr, Ringelblume umschmeichelt die Kreati-
vität wie Seide und Wacholder hilft dem Kopf bei der
Rückkehr ins Hier. Dazu Hibiskus für die Farbe im
Leben.« Damit stellt Assa vor Gramsie einen rotleuch-
tenden Tee ab. Bei Tessa dampft es hellgrün in ihrem
Teeglas. »Und hier haben wir Rosmarin, Thymian,
Salbei und Lavendel, denn das Herz sollte immer dort
sein, wo auch der Körper ist, und nicht in der Ferne
verloren gehen.«

Der Tee erweckt tiefe Gefühle in den beiden und erneut beobachte ich, wie sich die magische Wirkung
entfaltet. Ihre Gesichter werden weich und ihre Augen
strahlen, sie lächeln und genießen das heiße Getränk.

»Wann kommt denn dein Diensttermin?«, frage ich
Gramsie.

»Jetzt.« Sie deutet zur Tür und ich drehe mich um.
Und wer da hereinkommt, erweckt in mir tiefe Gefühle – ganz ohne Teekräuter.

»Was für ein Bild von einem Mann.« Tessa neben
mir pfeift leise durch die Zähne und ich sehe sie pikiert an. Immerhin ist 67!

Henrik Winter entdeckt uns und setzt sich auf den
Stuhl neben meinem. Wie heiß es hier heute ist, wir
müssen dringend den Kamin weniger anfeuern.

»Tessa, darf ich dir Henrik Winter vorstellen, er ist
der Architekt, der unseren Umbau leitet. Und Henrik,

ich darf doch Henrik sagen?« Gramsie lächelt ihn an und zupft tatsächlich dabei an einem Silberlöckchen. Es fehlt nur noch, dass sie mit den Wimpern klimpert. Da! Sie tut es! Und wie sie klimpert. »Dies ist meine vierte Mitbewohnerin Tessa Uden. Sie kommt soeben von einem Segeltörn aus der Karibik wieder.«

Nachdem nun jeder jeden kennt, holt Henrik Winter einen Stapel Unterlagen aus der Aktentasche. Während seiner Bewegungen streift der Duft von Tannenwäldern meine Nase. Es muss herrlich sein, mit ihm dadurch zu spazieren, Hand in Hand, ganz nah nebeneinander, um uns herum der rauschende Wald, die Sonne funkelt durch die Zweige, Vögel zwitschern, in der Ferne rauscht ein Bach ...

»Miela!«

Ich zucke zusammen und sehe von meinem Teeglas auf. Gramsie steht zusammen mit Tessa vor mir. »Wieso wollt ihr denn schon gehen? Ich denke, wir besprechen den Umbau der Villa und ihr habt ja noch nicht einmal ausgetrunken.«

»Ich habe Henrik alle meine Vorschläge und Ideen aufgeschrieben und sie ihm gerade gegeben, wie du unschwer hättest erkennen können, wenn du nicht nur körperlich anwesend gewesen wärst. Die Unterlagen kann er sich in Ruhe ansehen. Mehr will ich erst einmal nicht.«

»Aber ...«

»Nichts aber. Tschüss ihr zwei und Henrik, Sie melden sich bitte. Miela, die Teestube ist fantastisch.«

Im Eiltempo ziehen sich meine Großmutter und Tessa an und verlassen das *Teetässchen.*

Was war das denn, bitteschön?

Henrik Winter räumt seine Unterlagen zurück in die Tasche und lehnt sich entspannt zurück, fast so, als wäre es normal, dass seine Kundentermine nur dreieinhalb Minuten dauern. Allzu ernst scheint er seinen Job ja nicht zu nehmen. Er ist auch nicht gerade für einen Geschäftstermin gekleidet mit seiner legeren Jeans und dem dunkelblauen Longsleeve – obwohl heute der erste Dezember ist, quasi einer der wichtigsten Vorweihnachtstage! Dem Anlass angemessen trage ich eines meiner Lieblingskleider, ein fliederfarbenes Kaschmir-Etuikleid mit langen Ärmeln und einem Stehkragen. Meine Locken sind zu einem lässigen Zopf geflochtenen, der über meiner Schulter hängt. Ich wickele mir das Ende um die Finger. Als mir bewusst wird, was ich tue, ziehe ich die Hand zurück. Los Miela, Henrik Winter ist ein Gast wie jeder andere, fang dein flatterndes Herz ein und behandle ihn auch so. Schließlich ist nichts Verwerfliches daran, mit blonden Beachboy-Haaren und Fjordaugen in einer Teestube zu sitzen. Deswegen muss ich mich nun wirklich nicht aufregen!

Nur mühsam löse ich mich aus seiner Nähe und erhebe mich. »Was darf ich Ihnen bringen?«

»Ihre Großmutter hat mir von Ihrer Adventskalenderidee vorgeschwärmt, davon würde ich gern probieren. Und einem Ihrer Tees bin ich auch nicht abgeneigt.«

Während ich einen Teller mit Macarons für Henrik Winter fülle, brüht Assa ihm einen Tee. Fortwährend spüre ich ihren Blick. Wenn ich allerdings zu ihr hinsehe, blickt sie weg.

»Hier, für deinen Gast.« Assa schiebt mir einen blau schimmernden Tee in einem Thermoglas hin, was sehr ungewöhnlich aussieht. »Setz dich ruhig zu ihm, ich schaffe die Gäste auch allein. Du hast genügend vorgebacken, der Rest hier ist mir ein Vergnügen.«

»Ich muss heute noch backen, für die Macarons morgen«, murmele ich.

»Sicher, sicher. Aber zuerst gönnst du dir eine Pause. Zum Backen hast du später Zeit.«

»Wir haben gerade erst Mittagspause gemacht.«

»Mein liebes Kind, wenn du eines lernen musst, dann, im *Teetässchen* geschieht nichts in Hektik.« Während Assa mit mir spricht, lächelt sie einer Gruppe Anzugherren zu, die gerade die Teestube betreten. »Oh, für die habe ich eine besonders gute Idee.« Und damit scheucht sie mich hinter der Teebar weg und ich trotte mit einem gefüllten Tablett zu Henrik Winter zurück, denn Assa stellte auch mir eine Teespezialität hin.

Und diese riecht sehr nach Liebesapfel.

Was soll ich bloß mit ihm reden? Herr Winter und ich haben nichts gemeinsam. Er interessiert mich doch gar nicht.

Zurück am Tisch setze ich mich zögernd auf den Platz von vorhin. Erneut umfängt mich dieser würzige Tannenduft und Henrik Winters Wärme.

Vor dem Ladenfenster beginnt es derweil erneut zu schneien, dicke, wattige Flocken schweben vom Himmel und lassen sich im Hofgarten nieder.

»Was halten Sie davon, unseren Tee draußen zu trinken?« Henrik Winter sieht mich an und deutet mit dem Kopf zum Fenster. »Der Tee schmeckt garantiert doppelt so gut auf der Bank unter dem Kirschbaum. Sie haben hier doch sicherlich eine Decke, die wir mit nach draußen nehmen könnten.«

Ja! Ich will! Sofort!

»Ich kann mich nicht mitten in diesem Schneegestöber vor den Laden setzen.«

»Warum nicht?«

»Ich habe ein Kleid an.«

»Na, wenn das so ist. Hier drinnen ist es auch wunderbar.« Er lehnt sich wieder in seinem Stuhl zurück, dabei springe ich auf.

»Nein, ich meine, doch. Lassen Sie uns rausgehen. Ich hole schnell meinen Mantel und beim Spieltisch liegt eine Decke, die gerade niemand benötigt.« Wenn meine Gesichtsfarbe annähernd dem Ton entspricht, wie es sich anfühlt, wird mir eine Abkühlung mehr als guttun.

Gemeinsam stapfen wir über den Neuschnee zu der Bank unter dem Baum. Leon fegt sie regelmäßig und so müssen wir nur den frischen Schnee zur Seite wischen und unsere Decke darauf ausbreiten.

»Henrik.« Er hält mir sein Teeglas entgegen und mit einem melodiösen Kling stoße ich leicht mit meinem dagegen.

»Miela.«

Nebeneinander setzen wir uns unter den eingeschneiten Kirschbaum. Die meisten der wirbelnden Schneeflocken werden von den dichten Ästen über uns abgehalten. Von außen muss es wirken, als säßen wir hinter einem Schneeschleier verborgen. Die Lichter der Fenster um uns herum leuchten golden in das silbergraue Zwielicht und die Geräusche der Stadt vor dem Torbogen dringen nur gedämpft zu uns.

»Ich bin noch nie auf die Idee gekommen, mich bei solch einem Schneetreiben hier unter den Baum zu setzen.« Fest umschließe ich mein Teeglas und beobachte den Flockentanz vor mir. Mein Herz hüpft weiterhin einen Tick zu schnell in meiner Brust umher, aber es fühlt sich angenehm an, lebendig.

»Und ich habe mich noch nie irgendwo in den Schnee gesetzt. Bisher dachte ich immer, Schnee wäre nichts weiter als kaltes Wasser. Doch hier ...« Henrik dreht sich mir ein Stück weiter zu. »Du hast hier einen großartigen Ort gefunden, Miela, und wie es aussieht, wissen das viele zu schätzen.«

Erneut laufen Leute an uns vorbei zum *Teetässchen*. Voller Dankbarkeit sehe ich ihnen hinterher und freue mich über jeden Einzelnen.

»Noch vor ein paar Tagen dümpelte die Teestube einsam und allein hier im Hof vor sich hin.«

Warum erzähle ich ihm das? Das geht nur Assa und mich etwas an.

»Das kann ich kaum glauben.« Henrik zieht die Augenbrauen bis unter seine wuscheligen Haare.

»Doch, doch. Ein glücklicher Gast hat uns per Facebook aus unserem Dornröschenschlaf geweckt und die Zeitschrift, bei der ich bis vor kurzem gearbeitet habe, brachte fast zeitgleich einen netten Artikel über uns. So wurden wir einem kleinen, neugierigen Kreis bekannt und anscheinend halten wir, was wir versprechen.«

208

Schon schlendern die nächsten Gäste durch den Hof zum *Teetässchen* und zwei Frauen in Businesskostümen betreten soeben Danas Nähatelier.

»Merkwürdig ist es schon, dass hier vorher nichts los gewesen sein soll. Die Lage in diesem Hofgarten ist perfekt und die Straßen vorn beliebt und dementsprechend gut besucht.«

Ich zucke mit den Schultern, von Rumars Machenschaften muss er ja nichts wissen. »Momentan läuft es gut und ich habe vor, es noch besser zu machen.« Voller Genuss trinke ich den letzten Schluck meines Tees und auch Henrik leert sein Glas.

»Tee ist eigentlich nicht unbedingt das Getränk meiner Wahl, aber an den hier könnte ich mich gewöhnen. Was für ein Tee ist das überhaupt?«

Grinsend hebe ich meine Schultern. »Das allein weiß nur unsere Teepsychologin und wenn du dich traust, verrät sie dir sicher die eine oder andere Zutat deiner Seele.«

»Ich glaube, dann genieße und schweige ich lieber.«

»Wieso? Gibt es Wahrheiten, die du nicht hören möchtest?« Auweia! Was tue ich hier bloß?

Ein Schatten verdunkelt Henriks Augen und er sieht mich ein wenig traurig an. »Sagen wir, es ist nicht immer einfach, die Wahrheit zu finden.«

Eine Familie mit drei Kindern tobt an uns vorbei in Richtung der Teestube und dahinter, Arm in Arm, zwei ältere Damen mit kecken Hütchen auf den Köpfen.

»Ich denke, ich sollte wieder hineingehen.« Langsam erhebe ich mich und vermisse sofort Henriks Wärme an meiner Seite. Er steht ebenfalls auf und gibt mir sein leeres Teeglas, dabei berühren sich unsere Hände. Diese Berührung blitzt durch meinen Körper und wie die Schneeflocken vor mir wirbeln meine Gefühle auf. Hitze durchströmt mich. Henrik nimmt seine Hand nicht gleich weg und sieht mir in die Augen. Ich meine fast, mich in dem tiefen Blau spiegeln zu können.

»Sehen wir uns wieder?« Seine Stimme streichelt mich und mir gelingt nicht mehr als ein Nicken. Und ein Lächeln.

Gemeinsam verlassen wir unseren Winterplatz unter dem Kirschbaum und tauchen in die wirbelnden Schneeflocken ein. Wir umarmen uns für einen Moment und ich atme tief seinen Tannenduft ein, ehe Henrik nach rechts zum Torbogen geht und ich nach links zum *Teetässchen*.

Dort sehe ich unsere Gäste in dem gemütlich erleuchteten Raum beieinandersitzen, Assa flitzt umher und lacht mal in die eine und mal in die andere Richtung. Und ich weiß, dies ist einer der Momente im Leben, die rundherum perfekt sind.

»Miela!«

Mit Schwung drehe ich mich zum Torbogen um, und in der Erwartung, dort Henrik stehen zu sehen, klopft mein Herz weitere Takte schneller.

Nur ist es nicht Henrik, der mich ruft.

Kapitel 15
N wie Nähatelier

Nuss-Macarons

Geröstete Haselnüsse, Cashewkerne und Macadamias,
vereint in feinster weißer Vanilleschokolade, füllen
Macaronschalen, die mit Haselnusskrokant bestäubt auf
der Zunge zergehen.

»Nils!«

Von jetzt auf gleich entweicht alle Wärme aus meinem Körper und mein Lächeln zerfällt in tausend Teile. Der perfekte Moment zerstäubt ins Nichts. Dabei rast mein Herz so sehr, dass mir schwindelig wird.

»Nils«, hauche ich ein zweites Mal.

Langsam kommt Nils auf mich zu. Das Haar klebt ihm nass vom Schnee am Kopf, die Lederjacke steht weit offen über einem rot-blau karierten Hemd und seine Hände sind tief in den Hosentaschen seiner Jeans vergraben.

Er bleibt vor mir stehen und zieht die Schultern nach vorn. »Scheußliches Wetter, nicht wahr?«

Ich schüttele leicht den Kopf. Nein, ich finde das Wetter absolut nicht scheußlich, ganz im Gegenteil, und eigentlich sollte er das wissen. Aber Nils mag den Winter nicht und was Nils nicht mag, haben auch alle anderen nicht zu mögen.

Ich ziehe meinen Mantel fester um mich und verschränke die Arme vor der Brust. Völlig wortleer starre ich ihn an. Wo sind all die Beschimpfungen hin, die ich mir in den Wochen nach seinem feigen Abgang ausgedacht habe? Ich war unglaublich kreativ, von A wie Appelfratz bis Z wie Zwom war alles dabei.

»Bitte Miela, sag etwas.« Nils zieht die Hände aus den Hosentaschen. Sie sind zu Fäusten geballt. Oha, sollte ihm sein Auftritt doch unangenehm sein?

»Wo zum Teufel warst du?«, brülle ich so plötzlich, dass ich vor Schreck selbst zusammenzucke. Das Echo im Hofgarten macht meinen Ausbruch nicht weniger unangenehm. Immerhin ist der Schnee auf meiner Seite und wirkt dämpfend auf meine Worte.

»Hey, nicht so laut. Wer schreit hat Unrecht. Ich will dir doch alles erklären.« Nils runzelt die Stirn und sieht sich im Hofgarten um. Als er feststellt, dass wir allein sind, glätten sich seine Dackelfalten, zumindest ein wenig. Negative Aufmerksamkeit ist nicht gerade Nils' Ding. Nicht, dass die Leute etwa starren! Bewahre.

Ich stemme die Hände in die Seiten und mache einen Schritt auf ihn zu. Um ihn zu ärgern, richte ich mich dabei ganz bewusst zu meiner vollen Größe auf, die heute noch beeindruckender ist, da meine Stiefel nette, mittelhohe Absätze zieren. Zwar schmerzen meine Füße darin, als befänden sie sich auf einem Bett aus spitzen Steinen, aber das ist es wert. Ich glaube sogar, ich habe neue Lieblingsstiefel gefunden.

»Ich will aber von dir nicht alles erklärt bekommen! Wenn ich Fragen habe, wende ich mich an Ranga Yogeshwar! Nun entschuldige mich, ich habe zu arbeiten!«

So elegant es geht mit Knien, weich wie Mascarponecreme und schmerzhaften Zehen, die bei jeder Bewegung aufjaulen, drehe ich mich um und gehe in Richtung des *Teetässchens*. Gerade wird die Tür aufgerissen und zwei Mädchen mit rosa Lillifee-Mützen stürmen heraus und lassen sich in den Schnee neben der Teestube fallen. Kichernd schwingen sie dabei ihre Arme und Beine hin und her.

»Du kannst mich hier nicht einfach stehen lassen«, heult Nils in das Gequietsche der Schneeengel hinein.

Kurz überlege ich, darauf zu antworten. Da meine Antwort aber vermutlich weder freundlich noch streittaktisch klug ausfallen würde, reiße ich mich zusammen und gehe durch die offene Tür ins *Teetässchen*. Mit der Schulter stoße ich sie an, sodass sie zufällt, und laufe schnurstracks in die Küche weiter. Auch deren Tür schließe ich mit erhobenem Haupt. Doch mittlerweile ist mir dermaßen schlecht und zittrig und herzweh, dass ich es gerade so bis zu der Bank am Fenster schaffe, dort niedersinke und anfange zu heulen. Dicke, heiße Tränen, salzig und bitter.

Eine Packung Taschentücher und einen halben Liter Concealer der Nuance *Inner Light* später nehme ich wieder am Leben in der Teestube teil. Assa und ich bedienen unsere Gäste, verwöhnen sie mit heißem Tee und süßen Törtchen, wir hören ihnen zu, lachen mit ihnen und freuen uns über jeden Einzelnen, der zur Tür hereinspaziert. Die Türglocke läutet noch oft an diesem späten Nachmittag und mit jedem Mal klingt sie klarer und melodiöser, als würde sie aus einem langen, rostigen Schlaf erwachen.

Assa dringt nicht weiter in mich und schiebt mir zwischendurch nur ein Glas mit dunkelgrünem Tee zu. Der Geschmack ist leicht bitter und scharf auf der Zunge, harmoniert allerdings perfekt mit den süßen Brombeerblüten darin. Bereits während ich ihn trinke, kehrt mein Herzschlag zu einem ruhigeren Takt zurück, meine Nackenmuskeln entspannen sich und das Lächeln, welches ich bis eben im Gesicht trug, verwandelt sich von aufgemalt in ein bisschen echt.

Kurz nach sechs verabschieden wir die letzten Gäste und auch Assa zieht sich ausgehfertig an. Das heißt, sie hüllt sich in einen bodenlangen Mantel aus dunkelrotem Samt, setzt sich einen breitkrempigen Hut in der Größe eines Wagenrades auf und greift nach ihrem meterlagen Regenschirm mit dem geschnitzten Knauf in Form eines Löwenkopfes, den sie als Spazierstock verwendet. Ihre Füße stecken in dick gepolsterten Winterstiefeln, in denen sie selbst nachts auf dem Mond keine kalten Füße bekommen dürfte.

»Du bist sicher, dass ich dir nicht lieber Gesellschaft leisten soll?« Sie steht mit der Hand an der Türklinke da und sieht mich prüfend an.

»Mir geht es gut, geh du nur. Schließlich wird einem nicht jeden Abend eine Häppchen-Lesung in einer Chocolaterie geboten.«

Nicht restlos überzeugt tritt sie von einem Fuß auf den anderen. »Julie versteht es bestimmt, wenn ich nicht komme.«

»Nix da, ab mit dir in die *Schokofee*! Ich habe mich vorhin nur ein bisschen doll erschreckt«, versuche ich sie zu bekehren. »Nils auf einmal so wiederzusehen ... damit habe ich einfach nicht gerechnet. Ich dachte, ich wäre durch mit dem Thema.«

Assa lässt die Tür los und drückt mich kräftig an ihren mütterlichen Busen, ihr Hut gerät dabei auf die schiefe Bahn. »Du machst das schon, mein Mädel.«

Nach einer weiteren Umarmung lässt es Assa gut sein und verlässt die Teestube. Ich reiße die Tür wieder auf. »Assa!«, rufe ich ihr über den Hof hinterher.

Sie bleibt stehen und dreht sich um. »Ja?«

Noch immer wirbeln dicke Flocken vom Himmel. Die Stelle, an der vorhin die Mädchen im Schnee gespielt haben, ist kaum mehr zu erkennen. Leon schaufelt vor dem Nähatelier tapfer gegen die weißen Massen an, gleichmäßig wischt sein grober Besen über den Weg. Tja, was für die einen Meditation ist, scheint für Leon Schneeschaufeln zu sein.

»Was war vorhin eigentlich in meinem Tee? Davon hätte ich gern öfter ein Tässchen.«

»Brombeerblätter, Honigklee und frisch geriebener Ingwer.«

»Ihh!«, entfährt es mir. »Ich hasse Ingwer.«

Assa lacht. »Ich weiß. Freilich war der für den Augenblick genau die richtige Zutat, zumal du ihn auch in deinen Weihnachtskeksen verwendest.« Damit winkt sie mir zu, ruft einen Gruß in Leons Richtung und verschwindet mit wehendem Mantel im dunklen Torbogen.

Dort müssen wir unbedingt Lichter erstrahlen lassen. Es kann nicht sein, dass unsere Gäste in solch einen lichtlosen Tunnel treten müssen. Immerhin ist es um diese Jahreszeit mehr dunkel als hell. Ich mache mir für unser Hofbewohnertreffen eine entsprechende Notiz im Kopf.

Zurück im *Teetässchen* schließe ich ab und lösche bis auf die Lichterketten im Raum das Licht. Assa und ich haben bereits vorhin die Teestube geputzt und so nehme ich nur noch die Kuchenplatten mit den Überresten aus der Glasvitrine und trage sie in die Küche. Ich finde, ich habe mir ein besonderes Abendbrot verdient und lasse erst die beiden Wildheidelbeer-Macarons auf meiner Zunge schmelzen und genieße alsdann ein mit Baiser überzogenes Apfelkuchenstück. Zum Dessert gönne ich mir einen White-Chocolate-Cookie mit kandierten Orangenschalen.

Körperlich gestärkt beginne ich mit den Vorbereitungen für morgen. Als zweites Adventstürchen gibt es Macarons mit einer Maronenfüllung. Die Süße der Nussfrüchte versteht sich aufs Beste mit weihnachtlichen Gewürzen und hier entscheide ich mich für Koriander und Orangen. Dazu stelle ich frische Sahne bereit und eine rosa Ruby-Schokolade mit dunklen Vanillesprenkeln.

Zunächst gönne ich dem Eiweiß für die Meringue ein warmes Wasserbad. Mit dem Schneebesen schlage ich es ein paar Minuten auf, ehe ich die Schüssel mit der weißen Creme aus dem Wasserbad hebe, um dann auf der Arbeitsplatte kräftig weiterzuschlagen. Das Eiweiß beginnt zu glänzen und wächst in meiner Schüssel zu einem fluffigen Berg heran. Weiter und weiter bewege ich den Schneebesen locker aus dem Handgelenk, immer wieder.

Warum taucht Nils gerade jetzt auf? Über meine zerrupften Gefühle war gerade Gras gewachsen – oder wohl eher Schnee gerieselt. Kann er mich nicht einfach in Ruhe lassen? Wo war er bloß die ganze Zeit? Habe ich ihm wenigstens ein bisschen gefehlt? Hätte ich ihm zuhören sollen? Nein! Schon sein Spruch *Wer schreit hat Unrecht*! Nicht einmal den konnte er sich heute verkneifen, dabei bekam ich ihn seit Jahren bei jedem lauten Wort vordoziert – und wurde daraufhin noch lauter. Aber heute nicht. Heute habe ich mich dagegen verwehrt.

Ob er wiederkommt?

Mein Rührtakt verliert sich und ich schüttele mich kurz. Dies ist das Gefährliche am Backen. Den Gedanken wachsen Flügel, sie steigen empor und man selbst mit. Meist wirbeln gute Ideen dabei auf wie: Passen Uglis nicht hervorragend mit Grapefruits zusammen und Spekulatiusstreusel mit Williamsbirnen? Doch, und hier lauert der Abgrund, gibt es auch unschöne Gedankenströme, die Gefühle anschwemmen.

Sicherheitshalber entschließe ich mich, mit dem Handrühren aufzuhören und überlasse meiner Küchenmaschine den Rest der Rührstunde. Ich muss es ja keinem verraten, nicht einmal mir selbst.

Die zweiten Adventstürchen-Macarons werden begeistert aufgenommen. Es kommen den Tag über zwar nicht mehr ganz so viele Gäste wie gestern, trotzdem haben Assa und ich reichlich zu tun. Passend zu meinen zartbraunen Maronen-Macarons mit Haselnusskrokant serviert Assa einen Tee mit gebrannten Maronenstücken.

Unsere Gäste sind sehr gemischt und einige von ihnen erkenne ich wieder, was für mich heißt, dass Assa und ich unsere Sache gutmachen.

Nach dem Mittag leert sich das *Teetässchen*, nur Herr von Weimann und ein älteres Paar bleiben uns als Gäste. Wobei das Paar aussieht, als hätte es in den vergangenen zwanzig Jahren nicht mehr als *Guten Morgen* und *Guten Abend* zueinander gesagt. Gezielt starren sie aneinander vorbei und pflegen dabei ihre verkniffenen Mundfalten. Mehr Ähnlichkeit gibt es nicht. Sie trägt eine silbergraue Pudelfrisur, die von mindestens drei Pudeln stammen muss, wohingegen er kein einziges Haar mehr sein Eigen nennt. Sie besitzt den Umfang eines Besenstieles und er den einer Regentonne.

Ich stoße Assa dezent in die Rippen und deute mit dem Kinn auf das Paar. Gemeinsam stehen wir hinter der Teebar, Assa um Tee nachzufüllen und ich um süße Köstlichkeiten nett anzurichten. Beim Hereinkommen orderte die Dame Pfefferminztee für ihren Gatten und heißes Wasser mit einer Scheibe Zitrone für sich.

Daran halten sie sich nun seit einer halben Stunde fest.

»Warum bringst du ihnen keinen deiner Spezial-tees?«, flüstere ich Assa ins Ohr.

»Da hilft nur Eisenkraut mit Weinrebe.«

»Und warum machst du den dann nicht?«

»Das schmeckt scheußlich.«

»Mehrere deiner Kräuter schmecken scheußlich und irgendwie machst du trotzdem etwas Leckeres daraus.«

Über Assas Haupt zieht sich eine Wolke zusammen, als ich es wage, ihre Teekräuter als scheußlich zu bezeichnen.

»Du weißt, was ich meine. Du kannst schließlich nichts für den Geschmack der einzelnen Komponenten«, bemühe ich mich um besseres Wetter und lächele sie dabei besonders nett an.

»Außerdem ist ihre Aura fast nicht zu erahnen.« Assa legt den Kopf schief und sieht das Gästepaar intensiv an. Die Frau scheint es zu spüren und dreht sich zu uns um. Schnell wenden Assa und ich uns ab und studieren interessiert die Schilder auf den Teedosen.

»Komm schon, einen Versuch ist es wert. Bisher hast du noch für jeden den richtigen Tee gefunden. Egal welche Aura zu erahnen war.« Das mit der Aura rutscht mir klebrig über die Zunge, aber es scheint zu helfen, denn Assa greift sich zögernd fünf Teedosen aus dem Regal und beginnt mit ihrem Mischritual: öffnen, schnuppern, abmessen, mischen, schnuppern.

Dabei fällt mir wieder ein, es wird endlich Zeit für meinen Plan hinsichtlich Assas Augen. Irgendwo steht dieser Punkt bereits auf meiner kilometerlangen To-do-Liste, wahrscheinlich sogar ziemlich weit oben und mehrfach, allerdings schadet es sicher nicht, ihn erneut daraufzusetzen.

Fröhlich zischt der Samowar sein heißes Wasser auf Assas Mischung und nach kurzer Ziehzeit serviere ich den beiden Herrschaften den Tee zusammen mit einem Schälchen Advent-Macarons.

»Das habe ich nicht bestellt.« Die Stimme der Dame ist genauso spitz wie ihre Nase.

»Wenn es aufs Haus geht, kann es uns nur recht sein.« Der Gatte greift sich sogleich ein Macaron und schiebt es sich in den Mund. Er kaut brutal darauf herum, doch als er den Geschmack wahrnimmt, verlangsamt er sein Gemalme und sieht mich mit runden Augen an. »Köstlich«, prustet er und schiebt seiner Frau den Teller entgegen, nicht ohne sich vorher noch selbst eines zu gönnen. Sie geht vorsichtiger ans Werk. Erst betrachtet sie ihr Macaron von allen Seiten, ehe sie ein Stück davon abknabbert. Ich hoffe, die fünf Krümel reichen aus, um eine ihrer Geschmacksknospen zu treffen.

Sie nickt huldvoll. »Ja, durchaus akzeptabel.«

Ich werte das als guten Einstieg und ziehe mich zurück, um mit Assa von der Teebar aus das Schauspiel weiterzuverfolgen.

Es dauert exakt fünf Schlucke lang, bis das Schweigen der beiden sich dem Ende zuneigt. Sie sehen einander an und erst lässt er ein, zwei Sätze fallen und daraufhin sie. So geht es hin und her und als sogar ein Lachen zu uns herüberperlt, knuffe ich Assa erneut in die Seite. »Gut gemacht!«

Ich meine fast, der Stolz in Assas Brust lässt diese auf doppelte Größe anschwellen.

Am Nachmittag dürfen wir im *Teetässchen* mehr Gäste begrüßen, doch je näher es auf sechs Uhr zugeht, desto leerer wird es wieder. Nun gut, durch Theobald-Augusts Facebook-Coup und Constanzes Artikel in der *WeSelf* bekommen wir die Aufmerksamkeit, die wir so dringend brauchen, und da ich hier mehr und mehr Gesichter wiedersehe, gehe ich davon aus, dass Assas und meine Qualitäten überzeugen. Jetzt müssen wir lediglich dafür sorgen, dass dies auch so bleibt, denn die Leute vergessen schnell und ein Artikel in einer Zeitschrift von vergangenem Monat wird nur noch in der Bücherei gelesen oder als Unterlage für Bastelarbeiten genutzt. Wie das mit Facebook ist, vermag ich nicht zu sagen, aber vermutlich liegt dort die Aufmerksamkeitsspanne nicht im monatlichen Bereich, sondern im stündlichen – wenn überhaupt.

Bevor Dana und Leon zu unserer Hofbewohnerbesprechung kommen, habe ich Zeit, die Advent-Macarons für morgen vorzubereiten: fröhliche, orangefarbene Mango-Macarons mit einer Creme aus Zimtstern-Mascarpone.

Die Schalen gelingen mir auf Anhieb und auch die Creme zieht in der richtigen Konsistenz an. Wie es aussieht, winkt mir heute ein früher Abend, den ich gut gebrauchen kann, sowohl für eine ausgiebige Badrunde mit allem Drum und Dran, was meine Peelingtuben und Lotiontöpfchen hergeben, und ein wenig mehr Schlaf als in den Nächten davor.

Ich hatte noch nicht einmal Gelegenheit, Caro von dem Zusammentreffen mit Nils zu erzählen. Entweder bin ich unterwegs oder sie. Der Filmjob bei Valerie

Heingold scheint ihr alle Nerven zu rauben, was wahrlich eine Meisterleistung darstellt, denn Caro besteht zu 100 Prozent aus strammen Nervenfasern – neben ihren strammen Muskeln natürlich. Vielleicht können wir uns heute Abend einen netten Freundinnenplausch gönnen, verdient haben wir ihn uns allemal.

Ich trockene mir eben die Hände ab, als ich höre, wie Assa Dana und Leon begrüßt. Gemeinsam setzen wir uns an einen Tisch am Fenster und stoßen mit Weihnachtspunschtee auf unser Adventsmarktprojekt an.

»Wie läuft es bei euch?« Neugierig sehe ich von Leon zu Dana.

»Viel besser. In den letzten Tagen habe ich mehr Kunden als in den Monaten davor und das Beste daran ist, ich muss nicht nur Hosenbeine kürzen und Säume herauslassen. Die meisten interessieren sich tatsächlich für meine Kollektion.« Danas helle braune Augen glänzen wie vergoldet und ihre blassen Wangen ziert ein roséfarbener Ton. Frisch sieht sie aus. Auch Leons Blick ruht auf ihr, wie ich zufrieden bemerke, und wirkt leicht glasig. Na, wenn sich hier nicht ein Weihnachtsmärchen anbahnt.

»Deine Klamotten sind ja auch besser als jeder Mode-Schnickschnack.«

Also wirklich, als Klamotten, wie es Leon ausdrückt, würde ich Danas Teile nicht gerade titulieren, jedoch dem Kern seiner Aussage stimme ich voll und ganz zu.

»Leute, unser Blatt wendet sich. Das spüre ich in meinem Ischias.« Assa setzt sich aufrechter hin und beißt genussvoll in ein Vanillekipferl.

Ich wiege den Kopf hin und her. Es mag sein, dass sich das Blatt wendet, aber ob es ausreicht, damit es auf der richtigen Seite liegen bleibt, wird sich erst zeigen. »Wie sieht es bei dir aus, Leon?«

Er brummt etwas, doch das einzige Wort, das ich heraushöre, ist *Ikeaschublade*.

»Wie bitte?«, hake ich nach, meinen abgenagten Füller schreibbereit in der Hand.

»Die Leute stecken ihre Nasen dauernd in die Werkstatt und wollen allen möglichen Kram von mir, den sie auch draußen auf dem Massenmarkt kriegen – und das billiger.«

Ich sehe ihn fragend an. »Das heißt, auch bei dir läuft es geschäftlich besser?«

Brummen.

Ich werte das als *Ja* und hake zwei Punkte auf meiner Liste ab. »Die Frage ist nun, wo und wie können wir unsere Situation weiter verbessern? Der Adventsmarkt allein am dritten Advent reicht nicht aus. Wie kommen wir in das Bewusstsein der Leute da draußen? Ein paar Sachen sind mir aufgefallen, die wir klären sollten.«

»Und das wäre?« Dana lächelt mich an und beugt sich über ihren akkuraten Aufzeichnungen mir entgegen.

»Wieso zum Beispiel hat dein Nähatelier keinen Namen?«

Dana blinzelt mich an und auch Leon und Assa runzeln die Stirn.

»Also, wie ich sehe, gibt es keinen Grund. Hausaufgabe für dich, Dana, du denkst dir bitte möglichst rasch einen tollen Namen für dein Nähatelier aus. Damit komme ich auch direkt zum nächsten Punkt. Wieso steht keine Werbetafel von dir draußen vor

223

dem Toreingang, sondern lediglich hier im Hof direkt vor dem Nähatelier?«

Dana kommt aus dem Blinzeln gar nicht mehr heraus.

»Das dachte ich mir schon. Aufgabe zwei, eine deiner Tafeln mit deinen tollen Modeskizzen stellen wir draußen vor dem Torbogen auf.«

»Ganz nach draußen?« Dana sieht mich an, als hätte ich sie gebeten, sich selbst nach draußen zu stellen – nackt.

»Natürlich, wohin denn sonst?«

»Reicht es denn nicht im Hof?«

»Offensichtlich nicht, nein.«

Assa tätschelt Danas Hand. »Nun sei nicht so schüchtern, Danachen. Miela hat recht, deine Zeichnungen sind fantastisch, die Leute werden begeistert sein und neugierig hereinkommen.«

»Leider habe ich noch einen dritten Punkt für dich, Dana.« Es tut mir wirklich leid, sie weiter zu verschrecken, aber was sein muss, muss sein. »Warum trägst du eigentlich nie deine eigenen Sachen?«

Dana sieht an ihrem grauen Sweatshirt hinunter und verknotet die Finger. »Ich weiß nicht recht, ich finde, meine Mode steht anderen Frauen besser.«

»So ein Blödsinn!«, braust Leon auf. »Wenn einer deine Klamotten tragen kann, dann du! Hätte ich vor Miela bemerkt, dass du deine eigenen Sachen nicht trägst, hätte ich dir das selbst schon längst gesagt!«

Ich bin hingerissen, denn dieser Gefühlsausbruch unseres Schreiners ist der längste Monolog, den ich je von ihm gehört habe. Dana fällt es wohl ebenfalls auf, denn sie strahlt ihn an, trotz der Tatsache, dass er ihre exquisiten Designerstücke wieder nur als *Klamotten* bezeichnet. Was für ihn wahrscheinlich keinen relevanten Unterschied macht.

»Nun gut«, fasse ich in Richtung Dana zusammen, »Geschäftsnamen überlegen, Werbetafel nach draußen – ganz nach draußen, und eigene Klamotten, äh, ich meine natürlich eigene Kollektionsteile tragen.«

Und da ich gerade so schön lehrerhaft in Fahrt bin, wende ich mich prompt Leon zu. »Und du schnitzt Dana bitte eine Schneiderpuppe, die wir in einer schönen Winterszene eingebettet in den Torbogen stellen. Vielleicht mit einem Schlitten oder so, das überlasse ich völlig dir, du bist schließlich der Schnitzkünstler hier. Mit dieser guten Tat entgehst du auch der Gefahr, deine Tage damit zu fristen, nur Schubladen für Ikeaschränke zimmern zu müssen.«

Leons Augenbrauen wandern in ungeahnte Höhen, gleich werden sie in seinen Haaransatz hineinwachsen, doch ich wette, im Geist entwirft er bereits erste Entwürfe, wenn er nicht gar schon das richtige Holz dafür aussucht.

»Und wenn du einverstanden bist«, ist Assa an der Reihe, »lasse ich für uns ebenfalls eine Werbetafel anfertigen, die mit bunten Macarons und dampfenden Teegläsern und dem Logo des *Teetässschens* bedruckt ist. Damit können wir jeden Tag Gäste anlocken.« Schwungvoll halte ich ihr eine Skizze hin, die mir Dana gezeichnet hat. »Wir könnten auch Tee-Sommelier-Stunden anbieten oder Geburtstagsfeiern ausrichten.«

Assa klatscht sich mit der Hand an die Stirn. »Dass ich darauf nicht selbst gekommen bin.«

»Tja, in der Regel bedarf es des Kusses eines Prinzen, um einen Dornröschenschlaf zu beenden.«

»In deinem Fall dann wohl eher des Kusses einer Zuckerbäckerin.«

Lachend und die Köpfe voller Ideen gehen wir an diesem Abend auseinander. Mein Grinsen verlässt mich während des gesamten Heimweges nicht und voller Freude nehme ich zur Kenntnis, dass auch Caro bereits zu Hause ist, denn die Wohnungstür ist nicht abgeschlossen.

»Caro?« Ich sehe zuerst in der Küche nach, doch dort ist sie nicht. Auch nicht im Wohnzimmer oder Bad oder ihrem Zimmer.

»Seltsam«, raune ich und schlendere in mein eigenes Zimmer. Mit einem Ruck bleibe ich stehen und all meine Fröhlichkeit verpufft.

Kapitel 16
D wie Denver

Duft-Macarons

*Rose, Jasmin, Lavendel – Verführung für die Nase und,
auf süße Macarons gestreut, Verführung für den Gaumen.
Begleitet von einer Ganache aus blumiger dunkler Schokolade conchiert aus der Nacional-Kakaobohne.*

»Nils!« Ich greife dahin, wo ich mein Herz vermute,
denn es pocht plötzlich überall in meinem Körper.

Er hingegen fläzt tiefenentspannt auf meinem un-
gemachten Bett und wischt auf seinem Handy herum.
Tinder?

Nachdem sich endlich die weißen Punkte vor meinen Augen verziehen und ich klarer sehen kann, gehe
ich mit drei großen Schritten zum Bett und ziehe seine
Beine herunter. »Raus aus meinem Bett!«

Nils steht tatsächlich auf. Das ist ja ein Ding. Früher hat er sich nichts von mir sagen lassen. Leider steht er mir jetzt so nah gegenüber, dass ich seine Wärme spüre und auch sein vertrauter Nils-Duft – eine Mischung aus *Cool Water* und *Head and Shoulders* – erreicht meine Sinne. Wie ein Katapult wirft mich sein Geruch zurück in die Anfangszeit unserer Beziehung, als mein verliebtes Ich selbst beim Schlafen die rosa Brille nicht abnahm.

»Es tut mir leid, Miela«, flüstert Nils. »So schrecklich leid.« Sanft legt er die Arme um mich und wartet darauf, ob ich mich entscheide seine Umarmung anzunehmen oder zurücktreten möchte.

Ich versteife mich bei seiner Berührung und seine Worte schmerzen mich, denn die Scham über seinen Betrug brodelt heiß in mir. Traurigkeit schiebt sich dazwischen und hinterlässt einen bitteren Geschmack in meinem Mund.

»Ich wollte dir nicht wehtun, bitte, Miela, glaube mir. Ich war einfach nur dumm.«

Da sehe ich etwas, was ich nicht glauben kann. Doch in der Tat, es sind Tränen, die aus seinen Augen fließen.

Kurzfristig überfordert tätschele ich Nils' Wange. »Ist schon gut.« Blödsinn, was rede ich denn für einen Schmarren? Nichts ist gut, oder zumindest sein Fehlverhalten ist nicht gut oder war nicht gut oder, ach ich weiß es doch auch nicht! Eigentlich habe ich die Sache für mich abgehakt. Sicher wurmt es mich hin und wieder noch, aber ich weiß auch, solche Geschichten sind nicht die Regel und irgendwo da draußen gibt es den Einen für mich, für den ich die Eine bin.

Steht er vielleicht gerade vor mir?

Hat Assa nicht damals aus meinen Teeblättern gelesen, dass ich mich verlieben würde, in einen braunhaarigen Mann mit braunen Augen, und dass derjenige auch mich lieben würde – und er würde mein Herz heilen? Ich horche auf das Pochen meines Herzens, gleichmäßig schlägt es in meiner Brust. Ab und an spüre ich die Narbe, die Nils mir mit seinem gezielten Sprung auf eine andere Frau in unserem Bett zugefügt hat. Aber nun ist sie nichts weiter als ein verheilter Kratzer. Nichtsdestotrotz ein dicker, verheilter Kratzer.

Ich löse mich von Nils und trete einen Schritt zurück. »Ich denke, dich zu fragen, warum du mich betrogen hast, ist mühselig. Aber warum bist du danach ohne Weiteres abgehauen? Du hast mich einfach in meinem Elend stehengelassen.« Nun kullern aus meinen Augen Tränen, welche bei Weitem nicht so rar sind wie seine.

Nils zuckt mit den Schultern und lässt die Arme und den Kopf hängen. Auch diese Körperhaltung ist eine Novität. Wo auch immer Nils war, es hat ihn verändert, zum Guten. Doch er reißt sich zusammen, nimmt meine Hand und zieht mich zu dem Lesesessel, der vor dem Fenster steht. Dort lässt er mich Platz nehmen und kniet sich vor mich auf den Boden, meine Hände behält er in seinen.

»Als mir klar wurde, was ich getan hatte, habe ich die Nerven verloren. Ich wusste, wie tief ich dich verletzt habe und ich konnte das alles nicht mehr rückgängig machen, dazu kam, dass ich alles auf der Arbeit so satthatte. Constanze mit ihrer Einmischerei, die

Hühner aus der Redaktion, die meinen, sich mit Mode und Style auszukennen und doch kein Auge für Kunst haben. Und dann setzt mir Constanze auch noch den schwulen McDorman vor die Nase, Mister Superfotograf.«

Nils' Worte sind mir zu heftig und ich ziehe meine Hände aus seinen, mit denen er sich sogleich durch die Haare fährt.

»Immer nur Cremetöpfchen fotografieren! Das hing mir so zum Hals heraus. Ich will mehr, deshalb bin ich Fotograf geworden.«

»Das heißt, du bist gar nicht meinetwegen weggegangen?«

»Nein! Doch. Ach keine Ahnung.«

Nils schweigt und ich sehe auf ihn hinab. Seine Haare sind zerzaust und unter seinen Augen liegen Schatten, blass ist er und seine Lippen sind verkniffen.

Ich war also nicht die Einzige in unserer Beziehung, die im Job zu kämpfen hatte. »Warum hast du mir nicht früher davon erzählt? Ich habe mich oft genug bei dir über Constanze beschwert.«

Er verzieht den Mund. »Ich will die Dinge im Griff haben.«

So, so. »Und? Hast du die Dinge jetzt im Griff?« Ich kneife die Augen zusammen und warte gespannt auf eine Antwort.

Nils hebt den Kopf und schüttelt ihn sacht. »Ohne dich habe ich gar nichts im Griff.«

Ich halte für einen Moment die Luft an. Das ist nicht die Antwort, die ich erwartet habe. Nils blickt mir direkt in die Augen, doch irgendwie nicht weiter. Er tut mir leid, wie er da so vor mir hockt. Ich kann mir vorstellen, wie er sich fühlt, wie unangenehm es sein muss, den Menschen, den man liebt, zu hintergehen, nur um kurz darauf festzustellen, welch großer Mist das war. Und ich verstehe, wie weit einen der Frust über einen miesen Job treiben kann. Oh ja, das verstehe ich alles. Aber dennoch.

»Sag was«, flüstert Nils und greift erneut nach meinen Händen.

»Wie bist du überhaupt in Caros Wohnung gekommen?«

Nils runzelt die Stirn, was ich ebenfalls verstehen kann, denn das, was ich eben gesagt habe, meinte er mit hoher Wahrscheinlichkeit nicht, als er mich darum bat, etwas zu sagen. Was bin ich doch für eine gute Versteherin.

»Als ich in der Nacht ...«, Nils räuspert sich, »also als ich auf die Schnelle meine Sachen gepackt habe, habe ich, warum auch immer, Caros Schlüssel mitgenommen.« Erneut räuspert er sich. »Irgendwie wusste ich wahrscheinlich, dass es meine einzige Chance sein würde, mit dir reden zu können, ohne dass du mir wegläufst.«

An Caros Schlüssel habe ich bei meinem überstürzten Auszug aus seiner Wohnung gar nicht mehr gedacht. Im Prinzip bin ich einmal mit angehaltenem Atem quer durch die Wohnung gerast, habe meine Sachen in die fünf Umzugskartons geschmissen, um schon wieder zurück nach draußen zu stürmen.

Ich gähne verstohlen und linse auf meine Armbanduhr. Selbst wenn ich die Badrunde auch heute Abend zum wiederholten Mal auf ein Minimum reduzieren würde, käme ich nicht vor Mitternacht ins Bett.

Das kann doch alles nicht wahr sein! Da stecke ich in der wichtigsten Beziehungsdiskussion meines bisherigen Lebens und bin total übermüdet und habe irgendwie auch gar keine Lust, noch mehr zu sagen. Wie oft habe ich mir dieses Gespräch ausgemalt, es wieder und wieder geführt, mal sachlich, mal hochemotional, aber immer war ich voll dabei.

Vielleicht ist deshalb schon alles von meiner Seite aus gesagt?

Nils sieht nicht aus, als würde er bald gehen wollen. Versonnen blickt er aus dem Fenster in die Dunkelheit und lehnt dabei abwesend an meinem Knie, was mich nervt, da es drückt. Sollte es nicht eher kribbeln?

Womöglich bin ich einfach nur müde.

Ein zweites Mal gähne ich, dieses Mal allerdings so, dass Nils es mitbekommt.

Und – das Erstaunen über ihn nimmt heute kein Ende – er reagiert darauf, wie ich es mir erhoffe, denn er streckt sich kurz, steht auf und reicht mir die Hände, um mich aus dem Sessel hochzuziehen. »Du bist bestimmt müde. Constanze hat mir von dem Teeladen erzählt, in dem du arbeitest. Da hast du dir ganz schön viel aufgebürdet.«

»Dieser Teeladen«, ich betone jede Silbe, »ist genau mein Ding.«

»Wie du meinst. Möchtest du zuerst ins Bad gehen?«

»Wie? Möchte ich zuerst ins Bad gehen?« Warum will er hier bei uns ins Bad?

»Ich würde mir natürlich gern vor dem Schlafengehen die Zähne putzen, du etwa nicht?« Nils sieht mich an wie ein Wesen aus der siebten Dimension.

Er? Will? Hier? Schlafen?

Anscheinend sieht auch Nils die unzähligen Frage-zeichen rund um mich kreisen. »Du möchtest mich heute Nacht noch nicht hierhaben?«

Vorsichtig schüttele ich den Kopf und höre sicher-heitshalber großzügig in mich hinein – nein, nichts zu hören, kein heute Nacht und kein morgen Nacht.

Indigniert greift er daraufhin nach seinem Rucksack neben dem Schrank und stapft aus dem Zimmer.

Er kommt in dem Moment an der Wohnungstür an, in dem Caro diese von außen öffnet. Müde blickt sie ihn an. »Hallo Nils«, nuschelt sie. »Hi Miela, ich geh schlafen, ich bin erledigt.« Damit geht sie an uns vor-bei in ihr Zimmer, eine Spur aus Schneematsch hinter sich zurücklassend. Caro sieht echt fertig aus, selbst ihre Haarspitzen hängen wie Spaghetti herunter und dass sie so gar kein scharfes Wort für Nils übrighat, beunruhigt mich am meisten.

»Darf ich dich in deiner Teestube besuchen?«

»Klar, komm wann du magst.« Damit winke ich Nils zu und schließe die Wohnungstür.

Was ist bloß mit Caro los?

Leise öffne ich die Tür zu ihrem Zimmer. Ihre Sa-chen, die sie eben noch anhatte, liegen auf dem creme-farbenen Teppich, im Bad nebenan rauscht die Du-sche. Noch nie habe ich eines von Caros Kleidungsstü-cken woanders gesehen als auf einem Bügel oder an ihrem Körper. Alarmstufe Dunkelrot!

Ich hebe Caros Bleistifthose und ihre Seidenbluse auf und lege sie über den Stuhl, den Mantel und die Stiefel bringe ich zur Garderobe im Flur. Dann kehre ich mit einem süßen Prinzessin Lillifee Tee zurück in ihr Zimmer.

Caro kommt gerade aus dem Bad. Statt ihres sonstigen Negligés trägt sie ein Bugs-Bunny-Schlafshirt, welches ihr bis zu den Knien reicht. Hat sie das etwa aus meinem Schrank gemopst?

Sie lässt sich aufs Bett fallen und klopft mit der Hand auf den Platz neben sich. Bevor ich mich jedoch zu Caro setze, reiche ich ihr die Teetasse, die sie mit beiden Händen seufzend umfasst.

»Harter Tag?«

Caro nickt und pustet in den dampfenden Tee. »Du kannst dir nicht vorstellen, was für ein Quälgeist Valerie Heingold ist. Aber Frau Cöster, das Rouge ist zu rot, damit sehe ich aus wie ein Clown; aber Frau Cöster, der Lippenstift ist zu pink, damit sehe ich aus wie eine Barbie; aber Frau Cöster, die Wimperntusche ist zu schwarz, damit sehe ich aus wie eine Stubenfliege.« Caro richtet sich schwungvoll auf und der Tee in ihrer Tasse schwappt gefährlich. »Meine Güte! Valerie Heingold ist der schönste Mensch, den ich je als Make-up Artistin betreuen durfte. Ihr Gesicht ist perfekt. Selbst wenn ich wollte, könnte ich bei ihr gar nichts falsch machen. Sie würde selbst mit Kinderschminke und den Schminkküsten einer Fünfjährigen bezaubernd aussehen.«

Ich kann mir nicht helfen und muss grinsen, was Caro nicht amüsant zu finden scheint.

»Du machst auch Fehler!«, blafft sie mich an, was mich noch mehr lachen lässt.

»Ach, Caro.« Ich lege die Arme um meine Freundin und drücke sie fest. »Du bist es einfach nicht gewohnt, dass es nicht nach deinem hübschen Köpfchen geht.«

Nun schwebt auch in Caros Gesicht ein Lächeln. »Mag schon sein, aber im Ernst Miela, diese Frau ist anstrengender als Joan Collins zu ihren besten *Denver*-Zeiten.«

»Ich würde dich gern am Set besuchen kommen.«

Caro pustet sich ihren Pony aus der Stirn, um gleich darauf mit der Hand darüber zu streichen. »Du willst mich wohl schwitzen sehen?«

Ich wiege den Kopf hin und her. »Kein schlechter Gedanke, hingegen denke ich eher an einen Besuch meinerseits bei Frau Heingold, und wenn ich das ernst nehme, was du mir über die Diva erzählst, freut sie sich bestimmt über ein nett gemeintes Fan-Geschenk.«

Caro stößt mir ihren Ellbogen in die Rippen. »Ich erzähle keinen Quatsch! Du wirst sehen, die Realität ist noch wesentlich dramatischer. Was willst du ihr denn mitbringen? Vielleicht einen Concealer aus dem Bodyshop, damit sie sich Lachfältchen aufmalen kann?«

»Spotte du nur, dennoch werde ich heldenhaft zu deiner Rettung eilen.«

»Du kannst deinen fliegenden Umhang noch eine Weile eingepackt lassen Supergirl, denn wir haben in den nächsten Tagen Drehpause.«

»Soll mir auch recht sein. Aber so kurz vor Weihnachten ist das eher ungewöhnlich, oder?« Ich sinke immer tiefer in Caros Kissen und befinde mich somit fast in Liegeposition. Ihr Bett ist so unglaublich bequem.

»Fräulein von und zu Heingold hat bei einem Termin als UNICEF-Botschafterin in Kambodscha zu glänzen. Dafür reichen ihr zwei Junior Make-up Artists.«

Ich sehe Caro an und merke selbst, wie meine Augen kugelrund werden, dann prusten wir los.

»Was hältst du von einer Mitternachtspizza und ein paar Folgen *Denver Clan*?«, bringe ich kichernd hervor. Caro hebt glucksend ihre Hand und nimmt mein unwiderstehliches Angebot mit einem High five an.

Auf dem Weg zum Wohnzimmer bleibt Caro mit einem Ruck stehen, sodass ich gegen ihren Rücken laufe. Mit Schwung dreht sie sich zu mir um. »Eigentlich müsstest du fix und fertig sein.«

Ich zucke mit den Schultern. Klar bin ich müde und mehr Schlaf würde mir sicher guttun, doch dafür eine Pizza-Denver-Session mit Caro sausen lassen – never. »Ich habe für morgen und übermorgen gut vorgebacken, es reicht, wenn ich gegen halb zehn im *Teetässchen* bin.«

Caro sieht mich fragend mit zur Seite geneigtem Kopf an. »Du meinst das ernst, nicht wahr?«

»Klar. Gut, die Advent-Macarons müssen morgen früh frisch gefüllt werden und mit den Rezeptgeschenken bin ich im Rückstand und die Cookies sind auch weggefuttert. Wenn ich es recht bedenke, sollte ich vielleicht doch lieber bereits vor acht Uhr in der Teestube mit meinem Tagewerk beginnen. Aber heute reicht es locker noch für mindestens zwei *Denver*-Folgen.«

Caro schüttelt den Kopf, dass ihr schwarzer Pony hin und her flattert. »Nils war vorhin hier.«

»Ach, das meinst du.« Ich winke ab. »Ja, Nils war hier, wir haben uns ausgesprochen. Glaube ich.«

»Ihr habt euch ausgesprochen? Glaubst du? Das ist alles? Keine Tränen, kein Drama, keine aufgerissenen

Wunden? Oder hast du ihm irgendein ungenießbares Kraut untergejubelt und er windet sich jetzt zu Hause, quasi am Tatort?«

»Sehr witzig.« Ich gehe an Caro vorbei zum Sofa, mache es mir gemütlich und greife nach dem Telefon vor mir auf dem Tisch. »Alles ist gut, glaube mir. Magst du deine Pizza wie immer mit Rucola und Parmaschinken?«

Sie nickt und sinkt zu mir auf die Polster. »Ist wirklich alles gut oder kommt das große Elend noch?«

»Alles gut.« Vermute ich. Oder könnte es anders sein? Möchte ich es anders haben? Nach Nils' Besuch scheint es so, als hätte ich es selbst in der Hand. Doch in mir ist alles angenehm ruhig, eigentlich so, als wären die Dinge in meinem Leben an ihrem Stammplatz.

Kapitel 17
Z wie Zimt-Macarons

Zimt-Macarons

Hier trifft Wärme auf Leidenschaft, Süße auf Würze, Liebe auf Weihnachten. Wenn sich delikate Zimt-Macaron-schalen mit einer zimtigen Creme vereinen, dann verschmelzen Seelen miteinander.

Das zweite Adventswochenende verfliegt in einer Wolke aus Weihnachtstee und Zimt-Macarons. Unsere Gäste lassen die Eile außerhalb des Hofgartens und genießen bei uns vorgezogene Weihnachten. Der Platz in der Teestube wird knapp, doch Leon eilt uns zur Rettung, indem er ein paar seiner handgeschnitzten Stühle zur Verfügung stellt. Bereitwillig rücken unsere Gäste zusammen und ebenso bereitwillig flitzen Assa und ich von Tisch zu Tisch, um Bestellungen aufzunehmen, dampfenden Tee auszuschenken, Weihnachtsgebäck zu verteilen und den Geschichten um uns herum zu lauschen. Meine Füße laufen heiß und mehrfach auch meine Hände beim hektischen Kontakt mit diversen Backblechen, dennoch möchte ich gerade nirgendwo anders sein. Ich fühle mich so aufgeregt wie damals als Fünfjährige, kurz bevor ich die Wohnzimmertür öffnen durfte, hinter der am funkelndsten Weihnachtsbaum aller Zeiten gerade die Kerzen entzündet wurden.

Gelegentlich befindet sich auch Nils unter den Gästen, doch zu mehr als einem Hallo meinerseits reicht es nicht. Was ihm nicht zu genügen scheint, denn er geht jedes Mal recht bald wieder.

Die Tage an diesem Wochenende sind lang und die Nächte kurz – dabei ist es im Winter eigentlich andersherum. Glücklich und müde stapfe ich spätabends heim durch den Schnee, der nicht aufhören möchte zu fallen, und glücklich und müde stapfe ich frühmorgens zurück ins *Teetässchen*.

Am Montag wird unsere neue Werbetafel für die Teestube geliefert, die mit ihren goldenen Zeichnungen von dampfenden Teetassen und zuckersüßen Macarons wie eine Einladung aussieht, bei er man nicht anders kann, als sie anzunehmen.

Locker aus dem Handgelenk beschriftet Dana mit ihrer Kunstschrift die Tafel mit unserem Adventstürchen des Tages: Weihnachtstee und Zimt-Macarons.

»Das war ein Wochenende!« Mit meinem zweiten Frühstück, bestehend aus Spiegeleiern und Speck, setze ich mich zu Assa an den Tisch vor dem Kamin. Zucker hatte ich in den vergangenen Tagen wahrlich genug.

Assa sieht von ihren Bestellzetteln auf, über denen sie mit Nasenspitzenberührung gebeugt sitzt. »Heute scheint es ruhiger zu werden. Die M-Tage halt.«

»M-Tage?« Vorsichtig puste ich auf ein Stück heißes Ei auf meiner Gabel.

»Montags und mittwochs.«

Ich nicke weise. »Und warum mittwochs und nicht auch dienstags?«

Assa zuckt mit den Schultern. »Montags gehen alle wieder arbeiten oder bringen ihre Kinder in die Schule und die Touristen fahren nach Hause. Tja, dienstags brauchen sie eine Stärkung, weil die Woche noch so lang ist und für mittwochs habe ich noch keine passende Theorie gefunden.«

In der Tat ist das *Teetässchen* gerade leerer als in den vergangenen Tagen. Um nicht zu sagen, fast so leer wie zu der Zeit, als ich die ersten Male hier war. Lediglich drei Tische sind besetzt und an einem davon liest Herr von Weimann bei einem Glas Tee und einem Zimt-Macaron den *Tagesspiegel*. An einem Tisch in der Ecke sitzt ein schlaksiger junger Mann, der sich nicht dazu in der Lage sieht, hier drinnen die Kapuze seines Pullovers vom Kopf zu ziehen. Gelangweilt rührt er in seinem Tee, den er bisher noch nicht gekostet hat und der mittlerweile ohnehin schon Eistee sein müsste. Dabei behält er ununterbrochen seinen bläulichen Rucksack in der Hand.

Wie es aussieht, werde ich heute genug Zeit zum Backen haben, was dringend notwendig ist, denn die Vorräte schrumpfen bedenklich. Nur leider können wir uns allein davon, dass die Teestube an den Wochenenden genug Gäste vorweisen kann, nicht halten.

Wir müssen dringend mehr Leute aus der Gegend auf uns aufmerksam machen. Die Teeverkostungen mit Assa sind ein guter Anfang und die Anmeldungen auf unsere Werbezettel hin lassen auf rege Teilnahme hoffen.

Was noch?

Irgendwie müssen wir die Mundpropaganda für die Berliner in Gang bringen. Wie ich es bereits geahnt habe, schwimmt nicht jeder auf Theobald-Augusts Facebook-Welle mit und der Artikel der *WeSelf* ist enorm hilfreich, aber bald in keiner Handtasche mehr zu finden. Nächste Woche feiern wir unser Adventshoffest ...

Die Türglocke unterbricht meine Gedanken und macht mich zusätzlich auf mein mittlerweile kaltes Spiegelei aufmerksam.

Nils steht in der offenen Tür und schüttelt sich den Schnee von der Lederjacke. Kann er das nicht draußen machen?

Ich gehe zu ihm und schließe die Ladentür. Ungelenk drehe ich mich um und reiche ihm die Hand. Er ignoriert sie und umarmt mich stattdessen. »Hast du heute mehr Zeit für mich?« Seine Stimme klingt vertraut und auch sein *Cool-Water*-Duft katapultiert mich für einen Augenblick zurück in unser Bad. Das Bad, in dem mir zuletzt so entsetzlich schlecht war.

»Sicher.« Ich löse mich von Nils und führe ihn zu einem Tisch am Fenster. »Was darf ich dir bringen?«

Nils sieht mir direkt in die Augen und legt seine Hände an meine Wangen. »Dich.« Dann küsst er mich.

Warm legen sich seine Lippen auf meine und mein Mund reagiert auf die vertraute Berührung. Nils' Küsse lassen seit jeher mein Herz schmelzen und meinen Körper vor Verlangen glühen. Er zieht mich näher zu sich heran und ich spüre, dass wirklich ich es bin, die er will. Mit seinem Kuss bittet er mich um Verzeihung und ich versinke darin, ganz und gar. Mein verletzter Stolz heilt, denn Nils ist hier bei mir und nicht bei Miss Tinder.

Nur etwas ist anders: Ich vergesse nicht die Umgebung um mich herum, wie es mir sonst immer passiert. Eher im Gegenteil, ich bin mir in jeder einzelnen Sekunde unseres Kusses bewusst, was um mich herum geschieht: Assa steht auf und kramt an ihren Teedosen herum, Herr von Weimann schmult über die Zeitung hinweg zu uns und draußen hört es seit langem einmal wieder auf zu schneien, dafür kommt ein hässlicher Schneematsch von oben herunter. Oh nein!

Dennoch würde ich gern weiterküssen, also zumindest mein Körper, der mit Hitze an eindeutig privaten Stellen reagiert. Mir fehlen die Zärtlichkeiten. Allerdings: Fehlt mir auch Nils?

Ich beende den Kuss und räuspere mich verlegen, während ich mir die Schürze über meinem Kleid glattstreiche. »Darf ich dir noch etwas anderes bringen?«

»Noch mehr von dir«, raunt er und seine Hände landen auf meinem Po, was ich selbst durch meinen zweilagigen Petticoat spüre, so fest wie er zupackt.

»Das ist hier nicht gerade der richtige Ort«, weise ich ihn zurecht und winde mich aus seinem Griff.

Nils zieht eine Schnute. »Später vielleicht?«

Ich nicke vage und flüchte mehr zu Assa hinter die Teebar, als dass ich gehe.

»Was war das denn?«, zischt sie mir zu. Ein wenig bekomme ich Angst vor ihr, denn sie hört sich an wie eine Schlange.

»Weiß ich doch auch nicht«, jammere ich. »Wir haben uns halt versöhnt.«

»Willst du dich überhaupt mit ihm versöhnen?« Aus Assas Augenschlitzen werden Augenkugeln.

Ich schiele zu Nils hinüber, der, die Beine von sich gestreckt, im Sessel fläzt und auf seinem Smartphone herumwischt.

Klar will ich mich mit ihm versöhnen. Der Kuss eben war doch eindeutig.

Oder?

Momentan und aus der Ferne kribbelt nichts in meinem Bauch und schon gar nicht an anderen Stellen.

Wahrscheinlich bin ich nur zu verletzt und misstrauisch. Wenn erst einmal ein paar Tage vergehen und ich mich an Nils gewöhnt habe, dann ... ja, was dann?

»Kannst du ihm nicht irgendeinen Tee machen?« Meine Stimme klingt so gereizt, wie ich mich gerade fühle. Am liebsten würde ich mit dem Fuß aufstampfen, so richtig kräftig und doll und aus vollem Herzen.

Assa schüttelt den Kopf, auf dem heute ein besonders hoher Haarturm thront. »Habe ich längst versucht. Leider passt nichts.«

»Das hast du letztens bei dem Schweigepaar auch gesagt und plopp ...« Ich schnipse als Zeichen von Assas Zielgenauigkeit vor ihrem Gesicht mit den Fingern.

»Der ist anders«, murrt Assa, stellt sich dennoch in Position und erfühlt seine Aura ... oder so. Ich richte derweil Zimt-Macarons für Nils auf einem Teller an. Mmh, wie fein der Zimtduft von dem süßen Gebäck aufsteigt, vermischt mit dem Aroma der Marcona-Mandeln. Ich mopse mir eines und lasse es mir langsam auf der Zunge zergehen.

Assa scheint eine Tee-Idee zu haben, doch anstatt ihre Dosen aus dem Regal zu nehmen, wühlt sie unter der Teebar in einer Schublade. Zum Vorschein kommt ein zerknautschtes Päckchen, auf dem eine Hagebutte abgebildet ist. Sie schnuppert kurz daran, rümpft die Nase, nickt indessen gleichzeitig und macht etwas, wovon ich bisher glaubte, jeder, der dies in ihrer Nähe wagen würde, flöge hochkant aus dem *Teetässchen*.

Assa entwirrt aus dem Päckchen einen Teebeutel! Und sie hängt ihn in eine Teetasse! Und sie lässt heißes Wasser aus dem Wasserkocher darauf laufen! Und sie stellt mir das Ergebnis ihrer Nils-Teezeremonie auf das Tablett, neben meine Macarons. »Fertig.«

Es knackst schmerzhaft in meinem Kiefer, als ich den Mund schließe, das Tablett aufnehme und damit zu Nils zurückgehe. Der telefoniert mittlerweile leise und gestikuliert mir zu, das Tablett einfach auf den Tisch zu stellen. Folgsam wie ich bin, folge ich ihm.

Den Teller mit den Zimt-Macarons drückt er mir augenblicklich wieder in die Hand und rümpft die Nase. »Die Dinger mag ich nicht«, flüstert er mir zu, dreht sich zur Seite und lauscht gebannt seinem unsichtbaren Gesprächspartner.

Erneut fällt mir nicht mehr ein, als meinen Mund zu schließen und den Rückzug anzutreten.

Nils' Rückkehr gärt in mir wie ein Hefeteig in einem zu kleinen Gefäß. Ich bin doch über ihn hinweg, oder? Tausend Mal habe ich unser Wiedersehen in meinem Kopf durchgespielt und tausend Mal lag ich mit meiner Interpretation falsch. Nils kalt wie eine Eiskönigin abblitzen lassen – Pustekuchen. Ihn auf Knien um Verzeihung betteln lassen – Pustekuchen. Ihm als Dramaqueen all meine Wut entgegenschleudern – Pustekuchen. Dahingegen, mich von ihm küssen zu lassen, kam in keinem meiner Drehbücher vor, nicht einmal in einer Nebenhandlung!

»Sorry.« Zwei kräftige Hände umfassen mich an beiden Armen. Das habe ich auch bitter nötig, denn ich ringe mit meinem Gleichgewicht, während ich um Haaresbreite der Ladentür ausweiche, die sich plötzlich vor mir öffnet.

Gemäß einiger alter Gesetze der Physik segelt die Hälfte der Zimt-Macarons bei meinem abrupten Stopp vom Teller, den ich wie ein ungelöstes Rätsel in den Händen trage.

Ich sehe auf und versinke in einem Paar fjordblauer Augen. Augen so intensivblau wie meine herrlichen Lieblingsweihnachtsbaumkugeln aus Murano-Glas.

»Henrik.« In mir kribbelt und krabbelt es, mein Herz pocht wild. Ich scheine mich echt heftig erschrocken zu haben.

Als ich wieder nahezu sicher allein stehen kann, lässt Henrik mich los. Sofort schleicht sich an den Stellen, an denen er mich berührt hat, eine Gänsehaut entlang. Ich könnte mich an seine Hände gewöhnen.

Quatsch, Miela!

Henrik zieht sich die Mütze vom Kopf und strahlt mich dabei an. Die Haarspitzen, die es nicht unter die Mütze geschafft haben, glitzern nass von den dicken Schneeflocken draußen, die mittlerweile erneut vom Himmel schweben.

Er bückt sich und hebt die heruntergefallenen Macarons auf. Nach zweimal Pusten will er sie sich in den Mund stecken. »Ich liebe Zimt-Macarons.«

Ich umfasse seinen Arm, um ihn vom Essen abzuhalten. »Bitte nicht, die lagen auf dem Boden und das gerade hier im Eingangsbereich, wo alle mit ihren schmutzigen Schuhen hereinkommen.«

»Wir verschwenden viel zu viele Lebensmittel mit unserer ach so sauberen Lebensweise. Da mache ich nicht mit. Die Macarons sind völlig in Ordnung.« Und schon hat er sie verspeist.

»Lass das bloß nicht das Gesundheitsamt sehen«, zweifele ich seine Aktion an.

»Mach dir keine Sorgen, hier ist alles picobello.«

Währenddessen ruht meine Hand weiterhin auf seinem Arm und ich muss ernsthaft überlegen, ob ich sie wegnehmen möchte. Weihnachten macht mich immer ein bisschen kirre.

»Wollt ihr zwei nicht weiter hereinkommen und die Tür schließen oder wollen wir den Kamin in den Hof stellen?« Assa reibt sich fröstelnd über die nackten Arme.

Henrik schenkt ihr ein entschuldigendes Lächeln und schließt die Tür hinter sich. »Leider kann ich nur kurz bleiben, mein Auto parkt in zweiter Reihe und ich kann das cholerische Hupkonzert bis hierher hören.« Henrik verzieht seinen Mund und ich meinen mit. Schade, ich dachte, wir könnten gemütlich einen Tee zusammen trinken.

Henrik stellt seine Aktentasche auf einen Stuhl neben sich und zieht einen großen braunen Umschlag daraus hervor, den er auf den Tisch legt. »Das soll ich dir von deiner Großmutter geben. Sie hat mich heute früh um einen Termin wegen des Dachbodens gebeten und meinte, dass du den hier dringend brauchen würdest.«

Ich nicke dankbar, wenn auch völlig ahnungslos, was den Umschlag angeht. »Danke, das ist nett. Ich hoffe, du hast nicht extra meinetwegen den Umweg in diese Gegend gemacht?«

»Ist schon okay.«

Tolle Antwort, heißt das nun, er ist meinetwegen hier oder nicht? Können sich Männer nicht klar und deutlich ausdrücken!

Schon setzt sich Henrik die Mütze wieder auf.

Ich halte ihm den Teller hin. »Möchtest du noch ein paar Zimt-Macarons?«

Henrik nimmt sich die letzten drei vom Teller und atmet hörbar aus. »Puh, ich dachte schon, du würdest gar nicht mehr fragen.«

Mir fällt plötzlich der Begriff Honigkuchenpferd ein. Und ja, ich glaube, so wie ich mich gerade fühle, fühlen sich Honigkuchenpferde. Haben die es gut.

»Wenn du magst, kannst du gern auch einmal ohne Gramsies Auftrag herkommen. Hier warten immer ein paar Macarons auf dich.« Meine Wangen glühen mittlerweile, aber ich rede mir ganz fest ein, dass sie nicht so rot aussehen, wie sie sich anfühlen. Wenn ich das glaube, dann ist es bestimmt auch so.

An Henrik vorbei schlendert das Schweigepaar ins *Teetässchen* und unterbricht seinen neu gefundenen Redefluss nur, um mir huldvoll zuzunicken. Zusammen mit ihnen fegen weitere Gäste herein und so langsam füllt sich die Teestube angenehm.

Henrik fasst nach meiner Hand und drückt sie warm und fest. »Auf dieses Angebot komme ich gern zurück.« Sein Blick trifft mein Innerstes und lässt es sanft hin und her schaukeln.

»Kennen wir uns?«

Plötzlich steht Nils neben mir. Zu allem Überfluss legt er auch noch einen Arm um meine Taille, dabei starrt er Henrik direkt an. Dieser lässt sich von der Gockel-Kampfansage nicht aus der Ruhe bringen, denn er lässt meine Hand nicht los.

»Nein, bedaure, wir kennen uns nicht. Aber Miela und ich sind miteinander bekannt.« Erst jetzt lässt er meine Hand los und sieht mir dabei tief in die Augen. »Ich freue mich sehr auf unser Wiedersehen.«

Henrik winkt Assa über die Teebar hinweg zu und verlässt nach einem Lächeln in meine Richtung die Teestube. Mein Blick folgt ihm, bis Nils mich unsanft mit zu seinem Tisch zieht.

»Wer war der Typ denn?« Nils' Augen verdunkeln sich, während er sich schwer in den Sessel fallen lässt.

Tja, wer ist Henrik eigentlich? So genau weiß ich das auch nicht. Ich schüttele kurz den Kopf, denn ich glaube nicht, dass es das ist, was Nils gerade wissen will. »Das ist Henrik Winter. Er ist der Architekt, den

Gramsie für den Dachbodenausbau engagiert hat, und er ist kein Typ.«

»Seit wann zieht es dich denn zu zottelhaarigen Solariumtypen hin?« Nils sieht zu mir auf, da ich weiter unschlüssig neben ihm stehe. »Ich dachte immer, du stehst auf wohlfrisierte Jungs.«

Tue ich doch auch. Eigentlich. Außerdem ist es völlig egal! Von Neuem schlägt meine Laune um. Das ist ungefähr das siebzehnte Mal heute. Ich muss unbedingt mehr schlafen!

»Na komm, Mielachen, lächle.« Nils zieht mich auf seinen Schoß. »Wir haben uns endlich wieder.«

Seine Lippen nähern sich gefährlich nah meinen und ich lehne mich nach hinten, um nicht erneut in seine Kussfalle zu tappen. Ich brauche momentan keine Hormone, die die Wahrheit auf den Kopf stellen. Ich muss nachdenken, ohne Hormone.

»Nils, ich ...«, sage ich.

»Gesundheitsamt, Gruber mein Name, spreche ich mit der Besitzerin Frau Assa Zeilon?«, sagt ein Herr, der gerade zur Tür hereinkommt, laut und deutlich an Assa gewandt, während eine dritte, sehr schrille Frauenstimme unser Terzett vervollständigt: »Mäuse! Da ... dort ...«

Nun habe ich einen echten Grund, gereizt zu sein, denn ein Gewusel geht los, bei dem es niemanden mehr auf den Stühlen hält, die Gäste nicht und die Mäuse schon gar nicht.

Kapitel 18
I wie Ideen

Idared-Macarons

Die purpurrote, fein gemahlene Schale des Idared-Apfels auf beigefarbene Macarons gestäubt ergibt einen wundervollen Farbkontrast, harmonisch passend zum Geschmackskontrast von feinsäuerlichem Idared-Apfelmus und süßen Macaronschalen.

Innerhalb von Minuten leert sich das *Teetässchen*. Leider marschieren nicht die Mäuse nach draußen, sondern der Großteil unserer Gäste. Der eine oder andere wirft mir beim Gehen einen verkniffenen Blick zu. Ob ich daraus Mitleid lesen soll oder Verachtung, entzieht sich meiner Menschenkenntnis.

In unserem Elend übrig bleiben Assa und ich, umrahmt von Nils, Herrn von Weimann, Herrn Gruber und dem Schweigepaar, dazu für jeden von uns eine Maus.

Wo bitte kommen diese Viecher plötzlich her?

Ich könnte Caro anrufen und sie bitten, Mamsellchen unverzüglich herzubringen.

Assa scheint eine bessere – und vermutlich auch unblutigere – Idee zu haben, denn sie löst sich aus ihrer Starre und geht zu der Schublade hinter der Teebar, aus der sie heute Vormittag bereits den Teebeutel für Nils hervorgezaubert hat. Dort kramt sie ein Glas mit Nuss-Nugat-Creme hervor! Was versteckt sich dort noch alles?

»Mäuse lieben Süßes«, erklärt Assa, schnappt drei Teller, befüllt sie mit der Creme und stellt sie in die ruhigste Ecke des Raumes.

»Das sollte Ihr geringstes Problem sein!«, donnert Herr Gruber, was ihm einen skalpellscharfen Blick von Frau Schweigepaar einbringt.

Auf einmal reden alle durcheinander, was ich mit einem gezielten Pfiff durch meine Finger beende. Danke Gramsie, dass du mir nicht nur das Backen beigebracht hast!

»Seid doch bitte endlich leiser. Die ersten Mäuse hatten sich gerade auf den Weg zu den Tellern gemacht. Jetzt habt ihr sie wieder aufgeschreckt.«

»Junges Fräulein!«, wendet sich Herr Gruber an mich. »Sie sollten sich nicht in diese Angelegenheit mischen und überhaupt möchte ich alle Gäste bitten, diese Lokalität unverzüglich zu verlassen. Diese Örtlichkeit ist mit sofortiger Wirkung geschlossen!«

Assa schnappt hörbar nach Luft, gleichzeitig bleibt mir meine weg.

Da tritt die Schweigedame vor Herrn Gruber, mit ihrer spitzen Nase pikst sie ihm fast in seine Knollennase. »Mein sehr verehrter Herr Gruber, ich schätze, hier sprechen diverse Tatsachen in der Tat für eine unsaubere Lokalität. Doch ich versichere Ihnen, dass wir hier einem Missverständnis aufsitzen. Ich bürge für dieses Lokal.« Ihre Stimme klingt fest und erstaunlich tief für solch eine wenig voluminöse Frau.

»Und Sie sind?« Herr Gruber zieht ein rot-weiß kariertes Taschentuch aus der Manteltasche und betupft sich damit die Stirn, die sehr hoch ist, um nicht zu sagen, fast die Hälfte seines Gesichtes einnimmt, das im Übrigen in einem äußerst ungesunden Lilaton leuchtet.

»Mein Name ist Kramer, Professorin Doktorin Bernadette Kramer. Leitende Oberinspektorin der Gesundheitszentrale Berlin, a.D.«

Es ist, als würde eine Wolke von Herrn Grubers Kopf gezogen, denn die Sonne geht auf in seinem Gesicht. Seine Augen strahlen, sein Mund beginnt zu lächeln und selbst seine lila Ohren glühen golden. Er verbeugt sich tatsächlich vor ihr und greift nach ihrer Hand, die sie ihm reicht. »Frau Professor Doktor Kramer, welch eine Ehre, mit Ihnen kommunizieren zu dürfen.« Herr Gruber belässt es nicht beim schnöden Händegeben und küsst formvollendet Frau Professorin Doktorins Hand. »Schon seit meinem ersten Tag als junger Bursche bei unserer Gesundheitszentrale bin ich ein glühender Verehrer Ihrer Arbeit, meine sehr geschätzte Frau Professor Doktor Kramer. Wie Sie die Wurzeln alles Verwerflichen angepackt und aus unserer Gesellschaft gerissen haben, dazu sage ich einfach bravo.«

Herr Gruber steht stramm vor Frau Kramer, noch immer ihre Hand haltend. Sie nimmt es huldvoll mit einem leichten Nicken zur Kenntnis, geradeso als wäre sie es gewohnt, als Hoheit behandelt zu werden. »Ich freue mich immer sehr über solch tatkräftige Mitarbeiter wie Sie es sind. Wollen wir uns nicht setzen und diesen Vorfall hier erörtern?«

»Selbstverständlich, ich täte nichts lieber, als mit Ihnen einen Fall zu erörtern. Auch wenn mir hier alles sehr klar zu sein scheint.« Herr Grubers Blick wendet sich von Frau Kramer ab, schweift durch den Raum und bleibt bei den Mäusen hängen, die mittlerweile alle zielstrebig zu den Tellern mit der Nuss-Nugat-Creme trippeln.

»Wir werden sehen, verehrter Herr Kollege.« Bei dem Wort Kollege wächst Herr Gruber um geschätzte elf Zentimeter und sein Leuchten verdoppelt sich. Unglaublich, wie Frau Kramer ihn um den Finger wickelt.

Die nickt ihrem Ehemann zu, der daraufhin das *Teetässchen* zu durchsuchen beginnt, bittet Assa um Tee und ein paar unserer heutigen Advent-Macarons und bedeutet mir und Herrn Gruber, ihr zu einem Tisch am Fenster zu folgen. Weit weg und außer Sichtweite der schlemmenden Mäuse.

Nils, der während der ganzen Zeit neben mir auf seinem Smartphone herumwischt, hält mich am Arm zurück. »Hast du nicht bald mal Mittagspause? Das ist doch Kram von der Besitzerin hier, lass die das regeln.«

Ich schüttele Nils Hand ab. »Das ist sehr wohl auch mein Kram! Ich arbeite hier.«

»Hast du einen Vertrag?«

»Nein, nicht direkt. Aber den brauche ich auch gar nicht.«

Über Nils' Kopf steigt eine Gedankenblase auf und Buchstabe für Buchstabe bilden sich dort die Worte *Du bist echt dumm.* Dagegen kommt als Übersetzung aus seinem Mund: »Wie naiv bist du denn?«

»Naiv genug, um mich von dir betrügen zu lassen«, schieße ich zurück.

»Wofür ich mich ausdrücklich entschuldige habe. Ich denke, das Thema ist vom Tisch.« Er sieht mich genauer an und sein Tonfall wird schmeichelhafter. »Vergiss meine Dummheit, Süße. Ich liebe dich.«

Und ehe mir klar ist, woher sie auf einmal kommen, kleben seine Lippen bereits auf meinen. Sofort reagiert mein Körper auf Nils' Kusskunst mit Gänsehaut und Hitze an privaten Stellen. Dahingegen schlägt mein Herz ruhig weiter und mein Kopf erklärt mir, dies ist der falsche Ort, der falsche Zeitpunkt und vermutlich auch der falsche Mann zum Schmusen.

Darum kann ich mich auch recht schnell von Nils' Kussattacke lösen und das Feuerchen in mir auspusten. »Ich habe zu tun, Nils. Das *Teetässchen* bedeutet mir sehr viel und ich gebe alles dafür, dass es nicht den Bach runtergeht.«

»Ich verstehe, du lässt mich zappeln. Finde ich ganz gut.« Nils grinst mich anzüglich an und seine Hände wandern erneut an meiner Hüfte entlang zu meinem Po. »Ich habe eh noch zwei Fotoaufträge zu erledigen. Sehen wir uns später?«

Vage winke ich ab. »Ich weiß nicht recht. Hier ist reichlich zu tun.«

»Ja, das sehe ich.« Nils zerzaust mir die Haare und geht. Endlich.

Schnell setze ich mich zu Frau Kramer und Herrn Gruber an den Tisch, wo Assa bereits den Tee und Zimt-Macarons serviert hat. Eben kommt sie mit einem Gestell aus Drahtgitter aus ihrer Wohnung zurück. »Ich hatte mal zwei Kaninchen«, sagt sie auf meinen fragenden Blick hin und bringt das Käfigoberteil zu Herrn von Weimann, um anscheinend damit der Mäuseplage Dame und Herr zu werden.

Herr Gruber macht sich eifrig mit einem Stummelbleistift Notizen in einem hundert Jahre alten, grauen Block. Seine Schrift ist so winzig und so eng, dass nicht ein Stück Papier durchschimmert.

»Sie sehen, mein lieber Herr Gruber, es gibt keinerlei Anhaltspunkte, die hier für eine Ordnungswidrigkeit sprechen.« Frau Kramer lehnt sich im Stuhl zurück und faltet die Hände im Schoß.

»Außer den Mäusen selbstverständlich«, lässt es sich Herr Gruber nicht nehmen, den Finger in die Wunde zu legen.

»Da bin ich mir nicht sicher.«

Woher sie diese Sicherheit nimmt ist mir schleierhaft, aber wenn eine Frau Professorin Doktorin Oberinspektorin das meint, muss etwas dran sein, oder?

Frau Kramer sieht mich an. »Ich habe gerade Herrn Gruber meine, sich sicherlich in Kürze bestätigende, Theorie erläutert, nach der Sie einer üblen Verleumdungstat aufsitzen. Erstens und am schwersten wiegend, wurde Herr Gruber heute durch einen anonymen Hinweis hierher in die Teestube beordert. Zweitens: Bei meinem ersten Besuch gab es nichts, absolut nichts zu beanstanden. Ich habe nicht einmal in den Schlössern der Damentoilette ein Körnchen Staub gefunden. Und drittens«, dabei verzieht sich ihr strenges Gesicht zu einem strahlenden Lächeln, »sind Sie und Frau Zeilon Künstlerinnen auf Ihrem Gebiet und das *Teetässchen* ist ein viel zu entzückender Ort, um aufgrund einer Lüge geschlossen zu werden.«

»Und viertens habe ich hier ein Beweisstück, welches eindeutig für ein Fremdverschulden spricht.«

Wir drehen uns alle drei um und sehen Herrn Kramer hinter Frau Kramer stehen, in der Hand einen zerrupften Rucksack in einem verwaschenen Blau.

»Herrmann, du bist der Beste.« Frau Kramer springt auf und drückt ihren Mann kurz an sich, dann nimmt sie ihm den Rucksack ab und linst hinein. »Eindeutig, Mäuseexkremente. Es hat also jemand die Mäuse hier freigelassen, als Herr Gruber eintraf, und ich glaube, ich weiß auch, welchem jungen Herrn der Rucksack gehört. Wir sollten einen deiner Kollegen herkommen und ein Phantombild zeichnen lassen.«

Frau Kramer setzt sich zusammen mit ihrem Ehemann wieder zu uns an den Tisch. »Mein Herrmann ist Polizeireferendar, ebenfalls a.D.«

Wenn ich jemals daran gezweifelt habe, dass es hoch oben am Nordpol wirklich einen Weihnachtsmann gibt, so ist dies der Augenblick, der mich eines Besseren belehrt. Ich bin unglaublich glücklich über dieses Paar.

»Ich bin sehr glücklich, dass mein Herrmann und ich den Weg zu Ihnen gefunden haben«, greift Frau Kramer meine Gedanken auf, was mir eine mittelstarke Gänsehaut den Rücken hinaufkrabbeln lässt. »Wir sind beide erst vor kurzem pensioniert worden, bis dahin war die Arbeit unser Leben. Auf einmal ist so schrecklich viel Raum zwischen uns zu füllen und ohne unsere Arbeit hatten wir keine Themen mehr füreinander.« Sie schweigt für einen Augenblick und tätschelt dabei Herrn Kramers Hand. Ihr Blick gleitet zu dem halbvollen Teeglas vor sich. »Wir haben uns vorgenommen, mehr miteinander zu unternehmen und so kamen wir bei einem unserer schweigsamen Spaziergänge hierher. Wir tranken Ihren Tee und aßen Ihre Macarons und auf einmal sahen wir all die zahlreichen Dinge, die wir einander erzählen wollten, und es werden immer mehr und mehr. Dank Ihnen sind wir in unserem gemeinsamen Leben angekommen.«

Ich spüre meine Augen feucht werden und Stolz flutet mein Herz mit Wärme. Das ist es! Genau das ist es, was ich tun möchte! Und genau deswegen.

Herr Gruber, dem die Dramatik des Augenblicks nicht bewusst zu sein scheint, setzt mit Schwung einen Punkt hinter seinen letzten Satz und schließt den Block. »Was für eine Untat! Ich bin außer mir. Wer will denn solch einer schönen Lokalität schaden?«

Sofort sehe ich Rumar Waldners öliges Gesicht vor mir, doch ich zucke nur mit den Schultern. Wir haben keine Beweise, vermute ich.

Frau Kramer starrt mich an und neigt ihren Kopf zur Seite. »Sie haben einen Verdacht, habe ich recht, meine Liebe?«

Ich halte ihren Blick nicht aus und merke, wie ich rot werde, denn meine Wangen fühlen sich heiß an. Mir fällt es ziemlich schwer, andere Leute anzuschwärzen, selbst wenn sie Mist bauen, und das hier würde sicherlich ernsthafte Konsequenzen nach sich ziehen. Allerdings, so wie ich Rumar bisher kennengelernt habe, mehr für uns, denn er wird sich sicherlich herausreden können oder herauskaufen, mit Hilfe von teuren Anwälten. Was wir definitiv nicht können.

»Geschafft.« Assa stellt ein Tablett voll mit frischen Teegläsern vor uns auf den Tisch und lässt sich, von Seufzern begleitet, auf den Stuhl mir gegenüber plumpsen. Herr von Weimann setzt sich neben sie und streicht ihr leicht über den Arm. Na holla!

»Wir haben die armen Tiere zu der Tierärztin eine Querstraße weiter gebracht. Sie kümmert sich um eine angemessene Unterkunft.« Assa umfasst ihr Teeglas und schnuppert an der heißen Flüssigkeit. »Mmh, das tut gut.«

»Liebe Frau Zeilon, wir haben auch gute Nachrichten für Sie.« Frau Kramer blickt zu Herrn Gruber, der ihr wichtig zunickt, offensichtlich hocherfreut, als Partner seiner ehemals obersten Chefin angesehen zu werden. »Ihrer Teestube ist keine Widrigkeit nachzuweisen. Im Gegenteil, vermutlich wurden Sie hereingelegt und wir werden unverzüglich die Ermittlungen beginnen, vorerst gegen Unbekannt.«

»Unbekannt!« Assa setzt sich kerzengerade auf und ballt die Hände zu Fäusten. Ihre ganze Gestalt plustert sich auf. »Dahinter steckt kein anderer als Rumar Waldner. Wer sonst sollte uns schaden wollen!«

Ui, okay, damit wären wir direkt bei meinem vermiedenen Thema. So einfach kann das sein. Ich habe wirklich noch eine Menge zu lernen.

Interessiert beugt sich Herr Kramer vor und zieht einen Mininotizblock aus seiner Hemdtasche. Als wäre das nicht genug, klopft er sich wie Columbo die Taschen ab, augenscheinlich auf der Suche nach einem Stift, den er prompt von Herrn Gruber gereicht bekommt.

»Rumar Waldner, wie man es spricht?«, notiert er sich.

»Ganz genauso!«

»Und wer ist dieser Herr Waldner?«

»Den *Waldner Immobilien* gehört der Gebäudekomplex rund um den Innenhof. Herr Waldner«, Assa spuckt das Wort Herr förmlich auf den Tisch, »möchte uns liebend gern gegen eine lukrative Großdisco eintauschen.«

»Ich verstehe.« Herr Kramer kritzelt eifrig auf seinem Miniblock, sichtbar nicht so akkurat wie Herr Gruber, denn die Seiten fliegen dahin.

»Sehr schön, wir werden die Ermittlungen in die Wege leiten, doch Sie müssen leider die Speisen von heute vernichten und den Cafébereich gründlich reinigen und desinfizieren. Morgen können Sie die Teestube selbstverständlich öffnen.« Frau Kramer zeigt erst auf sich, danach auf ihren Ehemann und Herrn Gruber und wendet sich dann an Assa und mich.

Wir nicken synchron, selbst Herr von Weimann nickt gehorsam. Ich würde sagen, wir sind mit einem hellblauen Auge davongekommen. Ohne Frau Kramers Fürsprache säßen wir richtig tief im Mäusemist.

Hingegen würde es nicht leicht sein, den Vorfall von heute bei den Zeugen gewesenen Gästen auszubügeln. Schlechte Nachrichten verbreiten sich viel schneller als gute. Das war ein richtig mieser Tritt von Rumar und ich hoffe, die Polizei findet den Kerl, dem der Rucksack gehört. Der wird sie bestimmt weiter zu Rumar führen. Doch zuerst müssen wir der Rufschädigung des *Teetässchens* entgegenputzen. Den verschwundenen Gästen können wir leider nicht hinterherrennen. Wir müssen es anders versuchen.

Nachdem wir alle unsere Tees ausgetrunken haben, verabschieden sich die Kramers und Herr Gruber mit dem Versprechen, von sich hören zu lassen.

Während Herr von Weimann alle Gebäckstücke einsammelt und Assa beginnt, die Tische abzuräumen und zu säubern, telefoniere ich mit Theobald-August, um ihm von der Mäuseattacke zu erzählen.

»Unfassbar! Miela, das lassen wir uns nicht gefallen!« Seine Stimme springt mir aus dem Hörer entgegen und ich muss diesen ein Stück von meinem Ohr weghalten. Aber Theobald-Augusts Anteilnahme tut unendlich gut. »Ich informiere sofort Inès, sie nimmt diesen Kerl vor Gericht in die Mangel. Der wird sich wünschen, er wäre selbst eine Maus!«

An Inès habe ich noch gar nicht gedacht. »Theobald-August, das meine ich gar nicht. Wichtig wäre es, über die Facebook-Seite, die du uns gebastelt hast, etwaigen Gerüchten entgegenzuwirken. Wir können es uns nicht leisten, auch nur einen Gast zu verlieren, geschweige denn in Verruf zu geraten.«

»Das wird nicht passieren! Ich setze asap Gunter daran, der ist unser bester Content Manager. Das kriegen wir wieder hin, Miela. Macht ihr klar Schiff in der Teestube und seht zu, dass ihr morgen mit euren Köstlichkeiten glänzt.«

»Danke«, flüstere ich. »Die nächsten hundert Tees gehen aufs Haus.«

»Leg noch ein Dutzend deiner Macarons dazu und ich hacke die Posts höchstpersönlich in den Mac.«

Froh über jeden einzelnen der Leute, die ich in den vergangenen Wochen kennenlernen durfte, lege ich mein Handy zur Seite und wienere zusammen mit Assa das *Teetässchen* reiner, als Meister Proppers Wohnzimmer es je sein könnte.

Als ich nach getaner Arbeit auf mein Telefon schaue, blinkt dort eine SMS für mich. Hoffentlich nicht von Nils, denn für weitere Liebesschwüre habe ich heute keinen Elan.

Doch die SMS ist nicht von Nils und mein Missmut verwandelt sich in Herzklopfen: *Wie wäre es mit ein wenig Vorweihnachten? Ich hole Dich gegen 20 Uhr im Teetässchen ab. Eisige Grüße, Henrik*

Wie es damit wäre? Großartig! Aufregung breitet sich prickelnd in meinem Bauch aus und Vorfreude lässt mich in Fantasien darüber schwelgen, was wir wohl Vorweihnachtliches unternehmen würden. Einen Bummel durch die mit Lichterketten erleuchtete Stadt? Einen Spaziergang über den Weihnachtsmarkt? Eine Schneeballschlacht im Hofgarten?

Die Weihnachtszeit ist doch die allerschönste von allen, mein Herzklopfen signalisiert mir das eindeutig.

Kapitel 19
M wie Magie

Marmeladen-Macarons

Eines Jeden Lieblingsmarmelade, sei sie aus saftigen Erd-
beeren oder herben Quitten, verbindet zwei süße
Macaronhälften zu einem perfekten Leckerbissen.

Kurz vor acht Uhr und nach einem Dutzend Macaron-
blechen stehe ich vor dem Spiegel der *Teetässchen-*
Damentoilette und versuche, trotz des Zitterns meiner
Hände die Wimperntusche exakt aufzutragen. Un-
glaublich, wie sehr mich meine Vorfreude auf den
Ausflug mit Henrik nervös macht. Mein Kleid tausch-
te ich bei Dana gegen eine Jeans und einen ihrer
Weltklassepullover, zu denen meine mokkabraunen
Stiefel perfekt passen.

Meine Jacke liegt bereit, dazu Mütze, Schal und
Handschuhe und eine Tüte mit Zimt-Macarons. Wo

bleibt er nur? Wie können sich Minuten nur so unverschämt viel Zeit lassen?

Nachdem ich das Kosmetiktäschchen mit den Verschönerungsutensilien zurück in den Schrank unter dem Waschbecken verstaut habe, gehe ich zurück in die Teestube. Der Raum wirkt weihnachtlich durch das schummerige Licht der Lichterketten am Fenster und dem Weihnachtsbaum neben dem Kamin. Es duftet nach den Advent-Macarons für morgen: feinste Mandelbaiser-Hälften gefüllt mit Salzbutter-Karamell, ein Hauch geriebener Criollo-Kakaobohnen rundet die kleinen Naschereien sowohl für das Auge als auch für den Gaumen perfekt ab.

Soll ich meinen geflochtenen Zopf öffnen? Sieht es nicht hübscher aus, wenn ich mir die Mütze über die geöffneten Locken ziehe? Ich werfe einen Blick in den spiegelblanken Samowar vor mir. Nein, ich lasse die Haare wie sie sind, immerhin ist das hier keine romantische Verabredung, sondern ein weihnachtlicher Ausflug. Für Henrik muss ich mich wirklich nicht herausputzen. Wo wir wohl hingehen?

Der Hofgarten liegt bis auf Lichterketten entlang der Wege dunkel da, was mich abermals daran erinnert, dass wir hier unbedingt für weihnachtlichere Lichtstimmung sorgen müssen. Überhaupt gibt es noch tausend Dinge bis zum Adventsmarkt am Wochenende zu erledigen. Eigentlich habe ich gar keine Zeit, mich irgendwo herumzutreiben – und uneigentlich?

In Danas Nähatelier wird es bis auf die Lichterketten an den Fenstern dunkel, kurz darauf gehen in der Wohnung darüber die Lichter an.

Unser Vorhaben, den Hof zu retten, muss einfach klappen! Dana und Leon und Assa und mittlerweile auch ich, wir gehören hierher. Unsere Gäste geben uns recht, da kann uns Rumar Waldner noch so süße Mäuse zwischen den Füßen aussetzen.

Nach dem Adventsmarkt wollen Dana und ich zu *Waldner Immobilien* gehen und mittels unserer vorzuweisenden Erfolge um Aufschub bitten. Die Zahlen verbessern sich kontinuierlich, das ist eindeutig zu erkennen. Was wir brauchen, ist einfach mehr Zeit.

In diesem Moment öffnet sich die Tür der Teestube und Henrik strahlt mich an. »Bereit?«

Ich bin dermaßen bereit. Ich weiß, es gibt genug zu tun, doch dieser vorweihnachtliche Ausflug wird mich garantiert inspirieren, also ist es quasi irgendwie Arbeit.

Meine Hände zittern und mein Herz flattert so heftig, dass ich das Bedürfnis verspüre, es festzuhalten.

Henrik umarmt mich kurz, dabei streift seine kalte Wange mit den Bartstoppeln mein Gesicht. Wo er mich berührt bleibt dennoch Wärme zurück und sein Tannenduft. Weihnachten ist doch einfach die schönste Zeit des Jahres.

»Wo gehen wir hin?« Ich lasse mir von Henrik in die Jacke helfen und setze meine Mütze auf. Die Luft, die mit Henrik zusammen in die Teestube kam, ist eisig.

»Lass dich überraschen und ich hoffe sehr, dass es dir gefällt.«

Eingemummelt in Jacken, Schals und Handschuhen treten wir hinaus. Ich muss ziemlich friemeln, um mit meinen behandschuhten Fingern die Tür zuzuschließen. Komisch, dass sie so zittern, obwohl mir gar nicht kalt ist. Schließlich schaffe ich es und laufe mit Henrik an meiner Seite durch den Torbogen.

Im Gegensatz zum verschlafenen Hofgarten wuseln draußen auf der Straße unzählige Leute in alle Richtungen, immerhin ist die Hektik des Tages gewichen und ich höre viel Lachen.

Es kann doch nicht sein, dass wir unsichtbar sind! Möglicherweise könnte ich unsere Gäste mit Duft anlocken, wer kann schon frisch Gebackenem widerstehen? Nur, wie stelle ich das an? Ich kann schlecht verführerisch duftenden Lebkuchen in den Torbogen hängen. Oder kann ich?

»Warum schüttelst du den Kopf?«

Ich sehe zu Henrik, der mich anlächelt. »Ach nichts, ich habe nur gerade an das *Teetässchen* und seine möglichen Gäste gedacht.«

»Da habe ich ja Glück gehabt, ich befürchtete gerade, dein Kopfschütteln würde mir gelten.«

»Selbstverständlich nicht, dafür bin ich viel zu neugierig, was wir unternehmen wollen.«

»Na dann los.«

Henrik nimmt meine Hand in seine und wir spazieren eng beieinander vorbei an den Hackeschen Höfen in die Sophienstraße und dann immer weiter in Richtung Claus-Park.

»Warum hast du gesagt, mögliche Gäste? Ich habe den Eindruck, die Teestube läuft gut«, greift Henrik meinen Kommentar von eben auf.

Ich würde ihm den Eindruck gern lassen, denn es fühlt sich besser an, eine erfolgreiche Frau zu sein als eine, die mit ihrem Geschäft strauchelt. Aber so ist es nun einmal.

»Das *Teetässchen* war bis vor kurzem quasi gästelos. Eigentlich der ganze Hofgarten, weder zu Dana noch zu Leon haben sich Kunden verirrt. Deshalb droht dem Komplex zum Jahresende die Kündigung.« Meine Stimme klingt leise. Je mehr Zeit ich in der Teestube verbringe, desto weniger möchte ich mich von ihr trennen. Sicher könnte ich versuchen, irgendwo ein anderes Café zu eröffnen, doch es wäre nicht dasselbe.

Für einen Moment schweigt Henrik, nur unsere Schritte sind zu hören, die über den Schnee knirschen. »Aber die Teestube scheint sich zu fangen, oder? Aus meiner Sicht ist euer Gartenhof-Konzept eine Goldgrube. Mit dem richtigen Marketing, das euch sichtbar macht, sollte der Rest von allein funktionieren.«

Ich seufze tief und mein Atem verwirbelt in einer weißen Wolke. »Uns läuft die Zeit davon, die Kündigungen stehen kurz bevor und es ist fraglich, ob unser Erfolg ausreicht, die Läden zu retten. Außerdem suchen sie schon längst einen Nachfolger, der mehr Profit verspricht.«

Henrik bleibt stehen und schüttelt leicht den Kopf. »Gerade in unserer heutigen Zeit ist es nicht nachzuvollziehen, ein solches idyllisches Konzept mitten in der Großstadt sausen zu lassen und dafür lieber viel Geld in Neues zu investieren, was eventuell gar nicht funktioniert. Hier stimmt doch etwas ganz und gar nicht. Wem gehört denn der Hofkomplex?«

»Den *Waldner Immobilien*.«

Henrik nickt und läuft mit mir an der Hand weiter.

»Kennst du die Firma?«

»Ein bisschen, ja.«

Zwischen uns breitet sich Stille aus. Verstohlen betrachte ich Henrik von der Seite. Seine blonden Wuschelhaare passen nicht unter die Mütze und stehen überall hervor, sein Blick ist in die Ferne gerichtet, als wäre er sehr weit weg.

Am Claus-Park bleibt er stehen und lächelt mich an. Seine blauen Augen glänzen in der Kälte und bilden einen schönen Kontrast zu der gebräunten Haut. »Wir sind da.«

Wir spazieren in den Park und nach der zweiten Wegbiegung liegt der Claus-See vor uns. Mit einem Ruck bleibe ich stehen.

Der See ist zugefroren und hunderte Lichter, die in den Weiden rundherum hängen, spiegeln sich auf seiner glatten Oberfläche. Zusätzlich lodern in Metallkörben am Ufer Feuer orange und wärmend in der Dunkelheit. Joseph Haydns Winter-Oratorium weht zu uns herüber und hüllt uns in seinen Zauber.

Henrik zieht mich näher zu sich heran, lässt meine Hand los und legt stattdessen den Arm um mich. Ich kann es gar nicht fassen, wie schön der See in der Winterdunkelheit funkelt. Drumherum glänzt der Schnee silbern im Flackern der Feuer und den Lichtern der Lämpchen. Fest schmiege ich mich an Henrik und genieße die zauberhafte Atmosphäre. Es würde mich nicht wundern, wenn jeden Augenblick eine Eisfee Pirouetten auf dem See drehen würde.

»Diese Reaktion habe ich mir erhofft«, raunt Henrik in mein Ohr, welches prickelt und sich mehr geflüsterte Worte von ihm wünscht.

»Ich wusste gar nicht, dass es dieses Spektakel hier gibt.« Immer wieder wandert mein Blick auf die Eisfläche, auf der die Lichter funkeln. »Offensichtlich weiß es auch sonst niemand.«

»Fast ein wenig wie im *Teetässchen*?«

Ich nicke stumm.

»Die Eisbahn öffnet lediglich in der Woche vor Weihnachten. Dieser See gehört für heute Abend allein uns.«

»Wir können darauf Schlittschuhlaufen?« Begeistert richte ich mich auf und klatsche in die Hände. Sehr erwachsen, Miela, wirklich. Aber egal! Ich liebe Schlittschuhlaufen und ganz besonders hier, in diesem magischen Winterparadies. »Schade, dass du mir das nicht vorher gesagt hast, dann hätte ich meine Schlittschuhe mitgebracht.«

»Wenn dir auch fremde Schlittschuhe reichen, steht ein paar Runden auf dem See nichts im Weg.« Henrik nimmt wieder meine Hand und wir laufen an Picknicktischen vorbei zum See. Er setzt seinen Rucksack ab und holt eine Decke daraus hervor, die er auf einer Holzbank ausbreitet. Er bedeutet mir, mich zu setzen, und zieht zwei Paar Schlittschuhe aus dem Rucksack. Das kleinere, weiße Paar hat exakt meine Größe und passt perfekt.

»Du bist unglaublich.« Meine Knie zittern, als ich aufstehe, was auch kein Wunder ist, denn ich bin in diesem Jahr noch nicht ein einziges Mal Eislaufen gewesen. Welch eine Schande. »Woher weißt du, dass ich Schlittschuhlaufen kann? Ich bin schließlich Zuckerbäckerin und nicht gerade für meinen Sportsinn bekannt. Wobei Eislaufen selbstverständlich nicht als Sport zählt.«

»Selbstverständlich nicht.« Henrik erhebt sich seinerseits und steht nah neben mir. Sehr nah. Selbst durch unsere Jacken hindurch spüre ich seine Wärme. »Vielleicht bist du nicht gerade für deinen Sportsinn bekannt, allerdings sehr wohl für deine Weihnachtsliebe.« Das Blau seiner Augen verdunkelt sich, dabei tanzen die Lichter aus der Weide neben uns auf seiner Wange.

Liebe, ja, für Liebe möchte ich bekannt sein.

Vivaldis L'inverno löst Haydns Oratorium ab und gemeinsam staksen Henrik und ich auf den zugefrorenen See. Er lässt mir den Vortritt und ich gleite hinaus auf das Eis. Mit ruhigen Bewegungen laufe ich ein paar Schritte, ehe ich immer schneller und schneller werde, bis ich bald das Gefühl habe, auf dem Eis zu fliegen. Unsere Kufen zischen über das gefrorene Wasser, der kalte Wind streift an meinen Wangen entlang und das Glück in mir entlädt sich in einem Jauchzer.

Trotz meiner Geschwindigkeit überholt mich Henrik, dreht sich und läuft rückwärts vor mir. Er streckt die Arme aus und ich ergreife seine Hände. Gemeinsam tanzen wir über das Eis, der Park um uns herum flirrt an uns vorbei. Die gesamte Welt verschwindet aus meinem Blickfeld. Außer Henrik.

Ich sehe in sein lächelndes Gesicht und entdecke mich in dem tiefen Fjordblau seiner Augen, mein Herz rast mit mir über das Eis und ich habe nur den einen Weihnachtswunsch, dies hier möge niemals enden.

Mit der Zeit gleiten wir ruhiger dahin, unser Atem beruhigt sich und schweigend genießen wir den Rausch, den unser Tanz in unseren Körpern entfacht.

Meine Muskeln fühlen sich warm und entspannt an und mein Gesicht prickelt von der eisigen Luft. Dicke, wattige Schneeflocken beginnen vom Himmel zu schweben, erst nur hier und da eine, doch rasch werden es immer mehr. Henrik und ich laufen quer über den See zu einer Weide, die so dicht am Ufer steht, dass ihre Zweige einen schützenden Baldachin bilden.

Arm in Arm sehen wir den wirbelnden Flocken zu, mein kühles Gesicht ruht an Henriks Hals, ich spüre seinen Puls, der synchron mit meinem schlägt, atme seinen würzigen Waldduft ein und fühle mich aufgehoben. Ich bin umgeben von dem Weihnachtszauber, den ich bereits im August gespürt habe, als ich mir die ersten Honigprinten auf der Zunge zergehen ließ, und meine Seele fühlt sich geborgen.

»Ist dir warm genug?« Henrik zieht mich fester zu sich heran und wiegt mich leicht hin und her.

Ich sehe zu ihm auf, in sein lächelndes Gesicht, umrahmt von den blonden Haarspitzen, an denen geschmolzene Schneeflocken hängen. »Es ist alles so wunderbar, Henrik.«

»Du bist wunderbar«, flüstert er und neigt seinen Kopf sacht meinem entgegen. Seine Lippen schweben wenige Zentimeter von meinen entfernt und für einen Moment stelle ich mir vor, wie es wohl wäre, sie zu küssen. Meine Fantasie genügt mir nicht, ich will die Wirklichkeit. Wir sehen einander in die Augen, langsam nähern sich unsere Lippen und treffen endlich, endlich in einem süßen Kuss aufeinander.

Ich schließe genussvoll die Augen und voller Zärtlichkeit liebkosen Henriks Lippen meine. Ich vergesse, wo ich bin und wer ich bin, unser Kuss trägt mich hinweg an einen anderen Ort, eine andere Zeit. Unsere Leidenschaft nimmt zu und unsere Beherrschung ab.

Schwer atmend lösen wir uns irgendwann voneinander und ich habe Mühe, in die Wirklichkeit zurückzufinden, dabei sieht Henrik ebenso entrückt aus wie ich mich fühle.

Was war das denn? Und bitte kann ich davon noch mehr bekommen? Ganz viel mehr?

Henrik schlingt seine Arme um mich und Wange an Wange lauschen wir unseren klopfenden Herzen nach.

»Was für ein wundervoller Abend«, murmele ich an seinem Hals.

»Der beste.« Henrik küsst mich leicht auf die Stirn und streicht mir dabei über den Rücken. »Aber jetzt sollte ich dich wohl lieber aus diesem Winterland bringen. Du frierst bestimmt und dagegen habe ich noch eine Kleinigkeit.«

In Erwartung eines weiteren heißen Kusses wende ich mein Gesicht seinem zu und küsse ihn erneut. Wieder lasse ich mich hinweg treiben in eine Zwischenwelt, die nur uns gehört.

»Das habe ich zwar nicht gemeint, allerdings ist das bei Weitem besser«, lacht Henrik leise an meinem Mund.

»Was hast du dann gemeint?« Keck blinzele ich ihn von unten hinauf an. Miela!

Henrik nimmt mich an die Hand und gemeinsam gleiten wir über den See zurück. »Wir müssen zu unseren Sachen.«

Unter einem Berg Schnee zieht Henrik den Rucksack hervor, holt eine Thermoskanne heraus und schenkt

272

in die Kappe eine Flüssigkeit ein, die verdächtig nach heißer Schokolade duftet.

»Ich hoffe, das ist, was ich denke.« Fast reiße ich ihm den Becher aus der Hand, denn ich merke bei dem verführerischen Geruch, wie hungrig ich bin. Das Schokoladenaroma, gewürzt mit einem Hauch Zimt, breitet sich in meinem Mund aus und wärmt mich mit jedem cremigen Schluck mehr.

»Das ist die beste heiße Schokolade, die ich je getrunken habe.« Und damit der würdige Abschluss des besten Kusses, den ich je küssen durfte.

Was denke ich hier bloß? Es ist völlig verrückt, was diese romantische Weihnachtsstimmung mit mir anstellt. Ich kenne Henrik doch gar nicht richtig.

Nur, muss man sich wirklich richtig kennen, um sich so zu küssen?

»Die hast du aus dem *Coffee To Stay* in der Nähe vom Charlottenburger Schloss, richtig? Das Café gehört einer Freundin von mir, ich glaube, du würdest dich aufs Beste mit ihr verstehen. Claire ist eine leidenschaftliche Kaffeegenießerin.«

»Wenn sie durch ihre Schokokunst prädestiniert ist, deinem Freundeskreis anzugehören, schaue ich mich dort das nächste Mal gewiss genauer um. Zu einem guten Kaffee sage ich niemals nein.«

Ich halte Henrik meinen leeren Becher entgegen und er schenkt mir nach.

Dieses Mal schlinge ich die herbsüße Flüssigkeit weniger gierig herunter und gebe den Aromen die Chance, sich in meinem Mund zu entfalten.

»Ich liebe die Leidenschaft, mit der du alles tust. Für die meisten ist das lediglich ein Kakao, aber für dich scheint es eine ganze Welt zu sein.«

Ich lasse den Becher sinken, mein Herz flattert mir in der Brust wie ein Schmetterling auf einer Sommerwiese. Halt! Er hat nicht gesagt, dass er mich liebt, sondern nur einen meiner Charakterzüge. Wir kennen uns kaum und er ist gar nicht mein Typ und zudem war es bloß ein Kuss. Ein Weihnachtskuss! Genau. Punkt. Ende.

Gemeinsam trinken wir die Thermoskanne leer und knuspern meine mitgebrachten Zimt-Macarons auf. So wie ich die heiße Schokolade genieße, genießt er die Macarons.

Schließlich packt Henrik alle Sachen zurück in den Rucksack und ich merke, wie müde ich eigentlich bin. Das Adrenalin des Tages löst sich auf in Zucker und Sahne und Glück.

»Es war ein zauberhafter Abend, danke Henrik.«

»Der Zauber liegt ganz auf meiner Seite.«

Nochmals nehmen wir uns in den Arm und küssen uns leicht, ehe Henrik den Rucksack schultert und wir Hand in Hand durch den Park zurück zur Straße spazieren.

Vor seinem VW Bus bleibt Henrik stehen. »Ich habe extra meinen Bulli hier geparkt. Ich dachte mir, wenn ich dich schon zu so später Stunde auf das Eis entführe, sollte ich dich auch wie ein Kavalier der alten Schule sicher und warm nach Hause bringen.«

Unglaublich, dieser Mann denkt einfach an alles. Fast ein wenig schade, denn wir sind schneller zu Hause, als ich erwarte und schneller, als mir lieb ist, muss ich mich von Henrik verabschieden. Er bringt mich noch bis zur Haustür und wir lächeln einander an.

»Gute Nacht, Eisprinzessin.« Henrik küsst mich zärtlich auf die Wange, ehe er durch das Schneegestöber zurück zu seinem Auto geht.

»Gute Nacht«, flüstere ich in die Flocken hinein.

Kapitel 20
T wie Termine

Tiramisu-Macarons

Tiramisu – ein geschichteter Traum aus Löffelbiskuit, Mascarpone und Espresso – trifft auf feinste Macaron-schalen, dick bestäubt mit Porcelana-Kakao.

Mit deutlich weniger Schwung als zuvor schiebe ich mir das gefühlt zillionste vermurkste Macaron in den Mund. Es sollen Schneeflocken werden, schöne grazile Macaron-Schneeflocken, mit fein verästelten Kristall-strukturen. Doch – Pustekuchen! Stattdessen backe ich zusammengelaufene Massen am Fließband, die mehr Ähnlichkeit mit implodierten Sternen haben als mit zierlichen Schneeflocken. Das soll jetzt endlich funktionieren! Ich habe die halbe Nacht an dem Teig getüftelt und die Mengenverhältnisse berechnet, um die bestmögliche Konsistenz der Macaronage hinzubekommen. Und was kommt dabei heraus – eingedellte Dingsdas, zu allem Überfluss auch noch ohne Füßchen. Immerhin duften sie nach Macarons und sie schmecken auch ausgezeichnet. Mehr aber auch nicht. Dabei will ich den Gästen am Sonntag besondere Macarons während unseres Adventsmarktes anbieten.

Unsanft lasse ich das verbackene Ergebnis vom Backblech in eine große Schüssel rutschen. Bei den ersten fünf Blechen habe ich sie noch einzeln herunter geklaubt und in die Schüssel gestapelt. Aber genug ist genug! Daraus werde ich später sowieso ein Trifle machen, ein sehr großes Trifle.

Eine der zerschmolzenen Macaron-Schneeflocken fällt neben die Schüssel und ich nehme sie in die Hand. Von der Form her ähnelt sie einem verbeulten Herz. Lustig, so ungefähr fühlt sich mein eigenes Herz an.

Nils' Wiederkehr und seine Entschuldigungen hinterlassen Dellen in meinem Herzen und das ausgerechnet an den Stellen, die er durch sein Fremdgehen schon gründlich eingequetscht hat. Und dann kommt Henrik daher und dreht mein Herz eben einfach mal so auf den Kopf. Nun versucht es verkehrt herum seiner Arbeit nachzupochen und ist dabei mehr damit beschäftigt, die Balance zu halten.

Seit unserem Kuss vor drei Tagen habe ich Henrik nicht mehr gesehen. Gestern hat er mir einen wundervollen, tiefroten Ritterstern geschickt, der jetzt das Ladenfenster zwischen zwei Lichterbogen ziert.

Hin und wieder schreiben wir uns eine SMS, es sind banale Dinge, die mir jedes Mal ein Lächeln auf mein

Gesicht zaubern. Am Sonntag werden wir uns auf dem Adventsmarkt wiedersehen – das heißt, nur noch dreimal schlafen.

»Miela, hast du Elisen-Cookies übrig?«

Ich sehe von dem verbeulten Macaron-Herz auf. Assa steckt ihren Haarturm zur Küchentür herein und sieht mich fragend an. Ihre Ohrringe, die einer Mini-lichterkette ähneln, baumeln beschwingt hin und her.

»Elisen? Cookies?« Was ist das alles nochmal?

»Hallo? Teestube an Miela! Ich habe draußen Gäste, die hätten gern diese runden braunen Dinger, die du regelmäßig aus dem Backofen holst und die so herr-lich nach Weihnachten duften.« Assa schenkt mir ein breites Grinsen, ehe sie die Küchentür wieder schließt.

Seufzend schiebe ich die Reste meiner Macaronex-perimente zur Seite und krame aus dem Regal neben der Arbeitsplatte eine Dose mit Elisen-Cookies hervor. Ich hebe den Deckel kurz an, um zu prüfen, ob es auch wirklich die richtige Dose ist, denn in meiner augen-blicklichen Verfassung gerät einiges durcheinander. Sofort steigt mir das köstliche Aroma von Orangeat in die Nase und ich muss die Cookies gar nicht sehen, um zu wissen, dass es die richtigen sind.

Im *Teetässchen* sind bis auf zwei Tische alle besetzt. Es duftet nach Kräutertee, kandierten Orangen und Weihnachtsgebäck, vermischt mit dem harzigen Ge-ruch nach Tannen. Lachen liegt in der Luft, während das Feuer im Kamin gemütlich knistert. Wie immer, wenn ich aus der Küche in die Teestube trete, umfängt mich die behagliche Atmosphäre, mein Herz springt vor Freude und Zufriedenheit legt sich wohlig warm wie ein Seidentuch um mich.

Die Mäuseeskapade von vergangenem Montag scheint sich nicht herumgesprochen zu haben, denn der befürchtete Boykott der Teestube bleibt aus.

Ich lege ein paar Elisen-Cookies auf die Teller, die Assa auf einem Tablett bereithält. Assa stellt zwei dampfende Teegläser dazu und serviert die Köstlichkeiten einem Herrenduo in schwarzen Anzügen und schneeweißen Hemden, das hier so entspannt die Beine von sich streckt wie die Kunststudenten am Nachbartisch oder die Dame in dem zartrosa Chanelkostüm, die in Gedanken versunken an ihrer Perlenkette fingert, während sie aus dem Fenster in den Schneesturm hinausblickt.

Assa kommt mit einer Ladung leerer Gläser und neuer Bestellungen zurück und ich helfe ihr beim Anrichten.

»Übrigens war Theobald-August vorhin kurz hier.« Assa reicht mir drei sternförmige Glasteller, auf denen ich die Advent-Macarons des Tages anrichte. Heute gibt es bordeauxrote Macarons mit einer Creme aus Mascarpone und griechischem Joghurt, verrührt mir fruchtigem Erdbeerhonig. Auf die warmen Macarons streute ich fein geriebene, gefriergetrocknete Erdbeeren, die ich zuvor mit braunem Zimtzucker vermischte.

Aus den Augenwinkeln sehe ich, wie sich Assa ein Macaron auf der Zunge zergehen lässt. »Gut, nicht wahr?« Ich grinse sie an und Assa verdreht vor Genuss die Augen.

»Köstlich. Können wir nicht einmal wieder Erdbeerkuchen machen? Also besser gesagt du? Ich liebe Erdbeerkuchen und den hatte ich immer im Angebot.«

Assas Ton nimmt Quengelformat an und mein Grinsen verwandelt sich in ein herzhaftes Lachen, denn dieses Gespräch führen wir gefühlt stündlich.

»Gedulde dich, liebe Assa. Bald kommt die Erdbeerzeit und dann werden wir aus den Vollen schöpfen. Erdbeerkuchen in jeglicher Form, geschichtet, gerührt, geliert, was auch immer dein Herz begehrt.«

»Mein Herz begehrt jetzt Erdbeerkuchen und auch wenn du alle Erdbeerkonserven aus der Teestube verbannt hast, bis in meine Wohnung hat es deine Ausmistaktion nicht geschafft. Ich könnte schnell zwei, drei Döschen holen.« Assa lächelt mich lieb an und klimpert mit ihren schweren, höllenschwarz getuschten Wimpern. Vermutlich soll mich das über den Schmerz hinwegtrösten, der mich bei dem Wort *Erdbeerkonserven* durchfährt. Ich schnalze voller Missbilligung mit der Zunge und schiebe ihr noch ein erdbeeriges Advent-Macaron zu und greife nach dem Tablett vor mir.

»Wollte Theobald-August etwas Bestimmtes?«, lenke ich das Gespräch auf ein schmerzfreies Thema.

»Du brauchst gar nicht abzulenken«, grummelt Assa, schnappt sich aber mein Friedensangebot und schiebt es sich genüsslich in den Mund. »Er hat wieder Post weggebracht.«

»Post? Was für Post?«

»Na Post halt, in der er schreibt, wir hätten hier am Montag seltene Kurzohrmäuse gerettet, die ein Tierquäler ausgesetzt hat.«

Ich stelle das Tablett wieder ab. »Wir haben was für Mäuse gerettet?« Und dann geht mir ein Licht von der Größe eines ganzen Lampenladens auf. Theobald-

August hat offensichtlich über Facebook gepostet, dass wir arme, geschundene Mäuse-Kreaturen gerettet haben und damit hat er etwaige Anschuldigungen gegen uns im Keim erstickt. Dieser Junge ist großartig! Warm durchrieselt mich die Zuneigung zu Theobald-August. Halt, Miela! Drei Männer in deinem Leben sind eindeutig mindestens ein bis zwei, eventuell sogar drei zu viel. Egal! Ich liebe diesen Kerl.

»Wie können wir ihm nur für all die Hilfe danken, Assa?«

Assa tippt sich mit dem Zeigefinger auf die Nasenspitze. »Ich glaube, er dankt uns auf diese Art für unsere Hilfe.«

»Du meinst, weil er nach dem Gespräch mit dir den Mut aufgebracht hat, Inès anzusprechen?« Ich wische Assa einen Teekrümel weg, der sich auf ihre Nase verirrt hat.

Sie nickt und greift nach dem Tablett vor mir.

»Inès liebt ihn so oder so, Assa.«

Wieder nickt sie. »Und das ist auch gut so. Er ist ein feiner Kerl und hat das Allerbeste verdient. Auch wenn dazu ein kleiner Schubs in die richtige Richtung notwendig war.«

»Assa, du bist grandios. Habe ich dir das schon einmal gesagt?« Spontan umarme ich sie über das Tablett in ihren Händen hinweg, Tee schwappt über und tränkt die Advent-Macarons daneben.

Assas Gesichtsfarbe unterscheidet sich kaum von ihrer granatroten Haarflut, als wir gemeinsam die Bescherung auf dem Tablett beseitigen.

Die nächsten Stunden fliegen dahin zwischen backen, servieren, plauschen mit Gästen, Macaronstern-Versuchen, Ausschau halten nach Henrik und wachsenden To-do-Listen für unseren Adventsmarkt.

Ich beschließe gerade, zu Dana und zu Leon zu gehen, um mit ihnen Details zu besprechen, als Nils in die Teestube kommt. Schon wieder.

»Hey Süße.« Er beugt sich für einen Begrüßungskuss über die Teebar. Ungelenk komme ich ihm mit meiner Wange entgegen, bis wir uns kurz berühren. Ui, seine Haut fühlt sich nass und kalt an. Schnell ziehe ich mich auf mein sicheres Terrain zurück.

»Was hältst du von einem verspäteten Mittagessen, Süße? Constanze hat mich drei Stunden lang getuschte Wimpern fotografieren lassen – mal ehrlich, das ist doch Schikane.«

»Erstens, nenne mich bitte nicht Süße«, flüstere ich ihm zu, denn ich bin mir sehr wohl der lauschenden Gäste rundherum bewusst. »Zweitens habe ich leider überhaupt keine Zeit für dich und drittens will Constanze die *WeSelf* schlicht und ergreifend perfekt machen. Was im Übrigen auch deinen wiedergewonnenen Arbeitsplatz sichert.« Meine Worte klingen selbst in meinen Ohren gereizt, aber es ist doch so. Seitdem Constanze und ich nicht mehr gemeinsam arbeiten, sehen wir uns mit anderen Augen. Sie war sogar vor zwei Tagen während ihrer Mittagspause hier, zusammen mit Sarah, Harry, Miriam und, leider, Gorden. Wobei sich er und Miriam wesentlich besser verstanden haben, als ich es ihm je zugetraut hätte. Er kam mir fast zahm vor, wie er neben ihr saß und auf jeden Blick aus ihren teddybärbraunen Augen mit einem zutraulichen Winseln reagierte.

»Seit Tagen komme ich zu dir und jedes Mal lässt du mich abblitzen! Immer geht es nur um deine Arbeit, dabei ist es nicht einmal deine richtige Arbeit. Oder schiebst du den Krempel nur vor, weil du dich an mir rächen willst?« Nils scheint nicht gewillt, leise zu sprechen. Er sieht auch wirklich wütend aus, zwischen seinen Augen zeigt sich eine tiefe Falte und seinen sonst so schön geschwungenen Mund presst er zu einer Linie. Er vergisst sogar, sich größer zu machen und vor allem nicht auffallen zu wollen.

Ich linse an ihm vorbei zu den Gästen in seiner Nähe und überlege kurz, hinter der Teebar hervorzukommen und mich neben ihn zu stellen, damit wir diskreter miteinander diskutieren können. Allerdings hieße das, ich müsste meinen Sicherheitsabstand aufgeben.

»Es tut mir leid«, purzelt es aus meinem Mund, »was hältst du davon, wenn wir uns Samstag zum Frühstück treffen?«

»Samstag? Zum Frühstück?« Hätte ich ihm einen Spaziergang über die Rücken der Krokodile in den Everglades vorgeschlagen, wäre seine Reaktion euphorischer gewesen.

Einige der Gäste sind mittlerweile auffallend ruhig und folgen interessiert unserem Gespräch, also verlege ich mich auf Assas Methode des Wimpernklimperns, auch wenn ich für Wimperntusche heute Morgen keine Zeit hatte und meine Wimpern alleinig mit ihrem natürlichen Schwung punkten müssen. »Bitte Nils, im *Teetässchen* ist gerade wirklich viel zu tun. Aber Samstagfrüh bin ich für dich da.«

Seiner Mimik nach zu urteilen schwankt er zwischen auf den Tisch hauen und nachgeben. Ich lege meinen Kopf schräger und klimpere stärker mit meinen Naturwimpern.

»Okay. Wir treffen uns Samstag neun Uhr in der Brasserie *Josette*.«

Glück gehabt, mein Wimpernklimpern scheint geholfen zu haben, auch wenn er gleichzeitig mit seinem Einlenken metaphorisch auf den Tisch haut. Denn neun Uhr ist mir eigentlich zu spät und das *Josette* nicht unbedingt in der Nähe und auch einen Tick zu elitär für mich. Aber was soll's, damit würde ich mich später befassen.

»Also abgemacht, Samstag neun Uhr im *Josette*. Bis dann.« Ich hebe meine Hand und winke ihm zu, ehe ich mich nach unten beuge und irgendetwas in der Ablage unter der Teebar suche.

»Du kannst auftauchen, er ist weg. Es sei denn, du willst weitersuchen, was gar nicht da ist.« Über mir schwebt Assas lachendes Gesicht, was meine Situation nicht gerade weniger peinlich macht.

Beschwingt und voller Ideen im Kopf, die ich noch vor dem Adventsmarkt umsetzen will, öffne ich abends die Wohnungstür. Erfreut nehme ich zur Kenntnis, dass nicht abgeschlossen ist und Caro bereits zu Hause sein muss.

Nachdem ich mich aus diversen Schichten Wintersachen geschält habe und meine Füße sich über ihre neugewonnene Freiheit freuen, schlendere ich ins Wohnzimmer, aus dem leise Fernsehgeräusche kommen.

Caro lümmelt tatsächlich vor dem Fernseher auf dem Sofa. Mit zerzausten Haaren und in einem tausend Jahre alten Bademantel starrt sie mit der Fernbedienung in der Hand auf die Mattscheibe. Allein die Tatsache, meine beste Freundin noch nie mit zerstrubbelten Haaren gesehen zu haben, reicht, um eine Alarmsirene in der Größe des Berliner Doms in meinem Kopf anzuschmeißen. Eine zweite schaltet sich beim Anblick ihres ausgewaschenen spinatgrünen Baumwoll-Bademantels dazu und ein Blick auf das Fernsehprogramm ihrer Wahl komplettiert das Terzett. Sie schaut allen Ernstes *Frauentausch Promi Spezial*! Zerzauste Haare? Ja. Zerschlissene baumwollene Bademäntel? Ja. Aber *Frauentausch*? *Promi*? *Spezial*? Definitiv: Nein!

Ich mache mir gar nicht die Mühe, ihr die Fernbedienung aus der Hand zu nehmen, sondern bereite dem Grauen in unserem Wohnzimmer lieber direkt über die Steckerleiste ein Ende. Zack, augenschonende Dunkelheit breitet sich auf dem Fernsehbildschirm aus.

»Sie ist wieder da?« Mit meinem vollen Körpergewicht lasse ich mich neben Caro auf das Sofa plumpsen.

Die verzieht den Mund und starrt ansonsten weiter auf die Mattscheibe.

Ich lege den Arm um sie und ziehe ihren Kopf an meine Schulter. »Warum schmeißt du diesen Job eigentlich nicht hin? Du kannst dir jede Arbeit aussuchen, die du willst.«

Caro antwortet nicht und ich rüttele leicht an ihr. »Du lässt dir doch sonst nichts gefallen. Erst letztens hast du den Porschefahrer, der dem Fahrradfahrer die Vorfahrt genommen hat, an der nächsten Ampel rundgemacht und das Exemplar in der fahrenden Flunder war mindestens doppelt so groß wie du.«

»Das war doch gar nichts«, raunt sie.

»Dann erkläre mir bitte, warum du der Heingold ihr Make-up nicht vor die Füße wirfst?«

»Ich habe noch nie irgendjemandem irgendetwas vor die Füße geworfen.«

»Außer Alexander Bergs Liebesbrief in der fünften Klasse, als du ihm erklärt hast, du wärst nicht bereit für solch einen Schritt.«

Caro prustet kurz. »Wenn du solche Sachen mitzählst, habe ich wohl viele Male jemandem das eine oder andere vor die Füße geworfen.«

»Also kannst du es ja offensichtlich. Warum machst du es dann dieses Mal nicht?«

»Valerie Heingold ist eine großartige Schauspielerin«, flüstert Caro. Ich habe Mühe, sie zu verstehen. »Der Film ist einzigartig, wir drehen hier kein Fast Food. Der Stoff hat eine unglaubliche Kraft und Relevanz, wir werden damit die Menschen berühren, sie zum Weinen und Lachen und Nachdenken bringen und ich will einfach Teil davon sein.«

Nachdenklich streiche ich Caro über den Arm. »Deshalb beißt du die Zähne so zusammen. Hast du mit ihr gesprochen, warum sie dich so schlecht behandelt?«

Caro richtet sich auf und fährt sich durch die Haare, was das Chaos auf ihrem Kopf zumindest ein wenig glättet. »Klar, habe ich sie darauf angesprochen, mehrfach sogar.«

»Und?«

»Sie hat mich stehen gelassen.«

Ich pfeife durch die Zähne und beginne, meinen eigenen Plan für ein klärendes Gespräch zu schmieden. Caro einfach stehen zu lassen, das kann nicht jede. Das Fräulein Valerie muss ein sehr zähes Exemplar sein.

»Und bei dir?« Caro setzt sich aufrecht hin und betrachtet die Ärmel ihres Bademantels in etwa so, wie ich Mücken betrachte, die es wagen, in meinem Zimmer aufzutauchen.

»Och, alles easy. Bis darauf, dass ich jeden Tag eine Million Macarons backe, keine Schneeflocken hinbekomme, dafür aber jegliches andere Weihnachtsgebäck, welches es von hier bis nach Australien gibt. Dazu muss ich neue Rezeptblätter gestalten für den restlichen Adventskalender, mich um eine Kuchenvitrine für den Hofdurchgang kümmern, mit Assa, Dana und Leon zusammen die Vorbereitungen für den Adventsmarkt vorwärtstreiben, den Hof mit den anderen dekorieren, hoffen, dass es am Sonntag nicht zu viel schneit und mich um meine Freundin kümmern, die gerade nicht unbeträchtlich in Schräglage hängt. Zur Krönung darf ich mich Samstagfrüh mit Nils treffen, der höflichst um einen Termin bei mir anfragte. Ja, ich würde sagen, mein Terminplan lässt nicht unbedingt Platz für sonstige Aktivitäten. Überraschungen natürlich ausgenommen.«

»Da bin ich aber froh, dass du so gut ausgelastet bist, ich habe mir nämlich bereits Sorgen gemacht, dass ich das schreckliche Fernsehprogramm mit dir teilen muss.« Caro erhebt sich und reckt sich genüsslich.

Dafür beschlagnahme ich sofort der Länge nach das Sofa. »Da quetsche ich mir lieber noch zehn weitere Punkte auf meine To-do-Liste.«

In diesem Moment klingelt es Sturm an der Wohnungstür.

Caro sieht mich fragend an. »Erwartest du Besuch?«

Ich schüttele den Kopf und sehe auf meine Armbanduhr. »Kurz vor zehn. Vielleicht brauchen Armin und Umberto Salz oder Zucker oder so.«

»Never! Wenn schon, bringen sie uns Salz und Zucker und wenn es nach mir ginge auch gleich den Rest, der zu einem ihrer guten Essen passt. Machst du auf? Ich bin in diesem Aufzug nicht gesellschaftsfähig.«

»Dann besteht ja noch Hoffnung für dich, wenn du das selbst bemerkst.«

Ich warte zwei Seufzer lang, ob sich der Klingler ein anderes Ziel sucht, werde jedoch enttäuscht, sodass ich mich schließlich erhebe und zur Wohnungstür schlurfe. Ich öffne sie einen Spalt und reiße sie dann mit einem Ruck ganz auf.

Kapitel 21
M wie Macarons

Maronen-Macarons

Aus fein gemahlenen Maronen entstehen Macaronschalen mit würzigem Nuss-Aroma. Dazu eine Ganache, gerührt aus dunkler Haselnussschokolade, durchzogen mit feinen Karamellfäden.

»Gramsie! Was machst du denn hier?«

Meine Großmutter steht vor mir. Auf dem Rücken trägt sie einen altmodischen Wanderrucksack und über der Schulter hängt ihre Lieblingshandtasche, die sie sich vor geschätzt zweihundert Jahren in Venedig von einem ihrer ersten Bilder gekauft hat. Schräg hinter ihr schnauft Herr Ingbert, der ebenfalls einen beachtlichen Rucksack schultert und ansonsten zwischen zwei Koffern steht.

»Ich ziehe hier ein, meine liebe Miela. In der Villa ist es nicht mehr zum Aushalten. Die alten Leute dort sind alle völlig verrückt geworden! Wenn du bitte die beiden Koffer an dich nehmen würdest und Ingbert den Rucksack abnimmst.«

»Du ziehst hier ein?« Meine Stimme ähnelt mehr einem quiekenden Schweinchen als einer erwachsenen Frau. »Das ist Caros Wohnung.«

»Die mich mit Sicherheit liebend gern aufnimmt, nicht wahr, meine Liebe?« Gramsie schielt an mir vorbei in die Wohnung. Ich drehe mich um und sehe zu Caro hinter mir, deren Augen tellergroß in ihrem Gesicht wirken.

»Selbstverständlich Elionore, wir, ich meine ich, oder wir ...«, stammelt Caro und lässt lieber Taten sprechen, als weiter unzusammenhängende Worte aneinanderzureihen. Sie nimmt Herrn Ingbert den Rucksack ab und bedeutet mir mit einem Blick, die Koffer hinein zu bringen. Derweil ist Gramsie in der Wohnung verschwunden, allerdings ohne Herrn Ingbert auch nur einen Seitenblick zu gönnen.

»Kommen Sie doch herein«, bitte ich ihn, er winkt indessen ab.

»Mein sehr verehrtes Fräulein Miela, seien Sie sich meiner Zuneigung Ihrer geschätzten Großmutter gegenüber gewiss, doch in der augenblicklichen Phase unserer Bekanntschaft kann ich mir nur erlauben zu bemerken, Ihre Großmutter besitzt nicht mehr alle Tassen im Schrank! Ich empfehle mich. Fräulein Miela, Fräulein Caroline.« Damit lupft er für jede von uns kurz den Hut, dreht sich um und schreitet die Treppe hinab.

Caro sieht ihm nach, als würde sie nie wieder woanders hinsehen wollen. »Hat er wirklich gerade gesagt, deine Großmutter hat nicht mehr alle Tassen im Schrank?«

»Besitzt hat er gesagt, aber ja, den Rest sagte er wortwörtlich so.« Wobei auch ich mich nicht vom Ort des Geschehens losreißen kann.

Nebenan öffnet sich die Wohnungstür und Armin und Umberto stecken ihre Köpfe heraus. Zwischen ihren Beinen lugt Caruso schwanzwedelnd hervor, was Mamsellchen dazu veranlasst, von wo auch immer angeschossen zu kommen und sich vor dem Hundeknäuel in all ihrer schneeweißen Katzenpracht aufzubauen. Caruso tritt den Rückzug an und Mamsellchen marschiert geradewegs hinterher, mitten hinein in sein Revier. Normalerweise schimpft Caro spätestens an dieser Stelle der Grenzüberschreitung mit ihrer frechen Katze, doch wie es aussieht, verdaut sie wie ich noch die gerade erlebte Szene.

»In Ordnung alles bei Mädels euch?« Umberto betrachtet Caro und mich mit sorgenvoller Miene, welche seinem Davidgesicht noch mehr Schönheit und Gefühl verleiht und mich augenblicklich dazu veranlasst, Gramsie, Herrn Ingbert und die restlichen sieben Milliarden Menschen auf diesem Planeten zu vergessen. Ich will Umberto eben sagen, er müsse mich heiraten, als Gramsie dazukommt und sich auf die Jungs stürzt.

»Ich wohne jetzt bei den Mädels«, strahlt sie die beiden an. »Schluss mit der alten Rentner-WG.«

Nach etlichem Hin und Her im Hausflur schaffen Caro und ich Gramsie zurück in die Wohnung, fangen Mamsellchen ein und errichten für mich ein Nachtlager auf dem Sofa. Gramsie bietet tapfer an, selbst auf der Couch zu nächtigen, aber sie nimmt nach zweimaligem Angebot dann doch lieber mein Bett – in Caros Gästezimmer wohlgemerkt.

Noch immer haben Caro und ich nicht herausgefunden, was meine Großmutter dermaßen erzürnt, dass sie ihr eigenes Haus verlässt und ihre Mitbewohner allein lässt, außer dass die *alten* Leute in der Villa völlig verrückt seien. Kurz nach Mitternacht bin ich jedoch so müde, dass meine Neugier einschläft und wir uns alle zur Nachtruhe begeben. Was Gramsie sehr altmodisch findet, denn von unserer jungen Mädels-WG hat sie sich deutlich mehr Pep erwartet. Kopfschüttelnd zieht sie sich in ihr, beziehungsweise mein, per se Caros Zimmer zurück.

Kurz vor dem Einschlafen sende ich meiner Mutter eine SMS mit den Gramsie-Neuigkeiten, doch das Antwort-Pling erreicht mich nur noch durch meine erste Schlafschicht.

Zischende Geräusche der Espressomaschine, Wasserrauschen im Bad und eine in höchsten Tönen geschmetterte Arie aus *My Fair Lady* zerren mich am nächsten Morgen aus meinem wohlverdienten Schlaf. Oh nein, bitte nicht, jetzt leben in dieser Wohnung drei Frühaufsteher und ich bin definitiv keiner von ihnen.

»Guten Morgen, Mielachen.« Gramsie steckt ihren Silberkopf zur Wohnzimmertür herein und strahlt mich an. »Gut, du bist schon wach. Dann komm endlich frühstücken, mein Kind. Und ziehe dir bitte hübsche Sachen an, in diesem Schlafungetüm schlägst du ja jeden in die Flucht.«

Ein wenig pikiert zuppele ich an meinem geliebten Minnie-Maus-Schlafshirt herum und ziehe lediglich einen Bademantel darüber, um so in die Küche zu schlurfen. Gramsies missbilligenden Blick ignoriere ich. Nicht jeder ist morgens um sieben in der Lage, wie aus dem Ei gepellt am Frühstückstisch zu sitzen. Außer man ist ein Frühstücksei oder heißt Elionore Ladur oder Caroline Cöster. Die, wohlgemerkt, durch ihren offensichtlichen Powerschlaf ihre alte – das heißt elegant-makellose – Form wiedergefunden hat.

»Na, bereit für einen neuen Tag Kosmetikjonglage?«, säusele ich über meinen Haferflocken, die ich großzügig mit selbstgemachtem Krokant aufpeppe.

»Selbstverständlich!« Caros Selbstbewusstsein passt kaum in die Küche und ich bewundere sie dafür, dass sie jeden Tag wieder aufsteht und sich mit Mumm Valerie Heingold entgegenstellt.

»Ich bin echt stolz auf dich und damit du nicht so still und einsam leiden musst, besuche ich dich heute am Set. Wann macht ihr Mittagspause?« Voller Euphorie hebe ich meine Tasse mit heißer Schokolade an, um mit Caros Espresso anzustoßen.

»Meist gehen wir zwischen eins und zwei essen. Aber du hast selbst genug um die Ohren, Miela, ich habe ein schlechtes Gewissen, wenn du meinetwegen abends noch länger in der Backstube stehen musst.«

»Papperlapapp. Wer bekommt schon die Chance, Valerie Heingold kennenzulernen.«

Caro verzieht ihren Mund und sieht dabei aus, als würde sie diese Chance lieber vierteilen und darauf herumtrampeln.

»Ein Grund mehr, dich endlich schick anzuziehen«, drängt Gramsie mich und gibt mir einen Klaps auf den Arm, der mich wohl zum Aufstehen bewegen soll.

»Na hör mal, ich bin kein Schulkind mehr«, empöre ich mich und reibe mir die Stelle, wo sie mich getroffen hat.

»Aber meine Enkeltochter, und nun hopp.«

Widerwillig erhebe ich mich. Es kann durchaus nicht schaden, wenn ich heute schneller in die Gänge komme, deshalb gebe ich nach und schlendere ins Bad.

Keine dreißig Minuten später stehe ich fertig vor dem Garderobenspiegel im Flur. Zufrieden gönne ich mir einen Blick auf meine Rückseite und auch da sieht alles prima aus. In diesem Lieblingskleid kann frau nur gut aussehen. Es ist ein kupferfarbenes Fünfziger-jahre-Vintage-Kleid von Valentino, dessen Tellerrock in perfekten Falten bis zu meinen Knien fällt. Das Oberteil liegt eng an und lässt mittels eines U-Boot-Ausschnittes meine Schultern hervorblitzen.

Gramsie kommt aus ihrem Zimmer dazu. »Sehr schön. So kannst du dich blicken lassen. Musst du gleich los oder darf ich dir noch etwas zu trinken anbieten?«

»Eigentlich sollte ich losgehen, aber wenn du reden willst, kann ich gern bleiben.« Ein wenig irritiert sehe ich meine Großmutter an, da läutet es.

Gramsie schießt an mir vorbei zur Gegensprechanlage an der Wohnungstür. »Ich mache auf.« Sie drückt auf den Türöffner, ohne zu fragen, wer unten klingelt, und öffnet auch sogleich die Wohnungstür, dann schlägt sie sich mit der flachen Hand gegen die Stirn. »Ach Mielachen, das ist jemand, der mir Unterlagen für die Villa bringt, sei so gut und nimm du sie entgegen, mir ist eingefallen, ich habe etwas enorm Wichtiges in meinem Zimmer vergessen.«

Damit rast Gramsie an mir vorbei ins Gästezimmer und schmeißt die Zimmertür hinter sich zu. Was war das denn bitteschön? Ich will ihr gerade nachgehen, da höre ich Schritte im Hausflur. Wer auch immer das ist, den scheinen die sieben Millionen Stufen nicht zu stören, das ist echt Rekordzeit.

Ich drehe mich um und die Sonne geht an diesem Morgen in unserem Hausflur auf.

»Miela, guten Morgen.«

Vor mir steht Henrik. Der Treppensprint hat ihn kein Stück außer Atem gebracht, seine blauen Augen strahlen mich an. Nachdem er sich die Mütze vom Kopf zieht, weckt seine blonde Beachboy-Frisur in mir den Wunsch, durch seine Haare zu wühlen.

»Komm rein«, erinnere ich mich endlich zu sagen.

Er tritt in die Wohnung und steht eine Armlänge von mir entfernt. Ich könnte meine Hand ausstrecken, wenn sie nicht so zittern würde. Dieser Weihnachtszauber unseres Eisausfluges wirkt echt stark nach.

»Deine Großmutter bat mich, ihr Unterlagen vorbeizubringen.« Damit reicht er mir einen Aktenordner und ich nehme ihn an mich.

»Henrik, schön, dass Sie es geschafft haben. Ich bin Ihnen wirklich sehr dankbar.« Gramsie erscheint zurück auf der Bühne und nimmt mir die Unterlagen aus der Hand. »Ich würde unsere Besprechung gern ein anderes Mal abhalten, denn ich glaube, ich bekomme eine Migräne und würde mich deshalb gern hinlegen. Aber Miela ist gerade auf dem Weg in ihre Teestube, nutzen Sie die Zeit und begleiten Sie sie, der Sonnenaufgang ist gerade herrlich.«

Wieder schließt sich die Gästezimmertür hinter meiner eigenartigen Großmutter. Also ehrlich, sie gefällt mir seit gestern überhaupt nicht. Sind das etwa die ersten Zeichen des Alters?

»Moment«, wende ich mich an Henrik und gehe zu Gramsie. Diese liegt entspannt auf dem Bett und schmökert in einer alten Ausgabe von *Herr der Ringe*.

»Alles in Ordnung mit dir? Soll ich lieber hierbleiben?«

»Aber Miela, du weißt doch, mich haut nichts um. Ich habe jetzt einfach keine Lust auf dieses Umbauzeug der Villa und ich wollte nicht unhöflich zu Henrik sein, wenn er schon extra hierhergekommen ist. Nun sei bitte so lieb und lasse mich lesen, die Ents beraten gerade, ob sie Gandalf helfen wollen. Und wie du weißt, dauert das seine gute Weile.«

Nach wenigen Metern schwindet meine Befangenheit Henrik gegenüber und Hand in Hand spazieren wir durch den heller werdenden Tag. Über uns spannt sich ein blitzblauer Himmel und eine milde Wintersonne taucht alles in goldenes Licht. Ich bin gerade mittendrin in einer Erzählung über meine Vorstellung des Hofgartens im Sommer, als wir beim Hofeingang ankommen. Leider. Dabei bin ich doch aus Versehen einen Umweg gelaufen.

Leon muss in der Nacht die Figuren fertig geschnitzt haben, denn am Toreingang erwartet uns Danas neue Schneiderpuppe, gekleidet in einen traumhaft schönen, veilchenblauen Flauschpullover, der mit einer weißen Jeans kombiniert ist. Die Puppe zieht einen Schlitten, auf dem ein Puppenmädchen lacht. Auch diese Puppe trägt Danas Sachen, in diesem Fall einen bonbonrosa Poncho zu kirschroten Jeanshosen. Die Szene wirkt so lebensfroh und hebt sich ab von all den Schaufenstern um uns herum, dass die meisten Leute kurz stehenbleiben und mehrere von ihnen sogar durch den Torbogen hindurch in den Hofgarten gehen.

Volltreffer!

Henrik und ich schlendern in den Hofgarten bis unter den Kirschbaum mit seiner Schneelast, Hand in Hand stehen wir einander gegenüber und sehen uns an. Meine Umgebung löst sich auf, ich sehe nur Henriks Augen, tiefblau wie der Ozean, und seinen sinnlichen Mund, der sich meinem nähert. Sanft treffen unsere Lippen aufeinander und lassen mich eintauchen in Gefühle so alt wie die Menschheit selbst.

Ein unterdrücktes Fluchen katapultiert mich aus dem Kuss und ich brauche einen Moment, um mir wieder meiner Umwelt bewusst zu werden. Über Henriks Schulter hinweg sehe ich Leon im Torbogen auf einer Leiter stehen und mit einer Lichterkette kämpfen. Momentan steht es zwei zu null für die Lichterkette, was auch nicht schwer ist, denn sie besteht aus geschätzten tausend Lichtern, wohingegen Leon als Einzelkämpfer antritt.

Henrik streicht zart über mein Gesicht und ich schmiege meine Wange in seine Hand. »Sehen wir uns übermorgen auf dem Adventsmarkt?«, murmele ich.

Mir scheint, Henrik würde kurz zögern, denn sein Lächeln verliert für einen Moment sein Strahlen, aber möglicherweise ist es auch lediglich der Schatten einer der Äste, die sich über uns leicht hin und her bewegen. »Ich freue mich sehr darauf und vor allem auf dich.« Henrik küsst mich auf die Stirn und umarmt mich danach fest. Beides fühlt sich so richtig an, so passend, und ich beginne zu schweben.

Die Dreharbeiten zu Caros Film finden auf der Museumsinsel statt. Stadtplanmäßig ist dies ein Katzensprung, verkehrstechnisch dahingegen eine Qual. Schon als ich die vielen Menschen an der Tramhaltestelle sehe, überlege ich erneut, zu Fuß zu gehen. Andererseits ist der Picknickkorb, den ich mit Assas Tee und meinen Leckerbissen randvoll gepackt habe, mehr als schwer, um nicht zu sagen fast untragbar. Also beiße ich die Zähne zusammen und quetsche mich zusammen mit österreichischen Teenagern, japanischen Studenten, englischen Bridgeladys, amerikanischen Cowboys und zwei oder drei Berlinern in die Straßenbahn. Diese klingelt sich brav ihren Weg durch den Verkehr und zuckelt gemächlich der Museumsinsel entgegen.

Alles andere als gemächlich verlasse ich die Tram und sprinte so schnell es eben geht mit zwei Tonnen Übergepäck zur Absperrung, die den Drehplatz umgibt. Dank des Ausweises, den mir Caro heute früh gegeben hat, darf ich ungehindert passieren und bekomme sogar noch einen Korbträger in Form eines spindeldürren Praktikantenmännchens spendiert.

Am Wohnwagen von Valerie Heingold wirft er mir den Korb vor die bestiefelten Füße und hetzt mit einem Seitenblick, in den das Grauen eingemeißelt ist, von dannen.

Meine Güte! So schlimm kann diese zauberhafte Frau doch gar nicht sein.

In dem Moment fliegt die Wohnwagentür auf und Caro stürmt heraus. Ihre Haare liegen glatt an Ort und Stelle, jedoch wirkt ihre Gesichtsfarbe sehr ungesund, denn sie leuchtet roter als Caros heute Morgen sorgfältig angemalte Lippen.

Sie stoppt mit einer Vollbremsung vor mir und funkelt mich aus düsteren Augen an, die schwärzer als Kohle wirken und mir wirklich Angst machen. Ich trete zwei Schritte zurück und bin mir nicht sicher, ob der Abstand zwischen mir und Carrie – ich meine natürlich Caro – reicht, sollte jetzt irgendetwas Böses aus ihr herausspringen.

»DIE DAME WILL TEE!«, speit mir Caro entgegen. »INGWERTEE!«

»Oh, da habe ich genau das Richtige für sie.« Mit einem Schlenker umrunde ich Caro mit einem Sicherheitsabstand von zwanzig Metern und lasse meine Freundin stehen, damit sie sich ausdampfen kann.

»Hallo Frau Heingold.« Schwungvoll, sodass mir mein Rock um die Beine schwingt, betrete ich den Wohnwagen und stehe endlich IHR gegenüber. Und was soll ich sagen, am liebsten würde ich einen Knicks vor Valerie Heingold machen. Wie kann ein einzelner Mensch, der älter ist als bezaubernde fünf Jahre, nur so entzückend sein. »Frau Cöster schickt mich, um Ihnen Tee zu bringen.«

Bei dem Namen Cöster verdunkeln sich Frau Heingolds veilchenblaue Augen und ihr Venusmund verzieht sich einen Tick Richtung Wohnwagenboden. Doch sie fängt sich sogleich.

»Ich habe Sie hier am Set noch nie gesehen«, schnurrt sie mich mit ihrer rauchigen Gänsehautstimme an.

Mit flinken Fingern hole ich eines unserer schönsten *Arnstadt-Kristall*-Teegläser aus dem Picknickkorb und gieße aus der Thermoskanne frischen Tee ein. »Ich arbeite erst seit kurzem für das *Teetässchen*.« Okay, schön cool bleiben, das alles läuft hier besser, als ich es zu hoffen wage. Die Steilvorlage ihres Teewunsches ist ein absoluter Glückstreffer. In ihren Filmrollen, die sie sonst spielt, läuft es in der Regel nicht so glatt. Sie ist eine echte Charakterschauspielerin und dazu unglaublich schön. Sie hätte Galadriel spielen müssen, nur vermutlich hätte dann keiner mehr auf Frodo und Sam geachtet.

Ich reiche Valerie Heingold formvollendet das dampfende Teeglas. Wenige Sätze haben ausgereicht, um Assa zum Teemischen zu animieren. Sie hat ungewöhnlich viele Teesorten gebraucht, ich glaube, zum Schluss standen an die zwei Dutzend Dosen um das Teesieb herum. Ehe Assa alles zu ihrer Zufriedenheit erschnuppert und abgewogen hat, war mein erstes Blech mit Vanillekipferln bereits fertig.

Während ich jetzt auf einem *Meißner-Porzellan*-Teller mit handgemalten Schneeflocken bunte Macarons anrichte, beobachte ich aus den Augenwinkeln die

Schauspielerin. Erst skeptisch und mit Abstand schnuppert sie an dem Tee, doch schnell atmet sie tief das würzige Aroma ein. Im Wohnwagen vermischen sich Rotbuchenblüten mit Kirschpflaumen, harmonisch getragen von *Red Jade*. Einen Moment bin ich versucht, mir selbst ein Tässchen einzuschenken. Nun gut, verschieben wir es auf später.

Bereits der erste Schluck haut sie um, das sehe ich an ihren Augen, die sich genussvoll schließen, und an ihrem Mund, der sich entspannt zu einem echten Lächeln verzieht, das sich in einem Hauch von Fältchen rund um ihre Augen spiegelt.

»Nie wieder Ingwertee«, seufzt sie wohlig und trinkt Schluck für Schluck das Glas leer.

Ich reiche ihr den Teller mit den Macarons und sie lehnt mit einer Handbewegung ab. »Nein, danke. Ich esse keinen Zucker.«

Zack! Aber! Genau damit habe ich gerechnet. Wer isst heutzutage schon in der Öffentlichkeit Zucker! Deshalb reiche ich ihr den Teller erneut und schenke ihr ein garantiert zuckerfreies Lächeln dazu. »In meinen Macarons verbirgt sich selbstverständlich keinerlei schnöder Haushaltszucker. Ich backe nicht nur mit Liebe, sondern auch mit dem fein zerriebenen Sirup der Kokosblüte – eine Delikatesse statt leerer Füllstoffe und auch gleich vorneweg, die Farben meiner herrlichen Macarons resultieren rein aus Früchten.«

Valerie Heingold schielt voller Verlangen auf den Teller in meiner Hand und ich kann regelrecht sehen, wie ihr verkümmerter süßer Zahn vor Verlangen tropft.

»Bitte«, ermuntere ich sie und stelle den Teller auf einem Beistelltisch ab. Frau Heingold sucht sich schließlich ein zartbeiges Vanille-Macaron mit einer fruchtigen Orangencreme aus. Sie beißt ein Stück davon ab und – schmilzt dahin wie das Macaron in ihrem Mund.

»Ich weiß gar nicht mehr, wann ich zuletzt solch eine Köstlichkeit genossen habe. Wie konnte ich bisher nur ohne leben?«

Gezielt greift sie nach einem erdbeerroten Macaron mit einer Preiselbeer-Basilikum-Füllung.

»Darf ich Ihnen Tee nachschenken?«

»Sie dürfen alles, Frau ... wie war bitte Ihr Name?«

Ich gehe aufs Ganze. »Ich heiße Miela.«

»Miela, es ist mir eine Freude und dies hier«, Valerie Heingold hält ein kiwigrünes Macaron hoch, »ist nicht das letzte seiner Art, das ich verspeisen werde. Aber setz dich doch bitte zu mir und erzähle mir von deinem *Teetässchen*. Ich bin übrigens Valerie.« Damit reicht sie mir ihre grazile Hand und ich nehme sie erfreut entgegen. Ist das zu glauben? Ich habe soeben Duzfreundschaft mit Valerie Heingold geschlossen! Mit Valerie Heingold! Wenn ich das Caro erzähle!

Kapitel 22
A wie Aus

Ananas-Macarons

Das Aufeinandertreffen von zarten Kokos-Macarons und frischer Ananaskonfitüre, gewürzt mit Bourbon-Vanille und Ceylon-Zimt, verspricht einen wahrgewordenen Geschmackstraum.

Aussteigen oder nicht aussteigen, das ist hier die Frage.

Aus dem Autoradio singt mir Sarah Connor entgegen, *dass ich mir die Tränen wegwischen soll, mit seinem Anorak, der wäre mir eh zu groß.* Was in Nils' Fall nicht ganz stimmt, da sich unsere Jackengrößen nur unwesentlich voneinander unterscheiden. Allerdings, mit dem Rest hat sie recht, *ich schaffe es auch allein.*

Zum wiederholten Mal wische ich mir die klammen Hände an der Jeans ab. Nur gut, dass sie dunkelblau

305

ist und mir diese Misshandlung nicht sichtbar übelnimmt.

Die Uhr auf dem Display vor mir blinkt unaufhaltsam der Neun entgegen. Noch habe ich die Zündung nicht ausgeschaltet, noch kann ich die Verabredung mit Nils schwänzen.

Und dann?

Verflixt, warum bringt mich Henrik so durcheinander? Dieser ganze Weihnachtszauber, den er mit mir veranstaltet, macht mich völlig kirre. Zum ersten Mal in meinem Leben wünsche ich mir, es wäre kein Weihnachten, denn dann wäre mein Kopf klar und mein Herz nicht so ein verräterisches Ding.

Nils hat sich entschuldigt und ich weiß, es tut ihm wirklich leid und eigentlich bin ich auch gar nicht mehr sauer auf ihn und uneigentlich fühlt es sich gut an, dass er merkt, wie sehr er mich verletzt hat und es wiedergutmachen möchte.

Ist es nicht schade, drei Jahre Beziehung einfach wegzuwerfen, quasi bei der ersten Schwierigkeit aufzugeben? Sollte ich nicht lieber beständig handeln?

Erst vor kurzem gab es in einer Ausgabe der *WeSelf* ein Dossier darüber, wie schnell unsere Gesellschaft alles wegwirft, angefangen bei unseren morgendlichen Kaffeebechern über unsere Kleider, die wir nur einmal tragen, bis zu unseren Partnern, wenn wir plötzlich Angewohnheiten entdecken, die die rosa Brillen bisher verborgen hielten. An der nächsten Ecke könnte ja ein Besserer auf uns warten, liebevoller, hübscher, lustiger – optimierter. Und wenn nicht an dieser Ecke, dann eventuell vielleicht unter Umständen an der nächsten. Oder übernächsten.

Oder er ist schon da, wo ich auch bin.

Entschieden steige ich aus dem Auto und husche über die zugestaute Friedrichstraße zum Hotel *Kylian*, in dem sich die Brasserie *Josette* befindet.

Das durchgestylte Ambiente der Hotellobby trifft mich wie ein kalter Luftzug. Nackte Backsteinwände konkurrieren mit gegossenen Betongegenständen, die mutmaßlich Kunst darstellen sollen.

Die Kindfrau hinter der Rezeption nickt mir huldvoll zu, als ich an ihr vorbei zum Eingang der Brasserie eile. Dort nimmt mich eine weitere Siebzehnjährige in Empfang. Angesichts ihrer knallengen Lederhose mit der ärmellosen weißen Seidenbluse fühle ich mich altbacken und fehl am Platz. Selbst meine Vintage-Wildlederstiefel von Gucci wirken wie gewollt und nicht gekonnt neben ihren Minifüßen in den ein Meter hohen High Heels, die vermutlich so viel kosten wie eine Monatsmiete der Teestube.

»Bonjour madame. Vous désirez?«

Ich ignoriere das Französisch von Mademoiselle und bleibe in meiner vertrauten Muttersprache. »Ich bin mit Herrn Krampert verabredet, wenn Sie mich bitte zu seinem Tisch führen würden.«

Ihr manikürter Zeigefinger fährt über die Seite des aufgeschlagenen Reservierungsbuches vor sich und bleibt schließlich an einer Zeile hängen.

»Sehr wohl madame, suivez-moi.« Damit startet sie einen Modelwalk, den Heidi Klum mit Sicherheit mit einer ganzen Fotocollage belohnen würde.

Überrascht bleibe ich an dem Tisch in einer Fensternische aus grauem Beton stehen. Nils ist bereits da und springt bei meinem Anblick auf, um mir den gusseisernen Stuhl geradezurücken. Miss Frankreich scharwenzelt unterdessen wieder von dannen.

»Miela, meine Süße, schön, dass ich dich endlich für mich habe.« Ehe ich es mich versehe, steuern Nils' Lippen auf meine zu, doch ich kann recht schnell meinen Kopf zur Seite drehen und den Schmatzer abwehren. Jetzt muss ich lediglich dem Impuls widerstehen, mir mit der Hand über die Wange zu fahren.

Während Nils mir gegenüber Platz nimmt, mustert er mich. »Du hast zugenommen, seit du im August davongestürmt bist. Ich dachte immer, Frauen nehmen ab, wenn sie Liebeskummer haben.« Nils lacht herzhaft über seinen Scherz. »Ich meine natürlich nicht, dass du dick bist oder so. Du siehst gut aus, ehrlich, und ich habe gern ein paar Rundungen an den richtigen Stellen.«

Oh ja, mein Lieber, und wenn du sie bei mir nicht findest, dann suchst du sie eben woanders. Für einen Moment schiebt sich Miss Riesenbusen in meine Erinnerung, wie sie mit Nils auf unserem ehemaligen Bett herumhopst.

»Nun schau nicht so, du bist ohnehin die Allerschönste. Und das mit deinem Gewicht kriegen wir auch wieder hin.« Nils greift über den Tisch nach meiner Hand, seine Haut fühlt sich kühl an – und fremd.

Ich entziehe ihm die Hand und stehe auf. »Entschuldige mich bitte kurz, ich möchte mich frischmachen.«

Das Kurz dauert länger als beabsichtigt, denn mir wird auf einmal so viel klar, dass ich eine Weile brauche, um alles zu ordnen. Als ich mich schließlich halbwegs sortiert fühle, kehre ich zu Nils zurück.

»Du warst so lange weg, da habe ich uns schon mal
das Krabbenfrühstück und Schampus bestellt«, sagt
er, ohne von seinem Smartphone aufzusehen, auf dem
er herumwischt.

»Ich hoffe, für mich hast du etwas anderes bestellt.
Ich mag keine Krabben und Champagner schon gar
nicht. Das weißt du.«

Nils steckt endlich das Telefon weg und sieht auf.
»Ach komm schon, zur Feier des Tages kannst du ruhig mal was Nobles essen.«

»Nils, ich möchte keine Krabben essen und ich werde auch keine Krabben essen. Und ich werde auch
keinen Champagner trinken.«

Erstaunt reißt Nils die Augen auf und setzt sich gerade hin, dann verzieht er den Mund zu einem Grinsen. »Wau, aus meiner sanften Miela ist ein Raubkätz-
chen geworden. Na, das lässt mich ja auf mehr hoffen.«

Nun ist es an mir, die Augen aufzureißen, doch ich
erspare es mir, ihn darauf hinzuweisen, dass unser
Gespräch gerade kein Flirt ist, stattdessen starte ich
ein Ablenkungsmanöver. »Erzähl, was ist zurzeit bei
der *WeSelf* los? Streiten Vera und Christian noch immer wie die Kesselflicker, wenn sie aufeinandertreffen, oder haben sie sich zu guter Letzt ihre gegenseiti-
ge Liebe eingestanden?«

Nils winkt ab. »Hör mir auf mit dem Büroklatsch.
Was gehen mich Vera und Christian an. Hast du denn
mittlerweile einen Vertrag mit dem Café, in dem du
schuftest?«

Nils' Boxhieb in meinen Magen sitzt. »Noch nicht so
richtig.«

»Noch nicht so richtig? Also nein. Du bist diesbezüglich echt dumm, Miela.«

Ein Eimer eiskaltes Wasser, ausgeleert über meinem Kopf, hätte den gleichen Effekt. »Das passt auch so, Nils, ich mache das schließlich in meiner Freizeit und das Café ist übrigens eine Teestube.«

»Whatever.«

Ein Restaurantfachmädchen, welches als Drilling des Empfangsmädchens und der maîtresse d'hôtel durchgeht, serviert Nils und mir jeweils ein Schälchen mit Krabbensalat, einen grünen Spinatsalat mit Krabben gespickt und knuspriges Baguette – leider auch gefüllt mit einer Krabbencreme. Dazu schenkt sie uns Champagner ein.

»Bitte bringen Sie mir ein Croissant mit Butter und eine heiße Schokolade«, wende ich mich an das Model in der Kellnerinnen-Verkleidung.

»Du solltest gesünder essen, Miela, vor allem in Anbetracht deiner prallen Hose.« Nils schiebt mir den Spinatsalat näher, was mich veranlasst, mich erneut an die Kellnerin zu wenden.

»Bringen Sie mir bitte zwei Croissants und dazu Nuss-Nugat-Creme.«

»Être démuni de nüss-nügat-crème, madame, mais die restlichen thermie calories bringe isch Ihnen gern.«

Nils beginnt zu essen und wir schweigen uns an. Mit seinem papageienbunten Hemd zur blauen, ausgewaschenen Jeans passt er genauso wenig in das Fabrikambiente wie ich mit meinem grobgestrickten, ozeanblauen Pullover.

»Hier gibt es so gar nichts Weihnachtliches«, versuche ich, unser Gespräch wieder in Gang zu bringen.

»Darüber bin ich auch froh, das ganze Weihnachtsbrimborium ist kaum auszuhalten. Überall Klingelglöckchen und dieser eklige Lebkuchen und dann diese Massen an Schneepampe. Das ist übrigens auch der einzige gute Grund, warum du gerade nicht bei uns in der Wohnung wohnst: Dieses Weihnachten ist unsere Wohnung lamettafreie Zone.«

Unsere Wohnung? Nils' Wohnung gehörte nie uns. Da gehört Caros Gästezimmer, beziehungsweise aktuell Caros Sofa, mehr mir.

Wortlos stellt die Kellnerin zwei Croissants vor mir ab, doch ich schiebe den Teller beiseite, der fischige Geruch, der über den Tisch wabert, verdirbt mir zusätzlich den Appetit.

»Nils?« Ich warte, bis er von seinem Krabbensalat aufblickt und mich ansieht. »Was meinst du mit unserer Wohnung?«

Er legt das Besteck aus der Hand und runzelt die Stirn. »Na halt unsere Wohnung, wo du und ich zusammenwohnen, Dummerchen.«

Irgendwie ist es mir klar, dennoch, ich will die Worte hören. Allerdings fühle ich nichts bei ihnen, mein Herz schlägt ruhig weiter, mein Magen verknotet sich nicht und meine Augen werden auch nicht feucht vor übergroßer Rührung. Nichts in mir signalisiert Freude und auch nichts signalisiert mir, eine falsche Entscheidung zu treffen.

»Nils, ich komme nicht zurück.«

»Wie, du kommst nicht zurück? Du sollst wieder bei mir einziehen.« Nils sieht so erstaunt aus, als habe ihm gerade Annie Leibovitz erklärt, er hielte seine Kameras bereits sein Leben lang verkehrt herum. »Willst du noch eine Weile bei Caro wohnen? Gut, Miela, einverstanden.«

Er zwingt mich tatsächlich mit seinem Unverständnis, die Wahrheit laut auszusprechen. »Es tut mir leid, Nils, aber zwischen uns, da ... da ist einfach keine Liebe mehr.«

»Selbstverständlich! Ich liebe dich.«

»Das reicht nicht und ganz ehrlich Nils, bin ich mir dessen nicht so sicher.«

Nils rückt mit seinem Stuhl um den Tisch herum und sitzt nun Knie an Knie mir gegenüber. Er nimmt meine Hände, während er mir in die Augen blickt und sein Fischatem meine Nase malträtiert. »Hast du einen Anderen?«

Ich sehe Henriks blonde Beach-Mähne vor mir, seine strahlenden blauen Augen, seinen warmherzigen Mund. Mein Herz schlägt schneller, mein Magen verknotet sich mehrfach und in meinen Augen sammeln sich Tränen. Indessen spüre ich aber auch, dass Henrik nichts mit meinem Entlieben Nils gegenüber zu tun hat. Darum schüttele ich den Kopf.

»Komm zu mir zurück, Miela, bitte«, flüstert Nils und legt seine Stirn an meine.

Wieder schüttele ich nur leicht den Kopf, ehe ich Nils von mir wegschiebe, aufstehe und die Brasserie verlasse.

Draußen vor dem Hotel blendet mich die Wintersonne. Der Schnee, der auf den Gehwegen große Haufen bildet, glitzert im Sonnenlicht und die riesigen

Lichterketten-Sterne, die sich über die Friedrichstraße spannen, funkeln gegen das Himmelsblau an. Die Kälte beißt in meine erhitzten Wangen und ich atme tief die klare Luft ein. Mein Kopf ist angenehm leer und ich fühle mich leicht wie eine Schneeflocke.

Mein Nichtfrühstück mit Nils hat keine halbe Stunde gedauert, und so fahre ich entspannt zurück in Richtung *Teetässchen*. Dabei knurrt mein Magen gegen die Fahrgeräusche an und einer plötzlichen Laune nachgebend bitte ich das Navi, mich ins *Coffee To Stay* zu lotsen. Henrik hat uns von dort diese fabelhafte heiße Schokolade für unseren Eislaufabend mitgebracht. Wenn ich schon gerade nicht seine Gegenwart genießen kann, so dann doch wenigstens ein paar Leckereien von Claire, die unzweifelhaft derselben Ernährungsreligion huldigt wie ich.

Zum *Coffee To Stay* ist es kein großer Umweg, nur leider reicht mir der Parkplatzgott weder seine rechte noch die linke helfende Hand, denn ein Parklückchen ist nur weit jenseits der Ranunkelstraße zu entdecken, in der das Café liegt.

Der Schnee knirscht unter meinen Stiefeln, und bevor ich die Fußgängerstraße überqueren kann, die mich vom Blumenviertel trennt, lenkt mich das Schaufenster eines Bücherantiquariats ab. Darin thront, an den Rand gedrängt, ein altes Backbuch. Der lederne Einband ist vergilbt, doch so wie mein Herz pocht, verbergen sich in den abgegriffenen Seiten wahre Backschätze. Ich will das Buch kaufen, nur leider ist die Ladentür verschlossen. Schade. Nun gut, dann gehe ich erst zu Claire. Nach einem letzten sehnsüchtigen Blick auf das Buch drehe ich mich um und entdecke ein anderes Café mit dem zauberhaften Namen *Sahneklecks* schräg gegenüber, eingebettet zwischen einem romantischen Blumenladen und einem winzigen Uhrengeschäft – und zwei Häuser neben einem Bürogebäude, vor dem ein poliertes Edelstahlschild prangt: *Waldner Immobilien*.

Es ist, als würde mir kalter Schnee in den Kragen gestopft werden, denn was ich noch sehe, lässt mein Herz für einen Moment mit dem Schlagen innehalten, ehe es mit dreifacher Geschwindigkeit seine Arbeit wieder aufnimmt. Leider begleiten das Spektakel nicht Glückshormone, sondern seine bösen Zwillinge.

Gerade kommt Henrik aus dem Bürogebäude, in Begleitung einer Frau. Was an sich nichts Verwerfliches wäre, würden sie nicht Arm in Arm zusammen in das Café gehen. Die beiden scheinen ihre Umgebung völlig auszublenden, denn Henrik blickt nicht ein einziges Mal auf, stattdessen auf die Winzigkeit von einer Person an seiner Seite hinab, als wäre sie ein kostbares Porzellanpüppchen. Ich sehe sie lachen und gestatte mir das erste Mal, mich zu fragen, ob das, was mich in Henriks Gegenwart so verzaubert, wirklich nur Weihnachtszauber ist oder möglicherweise nicht eher der Zauber von beginnender Liebe.

Kapitel 23
C wie Ceylon-Zimt

Cranberry-Macarons

Frisches Cranberry-Püree mit einem Hauch Vanille zusammen mit dunkler Trinidad-Schokolade ergibt eine Ganache, die sich perfekt mit Macaronschalen aus feinsten Flores-Cashews vereint.

»Miela? Was ist los?« Gramsie legt ihre Hand auf meine, die gerade erneut misslungene Macaron-Schneeflocken zerbröselt.

»Diese blöden Dinger wollen einfach nicht«, schimpfe ich und muss mich beherrschen, nicht zu fluchen. Was mich fast mehr erschreckt als die Tatsache, dass es mir zum ersten Mal nicht gelingt, eine Backidee umzusetzen.

»Das meine ich nicht.« Gramsie wischt mir die Krümel von den Händen, ehe sie mich sanft zu einem

Hocker neben dem Küchentresen drängt, auf dem ich mich niederlasse. »Seit du am Abend nach Hause gekommen bist, wütest du in der Wohnung herum, als wärst du ein eingesperrter Tornado. Da steckt doch mehr dahinter als unwilliges Backwerk.«

»Ich bin eben ein bisschen nervös wegen des Adventsmarktes morgen.« Müde und angeschlagen lasse ich den Kopf hängen, mein Zopf hängt genauso schlapp über meiner Schulter, wie ich mich fühle. Haare waschen müsste ich eigentlich auch noch. Oder ich behalte morgen einfach die Mütze auf.

Gramsie schüttelt den Kopf und schnalzt mit der Zunge. »Miela, Miela, wenn du glaubst, mich damit abspeisen zu können, liegst du falsch. Ich habe dich in deinem Leben schön oft nervös gesehen, aber das heute ist keine Nervosität. Was ist passiert?«

»Ich habe mich von Nils getrennt«, schniefe ich und wühle nach einem Taschentuch in meiner Jeans, welches, als ich es letztlich herausfummele, zerfleddert und feucht an meiner Hand klebt.

»Das hast du doch schon im August. Sein Auftauchen hat dich nur unwesentlich aus der Bahn geworfen, das habe ich gesehen. Und dass er bei dir um Entschuldigung bettelt, bekommt dir ausgesprochen gut. Also, was beschäftigt dich wirklich? Hier drin ...?« Gramsie legt mir die Hand auf mein Herz und ich spüre ihre Wärme durch meinen Pullover.

Den ganzen Tag habe ich mich abzulenken versucht: auf dem Weg vom *Coffee To Stay*, in dem ich verständlicherweise nicht mehr war, zurück ins *Teetässchen*, beim Backen in der Teestube, bei den Vorbereitungen für den Adventsmarkt im Hofgarten. Selbst wenn ich nur schnell auf die Toilette flitzen musste, habe ich mir Kopfhörer aufgesetzt und ein schwedisches Sprachlernprogramm gehört. So ist mein Gedanken-Karussell in seiner vorgegebenen Umlaufbahn geblieben und brav um die Teestube, den Hofgarten und den Adventsmarkt gekreist. Jetzt versucht Gramsie es anzuhalten. Sollte sie es schaffen, wird es sich allerdings in die andere Richtung weiterdrehen.

»Ist es wegen Henrik?« Damit dreht es sich in die andere Richtung und zwar Fast Forward.

Ich greife nach der Tasse vor mir. Leer. »Ich glaube schon«, seufze ich.

Gramsie schweigt und hat Erfolg mit ihrer Taktik, die Worte brodeln in mir hoch und ich will sie nicht länger runterschlucken. »Ich habe Henrik mit einer anderen Frau gesehen, was mich schon ziemlich gebeutelt hat, denn ich dachte, ich dachte ... aber was noch schlimmer ist, er kam mit ihr aus dem Bürogebäude der *Waldner Immobilien*.«

»Denen gehört euer Hofkomplex, nicht wahr?« Gramsie setzt sich mir gegenüber und schenkt uns Pfefferminztee nach.

Ich nicke und umschließe die warme Tasse mit meinen kalten Fingern. »Und auf einmal verstehe ich auch sein Interesse an der Teestube. Weißt du, er hat mir immer, wenn wir zusammen waren, Fragen gestellt und zugehört, als hätte er echtes Interesse. Und ich blöde Kuh dachte, er hätte Interesse an mir. Stattdessen horchte er mich nur aus.« Der letzte Teil meines Satzes endet in einem Flüstern und erneut macht sich das eisige Gefühl in meinem Nacken breit, das sich in Wellen in meinem Körper ausbreitet.

»Miela, ganz ehrlich, ich glaube nicht, dass Henrik so ein falscher Fuffziger ist. Meine Menschenkenntnis täuscht mich selten.« Gramsie wendet ihren Blick von mir ab und starrt mit gerunzelter Stirn in die Teetasse.

»Aber?« Ich höre laut und deutlich ein Aber.

»Eigentlich nichts. Mir ist nur eben eingefallen ... was hat er dir eigentlich von sich erzählt?«

Ich zucke mit den Schultern. »Meistens haben wir über mich gesprochen und die Teestube. Oder über die Umbauarbeiten an der Villa.« Ich habe es schmeichelhaft gefunden, dass es – im Gegensatz zu Nils – bei Henrik und mir oft um mich ging, dass ich der Mittelpunkt war. Ich kam mir geistreich vor und interessant. Wie dumm ich mich habe täuschen lassen! Meine Wangen brennen, als die Scham sich in mir ausbreitet.

»Er hat dir nichts davon erzählt, dass er ein international erfolgreicher Spitzensportler ist?« Gramsie steht auf und kippt den Rest ihres Tees in die Spüle.

»Ich denke, er ist Architekt.«

»Ist er auch. Gleichwohl ist er auch ein Weltklasse-Windsurfer, er hat sogar bei den letzten Olympischen Spielen mehrfach Gold ersurft.«

Nicht einmal das war ich ihm wert zu erzählen. Es muss für ihn ja unerträglich gewesen sein, mit mir über das Eis zu stolpern. Nur, unser Kuss ...

»Und das Aber, das du vorhin richtig gehört hast ...«

Ich nicke ergeben und harre der Dinge, die mir Gramsie noch so mitzuteilen gedenkt.

»Als ich mich vor einem Jahr anfing umzuhören, welches Architekturbüro für den Umbau der Villa in Frage käme, wurde mir erzählt, der alte Winter Senior habe vor, sich aus dem Geschäft zurückzuziehen und das Architekturbüro eventuell ganz zu schließen, denn sein Sohn, also Henrik Winter, wollte zusammen mit seinem Partner ein eigenes Büro eröffnen – allerdings auf Hawaii. Ich habe das total vergessen, muss ich gestehen. Miela, es tut mir so leid.« Meine Großmutter kommt zu mir und umarmt mich fest von hinten.

»Ach Gramsie, du kannst doch nichts für all das Schlamassel.«

Sie windet sich an meinem Rücken. »Na ja, ich habe nicht zufällig mehr als einmal dafür gesorgt, dass Henrik und du, also dass ihr euch über den Weg lauft.«

Tja, ich schätze, es ist wohl, wie es ist. Auf einen Riss mehr oder weniger in meinem Herzen kommt es auch nicht mehr an. Mühsam erhebe ich mich. »Lass uns schlafen gehen, morgen muss ich Weihnachten spielen und zum ersten Mal kann ich Leute verstehen, die diese kitschige Zeit überhaupt nicht mögen.«

»Ach Mielachen, das wird schon wieder und ich verspreche dir, mich ab sofort aus deinem Liebesleben herauszuhalten.« Gramsie baut sich mit ihren imposanten einhundertachtundfünfzig Zentimetern vor mir auf nickt nachdrücklich.

Ich lege den Arm um meine echauffierte Großmutter und gemeinsam gehen wir in den Flur. Dort öffnet sich gerade die Wohnungstür und Caro will sich leise hereinschleichen.

»Oh, ihr seid ja noch wach.« Im Gegensatz zu ihrem sonstigen Heimkommen in den vergangenen Wochen sieht meine Freundin wieder aus wie sie selbst. Elegant von den Balenciaga Stiefelspitzen bis hin zu den schwarzen Haarlängen, die glatt und gepflegt unter ihrer Barbour Mütze hervorlugen.

»Wo kommst du denn so spät her, es ist schon nach Mitternacht?«

»Ich war mit Valerie im *Solar* essen und es war köstlich.« Damit tänzelt sie an Gramsie und mir vorbei in ihr Zimmer und lässt mich sprachlos zurück.

»Na, dann hoffen wir mal, dass der Wind, der das Fähnchen von Fräulein Heingold in eine andere Richtung gedreht hat, auch anhält und es nicht ebenso schnell zurückdreht.« Gramsie duckt sich aus meinem Arm fort und geht kopfschüttelnd ebenfalls in ihr Zimmer.

Ich zucke mit den Achseln, verschiebe die Haarwäsche auf morgen früh – ganz früh morgen früh – und begebe mich auch zu Bett. Ich grübele noch darüber nach, ob ich denn überhaupt einschlafen kann, als sich bereits meine Gedanken auflösen.

Als der Wecker klingelt, flattert lediglich ein Gedanke durch meinen Kopf – NEIN! Doch dann öffnet sich eine Schleuse und Adrenalin rauscht durch meinen Körper. Heute ist es so weit, heute findet endlich, endlich unser Adventsmarkt statt, auf den wir so lange schon hinarbeiten.

Mit mehr Schwung als beabsichtigt schlage ich die Bettdecke zurück, sodass Mamsellchen, die neben mir schnarcht, alle Krallen ausfährt und vom Bett springt, dabei plustert sie sich entrüstet auf.

Den Rest erledige ich wie ein fehlerfreies Computerprogramm: Bad, Küche, Bad, Auto.

Keine halbe Stunde später fädele ich elegant meinen Käfer in eine neun mal acht Zentimeter große Parklücke in der Nähe des Hofgartens. Voller Stolz bleibe ich vor dem Hofeingang stehen. Leons Schneiderpuppen mit Danas Sachen laden zum Hinsehen ein, daneben steht eine Etagere aus Glas voll mit extra haltbar gebackenen Köstlichkeiten und einem der Teegläser aus dem *Teetässchen*, aus dem heißer Dampf in Form von Zuckerwatte aufsteigt. Leons Lichterketten am Torbogen leuchten golden und bescheinen zwei Werbetafeln, auf denen Danas kunstvolle Schrift unseren Adventsmarkt ankündigt, der am frühen Nachmittag zur Dämmerung beginnt. Ich denke zurück an den Tag, als ich das erste Mal hierhergekommen bin. Als die Augustsonne die saphirblauen Mosaikfliesen funkeln ließ und die Steinchen dazwischen golden schimmerten. Ich erinnere mich noch gut, wie sehr mich die Freude auf Weihnachten damals erfüllte, die Sehnsucht nach dem winterlichen Sternenhimmel. Hier stehe ich nun und alles ist wahr geworden – und das auch dank mir.

Mein Herz ist leicht und voller Vorfreude. Möglicherweise habe ich kein gutes Händchen bei meiner Männerwahl, aber dafür bin ich bei dem, was ich tue, völlig bei mir.

Wer hier vorbeigeht, ist selbst schuld.

Im Hofgarten sieht es ebenso wunderbar festlich aus. Wie auch immer es Leon geschafft hat, den Schnee auf dem Kirschbaum unberührt zu lassen, leuchten in diesem unendlich viele Lichter und lassen den altehrwürdigen Riesenbaum gegen den eisblauen Himmel fast schweben.

Ich winke Dana zu, die den Schneiderpuppen vor ihrem Nähatelier ihre Kuschelpullover und Winterhosen gerade zieht. »Und? Welchen Namen hast du dir für dein Nähatelier ausgedacht?« Ich zeige nach oben zu einem verhüllten Gildeschild, das ihr Leon von einem befreundeten Kunstschmied hat anfertigen lassen.

Doch Dana lacht nur. »Gedulde dich, du neugierige Zuckerbäckerin. Heute Nachmittag wird es feierlich enthüllt.«

Gegenüber schleppt Leon zusammen mit drei anderen Männern selbstgezimmerte Tische und Bänke nach draußen. Die Wege und Stellen, an denen sie stehen sollen, sind schneefrei gefegt. Schon jetzt lässt sich das verzauberte Weihnachtsdörfchen erahnen, welches wir in den Garten zaubern.

»Miela! Da bist du ja endlich. Los jetzt, ich weiß gar nicht, wo mir der Kopf steht!« In der Tür zum *Teetässchen* steht Assa und sieht dabei so aufgelöst auf, wie ich es nie für möglich gehalten hätte. Ihre erdbeerrote Tunika verunstalten dunkelgrüne Flecken, die nicht aussehen, als würden sie je wieder herausgehen, dabei teilt sich ihr Haarturban in der Mitte und rutscht nach rechts und links davon. Dazu baumelt in ihrem rechten Ohr ein anderer Ohrring als in ihrem linken. Was, in Anbetracht der Tatsache, dass ihre Ohrringe so dezent an ihren Ohren schaukeln wie Kirchturmglocken, dann doch eher überexzentrisch wirkt als modisch. Oder einfach schusselig.

Lachend schiebe ich Assa zurück in die Teestube, schicke sie nach oben in ihre Wohnung und beginne mit den Vorbereitungen für den Tag. Auch Assa ist bereits damit gestartet, nur leider hat sie die Advent-Macarons von heute derart heftig gestapelt, dass etliche von ihnen zerbrochen vor mir liegen. Seufzend lege ich sie zur Seite. Nur gut, dass ich voller Hoffnung auf diesen besonderen Tag eine Million Macaron-Pralinen, gefüllt mit einer Mascarpone-Creme aus süßem Königin-Hortense-Kirschhonig und feinstem Ceylon-Zimt, gebacken habe.

Am meisten alarmiert mich jedoch, dass einzelne Teedosen schief im Regal stehen! Und die Samoware sind kalt. Das hat es noch nie gegeben! Wenn wir Eistee mit dem allerköstlichsten Vanilleeis diesseits der Polkappen möchten, gehen wir zu Sunny ins *Schnee-flöckchen*.

Ich atme tief durch, schließe für einen Moment die Augen, danke im Geist Caro für ihre Yoga-Lektionen, meine detaillierten Vorbereitungen und akribischen To-do-Listen und lege los. Wieder eines nach dem anderen: Samoware, Kuchenvitrine, Rezeptgeschenke, Backstube.

Zwischenzeitlich erscheint Assa zurück in der Teestube, dieses Mal in Tannengrün und fleckenfrei gewandet. Nichtsdestotrotz wirkt ihr Haarknödel weiterhin zu nervös auf mich, sodass ich sie dazu verdonnere, sich selbst einen Tee zu brühen.

Und siehe da, nach zwei Fehlversuchen beginnt er zu wirken, Assa tauscht ihre Ohrringe gegen zwei passende goldene Tannenbäume, richtet ihr Haar zu einem ordentlichen Wuschel und rückt sogar kopfschüttelnd die Teedosen zurecht.

Zwischen Gäste bedienen und backen verfliegt der Tag und je näher die Eröffnung des Adventsmarktes rückt, desto mehr simmert das *Teetässchen* vor freudiger Erwartung.

Die Teestube ist bis auf die Stehplätze am Kamin mit Gästen gefüllt und gegen drei Uhr mummeln wir uns alle in ein Durcheinander aus bunten Schals, warmen Mützen und Handschuhen und gehen hinaus in den Hofgarten.

Das Wetter ist perfekt: kalt, hingegen nicht eisig, und trocken mit einem Versprechen auf watteweiche Schneeflocken später. Die Dämmerung setzt ein und Leon entzündet zu den Dutzenden Lichterketten im Baum Kerzen, die in durchscheinenden Windlichtern aus Eis magisches Licht verbreiten, dazu Fackeln, die die Wege säumen und Metallgestelle mit wärmendem Feuer. Der Hof funkelt im warmen Licht und es duftet nach Lebkuchen, Vanillekipferln und Honigprinten, die sich auf den Holztischen auf weißen Spitzentischdecken türmen.

Aus dampfenden Teegläsern in den Händen unserer Gäste vermischen sich die Aromen von Zimt und Sternanis mit denen von gebrannten Mandeln und Orangenvanille.

Schließlich enthüllt Dana unter Applaus ihr neues Schild: *Eingefädelt.* Zierlich und rotglühend vor Stolz steht sie vor ihrem jetzt nicht mehr namenlosen Nähatelier und ich weiß, nichts hält sie nun mehr auf. Auch wenn wir uns hier vielleicht bald trennen müssen. Halt! Ich schiebe diesen Gedanken unerbittlich in die hinterste Ecke meines Kopfes.

Nachdem der Applaus abebbt und unsere Gäste wieder über die Wege wandeln beobachte ich, wie Leon zu Dana geht und sie umarmt. Und – natürlich sehe ich es rein zufällig – wie Dana ihn ein Stück zum Eingang des *Eingefädelt* unter einen Mistelzweig zieht und küsst. Innerlich klatsche ich Beifall. Gut gemacht Dana, das wurde ja auch Zeit.

Ich schlendere durch den Hofgarten, verteile Macaron-Pralinen und Weihnachtstee und plaudere mit diversen neuen Gästen und auch alten. Wie es scheint, sind alle unsere treuen Seelen gekommen. Herr von Weimann inspiziert gerade Leons Werkstatt, die er heute absolut ausnahmsweise für Publikum geöffnet hat – nicht unter massivem Protestknurren. Theobald-August schmust unter dem Kirschbaum mit Inès und Constanze prostet mir aus der Ferne mit Sarah und Harry und Franklin McDorman zu, der ein Foto nach dem anderen knipst. Ich winke Claire und Tobias zu, die mit Sunny, Alma und Julie um die Wette lachen. Das Ehepaar Kramer teilt sich einen Tisch mit Herrn Gruber und unterhält sich angeregt, während Gramsie mit den Damen des Buchclubs in der Teestube diskutiert. Auch Yvett, Tessa, Adele und Herr Ingbert gesellen sich dazu, als wäre nichts vorgefallen zwischen ihnen und meiner Großmutter. Was, wenn ich es recht bedenke, vielleicht ja auch so ist.

Den größten Tumult des Abends gibt es jedoch, als Caro auftaucht – in Gesellschaft von Valerie Heingold, zusammen mit deren Mann, dem Schauspieler Maximilian Heingold, dessen ein Meter neunzig geballte Männlichkeit mich selbst in meiner entfernten Ecke zum Vibrieren bringt.

Das Ergebnis dieses Auftrittes sind Frauen, die ihre Männer vergessen und Männer, die vergessen, mit ihren Frauen anwesend zu sein. Teenager hyperventilieren, Reporter veranstalten ein Blitzlichtgewitter und selbst ein Hubschrauber kreist über unseren Köpfen.

Später am Abend kehrt wieder etwas mehr Ruhe auf unserem gut besuchten Adventsmarkt ein. Es beginnt leise zu schneien und die Grenzen verschwimmen zu einem Wintermärchen.

Ein wenig abseits nutze ich ein paar Minuten, um durchzuatmen, als Henrik plötzlich vor mir steht, in den Händen ein rotgoldenes Päckchen, verziert mit einem Band aus Schneeflocken. Meinem ersten Impuls, mich in seine Arme zu werfen, folgt ein zweiter, ihn boxen zu wollen.

Er hingegen strahlt mich an. »Euer Adventsmarkt ist ein Volltreffer, Miela.« Seine Stimme klingt warm und tief, gerade so, als würde er jedes Wort meinen, wie er es sagt. Sanft umarmt er mich und küsst mich auf die Wange.

Ich trete einen Schritt von ihm zurück, dabei stemme ich die Hände in die Taille. All die Enttäuschung der vergangenen Monate, die Ungewissheit und der Schlafmangel, das Auf und Ab in meinem Job und meinem Privatleben knäult sich zusammen und ich kann nicht anders, als es einfach hervorzuwürgen. »Was machst du hier? Willst du dabei zusehen, wie wir scheitern? Wir scheitern aber nicht, wie du siehst!«, schreie ich ihn an.

Henrik hebt abwehrend die Hände, das Lächeln weicht aus seinem Gesicht und er zieht die Augenbrauen zusammen. »Wie bitte?«

»Du hast mich nur benutzt, um deine Strategie zu verfeinern, die Teestube rauszuekeln. Wem hast du denn heute Mäuse in den Rucksack gesteckt oder sind es dieses Mal Kakerlaken?« Ich sehe mich selbst wüten und obwohl da eine Stimme in mir schreit aufzuhören, trete ich weiter zu und zerschlage meine Freundschaft mit Henrik, wie ich noch nie etwas zerschlagen habe.

»Miela ...«, höre ich ihn sagen, doch weder möchte ich seine Worte hören, noch ihn ansehen. Ich spüre nur, wie er mich geküsst, umarmt und gehalten hat und es zerschneidet mir die Seele.

»Geh weg! Verlasse den Hof und geh mit deiner Freundin nach Hawaii! Dort gibt es wenigstens kein Eis, auf dem du rumschlittern musst.«

Henrik umfasst eines meiner Handgelenke, an dessen Ende ich meine Hand zu einer Faust balle. »Miela, ich weiß nicht, was mit dir los ist, aber wir ...«

»Es gibt kein Wir!«, unterbreche ich ihn, reiße meinen Arm los und greife nach Nils, der gerade neben Henrik auftaucht. »Nils und ich sind Wir.« Damit presse ich mich an Nils und küsse ihn voll auf den Mund. Dieser lässt sich nicht zweimal bitten und erwidert meinen Kuss mit all seiner Nils-Leidenschaft. Aus den Augenwinkeln sehe ich Henriks Gesicht, welches sich wie in Schmerzen verzieht, dann verschwindet er aus meinem Blickfeld und ich bemerke, was ich gerade mit Nils mache.

Energisch löse ich mich von ihm und wische mir über den Mund. Das Herz klopft mir schmerzhaft in der Brust. Was habe ich bloß getan? Ich suche den Hof ab, entdecke Henrik jedoch nicht mehr. Nils nähert sich mir wieder kussbereit und ich glaube, in Anbetracht dessen und überhaupt allem kann mir heute nichts Schlimmeres mehr passieren.

Und doch passiert es.

Kapitel 24
A wie Ausgebremst

Aprikosen-Macarons

Süße Aprikosen treffen auf weiße Schokolade, auf einen Hauch Rosmarin, auf knusprig-saftige Macaronhälften.

Rumar stürmt in den Hofgarten, im Schlepptau drei Polizisten. Durch die abrupte Stille ist sein Stimmchen klar zu vernehmen: »Dies ist die Ruhestörung, die ich anzeigen will. Obendrein haben die Leute hier keine Genehmigung für die Veranstaltung und dann noch offenes Feuer im Hinterhof, das per Hausordnung strengstens untersagt ist.«

Ein Raunen geht durch die Menge und die ersten Gäste machen Anstalten, den Hof zu verlassen. Doch das Feuer, das eben in mir das Falsche verbrannt hat, lodert erneut hoch und richtet sich nun gegen Rumar.

Ich rase auf ihn zu, während Assa mir mit Dana und Leon folgt.

»Die Hofgemeinschaft hat eine Genehmigung für diesen Adventsmarkt, genauso wie eine Ausnahmegenehmigung für die Feuerkörbe, die Fackeln und die Kerzen. Des Weiteren liegt keine Ruhestörung vor, da wir die Veranstaltung bis einundzwanzig Uhr genehmigt bekommen haben und uns im Rahmen der dafür bewilligten Lautstärke bewegen.« Voller Stolz darüber, Rumar Waldner nicht anzuschreien, sondern ihn beherrscht und selbstbewusst in seine Schranken zu weisen, klopfe ich mir innerlich auf die Schulter.

»Es ist zehn nach neun, Mädchen.« Rumar zieht die linke Hand aus der Manteltasche, schiebt sich demonstrativ den Ärmel zurück und starrt auf seine tellergroße Armbanduhr, als würde er diese Tatsache nachprüfen.

Mist, ein Punkt für ihn. Doch da sehe ich, wie einer der Polizisten mit den Augen rollt, ziehe Rumar den Punkt wieder ab und bin versucht, ihn uns selbst gutzuschreiben.

Assa sieht in dem Augenrollen anscheinend ebenso unsere Chance, denn sie knufft mir von hinten leicht in den Rücken und raunt mir zu, sie sei gleich zurück.

»Wir wollten gerade den Adventsmarkt mit einer Dankesrede an unsere Gäste beenden, als Herr Rumar in den Hof stürmte.« So süß wie meine Macarons versuche ich den augenrollenden Polizisten anzulächeln. Er scheint mir der gemütliche Typ Marke Donutliebe zu sein. »Sie verstehen sicherlich, dass wir unsere lieben Gäste nicht einfach in der kalten Winternacht vor die Tür setzen wollen. Schließlich ist das *Teetäss-chen* bekannt für seine Gastfreundschaft.«

Aufs Stichwort erscheint Assa neben mir, in den Händen trägt sie ein volles Tablett mit einem großen Teller bunter Macarons und vier Teegläsern, aus denen köstlicher Weihnachtstee dampft.

Der Donutpolizist will sogleich zugreifen, doch sein Kollege, der mir eher verkniffen als zuckeraffin aussieht, hält ihn zurück. »Wir dürfen während des Dienstes keine Geschenke annehmen, es könnte als Bestechung ausgelegt werden.«

»Aber meine verehrten Kollegen«, mischt sich von schräg hinten Heinrich Kramer ein, »das sind beileibe keine Geschenke! Frau Zeilon ist eine kluge Frau und sieht, wie kalt Ihnen ist, sie sorgt lediglich dafür, dass Sie sich nicht verkühlen bei der Ausübung Ihres Dienstes. Und was diese herrlichen Advent-Macarons angeht, die gibt es hier heute überall, schließlich befinden wir uns gerade auf dem besten Adventsmarkt Berlins.«

Damit drückt Heinrich Kramer jedem Polizisten ein Teeglas in die Hände und reicht den Teller mit den Macarons herum, der sich schnell leert.

»Wenn Sie das sagen, Herr Polizeireferendar Kramer«, flötet der Donutmann.

Rumar Waldner unterdessen klappt seinen Mund auf und zu und je öfter er dies tut, desto roter verfärbt sich sein Gesicht. »Schluss jetzt mit dieser Farce!«, schreit er mit seiner dünnen Jungenstimme. »Wir sind hier nicht zum Teetrinken!« Selbstverständlich lehnt er mit einem verächtlichen Blick Assas Angebot ab, als sie ihm das Tablett unter die spitze Nase hält. Ein

Wunder, dass das Teeglas nicht blau zu leuchten beginnt, so wie seine wasserblauen Augen darauf starren. »Dann zeigen Sie uns doch mal flott die Genehmigungen.«

Assa war so gedankenvoll, sie mitzubringen, und zerrt ein paar Blätter Papier aus der Manteltasche. Da die Taschen ebenso riesig sind wie der Samtmantel selbst, kommen die Unterlagen recht unbeschadet daraus zum Vorschein. Mit großer Geste reicht sie dem am nächsten stehenden Polizisten das Gewünschte.

Der seufzt und greift danach. Über den Rand seiner Hornbrille hinweg studiert er die Schriftstücke und nickt schließlich. »Alles gut, Frau Zeilon, Sie haben alles richtig gemacht.« Er reicht Assa die Dokumente zurück und nippt an seinem Tee. »Sie servieren übrigens einen hervorragenden Tee. Bei meiner Frau gibt es immer so ein komisches grünes Zeugs, das nach ungewaschenen Schafen schmeckt.«

Assa nickt ihm huldvoll zu. »Ihre Frau hat gewiss uneingeschränkt Ihr Bestes im Sinn. Grüner Tee ist äußerst gesund. Wenn Sie mögen, kommen Sie sehr gern mit Ihrer Frau Gemahlin bei uns vorbei und ich zeige ihr köstliche Sorten, bei denen die Schafe im Stall bleiben und der Genuss vollkommen zum Tragen kommt.«

»Könnten Sie Ihren Kaffeeklatsch auf ein anderes Mal verlegen!« Rumar dreht sich zu dem Polizisten um, mit dem Assa gerade spricht. »Wozu habe ich Sie eigentlich hergeholt?«

»Ja, das frage ich mich auch, Herr Waldner, und ich wäre Ihnen sehr verbunden, wenn Sie das Schreien einstellen würden. Wir verstehen Sie alle ausgezeichnet.«

»Ich schreie nicht«, schreit Rumar Waldner und sein knallrotes Gesicht changiert ins Violette. »Ich verlange nur, dass Sie hier für Recht und Ordnung sorgen und nicht Tee trinken!«

»Hier ist alles in Ordnung«, bescheidet ihm der verkniffene Polizist, der nach dem Genuss dreier Macarons wesentlich entspannter aussieht. »Im Übrigen sollten Sie sich entscheiden: Halten wir nun einen Kaffeeklatsch ab oder trinken wir Tee?« Er lacht herzhaft über seinen gelungenen Scherz, bei dem ich grinsen muss und auch die Gäste hinter mir kichern.

»Können wir sonst noch etwas für Sie tun, Herr Waldner?« Meiner Sache sehr sicher, trete ich einen Schritt auf ihn zu und verschränke die Arme vor der Brust.

»In der Tat, das können Sie, Fräulein Ladur.« Er spricht mit mir ohne zu schreien, daher richten sich meine Nackenhaare auf und Alarmglocken kreischen los. Es fällt mir schwer, meine selbstbewusste Pose beizubehalten. Was führt er denn nun noch im Schilde? »Zeigen Sie den Herren in Blau mal Ihren nichtvorhandenen Arbeitsvertrag.«

Ich blicke kurz zu Assa, die erblasst.

»Dachte ich es mir doch.« Rumar Waldner dreht sich zu den Polizisten um und spricht sie direkt an. »Es ist meine staatsbürgerliche Pflicht, Fräulein Ladur wegen Schwarzarbeit anzuzeigen. Was ich hiermit tue.«

»Ich habe dir gesagt, du bist dumm, hier ohne Vertrag zu arbeiten!«, zischt mir Nils wenig hilfreich ins Ohr.

Mein Magen dreht sich um und für einen Augenblick ist mir schlecht. Die drei Polizisten vor mir sehen mich mit aufgerissenen Augen an und warten anscheinend händeringend darauf, dass ich einen Arbeitsvertrag aus der Schneeluft zaubere.

Leider kann ich das nicht. Was ich kann, sind Süßigkeiten aus Zucker, Butter und Nüssen zaubern und ich kann meinen Gästen ein Lächeln ins Gesicht zaubern, während wir miteinander plauschen, und wenn es darauf ankommt, kann ich auch meine Autoreifen wechseln, ganz ohne Zauber.

»Nun ist es an mir, Sie zu enttäuschen, Herr Waldner, denn Frau Ladur ist seit drei Jahren fest bei der Zeitschrift *WeSelf* angestellt und arbeitet in meinem Auftrag zu Recherchezwecken über die Berliner Café-Szene in dieser Teestube. Sie können Ihr verschossenes Pulver also wieder aufsammeln.« Gekonnt rollt Constanze jedes R und noch nie war ich froher, dieses herrliche Rollen zu hören. Ich kann mir gar nicht vorstellen, mir je gewünscht zu haben, mein Name enthielte kein R.

»Sie!«, plustert sich Rumar Waldner auf und droht mir gleich mit beiden Zeigefingern. »Seit Sie hier sind, geht alles den Bach runter!«

»Oh, da muss ich aber auf das Entschiedenste widersprechen«, donnert Leon dazwischen, tritt neben mich und legt mir seinen bärenstarken Arm um die Schulter. »Seit Miela hier ist, geht alles bergauf und Sie«, Leon reicht einer seiner imposanten Zeigefinger, mit dem er auf Herrn Waldner zielt, »halten uns nicht auf, denn wir werden bis zum Gipfel weiterwandern.

Selbst dann, wenn Sie uns die Immobilie über den Köpfen einreißen.«

Spontan erklingt Beifall rundherum, obendrein von den drei Polizisten, und ich lehne mich mit zitternden Knien an Leon, der ruhig und stark neben mir steht – im Gegensatz zu Nils, der neben mir von einem Bein aufs andere zappelt.

»Halt, halt, halt, ich hoffe doch, hier reißt niemand irgendeine Immobilie ein.« Neben Rumar Waldner taucht eine Frau auf und als ich sie erkenne, kocht es in meinem Bauch und gleichzeitig vereist Schneekälte mein Herz.

»Was machst du denn hier?«, faucht Rumar Waldner sie an und verliert neben ihr wie ein Luftballon Luft.

Freunde sind die beiden definitiv nicht.

Die zierliche Frau ignoriert das Rumpelstilzchen neben sich und kommt auf Assa und mich zu. Ich löse mich aus Leons Umarmung, während ich einen Schritt näher an Assa heranrücke.

Sie gibt erst Assa und dann mir die Hand. »Frau Zeilon? Frau Ladur? Mein Name ist Wiebke Waldner, ich arbeite ebenfalls für *Waldner Immobilien.*«

Ja, so etwas in der Art habe ich mir schon selbst zusammengereimt, nachdem ich sie mit Henrik gestern aus der Firma habe kommen sehen. Womit ich nicht gerechnet habe ist ihr Charme, der mich sofort für sie einnimmt. Ganz schnell rüttele ich mich zurecht und fahre meinen Schild hoch, denn gefährlicher für uns als Rumar Waldners Tobereien ist definitiv ihre Freundlichkeit.

Als weder Assa noch ich etwas zu diesem Gespräch beitragen, lächelt sie uns an, dabei strahlen die feinen

Fältchen rund um ihre Augen wie Sonnen. »Ich kann verstehen, dass Sie mir gegenüber misstrauisch sind und ich kann mich für das Verhalten meines Bruders nur in aller Form entschuldigen. Leider ist er viel zu oft am schnellen Geld interessiert als an langfristigen Wertanlagen.«

Respekt Frau Waldner, diese Ohrfeige für ihren Bruder saß. Unglaublich, dass diese beiden verwandt sein sollen.

Räuspernd macht sich der Polizist mit der Abneigung gegen grünen Tee bemerkbar. »Da hier nun alles geklärt scheint, werden wir uns dann wohl wieder auf den Weg machen.« Er vergewissert sich mit einem Blick zu seinen Kollegen ihrer Zustimmung, tippt sich an die Dienstmütze und winkt Assa und mir zu. »In Anbetracht der fortgeschrittenen Stunde gehen wir davon aus, Ihr Adventsmarkt ist jetzt ohnehin zu Ende?«

»Selbstverständlich«, flötet Assa. »Und vergessen Sie bitte nicht meine Einladung an Sie und Ihre Frau, und das gilt natürlich auch für die anderen Herren.«

Zügig marschieren die Hüter des Gesetzes davon, einen kurz vor der Explosion stehenden Rumar Waldner zurücklassend. Als hätten wir uns abgestimmt, drehen sich alle von ihm weg.

Assa bedankt sich mit herzlichen Worten bei den Besuchern dieses denkwürdigen Adventsmarktes und bald bleiben nur noch Assa und ich, Caro, Leon und Dana sowie Frau Waldner übrig – und Nils.

Gemeinsam lassen wir uns im *Teetässchen* rund um einen Tisch in der Nähe des Kamins nieder, in dem ein wärmendes Feuer flackert. Jeder hat ein Glas dampfenden Tees vor sich mit Assas Spezialmischung aus Kakaoblüten, Winterrose und Weißdorn. Von einer Etagere, die in der Mitte des Tisches thront, locken die restlichen Macaron-Pralinen, Honigprinten und Vanillekipferl zum Naschen.

Bis auf das Knistern des Feuers ist es sehr still in der Teestube. Ein jeder hängt seinen Gedanken nach, knabbert an seiner Version des Abends.

»Ich muss mich wirklich nochmals für meinen Bruder entschuldigen«, ergreift schließlich Wiebke Waldner das Wort. »Leider trägt er allzu oft Dollarzeichen in den Augen. Zwar ist dies unserem Vater wohl bewusst, doch hat er zu viel zu tun, um jeden von Rumars Schritten zu überwachen. Er ist leider auch ein wenig der Kronprinz, der sich alles erlauben kann.«

»Ich kann gar nicht glauben, dass Sie Geschwister sind«, platze ich heraus. Meine Skepsis ihr gegenüber kann ich nur schwer aufrechthalten, denn sie wirkt so natürlich und nett. Was sicher auch ihrem Aussehen geschuldet ist, welches auffallend den lieblichen Porzellanpuppen ähnelt, die Gramsie sammelt.

Sie lacht laut auf und abermals lacht alles in ihrem Gesicht mit. »Ich kann das manchmal selbst nicht glauben. Wir sind auch nur Halbgeschwister. Ich bin die Tochter aus erster Ehe, Rumar der Sohn aus der dritten Ehe unseres Vaters.«

»Schade, dass nicht Sie unseren Hofkomplex betreuen.« Dana scheint, ebenso wie ich, von Wiebke Waldner hingerissen zu sein.

»Nun, dafür bin ich hier. Ich leite normalerweise unsere Zweigstelle in London, allerdings hat mich mein

Vater gebeten, für eine Weile in Berlin auszuhelfen, da er eine längere Kur plant.«

Wie eine La-Ola-Welle geht ein Ruck rund um den Tisch, selbst Nils blickt von seinem Smartphone auf.

»Das heißt, uns werden vielleicht nicht die Mietverträge gekündigt?« Ich balle die Hände unter dem Tisch zu Fäusten, während Hoffnung meinen Puls in die Höhe treibt, wie es kein Sport je könnte. Gespannt sehe ich sie an und ein scharfer Schmerz beißt in mein Herz, denn ich sehe, was wohl auch Henrik so an ihr fasziniert, dass er gestern nur Augen für sie hatte. Gallige Eifersucht strömt in meinen Magen und ich muss alle Selbstbeherrschung aufbringen und dazu noch ungefragt Caros ausborgen, um nicht aufzustehen und davonzulaufen. Am liebsten zurück an den See, an dem Henrik und ich eislaufen waren, zurück zu unserem See, zurück zu jener Nacht.

»Frau Ladur?«

Ich schüttele mich und sehe auf. Wiebke Waldner blickt mich fragend an.

»Entschuldigung, ich war gerade nicht bei der Sache, ich glaube, ich bin ziemlich müde.« Mit der Hand wische ich mir über die Augen, mehr um das Bild von Henrik wegzuwischen als die Müdigkeit.

»Das glaube ich«, sagt sie sanft. »Ich will Sie auch nicht länger aufhalten. Wenn es in Ordnung ist, komme ich morgen noch einmal her und wir unterhalten uns in Ruhe ausführlicher. Ich wollte heute eigentlich schon eher hier sein, vor allem, da ich neugierig auf den Adventsmarkt war, leider hat mich einer von Rumars Geschäftspartnern aufgehalten.«

Damit erhebt sich Wiebke Waldner und mit ihr Dana und Leon und auch Caro.

Leon umarmt mich kurz aber fest und er räuspert sich umständlich, ehe er mich anbrummt. »Gute Nacht, Miela ... und danke für alles, was du hier angefangen hast. Um draußen kümmern Dana und ich uns und morgen helfen die Jungs beim Aufräumen.«

Gerührt spüre ich Tränen in den Augen, die ich schnell wegblinzele, als auch Dana mich umarmt.

Assa küsst mich auf die Wange. »Geh du heim, Miela. Die Teestube sieht schon gut aus, den Rest schaffe ich allein.«

Zu dankbar für das Angebot, um höflich abzulehnen, wickele ich mich in meinen Mantel und verlasse zusammen mit meinen Freunden und Wiebke Waldner das *Teetässchen*. Im Hof verabschieden sich zuerst Leon und Dana, bevor sie hinüber in die Schreinerei gehen.

»Ich muss auch los, mein Mann ist mit in Berlin und wartet auf mich.« Frau Waldner zieht den Gürtel an ihrem Mantel enger und reicht mir zum Abschied die Hand.

»Sie sind verheiratet?« Meine Frage purzelt mir als Quieken aus dem Mund.

»Seit fantastischen fünf Monaten. Mit einem glutäugigen Spanier. Und ich hätte es nie für möglich gehalten, dass mir einmal solch ein Wirbel an Liebe passiert.« Stolz zeigt sie mir ihren funkelnden Ehering und mich beschleicht das übergroße Gefühl, dass nicht Henrik der glutäugige Spanier ist.

Doch ich will Sicherheit und lache gekünstelt eine Oktave zu hoch. »Ihr Spanier ist nicht zufällig blond?«

Wiebke Waldner zieht die seidigen schwarzen Augenbrauen fragend zusammen. »Nein, seine Haare sind schwarz wie meine, warum fragen Sie?«

»Ach, nur so«, stammele ich, »ich dachte nur, weil Sie so dunkle Haare haben und der Kontrast zu blonden, also, irgendwie, aber schwarzhaarig passt sowieso viel besser zu anderen schwarzen Haaren ...«

Sie sieht mich für einen Augenblick ernst an und fast habe ich das Gefühl, sie weiß, worüber ich rumstammele, doch sie behält ihre Gedanken für sich. »Bis morgen, Frau Ladur.«

»Bis morgen.«

Caro und Nils laufen bereits über den weiterhin weihnachtlich erleuchteten Hofgarten zum Durchgang vor und ich beeile mich, sie einzuholen.

»Caro, wenn du magst, kannst du gern schon vorfahren. Du bist sicher mit dem Rad da, oder?«, wende ich mich an meine Freundin.

Nils reißt die Augen auf. »Bei dem Wetter mit dem Rad? Bist du irre?«

Elegant setzt sich Caro den Fahrradhelm auf ihre dünne Windmütze und schießt einen Caro-Blick in Nils' Richtung, der bisher noch jeden Mann zwischen 18 und 118 in die Knie gezwungen hat. »So kennen wir dich, Prince Charming. Aber da ich nicht so eine Memme bin, fahre ich bei jedem Wetter Rad. Du nutzt bestimmt auch im Sommer, während die Sonne vom Himmel lacht, deinen motorbetriebenen Rollator mit den vier Rädern?«

»Dafür habe ich meinen guten Opel GT doch schließlich«, zerbröselt Nils jeglichen Sarkasmus von Caro.

»Einer muss ja für die dicke Stadtluft sorgen.« Damit legt Caro Nils zu den Akten und wendet sich mir zu. »Komm nicht so spät, ich gönne dir nachher noch eine Entspannungsmaske, die hast du dir verdient.«

Nils und ich treten aus dem Torbogen auf den leeren Gehweg und sehen Caro hinterher, wie sie auf ihr fuchsrotes Steppenwolf-Mountainbike steigt und nach allen Seiten Schnee spritzend von der Dunkelheit verschluckt wird.

Wohl wissend, dass es nun an der Zeit ist, mich der letzten Herausforderung des Tages zu stellen, drehe ich mich langsam zu Nils um. Wie er so vor mir steht, gerade aufgerichtet, das Kinn nach oben gereckt, ein erwartungsvolles Grinsen im Gesicht, erfasst mich eine Welle der Zuneigung zu diesem Mann. Aber eben lediglich Zuneigung und keine Liebe. Ich glaube, Nils liebt mich auf seine Art wirklich, nur leider ist seine Liebesart mit meiner nicht kompatibel. Ich will das ganze Paket, voller Romantik, Leidenschaft und Emotionen, ich will Liebe pur.

Unsicher wie ich es sagen soll, nehme ich seine Hände in meine und er scheint zu verstehen, denn das Grinsen verliert sich in seinem Gesicht und er blickt mich ernst an. »Dein Versöhnungskuss vorhin galt nicht mir, nicht wahr?«

Voller heißer Scham schließe ich kurz die Augen.

»Ich dachte es mir schon, denn mich hast du nie so leidenschaftlich angeschrien wie den Kerl vorhin.« Nils' Ton soll gewiss leicht klingen, doch ich spüre die Mühe, die ihn das Sprechen kostet.

Ich versuche, meiner Stimme ebenso Leichtigkeit zu verleihen, flüstere aber nur. »Wir hatten wohl nicht allzu viel zu schreien.«

Nils zieht seine Hände aus meinen und legt mir die Arme um die Taille, seine Stirn ruht sanft an meiner. »Ich vermisse dich, Miela. Du bist so besonders und ich werde dich immer in meinem Herzen tragen.«

»Sollte dir einmal der Sinn nach einem schnöden Teebeutel stehen, würde ich mich freuen, dich bei uns im *Teetässchen* begrüßen zu dürfen.«

Nils nickt und nimmt mich fester in den Arm. »Ich werde immer für dich da sein, Miela, und ich wünsche dir alles Glück der Welt. Sieh zu, dass du das mit dem blonden Beachboy wieder in Ordnung bringst.«

Nun fließen doch die Tränen und ich bin mir unsicher, ob sich nicht auch welche von Nils auf meine Wangen verirren. Zärtlich küsse ich ihn kurz auf den Mund, ehe wir uns voneinander lösen. Über uns schimmern die Lichter des Torbogens und tauchen uns in goldene Farben. Nils streicht mir sanft über die Wange, ehe er kehrtmacht und davongeht.

In einiger Entfernung schlägt eine Autotür und ich zucke zusammen. Als ich mich nach dem Geräusch umdrehe, sehe ich Henriks VW Bus am Seitenrand parken. Das Licht der Straßenlaterne daneben erhellt sein Gesicht, doch er blickt nicht in meine Richtung. Er startet den Motor, legt den Gang ein und fährt davon.

Ehe ich richtig weiß, was ich tue, renne ich dem Bulli hinterher, bis sich mein Gehirn dazu schaltet und ich erkenne, wie sinnlos das ist. Körperlich müde und erschöpft im Herzen sinke ich auf einen Schneehaufen und atme tief die kalte Nachtluft ein. Vereinzelt schweben verlorene Schneeflocken vom Himmel, doch ich spüre, es werden für eine Weile die letzten sein.

Wie konnte ich nur so überreagieren? Wäre ich ehrlicher gegenüber mir selbst gewesen, würde ich jetzt mit hoher Wahrscheinlichkeit nicht frierend auf einem grauen Schneehaufen mitten in der Berliner Innenstadt hocken.

Ich krame in meinem Rucksack nach dem Handy, um Henrik anzurufen, aber das Display bleibt auch nach mehrmaligem Wischen darüber schwarz.

Kapitel 25
R wie Rucksack

Rosen-Macarons

Getrocknete Rosenblütenknospen mit süßen Marcona-
Mandeln, gebettet in eine Creme aus weißer Schokolade,
geschmolzen in himmlischer Rosensahne, verwandeln
jedes Macaron in ein essbares Rosenbouquet.

Wie ich es erahnt habe, zieht sich der Winter zurück. Über Nacht stiegen die Temperaturen um fast fünf-zehn Grad, sodass draußen Plusgrade herrschen und sich der Schnee in grauen Matsch voller Steinchen verwandelt. Dazu weht ein unangenehm feuchtwar-mer Wind, der Mensch wie Tier ganz kirre macht.

Der Tag beginnt damit, dass ich es wage, an Mam-sellchens Katzenkörbchen vorbeizugehen, was sie mit einem tigerreifen Fauchen kommentiert. Im weiteren Verlauf stoße ich mit einem Passanten vor dem Hofeingang zusammen, der ohne Vorwarnung mitten auf dem Gehweg stehen bleibt, während ich angesichts des grauen Unwetters nicht eben langsam unterwegs bin. Der gute Mann bedenkt mich mit wenig schmeichelhaften Berliner Worten, die jedoch alle an mir abperlen. Dazu spare ich mir ob seiner Echauffiertheit eine Entschuldigung. Pech gehabt.

Doch das Gute ist, seit Assa und ich heute Vormittag das *Teetässchen* aufgesperrt haben, ist es bis auf ein, zwei Tische immer gut besucht.

»Wenn du noch länger auf dein Handy starrst, bekommst du eckige Augen.« Assa wirft ein Geschirrhandtuch auf mein Telefon und zieht dann verschiedene Teedosen aus dem Regal hinter mir.

Schnell lasse ich das Telefon in meinem Rucksack verschwinden und sehe hinaus. Im Hofgarten holt Dana gerade die Schneiderpuppen rein, während das neue Schild über dem Eingang bedenklich im Wind schwankt.

Von dem gestrigen Adventsmarkt sind lediglich die Spuren im Schnee zu sehen und ein paar Windlichter aus Eis, die in Rekordtempo vor sich hinschmelzen. Die Äste des Kirschbaumes drücken sich mehr und mehr unter der nassen Schneelast nach unten. Alles wirkt kahl und trostlos, grau, farblos und traurig.

»Du erreichst ihn nicht?« Assa steht neben mir und blickt an mir vorbei ebenfalls in den Hofgarten, dabei legt sie ihren Arm locker um meine Taille.

Ich schüttele den Kopf. Nein, ich erreiche ihn nicht und ich vermute, er will sich auch gar nicht von mir erreichen lassen. Das Schlimme ist, ich kann verstehen, dass er Abstand zu mir will, so wie ich ihn gestern Abend behandelt habe.

»Gramsie hat mir gerade eine SMS geschickt. Selbst in seinem Architekturbüro meldet sich nur der Anrufbeantworter«, flüstere ich.

Assa drückt mich fester an sich. »Na siehst du, vielleicht sind sie alle einfach nur auf einem Termin. Du wirst sehen, in Nullkommanichts kommt er über den Hof zu dir gebraust und strahlt dich an. Du entschuldigst dich brav für deine zugegebenermaßen dumme Dummheit, ihr sprecht euch aus und alles ist gut.«

Doch statt Henrik braust eine Invasion an High-Society-Müttern mit Designer-Kinderwagen über den Hofgarten. Das Schauspiel fasziniert mich so sehr, ich vergesse sogar Assa zuzuseufzen im Angesicht ihres grenzenlosen Optimismus, den ich im Augenblick nicht einmal zu einem Zehntel teile.

Die Summe der Stiefelabsatzhöhen der sieben Damen kann es locker mit dem Fernsehturm aufnehmen und trotz des ungemütlichen Wetters sehe ich eine Menge nackter Haut aufblitzen, sei es an den Knien abwärts oder an den beeindruckenden Ausschnitten der Blusen. Aber wer weiß, möglicherweise schreibt der Berliner Schickeria-Knigge vor, dass ab sieben Grad über Null Strumpfhosen und Schals zu Hause gelassen werden müssen. Obwohl, die Damen sehen nicht aus, als würden sie je Strumpfhosen tragen.

»Sie kommen auf uns zu!« Assas Stimme klingt panisch und veranlasst mich, sie anzusehen. In der Tat sieht Assa mit ihrem geröteten Gesicht aus, als würde sie jeden Augenblick hyperventilieren. Schon fächelt sie sich hektisch Luft zu, was ihre bunten Federohr-ringe wie Papageien herumflattern lässt.

Da entert die führende Damenriege des Viertels die Teestube. Die Kinderwagen parken draußen und eine jede der Frauen trägt ein Baby auf dem Arm, fein ab-gestimmt wie die restlichen Accessoires, die in Form von Taschen über ihren Schultern baumeln oder als Ketten ihre grazilen Hälse schmücken.

Lachend und schwatzend bleiben sie im Eingang stehen und sehen sich um.

»Sehr schick«, flötet die mit der blondesten Mähne von allen. »Dieser gekonnte Retrocharme entspricht exakt meiner Vorstellung. I like.«

»Wir hätten reservieren sollen, es sieht recht voll aus.« Eine schwarzhaarige Julia Roberts blickt sich um, während sie ihr ebenso schwarzhaariges Mäd-chen zärtlich an sich drückt und auf die Stirn küsst.

Sofort schmilzt mein Herz bei ihrem Anblick dahin. »Herzlich willkommen im *Teetässchen*«, begrüße ich sie lächelnd. »Geben Sie mir bitte eine Minute und Sie können sich gleich alle gemütlich setzen.«

In der Nähe des Kinderspieltisches stehen Berna-dette und Heinrich Kramer auf und schieben gemein-sam mit Herrn von Weimann drei Tische zusammen, ehe sie sich zu den Buchclubdamen vor dem Kamin gesellen, die gern für sie zusammenrücken. Assa kommt mit einer Krabbeldecke dazu und so finden rasch alle Platz.

»Danke«, forme ich mit dem Mund über die Köpfe der Gäste hinweg in Richtung Kramers.

»Wir möchten bitte gern diese herrlichen Macarons, für die Valerie Heingold so schwärmt, und jeweils eine

Tasse Ihres Zaubertees.« Die Frau, die die Bestellung aufgibt, entzieht ihren schokobraunen Flechtzopf sanft den Fäustchen ihres Sohnes, der allerdings nicht daran denkt, diesen kampflos aufzugeben. Beide lachen sich an und die Frau lässt sich entspannt in dem samtroten Sessel zurücksinken.

»Und wir möchten unbedingt aus den Teeblättern gelesen bekommen«, ruft mir die blonde Löwenmähne zu. »Ich muss endlich wissen, was ich von meinem Mann zu Weihnachten geschenkt bekomme. Stellt euch vor Mädels, ich habe es noch immer nicht herausgefunden.«

Die anderen lachen fröhlich mit und auch ich muss grinsen. »Sind Sie Bekannte von Frau Heingold?«

»Leider nicht. Dieser Ruhm gehört eher Ihnen«, seufzt eine der Damen, die ihr schlafendes Mädchen hin und her wiegt.

»Ich dachte nur, weil Sie vorhin Frau Heingold und unsere Macarons erwähnten.«

»Aber darüber redet seit Tagen die ganze Szene. Valerie Heingold lobt Sie in den höchsten Tönen! Haben Sie das gar nicht mitbekommen?«

Innerlich klatsche ich in die Hände, doch äußerlich bleibe ich cool. »Es freut mich sehr, dass Frau Heingold uns weiterempfiehlt und Sie werden gleich selbst kosten, wie sehr wir diese Empfehlung wert sind. Selbstverständlich geht das Advent-Macaron des Tages aufs Haus: Merlotrote Cassis-Macarons umhüllen Granatapfelkerne getupft in Vanillemouse.«

»I like!«, flötet Löwenmähne und formt mit Zeigefingern und Daumen ein Herz.

Assa, mittlerweile aus ihrer Starre erwacht, wirbelt bereits hinter der Teebar, um sieben außergewöhnliche Tees zu kreieren. Dabei kommen Teedosen von ganz oben und auch welche aus der untersten Reihe zum Einsatz, was wirklich Seltenheitswert besitzt, denn darunter befinden sich Exoten wie *Jasmin Dragon Phoenix Pearl* oder Orangen-Thymian oder auch Muskateller-Salbei, selbst die rare Goldmelisse und die Schokoblumenblüten dürfen mitmischen.

Zu einem Weihnachtsteller mit unserer Macaronauswahl stelle ich noch je einen purpurroten Porzellanteller mit selbstgemachten Dominosteinen, englischem Früchtebrot und Kekstannen für die Kinder, wobei die knusprigen Leckereien auch gern von den Erwachsenen vernascht werden.

Nicht lange nach dem Servieren kehrt für eine Weile Ruhe an dem lebhaften Damentisch ein, nur unterbrochen von *I Likes* und Klickgeräuschen diverser Smartphones, um schnellstmöglich alles live zu posten. Als der erste Zuckerhunger sowie die Babys gestillt sind und die Teegläser sich leeren, setzt sich Assa mit an den Tisch und verzaubert die Frauen mit ihrer klugen Teelesephilosophie.

Derweil bediene ich die anderen Gäste, bleibe dabei jedoch sehr tief in Gedanken versunken. Hin und wieder weiß ich gar nicht, wie ich an einem der Tische gelandet bin oder warum sich auf dem Tablett in meinen Händen Nuss-Oblaten stapeln anstatt Baumkuchenspitzen.

Als ich mit Macaronnachschub aus der Backstube komme, zieht mich Bernadette Kramer am Ärmel meiner Wickelbluse zur Seite, direkt hinter den Garderobenständer, von wo aus wir einen guten Blick in die Teestube haben, ohne selbst gesehen zu werden.

»Er ist hier!«, zischt sie mir ins Ohr und piekst mich dabei mit ihrer spitzen Nase.

»Henrik ist hier?«

Sie sieht mich mit kugelrunden Augen an. »Oh Liebchen, leider nicht. Dafür ER«, damit zerrt sie mich an einem Ledermantel vorbei und zeigt auf einen jungen Mann vorn am Fenster, der es nicht für nötig hält, die Kapuze seines Sweatshirts vom Kopf zu ziehen. Irgendwie kommt er mir bekannt vor, doch diese Jugendlichen in ihren Hipster-Klamotten sehen alle irgendwie gleich aus.

»Wer ist das denn?«

»Das ist der Kerl, der den Rucksack mit den Mäusen in die Teestube gebracht hat.«

Ich schlage mir mit der flachen Hand gegen die Stirn. Natürlich! Na, der hat Nerven! Ich will mich gerade auf den Weg zu dem Unhold machen, da hält mich Frau Kramer zurück. »Nicht, du verschreckst ihn bloß. Herrmann ist vorhin gegangen, weil er zum Zahnarzt muss, ich habe dort bereits angerufen und sie schicken ihn zurück. Solange müssen wir den Kerl aufhalten.«

Im Eifer unserer Mission ist Bernadette Kramer zum Du übergegangen und ich mache es ihr nach. »Bernadette, er steht auf.« Vor Schreck ziehe ich mir einen Strickjackenärmel von der Garderobe neben mir vors Gesicht.

»Jetzt kommt er auch noch auf uns zu.«

»Er wird doch wohl nicht wieder ... halte du Ausschau nach Herrmann, ich lenke ihn ab.« Ich trete hinter den Jacken hervor. Worüber könnte ich ihn in ein Gespräch verwickeln? Fußball! Fußball ist ein gutes Thema. Haben wir vielleicht gerade eine WM oder wenigstens eine EM? Eine DM? BM? MM? Vermutlich nicht, weil es aktuell weder Würstchen noch Vanillestangen in Ballform gibt. Wird im Winter überhaupt Fußball gespielt? Mist, nun biegt er zu allem Überfluss auch noch zur Backstube ab.

Mit einem Sprint bestehend aus drei Riesenschritten bin ich bei ihm, ehe er sich in mein Allerheiligstes schleichen kann. »Kann ich Ihnen helfen?« Mir schlägt das Herz derart heftig, dass mein Puls am Hals donnert. Er trägt einen Rucksack in den Händen, der dem ähnelt, den wir damals zusammen mit den Mäusen in der Teestube gefunden haben. Ich habe das Gefühl, dies bedeutet tierischen Nachschub – welcher Spezies auch immer.

»Ich suche das Bad, um mir die Hände vor dem Essen zu waschen.« Völlig arglos sieht er mich mit milchkaffeebraunen Augen an.

»Aber sicher doch. Das Bad befindet sich weiter hinten links, hier geht es leider nicht entlang.« Ich sehe Assa auf uns zukommen, die, ihrem grimmigen Gesichtsausdruck zufolge, von Bernadette informiert wurde. Gut, das würde es leichter machen. »Dürfte ich Sie um einen kleinen Gefallen bitten? In dem Regal hier steht ganz oben eine Teekanne, die ich unbedingt benötige, würden Sie sie mir bitte runterreichen, Sie sind so schön groß. Ich halte auch Ihren Rucksack.«

Offensichtlich ist er nicht allzu viel Lob gewohnt, den meine Schmeichelei wirkt. »Klaro.« Leider verzichtet er darauf, mir den Rucksack zu geben, sondern setzt ihn sich auf den Rücken. Die Kanne steht sehr weit oben und er muss tüchtig angeln, um sie herunterzuholen.

Toll, Miela, was nun? Von Herrmann ist nichts zu sehen und wenn mir nicht sofort eine brillante Idee kommt, entwischt uns der Teestubenquäler, denn er macht Anstalten zu gehen.

»Ich glaube, ich komme ein anderes Mal wieder, mir fällt gerade ein, dass ich noch einen Termin habe.« Damit dreht er sich um, wird aber von Assa ausgebremst, die hinter ihm steht und ihm ein Tablett reicht. »Vielen Dank für Ihre nette Hilfe, darf ich Ihnen einen Tee anbieten? Kostenlos natürlich.«

»Und süße Macarons?« Ich eile zur Kuchenvitrine und hole schnell einige.

Der junge Mann kann den kostenlosen Leckereien und dem Teeduft nicht widerstehen und trinkt ein paar Schlucke, lässt sich dessen ungeachtet aber nicht von uns überreden, sich erneut hinzusetzen.

Aus reiner Verzweiflung frage ich ihn schließlich nach seinem Lieblingsfußballverein, was bei ihm anscheinend endgültig die Alarmsirene anschmeißt. Er geht zu dem Stuhl an dem Tisch, an dem er gesessen hat, und greift sich seine Jacke.

Da endlich sehe ich Herrmann zusammen mit einem anderen Mann über den Hofgarten eilen und blicke erleichtert zu Assa, die sich nervös ihren Dutt richtet, der ihr sofort zurück auf die linke Schulter rutscht.

Bernadette öffnet die Tür zur Teestube und winkt die beiden Männer herein.

Der junge Mann mit dem Rucksack sieht von mir zu Assa und Bernadette und weiter zu Herrmann mit seiner Begleitung. Seine Mundwinkel sinken herab und er lässt sich schwer auf einen Stuhl fallen. Ruhig wartet er ab, bis sich die Kramers, Herrmanns Begleitung und Assa zu ihm setzen. Ich kehre zurück zu meinen Pflichten im *Teetässchen* und ignoriere meine zittrigen Knie, während ich neue Bestellungen aufnehme und abkassiere.

Das Gespräch am Tisch verläuft ruhig und niemand in der Teestube scheint etwas zu bemerken.

Die It-Damen machen sich bereit zum Aufbruch und suchen ihre Taschen, Smartphones und Babys zusammen. Jede von ihnen verabschiedet sich persönlich bei mir.

»Es war großartig. Mir ist es unverständlich, wie wir Ihre Perle bisher übersehen konnten.« Schon landet ein Luftbussi von Julia Roberts' Zwillingsschwester neben meiner linken Wange und eines neben meiner rechten.

Dazu lässt sich auch die Löwenmähnendame nicht lange bitten und hüllt mich dabei in eine Wolke aus Jasminparfum, das direkt von einem arabischen Basar stammen könnte. »Ich hätte gern, dass Sie die Geburtstagfeier meiner Tochter ausrichten. Sie wünscht sich ein rosa Macaronfest. Diese Möglichkeit besteht doch, oder? Ich rufe Sie in den nächsten Tagen dazu an.«

Völlig überwältigt von all den Bussis und Parfums um mich herum nicke ich ergeben.

»Sie werden demnächst mit Reservierungen arbeiten müssen, meine Liebe. Sie sind eine echte Bereicherung für unser Viertel, ach was, für ganz Berlin. We like.«

Tief durchatmend schließe ich die Tür hinter der Damen-Gang, nur um sie gleich wieder zu öffnen, denn auch die Kramers und der Herr, den Herrmann mitgebracht hat, sowie der junge Mann mit dem Rucksack verabschieden sich.

Als sie weg sind folge ich Assa hinter die Teebar, um mir die Details abzuholen. »Und?« In meinem Satz schwingen mindestens drei Fragezeichen mit.

»Er hat die Aktion mit den Mäusen sofort zugeben. Allerdings meinte er, es wäre alles nur eine Mutprobe unter Kumpels gewesen.«

Ich ziehe einen Flunsch. Einerseits bin ich froh, dass wir den Kerl letztendlich gefunden haben, andererseits erhoffte ich mir ein direktes Geständnis Richtung Rumar Waldner. »Und wer war der Mann, den Herrmann mitgebracht hat?«

»Das war ein Polizist in Zivil von unserem zuständigen Polizeirevier. Da gehen sie jetzt auch hin, um die Aussage aufzunehmen. Vielleicht ergibt sich noch mehr.«

»Und wenn es wirklich nur eine Mutprobe war?«

Assa zieht die Schultern hoch. »Erstmal sieht es so aus. Aber wer weiß ... apropos, da kommt seine Schwester.«

Ich drehe mich zur Ladentür, durch die Wiebke Waldner gerade hereinkommt. Heute geht es hier Schlag auf Schlag. Ich habe zwischendurch nicht einmal Zeit, es weiter bei Henrik zu versuchen. Schnell krame ich nach meinem Telefon, leider wartet keine Nachricht auf mich und auf die Wahlwiederholung hin teilt mir Henriks Mailbox nur erneut seine Abwesenheit mit. Das Leben kann manchmal ganz schön bitter sein.

Assa steht mit Frau Waldner, die aufmerksam zuhört, neben dem Kamin und gestikuliert in alle Richtungen. Ab und zu nickt sie und macht sich Notizen. Wie unterschiedlich Geschwister sein können. Wie wohl meine Schwester so wäre?

Da in der Teestube alle Gäste gerade zufrieden ihre Tees schlürfen und sich an ihren Kuchen und Keksen erfreuen, geselle ich mich zu Assa und Wiebke Waldner, die mich freundlich anlächelt. »Ich habe Frau Zeilon soeben erzählt, dass der Investor, den mein Bruder für den Hofkomplex vorgesehen hat, abgesprungen ist. Seine Frau fand es wohl eine Schande, diesen schönen Hof mit einer Disco zu verschandeln und hat ihm das nötige Geld verweigert. Ich habe gehört, sie will ein Projekt wie Ihres in Hamburg starten.«

Ich verschlucke mich an dem Bratapfeltee, den ich gerade trinke. »Seine Frau besitzt das Geld?«

Frau Waldners Lachen perlt durch die Luft. »Tja, manchmal lässt man sich durch Äußerlichkeiten täuschen, nicht wahr?« Sie sieht mir direkt in die Augen, so als ob sie mehr meint als das Hamburger Investoren-Pärchen. »Tja, wie auch immer, selbst wenn es beim ursprünglichen Plan geblieben wäre, hätte das Projekt auf der Kippe gestanden. Ich habe mich ein wenig umgehört und umgesehen. Nicht nur dieser Hofkomplex steht unter Denkmalschutz, sondern auch die angrenzenden Häuser. Was meinen Bruder vermutlich nicht weiter stört, denn leider kennt er Männer, die Richtlinien doch recht beachtlich ausdehnen. Aber davon abgesehen hätte die Nachbarschaft das Umbauvorhaben mit Sicherheit nicht hingenommen, da eine Großraumdisco das ganze Viertel abwerten würde. Aber lassen wir die *hätte* und *würde* und konzentrieren uns lieber auf Ihr Geschäft.«

Assa und ich sehen uns kurz an und Assa zwirbelt den fliederfarbenen Stoff ihrer Tunika. »Das heißt, Sie werden uns nicht kündigen?«

»Ich kann Ihnen nichts versprechen, da ich noch ein paar Dinge prüfen muss, die Ihnen mein Bruder als Bedingungen in die Verträge geschrieben hat, die Sie ja unterzeichnet haben. Darüber hinaus gibt es andere Interessenten, die reichlich Geld bieten, um sich hier einzumieten.«

»Oh«, haucht Assa und ich sehe ihr an, wie die Last eines Gebirges auf ihre Schultern drückt.

»Dürfen wir Sie auf einen Tee einladen?«, biete ich Frau Waldner an, doch sie winkt ab.

»Das ist sehr nett, leider habe ich einen Termin.« Damit reicht sie Assa und mir die Hand und geht zur Tür.

»Ich bin gleich zurück«, werfe ich Assa zu und laufe Wiebke Waldner hinterher. Kurz vor dem Kirschbaum, der in einer riesigen geschmolzenen Schneepfütze steht, erreiche ich sie. Fragend sieht sie mich an.

»Frau Waldner ...«, druckse ich herum.

»Nennen Sie mich doch bitte Wiebke.«

»Gern. Ich heiße Miela.«

»Hast du noch eine Frage?« Sie öffnet den obersten Knopf an ihrem taubenblauen Mantel. »Wie warm es auf einmal geworden ist. Hoffentlich ändert es sich bald wieder, wenn ich solch ein Winterwetter will, kann ich auch in London bleiben.«

»Ich hoffe auch, dass es sich bald wieder ändert. Aber was ich eigentlich wissen wollte ...«

»Ja?«

»Woher wusstest du von dem Adventsmarkt und unserer anstehenden Kündigung? Du warst doch in London und es ist das Projekt deines Bruders, der, entschuldige bitte, nicht unbedingt aussieht, als würde er dich um Rat bitten?«

»Henrik hat mir von euch erzählt und auch was für ein Schindluder mein kleiner Bruder wieder treibt.«

Ich nicke, als würde ich verstehen, indessen verstehe ich es nicht und anscheinend sieht sie es. »Henrik und ich haben zusammen studiert und über die Jahre den Kontakt gehalten, wir sind gute Freunde. Er rief mich in London an. Herrje, gut, dass du mich nach Henrik fragst, ich hätte sonst ganz vergessen, dir das von ihm zu geben.«

Sie kramt in ihrer Umhängetasche und zieht schließlich ein Päckchen daraus hervor. Genau das rotgoldene Päckchen mit der Schneeflockenschleife, welches Henrik beim Adventsmarkt dabeihatte. Sie reicht es mir. Zögerlich nehme ich es an mich und wickele erst das zarte Schleifenband ab und dann das prächtige Papier. Zum Vorschein kommt eben jenes wundervolle Backbuch, das ich in dem Antiquariat gesehen habe, an dem Tag, als Henrik zusammen mit Wiebke aus dem Büro kam.

Mein Herz versinkt in einem Meer aus Scham. Wieso nur war ich so misstrauisch? Ich könnte hier und jetzt vor Wut heulen und mich in dem Schneematsch zu meinen Füßen wälzen. Dass das nasse Zeug längst in meine Ballerinas kriecht, reicht bei Weitem nicht aus.

»Du magst ihn, nicht wahr?« Sie neigt den Kopf zur Seite und sieht mich ernst an.

Ich nicke stumm.

»Er ist ein Guter, Miela.« Damit dreht sie sich um und geht.

»Wiebke«, rufe ich ihr hinterher und sie bleibt stehen und dreht sich um. »Weißt du, wo er ist? Ich kann ihn nicht erreichen und ich habe eine Zillion Gründe, mich bei ihm zu entschuldigen.«

Sie antwortet mir nicht gleich und ich glaube schon, sie will es mir nicht sagen, doch dann antwortet sie. »Er ist heute Mittag nach Hawaii geflogen, er will künftig dort als Architekt arbeiten. Es tut mir sehr leid, Miela.«

Kapitel 26
O wie Ohne

Orangen-Macarons

Getrocknete und fein zerriebene Schalen der Valencia Orange aromatisieren köstliche, süße Macaronschalen. Diese, gefüllt mit einer Ganache aus frisch püriertem Orangenfruchtfleisch, mildem Akazienhonig und zartschmelzender Milchschokolade, lassen die Zunge tanzen.

»Na das ist ja mal eine sehr minimalistische Teesorte, Frau Ladur.«

Ich blinzele und finde mich im *Teetässchen* wieder, in meinen Händen balanciere ich ein Tablett voller dampfender Teegläser. Jedoch sieht der Tee darin sehr durchscheinend aus, zu durchscheinend, denn wie es aussieht, habe ich den Tee im heißen Wasser vergessen.

»Mist«, entfährt es mir und sechs pikierte Augenpaare blicken mich entsetzt an. »Ich meine natürlich: Ach du meine Güte. Entschuldigen Sie bitte, ich muss wohl sehr in Gedanken gewesen sein.«

Sechs graugelockte Köpfe nicken unisono und die Gelockteste unter den Buchclubdamen ergreift das Wort: »Sie sollten sich einen Tag Pause gönnen, liebe Frau Ladur. Seit Sie in der Teestube angefangen haben, sind Sie jeden Tag hier, erlauben Sie sich doch ein wenig Ruhe.«

Ich winke nonchalant ab. »Ach, mir geht es gut und ich liebe die Arbeit im *Teetässchen*, ich bin gerade nur ein wenig abgelenkt. Heute Nachmittag richte ich eine Kindergeburtstagsparty aus und bin ziemlich nervös deswegen. Sie wissen ja, Kindermund tut Wahrheit kund, die kleinen Leute sind unsere ehrlichsten Gäste.« Ich lasse meinen Worten Taten folgen und verziehe meinen Mund zu einem breiten Lächeln.

Ein Raunen geht durch die Damenriege. »Da haben Sie wahrlich recht. Aber mit Sicherheit werden die Kinder Ihre köstlichen Backwerke lieben, seien Sie ganz beruhigt. Nichtsdestoweniger würde ich Ihnen empfehlen, lieber Ihre sonstigen Macarons zu präsentieren und nicht die heutigen.« Damit zeigt die Vorsitzende der Bücherfreundinnen auf den großen Weihnachtsteller voller Macarons, den ich soeben in die Mitte des Tisches gestellt habe.

Darauf befindet sich eine Auswahl bunter Macarons, gleichwohl lediglich einzelne Macaronhälften, vollkommen nackt, ohne den Hauch einer Creme, Ganache oder auch von Fruchtpüree.

Hitze steigt mir in die Wangen und ich würde mir am liebsten das Tablett über den Kopf stülpen und mich darunter verkriechen. Schnell will ich das Dilemma vom Tisch räumen, doch die Dame mit der Teneriffa-Sommerbräune hält mich zurück. »Lassen Sie es gut sein Kindchen, wir wissen, wie beschäftigt Sie sind und Ihre Macarons schmecken auch ohne Inhalt köstlich. Wenn Sie uns nur ein wenig Tee in unser heißes Wasser geben könnten, dann sind wir durchaus zufrieden.«

Die anderen Damen nicken zustimmend und ich entferne mich schnellstmöglich zusammen mit meinen Hitzewallungen.

Tief ausatmend stelle ich das Tablett mit den Wassergläsern vor mir auf der Teebar ab. Ich muss mich wirklich besser konzentrieren, denn so langsam fallen meine Fehler auf. Wenigstens den Fauxpas mit dem Klassiker aus vertauschtem Salz und Zucker habe ich rechtzeitig entdeckt.

Mein Blick verlässt das *Teetässchen* mit seinen murmelnden Gästen und wandert nach draußen in den Hofgarten. Die Sonne strahlt von einem tiefblauen Himmel, nur hin und wieder fliegt ein weißes Wattewölkchen vorbei. Keinerlei Weihnachtszauber liegt mehr in der Luft, denn seit dem Tag nach dem Adventsmarkt vor einer Woche ist die Temperatur unaufhörlich gestiegen, sodass Dana gerade jackenlos bei milden zwölf Grad einer ihrer Schneiderpuppen den Schal auszieht. Die kahlen Äste des Kirschbaumes heben sich dunkel gegen den hellen Himmel ab und der Hofgarten breitet sich schneelos darunter aus.

Mich verlässt sogar mein Schneegefühl und im Prinzip ist es mir völlig egal, ob es schneit, hagelt oder die Welt im Morast versinkt. Wer braucht schon dieses Weihnachtsklimbim? All diese Lichter sind doch die pure Energieverschwendung und Marzipanspekulatius machen dick. Dazu sind die ganzen Geschenke ohnehin bloß Geldschneiderei.

Wie wohl gerade das Wetter auf Hawaii ist? Bestimmt ist der Himmel ähnlich blau wie hier, nur laden die Temperaturen vermutlich zum Baden ein – oder zum Windsurfen. Ob Henrik an mich denkt, so wie ich an ihn denke? Ach was, nach meinem schlimmen Auftritt beim Adventsmarkt denkt er bestimmt mit dicker Gänsehaut an mich, leider wahrlich keiner wohligen.

Ich vermisse ihn. Seine warmen Hände, in die meine so perfekt hineinpassen, sein tiefes Lachen, seine liebevollen blauen Augen und sogar seine Beachboy-Mähne mit den zu langen Haarsträhnen. Ich vermisse es, wie er mir zuhört, mich versteht und in mich hineinblickt. Die Sehnsucht drückt mein Herz zusammen, macht mich schlaflos und empfindsam wie eine Mimose.

»Mielachen, geh in die Mittagspause, ich übernehme hier.« Assa steht hinter mir und streichelt mir über den Rücken. »Und sieh zu, dass du etwas Ordentliches isst.«

»Ich habe den Buchclubdamen gerade heißes Wasser ohne Tee serviert und Macarons ohne Füllung«, flüstere ich. Eine Träne stiehlt sich aus meinen Augen und kullert mir die Wange entlang. Mit dem Ärmel meines grauen Sweatshirts wische ich sie schnell weg.

Assa lacht leise auf. »Ich habe es schon gesehen und ich bringe ihnen gleich den besten Tee dazu. Du kümmerst dich jetzt um dich, damit du nachher einer Horde Fünfjähriger standhalten kannst.«

»Du hast hoffentlich Beruhigungstee vorbereitet, den ich den Kleinen einflößen kann, oder?« Mein Scherz soll lustig klingen, kommt aber irgendwie im ernsten Ton daher, was Assa mit einem Stirnrunzeln quittiert.

»Das war ein Scherz.«

»Na dann ist es ja gut. Ich würde dir auch vorschlagen, dass du dir ein, zwei Tage freinimmst, damit du einen klaren Kopf bekommst und uns statt mit Salzgebäck wieder mit süßen Köstlichkeiten verwöhnst.«

Assas Worte wirken wie eine Zitrone und ich hebe abwehrend die Hände. »Ich möchte lieber arbeiten, Assa. Gerade jetzt, wo es in der Teestube dermaßen gut läuft, dazu steht Weihnachten vor der Tür und die Gäste sind alle in Feststimmung. Außerdem lenkt es mich ab.«

Sanft legt Assa ihre Hand an meine Wange. »Warum rufst du ihn nicht an?«

»Habe ich doch, aber er geht nicht ran.«

»Das war, bevor du erfahren hast, dass er zurück nach Hawaii gegangen ist.«

Ich wende mich von Assa ab und greife nach meinem Rucksack unter der Teebar. »Es hat keinen Zweck. Es ist vorbei und ich habe es vermasselt.« Damit lasse ich Assa stehen und stapfe missmutig aus der Teestube.

Da ich keinen Hunger habe, spaziere ich einfach durch die Gegend. Alle Schaufenster rund um die Hackeschen Höfe sind hell erleuchtet mit Lichterbogen, Sternenketten und Kerzen von Teelichtgröße bis meterhoch. Geschnitzte Bogen von Leon befinden sich in den Fenstern und stolz nehme ich zur Kenntnis, dass sie immer die schönsten sind.

Alle sieben Meter muss ich Selfiesticks ausweichen sowie ausgestreckten Armen, an denen Smartphones festgewachsen sind. Genervt suche ich mir einen Weg aus dieser selbstverliebten Masse und schlendere durch eine ruhige Seitenstraße mit wunderschönen Berliner Altbauten. Die Straße ist gepflastert mit uralten Kopfsteinen und die Gehwege säumen großartige Lindenbäume. Wie wundervoll es hier im Frühsommer duften muss! Mein Blick wandert an einer der sandfarbenen, stuckverzierten Fassaden empor zu einer Dachterrasse. Die Blumenkästen dort sind kahl und die Fenster der Wohnung dunkel. Ich gehe über die Straße zu der grünen Eingangstür, an der ein Zettel hängt. Mein Herz rast los und das erste Mal seit Tagen durchströmt mich ein freudiges Kribbeln. Die Wohnung mit der Dachterrasse steht leer und soll neu vermietet werden. Hektisch krame ich nach meinem Telefon und tippe die Telefonnummer ein, die auf dem Zettel steht. Mein Herz klopft im Takt mit dem Freizeichen.

Bitte lass jemanden rangehen, bitte lass jemanden rangehen. Ich weiß, heute ist Sonntag, aber bitte lass jemanden rangehen.

Und es geht jemand ran. Eine nette ältere Dame begrüßt mich herzlich und das Beste ist, sie findet auch mich nett. Wie es aussieht, könnte ich ihre Wohnung mieten, denn sie zieht zu ihrer neuen alten Liebe, die sie nach über vierzig Jahren wiedergefunden hat – auf unserem Adventsmarkt. Wir verabreden uns für den kommenden Mittwoch und schwindelig vor Vorfreude lege ich auf.

Froh schlendere ich weiter und genieße nun doch die Sonne auf dem Gesicht. Bis ich wahrnehme, wohin mich meine Füße tragen. Ich stehe vor dem Claus-Park, nur zwei Wegbiegungen entfernt von dem See, wo Henrik und ich unsere magische Eislaufnacht verbracht haben.

Ich will auf der Stelle umkehren, alles an mir zerrt mich vom See weg, trotzdem gehe ich weiter, Schritt für Schritt, bis ich davorstehe.

Rund um den See sind Stände aufgebaut, die wie Lebkuchenhäuschen aussehen, es duftet nach Glühwein und heißen Maronen, Lichterketten blinken in den Weiden, alles wirkt sehr weihnachtlich. Bis auf die Tatsache, dass statt Eisläufern Ruderboote auf dem See ihre Runden ziehen. Kinder lachen und reißen sich die Mützen von den Köpfen, Mütter sprinten hinter ihnen her, die abgeworfenen Mützen in den Händen, während die Väter Bratwürste futtern und entspannt auf den Bänken die Beine von sich strecken.

Wenig erinnert an die Magie der kalten Winternacht vor ein paar Wochen, als ich mit Henrik hier war, und doch fühle ich ihn, als stünde er neben mir.

Ich greife nach dem Telefon in der Jackentasche und wähle seine Nummer. Es ertönt nicht einmal ein Freizeichen, nur eine unpersönliche Mailboxdame teilt mir mit, Henrik sei nicht available. Dazu gibt sie mir nicht den Hauch einer Chance, ihm eine Nachricht zu hinterlassen.

Zusammen mit meiner Sandwichstimmung aus Kummer, Freude, Kummer trotte ich zurück ins *Tee-tässchen*, um die bevorstehende Kinderparty in Angriff zu nehmen.

Meine Angst vor den fünfjährigen Menschlein ist unbegründet, denn alles läuft glatt.

Zufrieden mümmelt ein Dutzend in Rosa gewandete Mädchen die rosa Macarons, die wir soeben zusammen gebacken haben. Für die Farbe musste ich zwar Unmengen meiner Himbeeren aus dem Tiefkühler opfern, dafür sind aber das Strahlen und die Begeisterung der Prinzessinnen jede Himbeere wert.

»Miela, ich werde auch mal so eine Zuckerbäckerin wie du.« Ein karamellblondes Mädchen mit Seidenhaaren bis zur Taille strahlt mich an. Ihre Schnute ist rosaverschmiert und in den Haaren befindet etwas, das verdächtig nach weißer Schokolade aussieht. Ich bin erleichtert, dass ich geistesgegenwärtig vor der Party niedliche Spitzenschürzen besorgt habe, die das meiste von den prächtigen Mädchenkleidern abhalten. Bei diesen aufwendigen Kleidern kann sich selbst Dana noch eine Stoffscheibe abschneiden.

»Aber unsere Macirons sehen nicht so aus wie deine.« Ein anderes Mädchen mit kunstvoller Flechtfrisur hält in der einen Hand eines meiner Macarons und in der anderen eines von den Kindern. Bis auf die Farbe hält sie in der Tat zwei völlig verschiedene Teile in den Händen. Im Gegensatz zu meinen sind die Macarons der Mädchen alle unterschiedlich groß, alles andere als rund und in der Höhe so variabel wie die Größen der Mädchen selbst.

»Dafür schmecken sie mindestens genauso lecker.« Die Löwenmähnen-Mama steckt sich ein weiteres Naschwerk in den Mund und verdreht entzückt die Augen. »Ich befürchte nur, wenn ich weiter davon nasche, muss ich morgen meine Joggingrunde verdreifachen.«

»Ach«, winke ich ab und grinse sie an. »Hier sind nur gute Zutaten drin. In erster Linie frische Himbeeren, wertvolles Eiweiß, mineralreicher Kokosblütennektar und gesunde Mandeln.«

»Wenn das so ist, greife ich gern noch einmal zu.«

Als alle selbstgebackenen Stücke verspeist und Assas Kindertee bis zum letzten Tropfen geleert ist, räumen wir gemeinsam unter ausgiebigem Gekicher auf und die Kinder begleiten mich zur Tür.

»Vielen Dank, Frau Ladur. Das heute war eine wundervolle Geburtstagsfeier. Ich habe die Mädchen noch nie begeisterter bei der Sache gesehen, es gab nicht einmal Zank oder gar Langeweile. Wir sind alle wirklich sehr glücklich, Sie und Frau Zeilon bei uns im Viertel zu haben.«

Mit einem warmen Gefühl in meinem Herzen fahre ich nach Hause. Auch wenn es mit der Liebe in meinem Leben so unrund läuft wie mit den Mädchen-Macarons, so kann ich mich doch auf mich und meine Backleidenschaft verlassen, die mein Leben und das anderer mit guten Momenten und Liebe füllt.

Müder, als ich es mir eingestehen möchte, trotte ich die Stufen zu Caros Wohnung hinauf. Ich hoffe darauf, dass sie oder Gramsie zu Hause ist, am liebsten wären mir sogar beide. Die chaotische Ablenkung, die

die beiden immer veranstalten, sobald sie zusammentreffen, wäre jetzt genau das Richtige. Allein die Dis-
kussion vor einigen Abenden darüber, wie das Gesicht
einer Frau am besten in Szene gesetzt werden sollte,
hatte Kinowert. Denn Caro diskutierte durch ihre
Brille als Make-up-Künstlerin und Gramsie durch ihre
Kunstbrille. Dabei wollte ich mir lediglich einen Lip-
penpflegestift borgen.

An der Wohnungstür komme ich nicht weiter und
bleibe japsend stehen. Zwar trainiere ich diese Treppen nun schon seit Monaten und meine Kondition
verbessert sich deutlich, leider nur bis zur dritten Etage, dann verknappt sich noch immer die Luftzufuhr.

Vorsichtig drücke ich die Wohnungstür weiter auf,
allerdings wird sie von innen durch etwas geblockt.
Der Spalt reicht nicht zum Durchschlüpfen.

»Hallo?«, rufe ich in den Flur hinein und werde er-
hört. Mamsellchen steckt maunzend ihr weißes Köpfchen durch den Türspalt. Das ist nett, hilft mir leider
nur nicht wirklich weiter. »Hallo?«, rufe ich erneut
und deutlich lauter dieses Mal.

Da rumpelt es von innen und die Tür öffnet sich vor
mir.

»Fräulein Miela, so kommen Sie doch bitte herein.«

»Herr Ingbert, das ist ja eine Überraschung.«

»Ich bin selbstverständlich immer zu Diensten,
wenn nach mir verlangt wird.« Herr Ingbert deutet
eine leichte Verbeugung an und zieht sich den Knoten
seiner Krawatte strammer.

Im Wohnungsflur stapeln sich Gramsies Koffer und
Taschen und an der Garderobe lehnt eine ihrer Staffeleien.

»Möchte meine Großmutter schon wieder spontan umziehen?«

»Mitnichten werde ich erneut umziehen, ich ziehe lediglich zurück in meine Villa.« Damit fegt Gramsie aus Caros Gästezimmer, welches nun wohl erneut zu meinem Zimmer wird, und stellt einen weiteren Rucksack zu den Sachen auf dem Boden. Wie konnte sie nur so schnell so viele Sachen ansammeln? Sie muss öfter hin- und hergependelt sein, als ich mitbekommen habe.

»Gut, dass du da bist, Miela, dann kannst du auch gleich mithelfen. Du bist doch ein Fan unseres Treppenhauses.« Caro lacht mir direkt ins Gesicht, während sie sich die Haare zu einem Minizopf bindet. Sodann schnappt sie sich die beiden großen Koffer und folgt Herrn Ingbert, der eine Tasche trägt, die Treppen hinunter, als wäre weniger als Luft in den Koffern. Gelegentlich sollte ich Caro wirklich einmal zum Sport begleiten. Aber nicht mehr in diesem Jahr.

»Du willst wirklich zurück in die Villa?« Liebevoll schlinge ich die Arme um meine Großmutter und atme tief ihren vertrauten Gramsie-Geruch nach Moringablüten und einem Hauch Ölfarben ein. »Es ist schön, dass ihr euch wieder vertragt, gerade zu Weihnachten.«

»Vertragen ... sicher Mielachen, wir haben uns wieder vertragen. Du weißt sicherlich, wie stur alte Leutchen sein können und so. Alles gut.«

Ich schiebe meine Großmutter ein Stück von mir weg. »Alles in Ordnung mit dir? Du klingst seltsam.«

»Miela, versprich mir bitte, du wirst nicht sauer oder so.« Gramsie kneift ihre Augen zusammen und kräuselt dabei die Nase, während meine Ohren auf doppelte Größe anschwellen. »Wir haben uns nicht wirklich gestritten, bevor ich bei dir eingezogen bin. Ich, also wir, ich meine ich und die anderen aus der Villa, wir wollten dich unterstützen und wir dachten, hier vor Ort könnten wir sozusagen besser die Fäden ziehen.«

Für einen Moment flattern mir jegliche Gedanken aus dem Kopf und ich will schon lostoben, als ich in Gramsies verschrecktes Gesicht blicke. »Ich vermute, ihr wolltet nur mein Bestes, habe ich recht?«

»Miela, wir alle wollen immer nur dein Bestes und dass es so furchtbar schiefgelaufen ist mit Henrik, finde ich schrecklich. Mein Einmischen tut mir so unendlich leid und glaube mir, ich habe meine Lektion gelernt.« Zerknirscht fummelt Gramsie an den Bändern ihrer Strickjacke herum.

»Ich allein habe es vermasselt, Gramsie, du hast mich, wenn überhaupt, nur ein wenig früher in die richtige Richtung geschubst.«

»Du bist mir nicht böse?«

»Wer könnte dir schon böse sein. Komm her.« Ich breite die Arme aus und Gramsie und ich kuscheln uns aneinander.

»Genug Abschied jetzt, hier warten diverse Gepäckstücke auf ihren Transport nach unten.« Caro kommt zur Tür herein und schnappt sich zwei Staffeleien.

Gramsie und ich nehmen den Rest. Gemeinsam verstauen wir alles in Herrn Ingberts altem Audi 80, der gepflegter aussieht als neue Autos frisch ab Werk.

Angeschnallt und abfahrbereit kurbelt Gramsie die Beifahrerscheibe herunter. »Wir sehen uns spätestens zu Weihnachten, Miela, und wir werden es uns richtig schön machen, abgemacht?«

Ich nicke leichthin, denn dieses Jahr Weihnachten ist irgendwie nur eine Zeit, die ich hinter mich bringen will.

Kapitel 27
N wie Neu

Nektarinen-Macarons

Glasierte Nektarinenstreifen zieren saftige Macaron-
schalen, die mit einer Creme aus frischem Sahne-
Nektarinenpüree gefüllt sind.

»Warum beobachtest du mich?« Assa stellt die goldene Teedose, an der sie soeben geschnuppert hat, zurück auf die Teebar und nimmt eine andere Dose, um ebenfalls am aromatischen Inhalt zu riechen.

Mein Grinsen breitet sich aus, je länger ich sie beobachte. »Ich finde, es ist Zeit für dein Weihnachtsgeschenk.«

Nun habe ich ihre Aufmerksamkeit. Assa hält inne bei ihrer Teemischerei und sieht mich an, dabei glitzert die Neugier in ihren Augen. »Mein Weihnachtsgeschenk? Heute schon? Morgen ist erst Weihnachten.«

Ich nicke und presse dabei fest die Lippen aufeinander, um nicht wie ein Teenager loszukichern. Ich liebe es, andere zu beschenken, vor allem an Weihnachten.

Möglicherweise ist Weihnachten doch keine so blöde Zeit. Dazu läuft das *Teetässchen* hervorragend, unsere Gäste sind die allerbesten und ich freue mich jeden Tag darüber, hier zu sein.

Wäre da nicht die Ungewissheit unserer Zukunft. Trotzdem, ich glaube an die Kraft von Weihnachtswünschen und deren Erfüllung. Assa und ich und auch Dana und Leon, wir arbeiten jeden Tag hart für den Erhalt des Hofgartens, mit unseren Herzen und unserer Leidenschaft – und ich habe nur diesen einen Wunsch. Na gut, möglicherweise habe ich noch einen klitzekleinen anderen Wunsch, leider weiß ich, dass dieser sich lediglich in meinen Träumen erfüllt.

»Team Weihnachtsüberraschung meldet sich zum Dienst.« Aus meinen Gedanken gerissen, drehe ich mich um. Hinter mir stehen Herr von Weimann und drei der Buchclub-Damen.

Assa reißt die Augen und den Mund gleichmäßig auf und blickt abwechselnd von mir zu dem Quartett, welches, bis auf den moosgrünen Herrn von Weimann, in zartrosa *Teetässchen*-Schürzen gewandet ist.

»Sehr schön, dann können wir ja los. Ich denke, die letzten beiden Stunden bis zum Ladenschluss müssten ganz entspannt laufen. Vielen Dank noch einmal für eure Hilfe und sollte etwas Unvorhergesehenes passieren, könnt ihr mich jederzeit anrufen.« Damit nehme ich Assa die Teedose aus der Hand, hake mich bei ihr unter und ziehe sie zur Garderobe. Ich reiche ihr den Mantel, den ich bereits vorhin aus ihrer Wohnung gemopst habe, und kopfschüttelnd schlüpft sie hinein.

»Was hast du vor, Miela? Wir können nicht einfach beide gehen. Die Teestube ist voll.«

»Oh doch, das können wir. Es ist Weihnachten, wir können alles und das *Teetässchen* ist in guten Händen. Steffi, Christine, Regina und Peter wissen Bescheid und werden uns würdig für die kommenden beiden Stunden vertreten. Wir haben alles auf das Genaueste besprochen.«

»Aber meine Tees«, jammert Assa, doch ich stülpe ihr gnadenlos die rot-weiß geringelte Pudelmütze auf den Lockenturm.

»Sie werden nur unsere fertigen Teemischungen anbieten und nutzen dafür meine Liste, die du mir mal aufgeschrieben hast. Sonst noch etwas?«

»Und wenn jemand aus den Teeblättern vorgelesen haben möchte?« Assa lockert den lindgrünen Schal, den ich ihr anscheinend zu fest um den Hals wickele.

»Dann werden die drei Damen und Herr von Weimann unseren Notfall-Spezial-Alles-Wird-Gut-Tee mischen und tröstend zuhören. Bisher hat das unseren Gästen noch immer geholfen.« Ich winke unserer fröhlichen Vertretung zu und ziehe Assa am Arm mit mir nach draußen. Weit und breit ist keinerlei Form von Schnee zu sehen, aber wenigstens kühlt es sich wieder ab, sodass sich die Temperaturen immerhin weihnachtlich anfühlen. Auch der See müsste mittlerweile erneut zufrieren ... stopp, Miela, nicht daran denken. Konzentriere dich auf, auf, auf – auf Wiebke, genau.

Diese kommt gerade im Eilschritt durch den Torbogen in den Hof gefegt. Außer Atem bleibt sie vor Assa und mir stehen. Ihre Wangen leuchten rot, ob von der Kälte oder von ihrer Hektik, vermag ich nicht zu sagen.

»Grüßt euch, sorry, ich habe nicht viel Zeit, mein Taxi wartet draußen in dritter Spur und mein Flieger geht gleich. Aber ich wollte es euch unbedingt persönlich sagen. Ah, da sind ja auch Dana und Leon.« Wiebke winkt den beiden zu, die gerade eng umschlungen aus dem *Eingefädelt* kommen. Ich freue mich jedes Mal über diesen Anblick und mittlerweile ist Dana so gefüllt mit Liebe und Selbstbewusstsein, dass sie sogar ihre eigenen Sachen trägt. Heute hat sie sich für eine schneeweiße Marlene-Hose entschieden, zu der sie einen engen goldenen, grobgestrickten Pullover trägt, der in der Sonne funkelt. Ihre Haare schmiegen sich schimmernd in weichen Wellen um den Kopf. Stolz hält Leon sie im Arm und sieht immer wieder zu ihr hinunter, wie um sich zu vergewissern, ob sie auch wirklich da ist.

»Ich habe offiziell eure Immobilie in meinen Zuständigkeitsbereich übertragen bekommen.« Wiebke strahlt uns nacheinander an.

»Das heißt?«, fragt Dana vorsichtig nach.

»Dass ich eure Mietverträge selbstverständlich verlängere und mich riesig auf die Zusammenarbeit freue.«

Assa greift nach meiner Hand und drückt sie fest, sehr fest, dazu schluchzt sie auf, gleichzeitig jubele ich so laut, dass es im ganzen Hofgarten schallt.

»Cool, dass es klappt. Die Firma hat ja schließlich auch etwas davon, wenn wir hier alle gemeinsam schuften.« Leon brummt die Worte wie üblich, dennoch erkenne ich an seinem entspannten Gesicht, wie erleichtert auch er ist.

Dana umarmt Wiebke stürmisch. »Das ist das beste Weihnachtsgeschenk aller Zeiten.«

Verlegen richtet Wiebke ihre Mütze. »Na ja, ganz unschuldig sind wir ja nicht an eurer Situation. Wenn Rumar nicht derart gewissenlos versucht hätte, euch aus dem Geschäft zu drängen, sondern mit euch zusammengearbeitet hätte, wäre uns allen viel Stress erspart geblieben.«

»Wie kommt es, dass du jetzt für uns verantwortlich bist?« Auch ich umarme Wiebke zum Dank.

»Ich habe mich entschlossen, unseren Vater darüber zu informieren, mit welchen unlauteren Methoden Rumar in eurem Fall arbeitet. Er war ziemlich enttäuscht und hat meinem Bruder kräftig den Kopf gewaschen. Einstweilen wird Rumar unseren Vater bei seinen Projekten begleiten.« Wiebke sieht für einen Moment vor allem mich an. »Ihr hättet mir sagen müssen, was Rumar alles unternommen hat, um euch rauszuekeln. Er schadet damit nicht nur massiv dem Ruf unserer Firma, sondern auch euch.«

»Wer hat dir denn davon erzählt?«, erkundigt sich Assa.

»Ein guter Freund.« Abermals sieht Wiebke mich an und ich weiß genau, wer dieser Freund ist. Und erneut schmerzt es heiß in meinem Herzen, meiner Seele, meinem ganzen Inneren.

»Ich hoffe, eure Familie kriegt das wieder hin.« Die gute alte Dana, selbst in dieser Situation hofft sie auf ein gutes Ende für Rumar. Und genau dafür mag ich sie auch so sehr. Ebenso wie Leon, der im Inneren wie ein zartschmelzendes Macaron ist und sich nur nach außen hin gibt wie Berliner Brot, doppelt gebacken.

»Wir schaffen das. Das ist nicht unsere erste Familienkrise und Rumar ist nicht umsonst Papas Liebling. Aber jetzt solltet ihr feiern. Ich bin in den nächsten zwei Wochen in Spanien und wenn ich im Januar zurück bin, würde ich mich gern mit euch zusammensetzen, um unsere weitere Zusammenarbeit zu planen und vor allem die Verträge auf fairer Basis aufzusetzen.«

»Danke, Wiebke.« Assa drückt sie sanft an sich.

»Ich danke euch. Und fröhliche Weihnachten!« Damit hetzt Wiebke so unbeirrt schnell aus dem Hofgarten, wie sie hereinschneite.

»Also dann, Mädels, lasst uns feiern!« Leon schnappt sich Dana, hebt sie hoch und wirbelt sie im Kreis herum.

»Das muss leider warten. Zuerst sind Assa und ich mit dem Weihnachtsmann verabredet oder besser gesagt mit zwei Weihnachtsmännern.«

»Wir sind da.« Vor einem großen Ladenfenster, zwei Häuser von Caros Wohnhaus entfernt, bleibe ich mit Assa stehen.

»Optiker Van de Bril«, entziffert Assa mühsam den großzügigen Schriftzug an der Fensterscheibe. »Was wollen wir denn hier?«

Fröhlich lachend schiebe ich sie zu dem Hauseingang neben dem Optikerladen. »Das Geschäft gehört Armin. Erinnerst du dich an ihn? Er und sein Freund Umberto waren schon ein paar Mal im *Teetässchen*.«

»Du meinst die beiden netten Herren, die in der Wohnung neben Caro wohnen?« Sichtlich erleichtert lässt sich Assa von mir eine Etage nach oben dirigieren.

»Armin hat uns für heute eingeladen. Aber zuerst besuchen wir Umberto, der in erster Linie dich sehen möchte.«

»Das ist ja eine nette Überraschung. Auch wenn ich nicht weiß, warum er gerade für mich seine berühmten Nudeln kocht.«

Ich zucke vage mit den Schultern und öffne schnell die kunstvoll geschnitzte Holztür vor mir, durch die wir einen langen, hellen Altbauflur betreten. »Nun ja, vermutlich wird es gleich nicht unbedingt Nudeln geben. Aber komm erst einmal herein.« Genauso schnell, wie ich die Tür öffne, schließe ich sie hinter Assa wieder.

Diese bleibt mit einem Ruck stehen. Ihr Blick wandert an den diversen weißen Türen entlang, die vom Flur aus abgehen, während sie ihre Hände in die Hüften stemmt. »Wo sind wir hier?«

Erfreulicherweise öffnet sich eine der Türen und Umberto erspart mir eine Antwort. »Assa! Welche Ehre eine Sie sind bei mir.« Mit ausgestreckten Armen rauscht er auf Assa zu und nimmt sie bei den Händen. Umbertos Charme umfängt uns wie die ersten Frühlingsstrahlen nach einem langen, sonnenlosen Winterjahrzehnt. Ich muss mich schwer beherrschen, um mich nicht zwischen ihn und Assa zu quetschen.

»Umberto, Sie sind ein Charmeur.« Assas Gesichtsfarbe nimmt einen tiefen Pinkton an, auf den selbst Barbie neidisch wäre.

»Aber so kommen mit mir Sie, meine Liebe. Und Miela du auch, bitte.« Umberto deutet eine leichte Verbeugung an und weist auf die Tür, durch die er eben gekommen ist. »Entlang da es geht.«

Assa setzt sich in Bewegung und ich trotte ihr hinterher. Dicht vorbei an Umberto, der mit dem Körper eines griechischen Sportgottes seinen weißen Kittel ausfüllt. Sein tiefschwarzes Haar glänzt und seine schwarzen Augen glühen. Und wie gut er duftet.

Leider unterbricht Assas schrille Stimme meine leidenschaftliche Annäherung an den perfekten Mann. »Was soll das hier, Miela?« Abrupt bleibt sie auf der Schwelle zu dem Raum stehen.

Eine Schwester mit sanfter Stimme bittet sie herein und versucht sie zu beruhigen. »Liebe Frau Zeilon, bei dottore Fervore sind Sie in den allerbesten Händen.«

Oh ja, in diesen Händen möchte ich auch sein.

»Miela!«

Aber nicht jetzt. Hastig stecke ich meinen Kopf in den Raum, in dem Assa umringt von diversen Geräten steht, die alle nur zu dem Zweck da sind, fehlsichtigen Menschen zu helfen. Und Assa gehört selbst für mich ophthalmologischen Laien eindeutig zu dieser Spezies. »Umberto ist einer der besten Augenärzte zwischen dem Simeto und der Schlei, also lasse in ruhig einen Blick in deine wunderschönen grünen Katzenaugen werfen.«

»Sehr wohl, signora, ich so gern möchte sehen Ihre einzigartigen Augen.« Selbst mit einzigartigen Augen gesegnet, geht Umberto auf Assa zu und führt sie zu einem Sofa am anderen Ende des Zimmers, weit weg vom Untersuchungsstuhl. Assa folgt wie unter Hypnose, während meine eigene Umberto-Hypnose von der Schwester mit der sanften Stimme unterbrochen wird, die die Tür vor meiner Nase schließt. Wie gemein von ihr!

Aber nichtsdestotrotz, den ersten Streich hätten wir, der zweite würde sogleich folgen.

Ich schlendere hinunter in das Erdgeschoss, wo Armin sein Augenoptik-Geschäft hat. Da es der Tag vor Weihnachten ist, herrscht Ruhe im Laden und Armin und ich trinken gemütlich eine heiße Schokolade. Armin schildert mir soeben in den leuchtendsten Neonfarben eine Anekdote aus seinem letzten Italienurlaub mit Umberto, als dieser zusammen mit Assa hereinkommt.

Wohl wissend, in welch heikler Mission wir unterwegs sind, springt Armin sofort auf, eilt auf Assa zu und küsst ihr die Hand. Assas Haare gleichen einem zerrupften Amselnest, was mich leicht beunruhigt.

»Und wie war es?« Ich kneife meinen Mund zu einem Lächeln zusammen und balle die Hände zu Fäusten. Bitte lass sie unsere Hilfe annehmen, flehe ich den Schutzheiligen aller Fehlsichtigen an.

»Ich soll eine Brille tragen! Sagt DER.« Anklagend richtet Assa den Zeigefinger auf Umberto und schnieft. »Wenn ich weiter meine Augen quäle, werde ich immer schlechter sehen können und bald gar nicht mehr. Dabei brauche ich gar keine Brille!«

Langsam gehe ich auf Assa zu und umarme sie, leise wiege ich sie hin und her. Ich spüre, dass jedes Wort jetzt zu viel wäre und versuche lediglich für sie da zu sein, ihr bei ihrem inneren Kampf beizustehen.

Armin stellt unterdessen auf einer Vitrine neben uns ein ledernes Tablett ab, auf dem diverse Brillen liegen. Keine schnöden, einfachen Brillen ohne Rand oder goldgerahmt, sondern bunte, auffällige Modelle, die so richtig knallen. Wie Assa.

Aus den Augenwinkeln schielt sie auf die Auswahl und ich merke, wie ihre Anspannung in meinen Armen nachlässt.

Armin nimmt eine Brille mit ovalen Gläsern und einer Fassung in exakt dem Granatrot wie Assas Haare auf und hält sie ihr entgegen. »Wenn jemand dieser Brille würdig ist, dann Sie, meine sehr verehrte Assa. Sie sind eine Frau mit Herz und Verstand und Mut, Sie schillern in allen Farben. Sperren Sie sich nicht selbst aus der Welt aus, indem Sie sich ins Farblose zurückziehen.«

Nur sehr zögerlich nimmt Assa Armin die Brille ab und wir halten gemeinsam die Luft an. Weitaus zögerlicher setzt sie sie sich auf. Assa atmet hörbar ein, als würde sie sich gerade unglaublich erschrecken.

»Wie bunt alles auf einmal ist und so klar«, flüstert sie und nimmt die Brille wieder ab, sieht darüber hinweg, blinzelt und setzt sie erneut auf. Sie dreht sich zu Umberto um, der sie lächelnd ansieht. »Dass Sie ein verdammt gut aussehender Bursche sind, ist mir seit unserer ersten Begegnung klar, aber dass Sie so ein Adonis sind, blieb mir fatalerweise verborgen. Allein dafür lohnt sich diese Brille, ohne die ich selbstverständlich auch auskomme!« Assa räuspert sich kokett und spielt mit den Fransen an ihrem Halstuch. »Freilich schmücke ich mich sehr gern mit aparten Ohrringen und ansprechenden Ketten, warum also nicht die eine oder andere fetzige Brille als Accessoire.«

»Genau, meine Teuerste.« Armin stellt sich vor Assa und prüft den Sitz der Brille. »Wenn ich nicht täglich zweimal meine Brille wechseln darf, fehlt mir etwas. Und Ihre hier sitzt fast perfekt. Ich werde sie noch ein wenig nachstellen und dann können Sie beruhigt ein zauberhaftes Weihnachtsfest feiern. In ein paar Tagen sind Ihre richtigen Gläser fertig und die Welt wird in den buntesten Farben erstrahlen. Dank Mielas exakten Angaben und Umbertos Geschick müssten diese Gläser hier bis dahin bestens ihren Dienst versehen.«

Armin verschwindet für eine Weile in seiner angrenzenden Werkstatt, während Assa betont uninteressiert die anderen Brillenmodelle studiert, die Armin für sie herausgesucht hat. »Wie viele Brillen darf ich mir denn kaufen, Herr Doktor?« Assa sieht Umberto nicht an, stattdessen greift sie nach einem grasgrünen Modell.

»Ich Ihnen schreibe so viele Rezepte für Glas auf, wie mögen Sie.« Umberto reicht Assa ein weiteres Brillengestell, dieses Mal passend zu ihrer kanarienvogelgelben Tunika. Ich hätte auch gern eine Brille von Umberto.

»Dieses wundervolle Exemplar geht aufs Haus.« Armin kommt mit Assas angepasster Brille zurück und sie setzt sie ohne Zögern auf.

»Ich denke, ich könnte mich daran gewöhnen.« Assa spricht, als würde sie Umberto und Armin einen riesigen Gefallen tun. »Aber nachts setze ich sie ab. Da ist ja eh alles grau, außer in meiner Fantasie.« Sie zwinkert Umberto zu und ich muss mir Mühe geben, nicht Assas Fantasie zu übernehmen. Manche Bilder im Kopf sind mir dann doch zu privat.

Assa und ich verabschieden uns von den Jungs und verlassen das Geschäft. Draußen ist es mittlerweile dunkel und das erste Mal seit dem Adventsmarkt liegt endlich wieder eine leichte Ahnung von Schnee in der Luft.

In meinen Manteltaschen krame ich nach dem Autoschlüssel. »Ich fahre dich zurück in die Teestube.«

Assa blickt mit weit aufgerissenen Augen um sich und winkt ab. »Nicht nötig, aber danke. Ich möchte gern ein wenig spazieren gehen und alles um mich herum betrachten.«

»Tu das. Ich habe gehört, zu dieser Jahreszeit glitzert es besonders schön in der Stadt.«

Assa sieht mich an und ihre Augen werden feucht. »Danke Miela, du bist das beste Weihnachtsgeschenk, das ich mir wünschen kann.«

»Danke, dass du mich in deinem *Teetässchen* aufgenommen hast.« Nun schniefe auch ich.

»Unser *Teetässchen*, Miela, unser *Teetässchen*.«

Unter Tränen schließen wir uns in die Arme, erste Schneeflocken schweben vom Himmel und rahmen so unseren ganz persönlichen Weihnachtskitschmoment stilecht ein.

»Und es macht dir wirklich nichts aus, morgen allein in der Teestube zu sein?« Assa zuppelt ein Taschentuch aus der Manteltasche und betupft sich damit die Augen unter ihrer neuen Brille.

»Absolut nicht. Ich freue mich darauf, den Weihnachtstag im *Teetässchen* verbringen zu dürfen, es wird etwas ganz Besonderes sein, genau wie die vierundzwanzigsten Advent-Macarons. Genieße du die Zeit bei deiner Familie, wir sehen uns nach den Weihnachtstagen wieder.«

»Ja, das werden wir. Wir sehen uns nach Weihnachten in der Teestube wieder und wehe es gibt dann keinen Erdbeerkuchen.«

»Lass uns einen Angel Food Cake mit Erdbeerpüree daraus machen und wir sind im Geschäft.«

Kapitel 28
S wie Stille Nacht

Spekulatius-Macarons

Perfekt zu Weihnachten passt zu saftigen Marcona-Macaronschalen eine Creme aus dunkler Ecuador-Schokolade, geschmolzen in frischer Alpensahne und rahmig gerührt mit Zimt, Nelkenpulver und Kardamom. Darauf einen Hauch Safran für die Farbe und den abgerundeten Geschmack.

»So, das müsste es gewesen sein.« Mit einem tiefen Seufzer lässt sich Caro neben mich auf das Sofa plumpsen. »Ich fahre total gern Ski, aber die Packerei dafür ist jedes Mal eine Qual.«

Ich reiche ihr einen Becher mit heißer Schokolade, da sie mein vollstes Mitgefühl hat, wenn auch nicht mein Verständnis. Denn ich denke nicht einmal darüber nach, mich auf glatten Dingern einen rutschigen

Berg hinunterzustürzen. »Hast du noch einen Moment?«

Caro pustet vorsichtig in den heißen Dampf, der aus der Tasse in ihrer Hand aufsteigt. »Klar. Ich muss erst in einer Stunde bei meiner Mutter sein. Auch wenn sie vermutlich schon gestiefelt auf der Türschwelle steht und nach mir Ausschau hält.«

»Naja, allzu oft bekommt sie dich ja auch nicht zu sehen. Ich glaube, ihr beide habt weniger Zeit füreinander als meine Mutter und ich, und ihr wohnt wenigstens in derselben Stadt. Ich mit meiner oft nicht einmal auf demselben Kontinent.«

Caro nimmt die Füße vom Boden und setzt sich in den Schneidersitz. »Ich freue mich auch schon total auf die Woche Skifahren mit ihr.«

»Kommt mir bloß heil nach Hause.« Skeptisch ziehe ich die Augenbrauen in die Höhe. Bisher sind diese Tochter-Mutter-Skiwochen immer gut ausgegangen, jedoch sträuben sich mir im Nachhinein jedes Mal bei ihren Erzählungen sämtliche Haare. Caros Sportliebe hat definitiv einen genetischen Hintergrund.

»Und ob ich heil wiederkomme! Deine Silvesterfete in der Teestube lasse ich mir auf keinen Fall entgehen.«

Mamsellchen stolziert maunzend zu uns ins Wohnzimmer, springt geschmeidig auf das Sofa, schnuppert kurz an Caros Hand, ehe sie ihr den Katzenpopo zuwendet und sich auf meinem Schoß schnurrend niederlässt.

»Die Katzendame ist beleidigt, dass ich es wage, in den Urlaub zu fahren. Na, dieses Mal hat sie ja dich, obwohl ihr die Ferientage bei Armin und Umberto auch immer großen Spaß bereiten, vor allem wenn sie Caruso so richtig durch die Gegend jagen kann.« Sanft streichelt Caro Mamsellchen über das glänzende weiße Fell.

»Caro«, beginne ich zögernd und weiß gar nicht so recht, warum es mir derart schwerfällt, das Thema anzuschneiden. »Ich habe mich endlich um eine eigene Wohnung gekümmert und im Januar kann ich bereits einziehen.«

Caro richtet sich auf und prostet mir mit ihrer Tasse zu. »Das ist ja großartig! Du hast so oft davon gesprochen, dass du gern eine eigene Wohnung hättest. Wo ist sie und wie sieht sie aus? Du musst mir alles erzählen.«

»Die Wohnung liegt nur wenige Straßen entfernt vom *Teetässchen*, in einer ruhigen Nebenstraße voller Linden, es ist eine richtig klassische Berliner Altbauwohnung mit geschliffenen Holzdielen und hohen, stuckverzierten Decken, sie liegt ganz oben mit einer herrlichen Dachterrasse. Noch bevor ich die Wohnung von innen gesehen habe, war ich bereits verliebt.«

»Hört sich genau nach dem an, was du dir immer gewünscht hast. Ich würde sagen, da hast du dir selbst das perfekte Weihnachtsgeschenk gemacht.« Caro stellt ihre leere Tasse auf den Glastisch neben dem Sofa und rückt ein Stück an mich heran. »Trotzdem werde ich dich vermissen, ich habe dich gern hier.«

Ich lege meinen Kopf an Caros, ihr warmer Vanilleduft umhüllt mich und ich fühle mich ihr so nah wie kaum einem anderen Menschen. »Am liebsten würde ich dich und Mamsellchen einpacken und mitnehmen.«

Caro lacht leise an meinem Ohr. »Ich würde dich zwingen, in deiner eigenen Wohnung Sport zu machen.«

»Oh, dann muss ich mir mein Angebot wohl oder übel überlegen.«

Für einen Moment hängen wir unseren Gedanken nach, bis Mamsellchen beschließt, sich genug Kuscheleinheiten abgeholt zu haben und von meinem Schoß springt. Sie streckt sich lang in typischer Katzenmanier und stolziert mit hoch erhobenem Schwanz von dannen.

»Caro ...«

»Ja?«

»Danke, dass du mich aufgefangen hast.«

»Gern geschehen. Danke, dass du Valerie Heingold mit deinen Macarons verzaubert hast.«

»Gern geschehen. Wie kommt es eigentlich, dass es seit meinem Besuch so gut mit euch läuft? Ich hatte bei unserem Treffen nicht einmal die Gelegenheit, dich ins rechte Licht zu rücken, wo du, ganz nebenbei gesagt, selbstverständlich hingehörst.« Ich sehe sie fragend an.

»Ich weiß nicht genau, ich bin davon ausgegangen, Assa und du habt irgendetwas in den Tee und die Macarons gemischt, was sie milde stimmt.«

Ich wiege bedächtig den Kopf hin und her. »Seit ich im *Teetässchen* bin, habe ich schon so viel Gutes beobachtet, aber in der Regel war es Assa, die zu ihren wundervollen Tees immer auch ein Gespräch serviert hat. Vor der Offenbarung ihrer Brille konnte sie ein Teeblatt optisch nicht von dem anderen unterscheiden. Wenn sie liest – egal ob Liebesromane oder Teeblätter – kommt alles heraus, nur nicht das, was da steht. Meiner Meinung nach liegt es an ihrer Teepsychologie, dass sie den Menschen hilft.«

»Oder in ihren Teemischungen steckt mehr, als wir ahnen. Wie auch immer, vermutlich ist es beides. Assa liebt die Menschen und hat eine ganz eigene Intuition für unsere Gefühle.«

Nachdenklich kräusele ich meinen Mund. »Solche Worte von dir, Miss Skeptikus?«

»Nachdem du bei Valerie warst, bin ich auch wieder reingegangen. Sie war so entspannt, wie ich sie noch nie erlebt habe, und mit einem Mal entschuldigte sie sich bei mir. Einfach so, direkt und ohne Schnörkel. Daraufhin kamen wir ins Gespräch, wir redeten sehr lange und sehr offen und irgendwie haben wir entdeckt, wie viel wir uns zu sagen haben und dass wir uns trotz unserer Verschiedenheit sehr ähnlich sind.«

»Hast du sie gefragt, warum sie dich dermaßen schlecht behandelt hat?«

»Sie setzt sich wegen dieses Films sehr unter Druck, sie weiß, wie wichtig er ist und es fiel ihr schwer, ihre Rolle, die äußerst hart zu ertragen ist, nur als Rolle zu sehen und sie am Ende des Tages gegen ihr echtes Leben einzutauschen. Und da kam ich daher – O-Ton Valerie – so perfekt, so voller Leichtigkeit, so stark, dass sie mich als Ventil benutzen konnte.«

»Also hat doch das Reden geholfen.« Nachdenklich ziehe ich die Stirn kraus und starre in meine leere Tasse, aus der es noch immer süß nach Kakao duftet.

Caro schüttelt leicht den Kopf. »Ich weiß nicht recht, Miela. Assas Tees und deine Macarons, ihr habt da etwas ganz Besonderes, etwas, das die Menschen berührt. Eure Teestube ist ein Ort, wie es kaum einen anderen gibt.«

Nachdem ich Caro in ihre Skiwoche verbschiedet habe, spaziere ich ins *Teetässchen*. Seitdem es gestern Abend anfing zu schneien, hört es nicht mehr auf. Die Stadt liegt abermals unter einer dichten weißen Flauschdecke aus watteweichem Schnee, wo sie meiner Meinung nach im Dezember auch hingehört. Überall leuchten die Lichter in den Straßen und den Fenstern, Weihnachtslieder ertönen an jeder Ecke und die Hektik der vergangenen Tage löst sich auf. Es weihnachtet sehr und obwohl meine Seele schwer vor Kummer und Sehnsucht nach Henrik ist, finde ich meine Weihnachtsliebe wieder und genieße sie ruhig und leise.

Im Hofgarten herrscht Stille, Dana und Leon sind bereits gestern Abend für ein paar Tage in eine romantische Pension mit Meerblick an die Ostsee gefahren.

Assa konnte es nicht lassen und hat mir zwei weitere Listen geschrieben, was ich bei den einzelnen Teesorten zu beachten habe. Wie die Schrift aussieht, hat sie dabei ihre neue Brille getragen, denn die Buchstaben hüpfen nicht mehr über die Zeilen hinaus und die Größe der Schrift ist den Zetteln angemessen.

Am Ende des einen Zettels steht *Danke* und ein Pfeil weist zu einem golden verpackten Päckchen mit roter Schleife auf der Teebar. Unter dem Danke steht noch ein Sternchen mit einem Satz: *Die Gemütszutat aus Leons Tee, die du nicht geschafft hast herauszuschmecken, ist übrigens Zitronenzucker.*

Ich tippe mir an die Stirn und lache laut. Zitronen-zucker? Bitte wer soll denn auch darauf kommen. Aber die Idee finde ich großartig, das erste Macaron im neuen Jahr – wie herrlich das klingt – wird ein Zitronenzucker-Macaron.

Neugierig wende ich mich Assas Geschenk zu und öffne es. Daraus entnehme ich ein Säckchen mit einer duftenden Kräuterteemischung. Ich kann Honigblu-me erschnuppern und auch Brombeere, doch es gibt noch unendlich viele andere Aromen, die mir vage bekannt vorkommen, die ich aber nicht zuordnen kann. Eines haben sie dennoch alle gemeinsam: Sie duften, wie sich Weihnachten für mich anfühlt, und lassen meine Seele leichter atmen.

Ich lege den Tee beiseite und konzentriere mich auf die Gäste, die am heutigen Weihnachtstag den Weg in die Teestube finden. Darunter sind fast alle unsere Stammgäste, die sich voller Genuss das vierundzwan-zigste Advent-Macaron abholen. Auch das Mädchen, das am ersten Tag unseres Macaron-Adventskalenders das erste Macaron naschen durfte, ist heute zusam-men mit ihrer ganzen Familie da.

»Miela, ich kann jetzt Matatons richtig aussprechen, pass auf.« Damit stellt sie sich aufrecht vor mich und sieht mich aus riesigen Kulleraugen erwartungsvoll an. Während ihre Finger aneinander knibbeln, holt sie tief Luft. »Mackarongs.«

»Super Gisèle, dafür hast du dir heute das allergrößte Macaron verdient. Magst du dir für deinen Bruder Adrian auch eines aussuchen?«

Gisèle nickt eifrig und mit der ihr eigenen Ernsthaftigkeit beugt sie sich über den Weihnachtsteller, den ich ihr reiche.

»Oh, sind die Matatons schön«, haucht sie und ihre Minifinger schweben über den schneeweißen Köstlichkeiten. Heute früh, obwohl eigentlich eher vergangene Nacht, nach einem Traum, in dem ich Henrik wiedergetroffen habe, konnte ich, aufgewühlt wie ich war, nicht mehr einschlafen. So habe ich es nochmals mit meinen Schneeflocken-Macarons versucht und siehe da, in der nächtlichen Stille von Caros Küche haben sich die feinen Backwerke in Schneeflocken verwandelt. Gefüllt mit schneeweißem Mascarpone, den ich mit Schneeglöckchen-Honig cremig gerührt habe, schmelzen diese süßen Schneeflocken nun in den Mündern meiner Gäste.

Schließlich wählt Gisèle zwei besonders schöne Schneeflocken-Macarons und trägt diese vorsichtig zu dem Kinderspieltisch, an dem der kleine Adrian schon fleißig Legosteine kilometerhoch stapelt.

Zufrieden mit mir und der Weihnachtswelt und nur leicht abgelenkt von der Wunde in meinem Herzen brühe ich Tee auf und verteile Gebäck. Die Teestube duftet nach Zimt und Tannengrün und der Weihnachtsbaum neben dem Kamin strahlt in all seiner Pracht. Die blauen Weihnachtskugeln aus hauchzartem Muranoglas fangen das Licht der winzigen Lämpchen auf, die ich sorgfältig in den Ästen versteckt habe, und strahlen es hundertfach zurück. Wie Henriks Augen.

Nach und nach leert sich die Teestube und als es zu dämmern beginnt, schließe ich das *Teetässchen*. Ich räume auf und stelle alles zurück an seinen Platz, dann lösche ich bis auf den Weihnachtsbaum und Leons Lichterbogen im Fenster das Licht. Im Kamin flackert noch ein kleines Feuer, das leise vor sich hinknistert. Ich stehe am Fenster und sehe nach draußen in den Hofgarten. Im Kirschbaum funkelt golden eine Lichterkette und wirft ihr warmes Licht auf den Schnee rundherum. Dicke Flocken schweben vom Himmel und ich beschließe, Assas Teegeschenk zusammen mit ein paar Zimt-Macarons draußen in diesem Weihnachtswunderland zu genießen.

In aller Ruhe bereite ich die Meringue vor. Während ich das Eiweiß mit dem Schneebesen in einem warmen Wasserbad von Hand aufschlage, singe ich leise mein Lieblingsweihnachtslied:

In den Herzen ist's warm,
still schweigt Kummer und Harm,
Sorge des Lebens verhallt,
freue Dich, Christkind kommt bald.

Als die Masse ausgekühlt ist, arbeite ich flüssiges Eiweiß in die Mandel-Zucker-Mischung ein und gebe behutsam in kreisenden Bewegungen die Meringue dazu. Mit ruhiger Hand spritze ich die Macaronage in gleichmäßigen Kreisen auf das Backblech.

In der Zeit, in der die Macarons backen, rühre ich eine Ganache cremig, die ich gestern aus Sahne, Vanille, Zimt, Akazienhonig und dunkler Schokolade zu essbarer Liebe vermengt habe.

Die fertigen Macaronschalen benötigen kaum Zeit zum Auskühlen und so fülle ich sie schon bald. Mit einem Hauch Zimt bestäubt lege ich sie auf einen goldenen Teller und atme tief ihr süßes Aroma ein.

Nun fehlt nur noch Assas Weihnachtstee, den ich mir sorgfältig aufbrühe. Eingemummelt in meinen Mantel und meinen pinken Lieblingsschal aus flauschigem Kaschmir nehme ich eine Decke und das Tablett mit den Macarons und dem Tee und gehe nach draußen. Auf der Bank unter dem verschneiten Kirschbaum breite ich die Decke aus und setze mich. Der Teller mit den Zimt-Macarons steht neben mir und in den Händen halte ich das Glas mit dem dampfenden Tee.

Geschützt sitze ich unter dem Kirschbaumdach und sehe zu, wie die Schneeflocken ruhig um mich herum zu Boden rieseln. In diesem Moment weiß ich, nirgendwo kann es schöner auf der Erde sein als hier, in diesem verschneiten Garten, und nirgendwo möchte ich lieber sein als genau da, wo ich bin.

»Hast du für mich auch ein Zimt-Macaron übrig? Die mag ich am liebsten.«

Mein Herz stellt sich für einen Moment auf den Kopf und mein Magen dreht eine Pirouette. Ich blinzele den Mann an, der da so plötzlich vor mir steht, und fürchte mich davor, aufzuwachen.

»Gibt es auf Hawaii keine Zimt-Macarons?«

»Leider nein, die würden viel zu schnell schmelzen.«

Ich stelle mein Teeglas zur Seite und stehe langsam auf. Henriks Augen funkeln mich an und Schneeflocken glitzern in seinen Haaren. Zart streiche ich darüber. »Du bist voller Schnee.«

»Ich habe diese weißen kleinen Dinger vermisst. Wer braucht schon Schnee auf Hawaii.«

»Ich liebe Magnum.«

»Und ich liebe dich, Miela. Das wollte ich dir schon auf dem Adventsmarkt sagen und auch, dass ich gern bei dir in Berlin bleiben möchte.«

Nichts auf der Welt hat mich auf diesen Augenblick vorbereitet, doch ich habe tausende Male davon geträumt. Gleichwohl hat mich kein Traum je tiefer und inniger berührt wie es Henrik in diesem Moment vermag. Sanft umschließe ich mit meinen Händen sein kühles Gesicht und küsse ihn zärtlich.

»Ich liebe dich, Henrik«, murmele ich an seinen Lippen. »Und was ich dir gesagt habe, tut mir so leid. Ich war nicht bei mir und ...«

»Nicht jetzt Miela, du schmeckst gerade so unglaublich herrlich nach Weihnachtstee und Zimt-Macarons«, flüstert Henrik und verschließt mir den Mund mit dem köstlichsten aller Weihnachtsküsse.

Rezepte

Aus Mielas Macaron-Adventskalender sind nun alle Macarons herausgenascht. Wie wäre es, wenn wir zusammen diese zarten Köstlichkeiten zaubern?
Es gibt den Weg über die Profi-Meringue-Mandel-Zucker-Macaronage, den Miela bevorzugt – und es gibt meinen Hobby-Zuckerbäckerinnen-Weg.
Aber entscheidet selbst ...

Mielas Macaron-Grundmasse

Zutaten für 40 Macaronschalen

Meringue
- ♥ 25 Gramm Eiweiß
- ♥ 1 Prise Salz
- ♥ 70 Gramm feinster Zucker
- ♥ 15 Gramm Wasser

Mandel-Zucker
- ♥ 70 Gramm Puderzucker
- ♥ 70 Gramm Marcona-Mandeln

Macaronage
- ♥ 25 Gramm Eiweiß
- ♥ Meringue (siehe oben)
- ♥ Mandel-Zucker (siehe oben)

1) Zubereitung Meringue

- ♥ Eine große Schüssel mit warmem Wasser füllen.
- ♥ Eiweiß (superpräzise abgewogen!) mit Salz in eine Rührschüssel (fett- und fingerabdruckfrei!) geben.
- ♥ Die Rührschüssel in die Schüssel mit dem warmen Wasser stellen.
- ♥ Das Eiweiß mit einem Schneebesen aufschlagen ... und weiter ... und weiter ... pst – es spricht auch nichts dagegen, diesen Teil der Küchenmaschine zu überlassen.
- ♥ Den feinen Feinstzucker mit dem Wasser erhitzen, bis der Zuckersirup 115 Grad erreicht hat.
- ♥ Den Zuckersirup in die Eiweißmasse laufen lassen und weiterschlagen, bis diese abgekühlt ist.
- ♥ In eurer Schüssel sollte nun eine appetitlich glänzende, feste Meringue entstanden sein und in eurem Arm ein ausgewachsener Muskelkater.

2) Zubereitung Mandel-Zucker

- ♥ Als Erstes werden die herrlich aromatischen Marcona-Mandeln geknackt und von ihrer Schale befreit.
- ♥ Anschließend die Mandeln in kochendem Wasser blanchieren und direkt danach mit kaltem Wasser abschrecken.
- ♥ In liebevoller Handarbeit die Kerne der Marcona-Mandeln aus ihrer Haut schälen.
- ♥ Nun die Mandeln äußerst fein mit einer Nussreibe reiben. Miela meint, die Mandeln würden ölig werden, wenn diese im Blitzhacker gemahlen werden – hmmm.
- ♥ Die gemahlenen Mandeln und den Puderzucker vermischen und im Blitzhacker super-duper-fein mahlen. Achtung: Auch hier die Ölproblematik nicht aus den Augen verlieren.

♥ Und weil es so schön ist: Den Mandel-Zucker durch ein feines Sieb sieben – gern mehrfach.

3) Zubereitung Macaronage

♥ Das Eiweiß mit einem Spatel in den Mandel-Zucker kräftig einrühren. So kräftig es halt mit Muskelkater geht.

♥ Nun viel, viel behutsamer, in geschmeidigen Kreisen aus dem Handgelenk heraus, drittelweise die Meringue in das Mandel-Zucker-Eiweiß einrühren.

♥ Wie durch Zuckerbäckerinnen-Zauberhand sollte nun ein gleichmäßiger Teig in der Schüssel entstanden sein, der zähflüssig vom Spatel tropft.

4) finale Zubereitung der Macaronschalen

♥ Das Ziel kommt in Sichtweite: Einen Spritzbeutel mit dem Macaronteig füllen und zwei bis drei Zentimeter große Tupfen gleichmäßig – sehr gleichmäßig – auf ein mit Backpapier belegtes Backblech spritzen.

♥ Die kleinen Kunstwerke für 30 Minuten ruhen lassen. Am besten auf dem Sofa mit einem guten Buch, das nichts mit Backen zu tun hat.

♥ Den Backofen auf 150 Grad Ober-/Unterhitze vorheizen und die Schätze für 25 Minuten backen.

♥ Während des Backens entstehen die köstlichsten aller Füße – die knusprigen Macaronfüßchen mit einer Farbe zart wie Elfenbein.

Ich weiß, ich weiß, was da jetzt aus dem Ofen kommt, ist an Genuss kaum zu überbieten und muss sofort verköstigt werden. Eines nach dem anderen, ich verstehe das total. Oh, dieser Duft, dieser Crunch, dieser Schmelz ...

Da nun vermutlich sämtliche Macaronschalen aufgefuttert wurden, verrate ich euch hier noch meine Version von superköstlichen Knusper-Macarons, ganz ohne Zuckerthermometer, Muskelkater und Nussreibe – versprochen:

Meine Hobby-Bäckerin-Ich-versuche-es-mal-Macaron-Grundmasse

Zutaten für 40 Macaronschalen

- ♥ 100 Gramm gemahlene Mandeln (Ja, auch die fertig gemahlenen aus dem Supermarkt sind in Ordnung.)
- ♥ 170 Gramm Puderzucker
- ♥ 2 Eiweiß (Größe M) (etwa 80 Gramm)
- ♥ ein Löffelchen Zucker

Zubereitung der Macaronschalen

- ♥ Ja, in der Tat, schon geht es los ... kein macaronieren, bizepsieren, kein Finger abhobeln:
- ♥ In einem Blitzhacker die Mandeln und den Puderzucker staubfein mahlen, am besten Löffel für Löffel. Aber auch hier, ohne schlierige Ölspuren bitte, also ganz vorsichtig mit dem Mandelmehl und nie ohne den Zucker mahlen – ich weiß, wovon ich spreche
- ♥ Den schon recht feinen Mandel-Zucker durch ein Sieb streichen.
- ♥ Die Eiweiße aufschlagen. Wenn diese beginnen schaumig zu werden, ein Löffelchen Zucker einrie-

seln lassen und weiterschlagen, bis ein fester Eischnee aus der Schüssel erwächst.

♥ Nun drittelweise den Mandel-Zucker sacht in die
Eiweißmasse rühren, auch hier schön locker aus
dem Handgelenk heraus.

♥ Schon kann die cremige Masse in einen Spritzbeutel gefüllt und in gleichmäßigen Kreisen auf ein
mit Backpapier belegtes Backblech gespritzt werden, zwei bis drei Zentimeter im Durchmesser sind
perfekt.

♥ Die Tupfen eine halbe Stunde ruhen lassen. Entspannung ist angesagt, wie wäre es, diese Zeit zu
nutzen, und noch einmal die Stelle zu lesen, in der
Miela und Henrik Eislaufen?

♥ Den Backofen auf 150 Grad Ober-/Unterhitze vorheizen und die Macaronschalen 15 Minuten backen.

♥ Voilà! Aus dem Ofen kommen jetzt zusammen mit
dem unwiderstehlichen aromatischen Duft wunderschöne Macaronschalen mit zierlichen Knus-
perfüsschen.

Doch halt, bevor auch diese verkostet werden, unbedingt dieses Mal eine Creme dazu zaubern und die
Macarons füllen ...

Mielas und Henriks Lieblingsmacarons sind Zimt-Macarons, da stimme ich den beiden voll und ganz zu. Und so einfach ist diese herrliche Leckerei gezaubert:

Zimt-Macarons

Zutaten für 20 Macarons

- ♥ 40 Macaronschalen (Wobei in den Mandel-Zucker ein Teelöffel Zimt hineindarf.)
- ♥ 160 Gramm Nugat
- ♥ 1 Teelöffel Zimt
- ♥ 50 Gramm weiche Butter

Zubereitung

- ♥ Die Butter schaumig rühren und den Zimt einrühren.
- ♥ Das Nugat im heißen Wasserbad schmelzen, aber nicht zu flüssig werden lassen.
- ♥ Das cremige Nugat in die sahnige Butter einarbeiten.
- ♥ Die süße Nugat-Zimt-Butter-Creme in einen Spritzbeutel füllen und 20 Macaronschalen damit füllen.
- ♥ Für jede gefüllte Macaronhälfte sein perfektes Macarondeckelchen finden, genussvoll an der entstandenen Köstlichkeit schnuppern und sanft auf der Zunge schmelzen lassen ... Bon appétit!

Herrlich fruchtig frische Himbeermacarons, die uns den Sommer in den Mund zaubern, gehen so:

Himbeer-Macarons

Zutaten für 20 Macarons

- ♥ 40 Macaronschalen (Hier darf in den Mandel-Zucker ein Esslöffel getrocknetes Himbeerpulver hinein, wer mag.)
- ♥ 100 Gramm Himbeerpüree
- ♥ 20 kleine Himbeeren
- ♥ 100 Gramm Mascarpone
- ♥ 10 Gramm Akazienhonig
- ♥ wer mag, das Mark einer Vanilleschote

Zubereitung

- ♥ Den Mascarpone aufschlagen und den Akazienhonig unterrühren, ebenso das Mark der Vanilleschote.
- ♥ Das Himbeerpüree mit viel Liebe in die Mascarponecreme rühren.
- ♥ Mittig auf 20 Macaronschalen jeweils eine Himbeere drapieren.
- ♥ Die Himbeer-Mascarpone-Creme in einen Spritzbeutel füllen und rund um die Himbeeren auf die Macaronschalen aufspritzen.
- ♥ Behutsam ein Macarondeckelchen auf das Himbeerkunstwerk setzen und – was soll ich sagen – Augen zu und genießen

Zum Schluss darf in dieser klitzekleinen Auswahl an zuckersüßen Macarons natürlich der Klassiker nicht fehlen – Schokoladen-Macarons:

Schokoladen-Macarons

Zutaten für 20 Macarons

- ♥ 40 Macaronschalen (Ein Teelöffel dunkles Kakaopulver darf hier dem Mandel-Zucker beste Gesellschaft leisten.)
- ♥ 100 Gramm köstlichste Zartbitterschokolade
- ♥ 100 Gramm cremige frische Sahne

Zubereitung

- ♥ Die Schokolade in kleine Stücke brechen. Die Teile, die weggenascht wurden, müssen unbedingt ersetzt werden.
- ♥ Die Sahne sanft erhitzen, bitte nicht kochen und schon gar nicht überkochen.
- ♥ Die warme Sahne über die zerbröckelte Schokolade gießen und mit einem Schneebesen verrühren.
- ♥ Sobald eine glatte, herrlich duftende Schokoladencreme entstanden ist, dürfen wir diese Köstlichkeit Ganache nennen, decken sie ab – und nein, stecken weder unsere Finger noch einen Löffel zum Kosten hinein – und stellen sie für eine halbe bis dreiviertel Stunde in den Kühlschrank.
- ♥ Die Ganache mit einem Schneebesen durchrühren, in einen Spritzbeutel füllen und die Macaronschalen mit der aromatischen Schokocreme füllen, die passende Macaronhälfte aufsetzen ... und die Magie geschehen lassen ... Mmmmhhh ...

Nun fehlt nur noch eine wunderbare Tasse Weihnachtstee.

Assa bereitet diese Wohltat mit unterschiedlichen Tees zu. Je nach Geschmack ist die Basis mal ein herber schwarzer Assamtee, mal ein lieblich duftender Darjeeling und häufig auch ein sanfter weißer Tee. Selbstverständlich tragen auch Kräutertees aller couleur das wunderbare Aroma oder Früchte von A wie Apfel bis Z wie Zitrone, einzeln oder gemischt. Nehmt was euch mundet.

Um dieses winterliche Aroma aus dem *Teetässchen* zu genießen fügt in den Aufguss eine Ceylon-Zimtstange mit hinein, aromatisch getrocknete Orangenschalen, Apfelstückchen, einen wunderschönen Anisstern, Mandelstückchen und Vanille.

Mmmhhh … wie das duftet und schmeckt …

*Herzlichst
Eure Nadin*

P.S.: Backt ihr selbst? Vielleicht köstliche Macarons? Schneeflocken-Macarons? Habt ihr einen Lieblingstee?

Schreibt mir, wenn ihr mögt und schickt mir Fotos eurer Köstlichkeiten: Sweet-Romance@web.de

P.P.S.: Ich würde mich freuen, wenn wir uns bald wiedersehen. Im Sommer zu einem Vanilleeis bei Sunny im *Schneeflöckchen* und zu einer Tasse Hawaii Kona Kaffee bei Claire im *Coffee To Stay* und im Herbst zu Marzipan-Trüffel bei Julie in der *Schokofee*

Danksagung

Von der ersten Frage an, ob ich Lust hätte, einen Weihnachtsroman zu schreiben bis hierher, an diese Stelle im Buch, war es ein, sagen wir mal, interessanter Weg. Diesen bin ich total gern gegangen, denn ich liebe das Teetässchen mit all seinen wunderbaren Gästen.

Eine Schreibnacht von so vielen ist mir dabei ganz besonders im Gedächtnis geblieben, denn es war eine magische Sommernacht. Meine Familie schlief bereits, während ich bei weit geöffneten Fenstern an der Adventsmarktszene schrieb. Eine zarte Brise schwebte um mich herum, es war still in unserem Viertel und ich hatte das Gefühl, als Einzige wach zu sein und diese süße, warme, leise Sommernacht genießen zu dürfen.

Da zogen mit einem Mal zum Niederknien schöne Saxophonklänge durch die Nacht. Ich hielt mit dem Schreiben inne, setzte mich an das offene Fenster und tauchte ein in die Magie dieser einzigartigen Melodie.

Manchmal, wenn ich vor lauter Gedankenwirrwarr nicht schlafen kann, träume ich mich zurück zu diesem Lied, welches anscheinend nur für mich gespielt wurde und spüre wieder die Ruhe und Magie jener Nacht.

Danke, du wunderbarer unbekannter Saxophonspieler.

Und danke, liebe Leserinnen und Leser, dass ihr mir bis hierher gefolgt seid. Wir lesen uns! Und wenn ihr mögt, schreibt mir: Sweet-Romance@web.de